KNAUR

Von der Autorin sind bereits folgende Titel erschienen:

Unter dem Namen Marie Buchinger der historische Roman
Ein Tal in Licht und Schatten

Unter dem Namen Diana Menschig die Fantasy-Romane
Hüter der Worte
So finster, so kalt

Über die Autorin:
Diana Menschig lebt und schreibt am Niederrhein. Ihre Herzensregion ist jedoch Norditalien, insbesondere die oberitalienischen Seen und die Dolomiten. Bei Wanderungen mit ihrem Hund oder Passfahrten mit dem Rennrad stößt sie dort immer wieder auf Inspirationen, die nicht nur in fantastische, sondern auch historische Geschichten einfließen. Unter dem Pseudonym Marie Buchinger erschien 2016 der historische Roman *Ein Tal in Licht und Schatten.* Er erzählt die Geschichte zweier Familien während des Ersten Weltkrieges im Gadertal.
Mehr unter www.seitenrauschen.de

DIANA MENSCHIG

Die Mohnfelder von Solferino

Historischer Roman

KNAUR

Aus folgendem Werk wurde mit freundlicher Genehmigung zitiert: Franco Giampiccoli, *Henry Dunant. Der Gründer des Roten Kreuzes.* Aus dem Italienischen von Elena Ascheri-Dechering. © 2009 Neukirchener Verlagsgesellschaft mbH, Neukirchen-Vluyn, S. 78. Für die italienische Originalausgabe: Franco Giampiccoli, *Henry Dunant. Il fondatore della Croce Rossa.* 2009 Claudiana, Turin, S. 68.

Originalausgabe Mai 2019
Knaur Taschenbuch

Ein Imprint der Verlagsgruppe
Droemer Knaur GmbH & Co. KG, München

Dieses Werk wurde vermittelt durch die
Michael Meller Literay Agency GmbH, München.
Redaktion: Ingrid Pointecker
Covergestaltung: ZERO Werbeagentur, München
Coverabbildung: © Arcangel by MALGORZATA MAJ /
© FinePic / shutterstock.com
Satz: Sandra Hacke
Druck und Bindung: CPI books GmbH, Leck
ISBN 978-3-426-52168-7

2 4 5 3 1

Gewidmet den Menschen,
die anderen Gutes tun.
Einfach so.

»Die beschriebenen Schrecken führen nicht zur moralischen und vehementen Verurteilung des Krieges, sondern zum realistischen Ziel, diesen ›Schrecken vorzubeugen oder sie wenigstens zu mildern‹ (Eine Erinnerung an Solferino).«

Franco Giampiccoli, *Henry Dunant. Der Gründer des Roten Kreuzes*

Prolog: Malcesine im Sommer 1854

Nur wenige Augenblicke trennten Giò vom ersten Höhepunkt seines noch jungen Lebens.

Ungeduldig wälzte er sich auf dem Bett herum und starrte an die Holzdecke der kleinen Dachstube. Das erste Morgenlicht sickerte unter den Vorhängen des Fensters hindurch. Hin und wieder blähte sich der Stoff, und kühler Wind strömte herein, konnte jedoch nichts gegen die stickige Luft in der Kammer ausrichten. Wenn Milo nicht bald kam, konnten sie ihr Vorhaben vergessen, viel zu schnell riefen sie beide die täglichen Pflichten.

Plötzlich krachte es. Im nächsten Augenblick stürzte eine Gestalt durchs offene Fenster.

»Bist du wahnsinnig?« Giò war mit einem Satz aus dem Bett, während Milo sich lachend aufrappelte.

»Habe ich dich erschreckt?«

»Willst du, dass meine Schwester oder meine Eltern aufwachen? So kurz vor dem Aufstehen hat jeder im Haus einen leichten Schlaf.«

»Schon gut. Komm, wir sind spät dran. Papà erwartet uns bald am Seeufer.« Milo war schon wieder am Fenster und schob seinen schmalen Körper hinaus.

»Wer ist denn zu spät gekommen? Ich bin schon seit Ewigkeiten angezogen und warte«, brummte Giò. Er kletterte seinem Cousin hinterher und sprang auf das flache Dach etwa eine Armlänge unter dem Fenster. Die Dachziegel klickten leise, als er aufkam. Rasch folgte er Milo, der bereits zur Wand des angrenzenden Nachbarhauses gelaufen war und sich auf das nächste, etwas höher gelegene Dach hinaufzog.

Wie zwei Schatten huschten sie über Mauervorsprünge und Dächer von Haus zu Haus, immer weiter in die älteren Teile des Dorfes unterhalb der Skaligerburg.

Am letzten Haus, das die Straße zu weit für einen Sprung von seinem Nachbarn trennte, hielt Giò kurz inne und schaute sich um. Er liebte diese frühen Morgenstunden, wenn die Welt einem scheinbar ganz allein gehörte. Im Osten ragte der Monte Baldo wie ein gewaltiger steinerner Wächter über dem Gardasee auf. Irgendwo dahinter bahnte sich die Sonne ihren Weg über den wolkenlosen Himmel und versprach einen weiteren Sommertag voller Hitze. Auf der westlichen Seite glitzerte der See, in dessen tiefblauer Oberfläche sich die Berge am gegenüberliegenden Ufer spiegelten. Malcesine lag an einem Hang, der sich von der höher gelegenen Hauptstraße bis ans Seeufer erstreckte.

»Jetzt komm schon«, zischte es unter Giò. Er grinste breit und atmete einmal mit geschlossenen Augen tief durch, bevor er hinab auf eine Mauer und weiter in die schmale Gasse sprang, die tiefer hinein in ein Gewirr von Häusern und Durchgängen führte. Sie liefen bis zu einer Natursteinwand unterhalb der Burg. Obwohl es hier zwischen den Häusern noch finster war, fanden Giòs geübte Finger sofort die schmalen Ritzen, an denen er sich festhalten konnte. Geschickt erklomm er die Mauer, zog sich über die Kante und lief zur Hauswand, wo er sich ein Stockwerk weiter hinaufarbeitete und schließlich das flache Schrägdach erreichte. Milo kniete bereits vor einer Dachgaube mit einem kleinen Fenster und klopfte sachte mit dem Knöchel gegen den Rahmen. Wieder grinste Giò. Immerhin hatte sein Cousin dieses Mal genug Anstand anzuklopfen, statt einfach in die Dachstube zu stürzen.

Giò stockte der Atem, als in der Fensteröffnung Donatellas Gesicht erschien. Ihr dichtes schwarzes Haar ergoss sich in offenen Locken über die Schultern, ihre dunklen Augen über der feinen Nase blitzten vor Übermut. Lächelnd legte sie den Finger an ihre vollen Lippen und winkte den beiden zu. Milo war mit einem Satz durchs Fenster und verschwunden.

Giò begab sich auf die Knie und wollte ihm folgen.

Donatellas Lächeln erstarb. Sie hob die Hand und hielt ihn mit einer Geste zurück. »Was hast du vor?«

»Ich möchte rein, wie abgemacht.« Giò schaute sie fragend an.

»Ja, selbstverständlich. Wie abgemacht. Aber doch nicht beide gleichzeitig. Was denkst du dir?«

Verdattert starrte Giò sie an. Wenn er ehrlich war, hatte er über diesen Teil ihrer Vereinbarung noch gar nicht konkret nachgedacht. Er hatte sich lieber mit der Erinnerung an Donatellas weiche Brüste beschäftigt. Unwillkürlich glitt sein Blick hinab zu ihrem Ausschnitt.

»Du wartest jedenfalls draußen.« Mit einem Ruck zog sie einen Vorhang vors Fenster.

Giò glotzte immer noch verwirrt auf die dunkle Öffnung, wo ihm der Blick ins Zimmer nun verwehrt war. Immerhin hatte Donatella das Fenster nicht geschlossen, sodass die wispernden Stimmen der beiden zu ihm drangen.

Er fasste sich ein Herz, kroch lautlos bis an den Fensterrahmen und hob mit den Fingerspitzen einen Vorhangzipfel an. Zu seiner großen Enttäuschung konnte er kaum etwas erkennen. Er sah gerade noch, wie Milo sein Hemd über den Kopf zog und hinter einer Zimmerecke verschwand. Natürlich,

Donatellas Bett befand sich dort in einer Nische. Bettfedern knarzten, Milo sagte etwas, woraufhin Donatella kicherte.

Giò ließ den Vorhang fallen und streckte sich auf dem Dach aus. Es half nichts, er musste Geduld haben. Es fiel ihm verdammt schwer, vor allem seitdem er Donatella eben gesehen hatte. Er wusste, wie weich ihre Lippen waren, wie sich ihre festen Hügel mit den rosigen Knospen unter seinen Fingern anfühlten.

Kühle Morgenluft streichelte über sein Gesicht, und Giò wurde sich bewusst, dass er schwitzte. Er wand sich, rieb mit der flachen Hand über seinen Hosenlatz. Solche Gedanken waren nicht gut, solange er hier draußen lag. Beobachtete ihn am Ende jemand? Hastig schaute er sich um, doch da war niemand, die Fenster um ihn herum waren mit Läden oder Vorhängen verschlossen. Lediglich aus Donatellas Zimmer hörte er jetzt ein rhythmisches Knarren.

Dann krachte es plötzlich, als splittere Holz. Giò fuhr erschrocken zusammen und rappelte sich auf. Beinahe wäre er das Dach hinuntergerutscht, doch die Neigung war nicht sehr steil, sodass er sich schnell wieder fing. Was war da passiert? Sollte er abhauen?

Er wollte sich gerade durch das Fenster strecken, um seine Freunde zu rufen, da polterte es an der Zimmertür. Milo gab einen unterdrückten Laut von sich, dem ein Klatschen von nackter Haut auf nackter Haut folgte.

»Donatella! Was ist da los?« Jemand rüttelte an der Klinke.

»Papà! Was willst du?« Donatellas Stimme überschlug sich quietschend.

Wieder polterte es, dann hüpfte Milo auf einem Bein in Giòs Blickfeld, verzweifelt bemüht, seine Hose anzuziehen.

»Mach sofort auf! Donatella!« Wieder rüttelte es an der Tür, eine Faust hämmerte gegen das Holz.

»Ich komme doch, ich mache auf. Es ist nichts, das Bett hat gekracht.« Donatella lief zur Zimmertür, wedelte panisch mit einer Hand und versuchte zugleich, ihren nackten Oberkörper zu bedecken. Giò blieb keine Zeit, ihren Anblick zu genießen, denn Milo warf sein Hemd durchs Fenster und versuchte herauszuklettern. Giò reichte ihm die Hand und zog ihn hinaus aufs Dach. Er packte das Hemd und riss Milo hinter sich her bis auf die Mauer. Sie sprangen in die Gasse.

Milo keuchte. »Wohin?«

»Egal, erst einmal weg hier, komm!«

Sie rannten los und wären hinter der nächsten Häuserecke beinahe mit einem Bäckerjungen zusammengestoßen, der mehrere Körbe mit frisch gebackenen Panini auf den ausgestreckten Händen balancierte. Taumelnd wich Giò ihm aus und prallte gegen eine Wand.

»Was soll das, spinnst du?«, fauchte der Junge.

Hastig schnappte Giò sich zwei Panini und hetzte weiter, ignorierte dabei die empörten Rufe. Der Kleine hatte ihn offensichtlich nicht erkannt, und mit etwas Glück würde er sich nicht an sein Gesicht erinnern.

Erst als sie am Seeufer die letzten Häuser hinter sich gelassen hatten, hielten sie an.

»Heilige Madonna! Das war knapp.« Milo beugte sich schwer atmend nach vorne und stützte sich auf die Knie.

Giò hatte Seitenstechen. Kopfschüttelnd massierte er sich die schmerzenden Stellen, während er seinem Cousin das zerknitterte Hemd hinhielt.

»Was, in Teufels Namen, ist passiert?«

»Das Bett ist zusammengebrochen. Aber warum? Was weiß ich?« Lachend richtete Milo sich auf und klopfte sich mit einer dramatischen Geste gegen die Brust. »Ich breche nicht nur Herzen.«

»Vielleicht sind auch einfach deine Liebesbemühungen nicht auszuhalten.« Giò wartete auf eine flapsige Antwort, doch die blieb wider Erwarten aus. »Aber sag, hast du …? Ich meine …?« Er machte eine unbeholfene Handbewegung.

Statt einer Antwort malte sich auf Milos Gesicht ein entrücktes Lächeln. Mit glänzenden Augen blickte er auf den See hinaus. Er bemerkte nicht einmal, dass Giò ihm ein Panino unter die Nase hielt. Stattdessen drückte er das Hemd an seine Brust und streichelte darüber, als wäre es die weiche Haut Donatellas.

Als Giò fand, dass er lange genug auf die Antwort gewartet hatte, ließ er seinen Cousin einfach stehen. Er wanderte am Wasser entlang in Richtung Norden, wo Onkel Danilo vermutlich ungeduldig auf sie wartete, damit sie ihm endlich halfen, den nächtlichen Fang nach Hause zu bringen.

Giò steckte Milos Panino in die Tasche und kaute auf seinem Stück, während er sich ganz auf den Kies unter seinen Schuhen und die vereinzelten Grasbüschel konzentrierte, die von der Sommersonne schon gelb und trocken waren. Aus den Augenwinkeln sah er, wie Milo sich mit weiten Sprüngen wieder näherte.

»Warte auf mich!«

Vergeblich versuchte Giò, seinen Neid in Zaum zu halten. Wenn Milo sich ein wenig zusammengerissen und nicht das Bett demoliert hätte, dann müsste er nicht so dumme Fragen stellen, sondern wüsste selbst, wie es wäre, ein Mann zu sein. Wer konnte schon sagen, wann sich die nächste Gelegenheit bot? Donatellas Vater würde seine Tochter jedenfalls vorerst nicht mehr aus den Augen lassen, so viel war sicher.

»Verflucht, du sturer Hund!«

Giò fühlte eine Hand an seiner Schulter und wurde zurückgerissen. Er versuchte, Milos aufmerksamem Blick auszuweichen, doch sein Cousin durchschaute ihn. »Jetzt sei nicht sauer. Das war keine Absicht. Donatella hätte sich an unsere Abmachung gehalten.« Er grinste verlegen.

»Es war gut, oder?«

»Ja, sicher.« Milo stupste ihm die Faust gegen die Schulter. »Was glaubst du, warum es ständig jeder machen will?«

Eine Antwort darauf war überflüssig. Giò klemmte die Daumen unter die Hosenträger und wollte sich abwenden, doch sein Cousin hielt ihn zurück.

»Ihr werdet das nachholen.« Er umfasste Giòs Gesicht mit beiden Händen und zwang ihn, ihm in die tiefbraunen Augen zu sehen. In seinem Blick stritten Stolz und Scham mit dem schlechten Gewissen, weil er, der um ein paar Monate Jüngere, nun um eine Erfahrung reicher war.

Giò besann sich. Als könnte so etwas einen Keil zwischen sie beide treiben. Seine Stunde würde noch kommen. Er packte Milos Handgelenke und lächelte versöhnlich. »Schon gut. Und jetzt komm endlich. Es wäre schade, wenn du deinen wohlgeformten Hintern vor Donatellas Vater in Sicherheit bringen könntest, nur damit dein eigener Papà ihn dir ordentlich versohlt.« Er zog das Panino aus der Tasche und bot es Milo noch einmal an. Dieses Mal nahm er es, nickte dankend und biss hinein.

Giò klopfte ihm auf die Schulter. Schweigend rannten sie los, gemeinsam der bevorstehenden Standpauke entgegen – so wie sie schon immer alles gemeinsam gemacht hatten, solange sie beide zurückdenken konnten.

Fünf Jahre später

1. Peschiera im April 1859

Giò lehnte sich gemütlich gegen die Brüstung der alten venezianischen Stadtmauer und schaute hinaus auf den See, wo der Wind kleine schaumgekrönte Wellen auftürmte, die sofort wieder im Sonnenlicht glitzernd zerbrachen. Hier im Süden war die Ora, der regelmäßige Südwind des Gardasees, üblicherweise nicht so stark wie in Malcesine, aber heute blies er kräftig. Solch ein Anblick linderte Giòs Heimweh, das ihn begleitete, seit er letzten Herbst zum Militärdienst eingezogen worden war.

Neben ihm stand Milo, dem See den Rücken zugekehrt, und reckte sein Gesicht der Sonne entgegen. »Endlich etwas wärmer. Ich dachte schon, der Winter endet nie mehr.«

Giò nickte und fuhr sich mit dem Finger zwischen Hals und Uniformkragen. Er hatte sich immer noch nicht an diesen teuflisch kratzenden Stoff gewöhnt. Und im gleichen Moment setzte auch dieses brennende Jucken zwischen seinen Beinen wieder ein. Eine rote Stelle, vermutlich ein entzündeter Flohbiss oder so etwas. Seit heute Morgen wurde es beständig schlimmer. Unauffällig presste Giò sich mit dem Schritt gegen die kühle Mauer, doch das half überhaupt nicht.

»Kommst du am nächsten Wochenende mit in die Stadt?« Milo hielt die Augen geschlossen, und um seinen Mund spielte ein leichtes Lächeln.

»Ich würde gern.«

»Du darfst dich einfach nicht erwischen lassen.«

»Immerhin hat mir das nur Küchendienst eingebracht. Es gibt Schlimmeres. Vielleicht lerne ich am Ende noch etwas, das ich später brauchen kann.«

»Du meinst so etwas wie: Kartoffeln nicht längs, sondern quer aufschneiden?«

»Zum Beispiel.«

Sie lachten beide, und Milo knuffte Giò in die Seite. Der streckte sich, kreuzte die Arme und lehnte sich mit dem Kinn darauf, um auf den See hinauszustarren. Es war ja nicht so, dass sie Milo oder andere noch nie erwischt hatten, wenn es um unerlaubte Ausflüge in die kleine Garnisonsstadt ging. Doch nur Giò landete immer wieder in der Küche, vielleicht weil sie wirklich dachten, ihm als Gastwirtssohn damit einen Gefallen zu tun – oder ihn besonders zu strafen, wie auch immer.

»Erinnerst du dich an dieses Mädchen auf dem Markt letzte Woche? Sie hatte mit ihrem Vater einen Obststand ganz nah am Wasser.«

»Ehrlich gesagt nicht. Zumindest kann ich mich an keine Frau erinnern, die mir besonders aufgefallen wäre.«

»Nein, das nicht. Aber sie sah ganz ordentlich aus. Ich bin mit ihr ins Gespräch gekommen, und sie und ihre Schwester würden uns gern kennenlernen.«

Lächelnd schüttelte Giò den Kopf. Es war ihm ein Rätsel, wie Milo das anstellte, schnell und unkompliziert Bekanntschaften zu schließen. Er würde sich niemals als schüchtern bezeichnen, aber im Gegensatz zu seinem Cousin war er ein Mönch.

»Wenn das so ist, kann ich wohl schlecht Nein sagen.«

»Finde ich auch. Außerdem soll es bald ein Manöver geben. Wer weiß, wann sich die nächste Gelegenheit ergibt, ein bisschen Spaß zu haben.«

Giò unterdrückte ein Stöhnen. Wenigstens hatten sie mit dem Manöver gewartet, bis das Wetter besser geworden war. Die Aussicht, stundenlang durch kalten Schlamm zu kriechen und dann mit eiskalten Fingern das Gewehr zu laden, behagte ihm ganz und gar nicht. Aber das war der Grund, warum er und Milo hier waren: weil der Herr Kaiser irgendwo im fernen Norden gut ausgebildete Soldaten für seine Armee brauchte.

In der darauffolgenden Nacht wachte Giò davon auf, dass ein stechender Schmerz durch seinen Unterleib jagte. Dieses Mal ließ das Brennen nicht mehr nach, sondern wurde immer schlimmer, hinzu kam der ständige Drang, Wasser zu lassen.

Giò krümmte sich auf seiner Pritsche zusammen und presste die Faust zwischen die Beine, doch es half nichts. Irgendwann nach Mitternacht stand er auf und taumelte aus dem Schlafsaal.

Die Latrine hinter den Schlafbaracken wurde spärlich von einer Petroleumlampe beleuchtet. Obwohl es kalt war, stand Giò der Schweiß auf der Stirn, und ihm war schwindelig. Er stützte sich mit einer Hand an der Wand ab und urinierte in die Rinne, als ihm die rötliche Färbung auffiel. Er stutzte und rieb sich über die Augen. Er pinkelte Blut, kein Zweifel. Im selben Moment wurden die Schmerzen schier unerträglich, breiteten sich Flammenzungen gleich über seinen gesamten Unterkörper aus.

Giò japste hilflos. Nur mit Mühe hielt er sich auf den Beinen. Schwarze Punkte tanzten vor seinen Augen, und in seinen Ohren setzte Rauschen ein. Er krallte sich mit beiden Händen an der Wand fest und atmete mehrmals tief durch, bis sich sein Blick wieder klärte.

Er starrte auf das rote Rinnsal. Was hatte das zu bedeuten?

Mühsam drückte er sich von der Wand ab. Allein der Gang zur Latrine hatte ihm fast alle Kräfte geraubt. Das war nicht normal.

Er musste etwas tun. So leise wie möglich kehrte er zurück in die Schlafbaracke, zog seine Uniformhose über das Nachthemd und schlüpfte in seine Stiefel.

Er folgte den seit Monaten vertrauten langen Fluren, bis er an die Treppe gelangte, die hinunter zur Krankenstation führte. Am Treppenabsatz hielt Giò inne und schaute zweifelnd die Stufen hinab, wohin eine weitere abgeblendete Lampe den Weg wies. Das Brennen war nun etwas schwächer geworden, war es da wirklich nötig, sich dem Doktor vorzustellen?

Am ersten Tag waren sie dort alle zu den beiden obersten Garnisonsärzten zur Musterung einbestellt worden. Seitdem machte jeder einen großen Bogen um die Station, sofern es sich nicht vermeiden ließ. Ein Mann wurde nicht krank und ein Soldat schon gar nicht. Eine Verwundung im Kampf war etwas anderes, aber darum ging es hier schließlich nicht.

Giò wischte sich die Schweißperlen von der Stirn, zugleich schauderte er in der Nachtkälte. So oder so, er sollte sich entscheiden, denn nur mit einem dünnen Nachthemd bekleidet hier herumzustehen, war ganz sicher keine gute Idee.

Eine erneute Schmerzattacke nahm ihm die Entscheidung ab. Sein gesamter Unterkörper zog sich krampfartig zusammen, sodass er nach vorne taumelte und sich am Treppengeländer festhalten musste, während er sich zusammenkrümmte. Jemand musste ihm helfen, damit das aufhörte – und das Blut, er musste wissen, was das Blut zu bedeuten hatte.

Giò wartete, bis der Schmerz erneut etwas nachließ, und ging dann mit unsicheren Schritten die Treppe hinab. In einem finsteren Gang blieb er stehen. Geradeaus führte eine Tür in das Krankenzimmer, rechts von ihm lag der Untersuchungsraum, den er von der Musterung kannte, und hinter der Tür linker Hand musste das Büro der beiden Ärzte sein. Giò blickte verwirrt auf den Lichtschimmer, der unter der Tür hervorkroch, und in diesem Moment fragte er sich, wieso er davon ausgegangen war, mitten in der Nacht überhaupt jemanden anzutreffen. Aber jetzt war er hier, und offenbar war einer der Ärzte anwesend. Zaghaft klopfte er an die Tür und trat auf das zackig gerufene »Herein!« ein. Er schloss die Tür wieder hinter sich und widerstand nur mühsam dem Drang, sich gegen das Türblatt zu lehnen, so schwach fühlte er sich.

Ihm gegenüber saß ein Mann hinter einem wuchtigen Schreibtisch und schrieb etwas, von dem er nun fragend aufblickte. Er war bestimmt jenseits der vierzig, mit grauen Schläfen.

Giò wäre am liebsten im Boden versunken. Er brachte kein Wort hervor.

Der Arzt legte seinen Federhalter neben das Tintenfass ab, nahm die kleine runde Brille von der Hakennase und rieb sich mit Daumen und Zeigefinger über die Augen. Er wirkte sehr müde.

»Junge, es ist spät. Was willst du?« Die tiefe Stimme klang gereizt, aber nicht einmal unfreundlich.

Giò senkte verlegen den Kopf. »Ich … ich habe … Mein Urin ist blutig.«

»Wie bitte? Du musst schon lauter sprechen.«

»Ich pinkle Blut.«

Sein Gegenüber zog die Augenbrauen zusammen, sodass sich über der Nase eine steile Falte bildete. Mit einem leisen Ächzen erhob er sich und setzte die Brille wieder auf. Giò sank unter seinem Blick in sich zusammen. Seine Wangen brannten vor Scham, weil der Arzt ihn kritisch musterte, als könne er durch die Kleidung hindurch sehen, was ihm fehlte.

Der Arzt hob die Hand und befühlte erst Stirn, dann Wangen und Ohren. »Reiß dich zusammen, Junge, und steh gerade! Was glaubst du, wo du hier bist?«

»Signor, sì!« Der Tonfall genügte, und Giò stand so stramm, wie er konnte, wobei eine erneute Schmerzwelle über ihn hinweg brandete, sodass ihm Punkte vor den Augen tanzten. Er biss sich auf die Unterlippe und gab keinen Laut von sich, während der Arzt sich abwandte, eine Petroleumlampe aus einem Regal nahm und sie entzündete. Danach langte er nach einem Schlüsselbund auf dem Schreibtisch und deutete auf die Tür. »Wir gehen rüber. Du hast hohes Fieber. Ich muss mir das ansehen.«

Der Untersuchungsraum erschien Giò viel kleiner, als er ihn in Erinnerung hatte. Oder lag es daran, dass sich die Wände auf ihn zubewegten?

Jetzt überkam Giò endgültig Angst. Was stimmte nicht?

Der Doktor entzündete weitere Lampen, bis es so hell war, dass Giò unwillkürlich versuchte, das Licht mit der Hand abzuschirmen.

»Blendet das Licht?«

Giò nickte stumm.

»Das gefällt mir nicht. Zieh deine Hose aus.«

Während Giò sich entkleidete, nahm der Arzt eine Karte und einen Bleistift.

»Name?«

»Giovanni Martini, Signor.«

»Wo kommst du her?«

»Malcesine, Signor.«

»Schöner Ort.« Er notierte etwas auf der Karte und legte sie zusammen mit seiner Brille zur Seite. Dann kniete er sich hin und begann mit der Untersuchung.

Giò starrte stur geradeaus und versuchte, nicht darüber nachzudenken, was der Mann da gerade tat. Wieder stieg ihm das Blut in die Wangen.

»Was macht dein Vater?«

»Er hat die alte Poststation an der Hauptstraße in einen Gasthof umgebaut.«

»Sieh an, für meine reiselustigen Landsleute.«

»Verzeihung, Signor?«

Der Arzt erhob sich und schaute ihn an. »Österreicher oder auch Deutsche. Kommen die meisten Gäste nicht aus dem Norden?«

»Das ist richtig. Viele folgen den Spuren Johann Wolfgang von Goethes. Aber es sind nicht nur Adelige, auch reiche Kaufleute und Künstler.« Giò entspannte sich etwas. Die Unterhaltung lenkte ihn ab, und er fragte sich, ob das der Sinn der Fragen war. Er konnte sich nicht vorstellen, dass den Arzt das wirklich interessierte.

Vergeblich versuchte er, sich an den Namen des Mannes zu erinnern. Bisher war ihm kein deutschsprachiger Akzent aufgefallen, aber wenn er von Österreichern als seinen Landsleuten sprach, musste er weit aus dem Norden des Kaisertums Österreich sein.

»Ja, Geheimrat von Goethe, ich erinnere mich. Ein sehr interessanter Mann und ein guter Forscher. Mein Vater kannte ihn persönlich.« Der Blick des Arztes verlor sich für einen Moment.

Giò lächelte. »Mein Großvater hat ihn beherbergt, und mein Vater hatte die Idee, daraus ein Geschäft zu machen, den Gasthof auf die Menschen auszurichten, die mehr über seine Reise erfahren möchten.«

»Ist es aufgegangen?«

»O ja, Signor. Das Haus wird gut gebucht. Mein Vater sagt stets, manchmal müsse man Glück haben, aber er hat hart dafür gearbeitet.«

»Und du?«

Giò zuckte mit den Schultern. »Ich hoffe, dass ich sein Werk eines Tages fortführen kann. Genauso wie mein Cousin die Arbeit seines Vaters, der Fischer ist. Aber meine Eltern sind noch jung, das wird dauern.«

»Bist du verheiratet?«

»Nein, Signor.«

Der Arzt kritzelte weitere Anmerkungen auf die Karte. Dann zeigte er mit dem Bleistift auf Giò. »Da, der rote Fleck unter deinen Hoden. Seit wann hast du den?«

»Ich weiß nicht, Signor. Vielleicht seit einer Woche? Ich dachte, es wäre ein Flohbiss.«

»Flohbiss?« Der Arzt runzelte die Stirn. »Dreh dich um und zieh dein Nachthemd hoch.«

Giò gehorchte. Der Arzt trat hinter ihn, fuhr mit den Händen über seinen Rücken, tastete seine Achseln ab, teilte anschließend seinen Haaransatz und kratzte an der Kopfhaut herum. Giò überlief eine Gänsehaut.

»Steh aufrecht. Ich schlage dir jetzt vor die Nieren. Tut das weh?«

»Nein, Signor, also nicht mehr, als es sollte, denke ich.«

»Wir verstehen uns. Du hast Glück, mit deinen Nieren scheint alles in Ordnung zu sein. Zieh dich wieder an. Nein, du hast weder Flöhe noch Läuse oder sonstiges Ungeziefer. Im Gegenteil, du bist sauberer als die meisten Burschen, die ich mir hier ansehen muss.«

Giò drehte sich um. »Dann ist es vielleicht ein Mückenstich?«

Völlig unvermittelt machte der Arzt einen Schritt auf ihn zu. »Wann warst du das letzte Mal in den Hurenhäusern?«

Überrascht riss Giò die Augen auf. »Wie bitte? Noch nie! Ich …«

Die Backpfeife traf ihn aus heiterem Himmel. Giòs Kopf flog herum, grelle Lichtblitze tanzten vor seinen Augen. Er starrte den Arzt ungläubig an.

Alle Freundlichkeit war aus dessen Miene gewichen. »Lüg mich nicht an! In welches dreckige Loch hast du deinen Schwengel gesteckt?«

Giò war zu entsetzt, um zu antworten. Er hatte sich bestimmt verhört. Dieser Mann hatte studiert, war Offizier und aus guten gesellschaftlichen Kreisen. Unmöglich, dass so jemand überhaupt zu so einer Ausdrucksweise fähig war!

Der Arzt presste die Lippen zu zwei schmalen Schlitzen aufeinander und verschränkte die Arme. Als Giò immer noch nichts sagte und sich fragte, ob man eigentlich vor Scham verglühen konnte, seufzte er irgendwann und wandte sich ab.

»Weißt du, was Syphilis ist?«

»Die Franzosenkrankheit?« Giò hatte davon gehört, sich aber nie weiter damit beschäftigt.

»Franzosenkrankheit, harter Schanker, nenn es, wie du möchtest. Du hast Schwellungen in den Achselhöhlen, Fieber. Wenn du Glück hast, geht das alles in ein paar Wochen weg.«

Giò schluckte. Er war noch nicht sicher, ob er die Botschaft verstand.

Der Arzt schnalzte wütend mit der Zunge und schüttelte den Kopf. »Was soll ich tun? Euch Burschen brennen die

Hosen und vermutlich würde euch nicht einmal die Aussicht auf Kastration davon abhalten, zu den Mädchen zu gehen. Was glaubst du, warum es hier in Peschiera so viele Etablissements gibt? Die Offiziere sind ja nicht einmal besser.« Den letzten Satz sprach er mehr zu sich selbst, aber Giò war sicher, es trotzdem richtig verstanden zu haben.

»Signor, ich war wirklich noch nie dort. Ich habe noch nie ein Mädchen bezahlt. Ich meine: Das war nie nötig.«

Obwohl er schwitzte, wurde Giò allmählich kalt. Er fragte sich, was ihm der Ausflug zur Krankenstation gebracht hatte. Der Arzt konnte ihm nicht helfen und hielt ihm auch noch eine Strafpredigt, als wäre er selbst schuld.

Sein Gegenüber musterte ihn amüsiert und schüttelte dann seufzend den Kopf. »Natürlich. Bist ein hübscher Bursche. Ich vermute, dass du die Mädchen mit einem charmanten Blick um den Finger wickelst. Dazu ein freundliches Lächeln, das kleine Grübchen da ... So einen wie dich nehmen sie gern mit nach Hause. Was versprichst du ihnen?«

»Nichts, wirklich!« Giò hob abwehrend die Hände. Und es war ja keineswegs so, als läge er jede Woche in den Armen einer anderen, was dachte der Doktor sich da nur? Bisher hatten er und Milo drei Nächte jeder mit einem Mädchen verbracht. Und einmal war gar nichts passiert, da hatten sie alle viel zu viel Wein getrunken. Das war beim ersten Mal gewesen, das sie seit dem Beginn ihrer Wehrpflicht hatten rausgehen dürfen. Aber sollte er das jetzt erklären? Dieser Arzt hatte seine vorgefasste Meinung, und letzten Endes war es unerheblich, denn offensichtlich hatte er beim letzten Mal das falsche Mädchen erwischt.

Da erinnerte er sich wieder daran, was der Arzt ihm gesagt hatte. »Signor, Verzeihung. Was ist, wenn ich kein Glück habe?«

Wieder trat dieser unheilvolle Ausdruck auf die Miene des Arztes. »Diese ganze kaiserliche Armee ist völlig durchseucht. Weißt du, wie viele ich schon mit solchen Symptomen gesehen habe? Dabei kannst du davon ausgehen, dass die meisten gar nicht zu mir kommen, sondern alles ignorieren, weil sie sich schämen oder einfach keine Beschwerden haben. Derweil verbreiten sie die Krankheit. Eine begehrte Hure steckt in einer Nacht sicherlich zehn bis fünfzehn Männer an.«

Giò wollte gar nicht mehr zuhören. Das klang gar nicht nach dem unbeschwerten Spaß, den er und Milo sich bisher daraus gemacht hatten.

Der Arzt trat nahe an ihn heran und pochte ihm mit dem Zeigefinger gegen die Brust. »Ich bin fest davon überzeugt, dass die gesamte kaiserliche Armee eines Tages vollständig vernichtet wird. Aber nicht in einer Schlacht, o nein. Am Ende wird diese moderne Pest all diese aufrechten Männer dahinraffen.« Er erhob die Stimme. »Was passiert, wenn du Pech hast und die Krankheit ins nächste Stadium übergeht? Du stirbst daran. Vielleicht in einem Jahr, vielleicht in zehn. Auf jeden Fall«, er tippte sich an die Schläfe, »wirst du vorher wahnsinnig. Es frisst dich von innen auf.«

Giò hatte das Gefühl, dass die Worte des Arztes sich wie Steine in seinen Magen legten. Er spürte, wie seine Knie nachgaben, und machte einen unsicheren Schritt zur Tür.

»Halt! Wo willst du hin?«

Giò erstarrte mitten in der Bewegung. »Zurück ins Bett.«

»Du bleibst hier auf der Station.«

»Vielen Dank, Signor, das möchte ich nicht.«

»Ach nein?« Der Arzt machte eine letzte Notiz auf seiner Karte und begann, die Lampen zu löschen. »Das entscheide ich, betrachte es als Befehl. Das Blut und der Eiter an deinem

Penis sind nicht von der Syphilis. Du hast dir auch noch eine heftige Blasenentzündung eingefangen. Wir müssen zusehen, dass wir dein Fieber in den Griff bekommen. Ich möchte nicht, dass du mir jetzt schon wegstirbst.« Der Arzt wandte sich ihm wieder zu und lächelte freudlos. »Jetzt schau mich nicht so entsetzt an. Das bekomme ich hin. Aber ja, diese Frau hat es dir gründlich besorgt. Hoffentlich hat es sich wenigstens gelohnt.«

»Wie geht es dir?«

Giò ließ Milos prüfenden Blick über sich ergehen und zog die Bettdecke ein Stück höher, obwohl es unerträglich heiß und stickig auf der Krankenstation war. Er konnte seinem Cousin am Gesicht ansehen, dass er an jedem Ort der Welt lieber wäre als hier, ganz am Ende des Raumes, wo immerhin ein Vorhang sie etwas vor den Blicken anderer schützte.

»Wie soll es mir gehen? Schau dich um. Das hier ist kein Ort, an dem man gerne ist, dazu stinkt es.« Er deutete auf einen Krug, der auf einem Schemel neben dem Bett stand. »Das muss ich trinken. Willst du probieren?«

Milo benetzte einen Finger mit der Flüssigkeit, probierte und verzog sofort angewidert das Gesicht.

Giò grinste. »Gallenbitter. Nonnschläger flößt es mir literweise ein, um die Entzündung und das Fieber aus dem Leib zu schwemmen, wie er sagt.«

»Was für ein Barbar. Immerhin scheint es zu wirken.«

»Nonnschläger probiert eine ganze Menge aus, er hat mir auch Kubebenpfeffer gegeben. Das Zeug schmeckt fürchterlich, zumindest in dieser Dosierung.« Giò rollte sich auf die Seite. »Aber das ist in Ordnung. Nonnschläger meint es gut, und er weiß, was er tut. Er ist nicht so herablassend wie die anderen österreichischen Offiziere uns Italienern gegenüber.«

Milo lachte. »Du meinst, er brüllt nicht grundlos herum oder macht uns nieder? Gib zu, du wolltest dich nur vor dem Manöver drücken. Es hat einen Tag lang nur geregnet.«

Giò schwieg. Seit das Fieber gesunken war und er wieder klar denken konnte, hatte er es tatsächlich als Geschenk empfunden, nicht zum Dienst zu müssen. Nonnschläger war nicht nur meistens freundlich, sondern schien sich nach anfänglicher Verwunderung über Giòs Interesse an seinen Behandlungsmethoden zu freuen. Der Mann war beseelt von seinem Beruf, las unentwegt medizinische Journale und war von unbändigem Forschergeist durchdrungen. Als Giò das erkannt hatte, stellte er eine Menge Fragen, zunächst nur, um sich mit dem Arzt gut zu stellen. Doch aus der anfänglichen Berechnung wuchs echte Neugier, denn Nonnschläger wusste nicht nur eine Menge, sondern konnte es auch auf faszinierende Weise vermitteln. Mit der Zeit hatte Giò sogar den Eindruck, dass der Offizier ihm, dem einfachen Soldaten, für seinen Wissensdurst Anerkennung zollte – genau wie der Hebamme aus dem Dorf, von der er viel über Heilpflanzen gelernt hatte. Nonnschläger tat, als wäre die Frau ein törichtes Weib, nannte sie sogar eine Kräuterhexe. Giò glaubte jedoch, Respekt herauszuhören, wenn er über sie sprach. Sie hatte auch den Kubebenpfeffer empfohlen, nicht nur gegen die Entzündung, sondern sogar gegen die Syphilis. Und zu ihrer beider Erleichterung schlug die Behandlung endlich an.

Giò räusperte sich. »Ich bin bald wieder bei euch. So leicht wirst du mich nicht los.«

»Du bist es doch, der nicht ohne mich klarkommt. Wer hat dir den Arsch gerettet, als wir bei Signora Agnelli Birnen klauen wollten?«

»Dafür habe ich dich vor Prügel bewahrt, als du die Kaninchen bei Don Paolo aus dem Stall gelassen hast.«

»Das war ein Versehen. Ohne mich hättest du bis heute noch nie vom Messwein gekostet. Dafür war die Sache mit dem Schwein von Signor Matteoti wortwörtlich eine saudumme Idee.«

»Du tust ganz so, als würde immer dann alles schiefgehen, wenn ich der Anführer bin.« Giò lachte.

Milo stimmte ein, doch dann senkte er unvermittelt den Kopf und wurde ernst. »Sie haben mich nicht zu dir gelassen, nachdem du bewusstlos geworden warst.«

»Ich weiß. Das Fieber war offenbar sehr hoch.« Lebensgefährlich hoch, hatten sie ihm später gesagt. Er reckte die Hand unter der Bettdecke hervor, und Milo ergriff sie wortlos. Giò genoss die Berührung der kühlen Haut unter seinen verschwitzten Fingern, und er wurde sich dessen bewusst, dass sie während ihres gesamten Lebens noch nie länger als einen Tag voneinander getrennt gewesen waren. Seit er denken konnte, gehörte Milo an seine Seite, und offenbar sah sein Cousin es genauso. Er schluckte gegen den Kloß im Hals an.

»Milo, wenn du zukünftig zu einem Mädchen gehst, schau es dir gut an, ja? Versprich mir das.«

Milo lächelte verlegen. »Ich warte damit, bis du wieder mitkommst. Es macht keinen Spaß ohne dich.«

»Ich meine das ernst. Es kann einfach viel passieren.«

»Was denn?« Milo war verwirrt.

»Nonnschläger hat mir erklärt, dass … es … nicht gut sein kann. Ein Mädchen macht sich vielleicht Hoffnungen, du würdest sie heiraten, und eines Tages musst du das vielleicht sogar.« Giò stockte. Er hatte nicht die unverblümte Art des Arztes und brachte es nicht über sich, die Wahrheit zu sagen. Dass er vielleicht unheilbar krank war, verrückt werden könnte, jung sterben würde und dass seinem Cousin dasselbe blühte, falls er sich ansteckte.

Milo lachte auf. »Aber wir haben ihnen nie etwas versprochen. Ich nicht, du etwa? Nein, das ist völlig klar. Bisher ist noch keine zurückgekommen und hat sich beschwert.«

»Pass einfach auf. Bitte.«

»Ich verspreche es. Mach dir keine Sorgen. Du wirst bald wieder gesund.«

Giò brachte kein Wort hervor. Er drückte Milos Hand ein letztes Mal und ließ los. Kaum war er wieder allein, trank er den Krug in einem Zug leer und hätte sich beinahe übergeben, so bitter war das Gebräu. Tapfer schluckte er gegen den Brechreiz an und lehnte sich endlich erschöpft zurück ins Kissen. Er musste diese Krankheit besiegen. Er wollte nicht sterben.

»Noch irgendwelche Beschwerden? Sei ehrlich, es ist nur zu deinem Besten.« Nonnschläger bedachte Giò mit einem strengen Blick über den Rand seiner Brille hinweg.

»Nein, Signor.« Giò streckte sich und gab sich Mühe, noch etwas aufrechter zu stehen. Er konnte es kaum erwarten, dem Büro der Krankenstation zu entkommen. Der Arzt hatte sein Versprechen eingelöst und ihn so unerträglich lange dabehalten, dass er sich sogar auf die nächsten Manöver freute. Dort draußen zwischen den grünen Getreidefeldern und dem tiefblauen See herrschte inzwischen Sommer.

Nonnschläger nickte zufrieden und notierte etwas auf der Karte, die vor ihm auf dem Schreibtisch lag. Dann setzte er die Brille ab, nahm ein kleines Päckchen und erhob sich.

»Vielleicht behältst du ein paar meiner Belehrungen auf deine endlosen Fragen, dann war dein Aufenthalt in meiner Obhut nicht ganz umsonst. Ich habe noch ein Geschenk für dich. Hier, nimm das.«

Giò nahm das Päckchen in Empfang. Es war in etwa so groß wie sein Handteller und in unauffälliges braunes Papier eingewickelt, das nichts über den Inhalt preisgab.

»Das sind Kondome aus Kautschuk«, erklärte Nonnschläger auf seine unausgesprochene Frage hin. »Wenn du das nächste Mal zu einem Mädchen gehst, ziehst du dir eines davon kurz vorher über dein bestes Stück.«

»Ich soll was tun?« Wozu sollte das gut sein? Was war ein Kondom und was Kautschuk?

Nonnschläger seufzte leise und machte eine kreisende Geste vor seinem Schritt. »Du weißt genau, was ich meine. Du nimmst eines von den Dingern und ziehst es drüber, bevor du das Mädchen penetrierst. Es ist wie eine zweite Haut, die dich vor Krankheiten schützt. Und zusätzlich kann das Mädchen kein Kind mehr empfangen.«

Giò betrachtete ratlos das Päckchen. »Ich wollte nicht mehr zu den Mädchen. Ich habe meine Lektion gelernt.«

»Umso besser. Nimm es trotzdem an. Für alle Fälle. Und jetzt verschwinde. Du hast noch viel zu tun.«

»Ich? Wieso?«

»Die Garnison hat den Marschbefehl erhalten. Wir ziehen in den Krieg, Soldat Martini.«

Jeder andere hätte die winzige Regung in der Miene Nonnschlägers übersehen, doch Giò war dessen Gesicht in den letzten Wochen vertrauter geworden als das seines Vaters. Daher sah er den Schmerz und die Sorge in dessen Antlitz aufflackern, bevor es sich zu dem des strengen Offiziers zurückverwandelte. Er fragte sich, was das zu bedeuten hatte. Hastig salutierte er und verließ das Büro.

2. *Venedig im Mai 1859*

»Da seid ihr, ich freue mich, euch zu sehen, herzlich willkommen!«

Im letzten Augenblick konnte Magdalena verhindern, bei Signora Pusinellis durchdringender Stimme zusammenzuzucken.

»Wir danken Ihnen für die Einladung«, erklärte sie stattdessen freundlich lächelnd.

»Das ist doch selbstverständlich, wir sind immer auf der Suche nach engagierten Geistern!« Signora Pusinelli schob den Hausdiener, der die Haustür geöffnet hatte, zur Seite und bat die beiden Neuankömmlinge mit einer übertrieben ausladenden Geste ins Haus.

Magdalena knickste und tastete verstohlen über ihren festen Dutt, um zu prüfen, ob die neuen Kämme ihr dickes blondes Haar an Ort und Stelle hielten. Dann folgte sie ihrer Freundin Francesca durch einen Flur bis in den Salon des riesigen Palazzo. Vier weitere Signore waren um eine Tafel versammelt und unterhielten sich bereits angeregt zu Kaffee und Gebäck.

Signora Pusinelli klatschte in die Hände und bat um Ruhe. »Meine Lieben, das sind Francesca Mattia und Magdalena di Lucca. Sie möchten euch kennenlernen und sich dann unserer Bewegung anschließen. Bitte nehmt Platz!«

Magdalena lächelte höflich und setzte sich auf einen freien Stuhl. Sie und Signora Pusinelli würden keine Freunde werden, das wusste sie jetzt schon. Ihre Gastgeberin hüpfte herum wie eine aufgescheuchte Gans und schnatterte dabei unentwegt in aufgesetztem Tonfall auf die Damenrunde und die Bediensteten ein. Beinahe hätte Magdalena die Vorstellung der Versammelten verpasst, die sie alle mit der kaum verhohlenen Neugier musterten, die man Neulingen in einer Gesellschaft entgegenzubringen pflegte. Endlich, nachdem offenbar alles zu ihrer Zufriedenheit arrangiert war, wobei Magdalena nicht einmal erkennen konnte, was ihre Gastgeberin so lange auf Trab gehalten hatte, ließ sich Signora Pusinelli mit einem lauten Seufzer auf den verbliebenen Stuhl fallen und fächelte sich etwas Luft zu. »Das ist schön, dass Sie uns unterstützen möchten. Wenn man materiell begünstigt ist, sollte man etwas für die tun, die nicht so viel haben, nicht wahr?«

»Dem kann ich nur beipflichten.« Signora d'Este, dem Aussehen nach die Älteste der Runde, die links von Magdalena saß, nickte eifrig und nippte an ihrer Tasse.

»Vielleicht können Sie beide sich kurz vorstellen?« Signora Mazzini, die mit dem Rücken zum Fenster mit der Aussicht auf den Canale Grande saß, bedachte Magdalena mit einem herausfordernden Blick, sodass sie sich vorkam wie ein kleines Beutetier, das ins Visier eines Raubvogels geraten war. Sie setzte ein unverbindliches Lächeln auf.

Was sollte das ganze Theater? Die versammelten Signore schienen bestimmte Erwartungen zu hegen, und das lag sicher nicht nur daran, dass sie und Francesca um viele Jahre jünger waren als die anderen.

»Nun, mein Vater ist der Kaufmann Salvatore di Lucca«, begann Magdalena. »Vielleicht ist er Ihnen als führender Lieferant für Porzellan und Glaswaren des Kaisers am Hof zu Wien bekannt. Er importiert große Mengen aus China, wohin wir direkte Handelsbeziehungen pflegen.«

»Wie hübsch!« Signora Pusinelli formte den Mund zu einem spitzen O. »Dann bringt er unser schönes Muranoglas in alle Welt.«

»Unter anderem. Zuletzt waren wir in Strasbourg, um dort einen reichen Privathaushalt auszustatten.«

»Begleitest du ihn etwa auf seinen Reisen?«

Magdalena hielt das Lächeln aufrecht. Sie wusste genau, was gerade ältere Herrschaften davon hielten, sich, wie sie meinten, auf ungewisse Abenteuer in ferne Länder zu begeben.

»So oft es möglich ist, aber ja. Es ist aufregend, Menschen anderer Nationen und Kulturen zu begegnen. Meistens sind wir allerdings neben Österreich in der Schweiz und im Deutschen Reich unterwegs. In China war ich nur ein einziges Mal, das war sehr aufregend.«

Indigniertes Schweigen schlug ihr entgegen. Vermutlich wäre es nicht minder betreten ausgefallen, wenn sie von einem Besuch bei Kannibalen erzählt hätte.

»Was ist mit dir? Erzähl!«, forderte Signora Pusinelli Francesca auf, was diese auch rasch tat. Während ihre Freundin geduldig Fragen über ihren Vater, einen Admiral zur See der habsburgischen Flotte beantwortete, musterte Magdalena die Anwesenden verstohlen. Alle vier fielen in dieselbe Kategorie wie Signora Pusinelli, mindestens vierzig Jahre alt, vermutlich jede mit einem Stammbaum, der sich bis in die Römerzeit zurückverfolgen ließ, und allen quoll das Geld in Form von perlenbesetzten Seidenkleidern, Goldketten und Diamantanhängern aus jeder Pore. Magdalena würde nie begreifen, warum man Reichtum auf diese Weise zur Schau tragen musste.

»Schön!« Signora Pusinelli klatschte in die Hände. »Nun seid ihr beiden nicht nur hier, um euch ausfragen zu lassen, sondern auch, um sich unserem Kreis anzuschließen. Im Grunde ist es einfach: Wir haben festgestellt, dass die Ärmsten der Armen, vor allem die Kinder, unter entsetzlichen Bedingungen leiden. Um die gesundheitliche Versorgung ist es nicht zum Besten bestellt. Daher sammeln wir Geld, um diese Missstände zu beseitigen. Zusammen mit den Karmelitinnen aus Cannaregio werden wir ein Krankenhaus nach den modernsten medizinischen Erkenntnissen erbauen lassen!« Bei den letzten Worten strahlte Signora Pusinelli über das ganze Gesicht. Die anderen nickten beifällig.

»Was machen wir genau?«

»Wir sammeln Geld. Wir geben Empfänge und überzeugen die Herrschaften, großzügig zu spenden. Oder wie meinst du das?«

Magdalena straffte die Schultern. »Das ist sicherlich sehr ehrenwert«, begann sie vorsichtig. »Aber wie steht es um die vorhandenen Armen- und Krankenhäuser? Wäre es nicht besser, zunächst einmal bereits bekannte Missstände zu beseitigen?«

Signora Mazzini mit dem Raubvogelgesicht beugte sich vor. »Was hast du im Sinn?«

Magdalena zuckte mit keiner Wimper. »In Strasbourg habe ich zum Beispiel gesehen, dass sich die Frauen organisieren und Armenspeisungen vornehmen. Sie gehen in die Krankenhäuser und erklären den Frauen dort, was sie tun können, um nicht ständig Kinder zu bekommen. Manche der Familien haben mehr als ein Dutzend Mäuler zu stopfen, was ihnen mehr schlecht als recht gelingt.«

Wieder erntete sie Schweigen. Die Mienen der Anwesenden spiegelten Verwunderung bis Entsetzen wider. Magdalena wäre am liebsten aufgesprungen und gegangen. Sie war hier am vollkommen falschen Ort. Das hatte sie davon, sich auf einen von Francescas Vorschläge einzulassen.

»Armenspeisungen.« Signora Pusinelli stockte und schüttelte dann entschieden den Kopf. »*So etwas* machen wir nicht!«

»Man merkt, dass du noch nicht viel Lebenserfahrung hast«, fiel ihre Nachbarin rechter Hand ein, deren Namen Magdalena vergessen hatte. »Solchen Leuten sollte man nicht zu nahe kommen. Sie haben Läuse oder *Schlimmeres.*« Sie wischte sich angewidert über die Arme, als würde bereits die Erwähnung von Ungeziefer zu Befall führen.

Magdalena nickte, als sei sie dankbar für die Belehrung, was mit einem herablassenden Kopfnicken ihres Gegenübers zur Kenntnis genommen wurde. In Wahrheit widerte sie solch eine Arroganz an. Doch wenn die ausgezeichnete Erziehung im Hause di Lucca mit zwei Hauslehrern und einer Gouvernante für eines gut war, dann für die Kunst der Verstellung. Magdalena konnte ihre Gesichtszüge zu einer der Puppen aus Porzellan erstarren lassen, die ihr Vater neben dem Geschirr importierte. Niemand könnte aus ihrer Miene herauslesen, was sie über das Gesagte dachte, sofern sie es nicht zuließ.

Sie räusperte sich. »Wie steht es darum, sich gut geführte Krankenhäuser anzusehen, mit den Ärzten zu sprechen und ihre Methoden zu übernehmen?«

»Das wäre sicherlich eine Möglichkeit.« Signora d'Estes Tonfall ließ keinen Zweifel daran, dass dies sicherlich *keine* Möglichkeit war.

Magdalena gab auf. Sie hielt ihr Lächeln in Position, bis sich eine Gelegenheit fand, sie höflich zu verabschieden und die Runde ihren Überlegungen zu überlassen, mit welchen Mitteln sie auf einem Ball möglichst viele Spenden sammeln konnten. Sicherlich, das musste Magdalena den Signore zugestehen, war dies sinnvoll und besser, als die Hände in den Schoß zu legen, doch war es nicht die Art von mildtätiger Aufgabe, nach der sie suchte.

Ganz in Gedanken versunken schlenderte sie durch die schmalen Gassen Venedigs und überquerte auf dem Weg vom Nordufer des Canale Grande einige Kanäle, bis sie über die Rialtobrücke weiter den Stadtteil Castello erreichte, wo sie mit ihrem Vater in einer Palazzina nahe dem Arsenale lebte. Magdalena mochte die Stadt besonders in den frühen Abendstunden, wenn das Tagwerk der Bewohner der Laguneninsel sich allmählich dem Ende zuneigte. Allerdings hing die Luft an diesem Tag feucht und schwer über den Häusern, obwohl der Sommer noch nicht einmal begonnen hatte. Und so war sie froh, als sie endlich in der kühlen Empfangshalle des Hauses stand.

»Magdalena, mein Mädchen, so früh schon zurück?«

»Papà!« Sie lief auf ihren Vater zu und umarmte ihn herzlich. »Dasselbe sollte ich Sie fragen! Wollten Sie nicht heute mit Don Alfredo zu Abend essen?«

»Er ist verhindert, wir haben uns auf morgen Abend vertagt.« Er verstummte.

Magdalena löste sich von ihm und betrachtete das vertraute Gesicht mit den forschenden Augen unter dichten Brauen und dem eisgrauen sorgfältig gestutzten Bart. »Was ist los?«

Salvatore di Lucca lächelte gezwungen. »Komm, wir setzen uns in den Innenhof und trinken ein wenig. Erzähl mir erst, wie deine Begegnung mit Signora Pusinelli war. Wo hast du Francesca gelassen? Wolltest du sie nicht mitbringen?«

Magdalena seufzte vernehmlich. »Sie ist geblieben, als ich gegangen bin. Langsam kann ich mir gar nicht mehr vorstellen, dass sie einmal meine beste Freundin gewesen sein soll. Sie ist … Uns verbindet einfach nichts mehr. Die Pusinelli und ihre Freundinnen haben sicherlich hehre Absichten. Aber ich möchte etwas anpacken, sehen, was meine Taten bewirken, verstehen Sie das?«

Sie setzten sich in den kleinen ummauerten Garten der Palazzina, wo Umberto, der Hausdiener, ihnen schweigend Karaffen mit Wasser und Weißwein servierte.

»Ich weiß, dass du beseelt von dem Gedanken bist, armen Kindern und ihren Müttern zu helfen.« Di Lucca nahm einen tiefen Schluck Wein und lächelte wehmütig in sein Glas.

»Papà, ich möchte nicht heiraten, um eigene Kinder zu bekommen. Noch nicht. Und schon gar nicht Enrico Castelli«, widersprach Magdalena sanft, aber bestimmt dem unausgesprochenen Gedanken ihres Vaters.

»Schon gut.« Er trank und schwieg.

»Nun, was bedrückt Sie?« Sie ahnte, dass er keine guten Nachrichten erhalten hatte, aber sie wollte ihn um jeden Preis von einem Gespräch über ihre unterschiedlichen Ansichten zur Familienplanung abbringen.

»Ich habe für nächsten Monat eine Einladung nach Genf erhalten, es geht um eine größere Lieferung verschiedener Glasornamente für ein Bankhaus«, begann er. »Ich würde sie gern annehmen, denn das wäre eine großartige Gelegenheit, die Rosenzweigs wiederzusehen.«

»Aber das ist ja wundervoll!« Magdalena klatschte in die Hände. »Warum ziehen Sie dann so ein Gesicht? Ich würde lieber heute als morgen aufbrechen.«

»Magdalena, ich möchte allein reisen. Du sollst hierbleiben.« Di Lucca zog den Kopf ein, als erwarte er ein Donnerwetter über sich hereinbrechen.

Magdalena starrte ihn an, sprachlos zunächst. Dann sog sie scharf die Luft ein, doch bevor sie ansetzen konnte, hob ihr Vater beschwichtigend die Hand.

»Das ist mein Ernst. In der Lombardei und dem Piemont stehen sich österreichische und französische Truppen gegenüber. Es heißt, Garibaldi sei dieser Tage mit seinen Alpenjägern bis Como vorgerückt.«

»Wirklich?« Sie hatte Mühe, ihre Freude über diese Nachricht zurückzuhalten.

Und prompt verfinsterte sich di Luccas Miene. »Ja. Bitte verschone mich mit deiner Zustimmung zu dieser Entwicklung. Ich weiß, dass du mit den Ansichten dieses Verrückten kokettierst. Aber Krieg ist immer schlecht fürs Geschäft, merk dir das.«

»Was ist verrückt daran, die Italiener zu einem Volk und Königreich vereinigen zu wollen? Was haben wir davon, von einem Kaiser aus Wien regiert zu werden? Er spricht nicht einmal unsere Sprache!« Die Worte sprudelten aus Magdalena heraus, bevor sie sich besinnen konnte. Natürlich wusste sie, dass ihr Vater nur umso störrischer dagegenreden würde. Noch schwieg er, doch er umklammerte das Weinglas so fest, dass sie einen Moment lang damit rechnete, er würde es zerbrechen. Beschämt senkte sie den Kopf.

Das Schweigen wuchs und wurde unangenehm.

Irgendwann konnte Magdalena sich nicht mehr beherrschen. »Es ist nichts Falsches daran, Papà. Wir sind keine Österreicher«, erklärte sie mit leiser Stimme und dennoch deutlich hörbarem Trotz.

»Wir sind auch keine Italiener. Wir sind Venezianer.«

»Die Zeiten ändern sich nun einmal. Venedig ist längst keine Großmacht mehr und kann allein nicht bestehen.«

Di Lucca schüttelte schweigend den Kopf und trank den Rest seines Weines mit einem Zug aus.

»Mag sein, dass Krieg nicht gut fürs Geschäft ist, aber manchmal muss es eben sein«, murmelte Magdalena. »Wäre ich doch nur ein Mann, dann würde ich mich freiwillig für Garibaldis Truppen melden.«

Ihr Vater stellte das Glas so abrupt ab, dass die Karaffen auf dem Tisch klirrten. »Mein Kind, du weißt ja nicht, was du sagst! Ich würde es mit allen Mitteln zu verhindern versuchen. Glaubst du, ich möchte mein einziges Kind für eine Sache verlieren, die nicht einmal die unsere ist? Lass diesen Garibaldi und seine Verbündeten gegen unseren Kaiser fechten. Das ist nicht unser Kampf. Wir sind keine Kriegsleute.«

Magdalena begriff nicht, was ihren Vater daran so aufbrachte. Das war es doch, der Habsburger Franz-Joseph war nicht *ihr* Kaiser. Genauso gut könnte man irgendeinen Mann in Amerika über das Schicksal Venedigs bestimmen lassen. Es lag so viel näher, sich mit dem Piemont, der Toskana und der Lombardei zu vereinigen und einen gemeinsamen Herrscher zu haben, der sich für ihre Belange einsetzte.

Sie verschränkte die Arme und lächelte. »Wenn es nicht unser Kampf ist, dann spricht auch nichts dagegen, dass ich mit nach Genf reise.«

»Das erlaube ich nicht. Es ist zu gefährlich. Die Bahnlinie verläuft mitten durch das mögliche Schlachtgebiet. Ich will nicht, dass dir etwas passiert.«

»Ich will auch nicht hier sitzen und um meinen Vater bangen. Lieber bin ich bei Ihnen.«

»Nein! Das ist mein letztes Wort.« Er stand auf und ging ins Haus.

Magdalena lehnte sich zurück und stierte wütend auf den riesigen Hortensienbusch, der den Innenhof dominierte. Er hatte gerade die ersten Blüten angesetzt, die als lilafarbene Sprenkel durch das satte Blattgrün schimmerten. Den Strauch hatte ihr Vater als kleines Pflänzchen von einer seiner Reisen seiner Frau mitgebracht, ein paar Monate vor ihrem Tod. Magdalena erinnerte sich noch daran, dass die Blüten im ersten Jahr viel heller gewesen waren, sodass sie sich als kleines Mädchen, das sie damals gewesen war, gefragt hatte, ob die Hortensie auch eine dunklere Trauerfarbe angenommen hatte.

Der Gedanke an ihre Mutter beruhigte sie. Diese hatte stets mit Klugheit und Geduld ihren Willen gegen den des Vaters durchgesetzt. Magdalena seufzte leise. Es war ein Jammer, dass sie nicht beide Charakterzüge an ihre Tochter vererbt hatte. Man sagte ihr nach, sie sei klug – klüger, als für eine Frau gut sei, warf ihr Don Alfredo manches Mal vor –, doch mit Geduld oder Bedacht haperte es.

Sie trank ihren Weißwein aus und begab sich ins Haus, um sich für das Abendessen vorzubereiten. Ihre Entscheidung über die Reise nach Genf stand fest: Entweder hatte ihr Vater recht und es war zu gefährlich. Dann würde sie alles daransetzen, dass er ebenfalls nicht aufbrach, Geschäft hin oder her. Oder sie würde ihn begleiten. Dazwischen gab es keine Alternative.

Solferino

3. Irgendwo nahe Solferino, 24. Juni 1859

»IHR DA VORNE, hat einer von euch noch Wasser?«

Milo schüttelte stumm den Kopf und kraxelte weiter hinter den anderen den Saumpfad entlang, der sich in einer lang gezogenen Serpentine die Hügelflanke hinaufwand.

Giò wandte sich um und blinzelte gegen die Sonne. Die Luft flirrte und ließ die Landschaft vor seinen Augen verschwimmen. Er befand sich am Ende des Zuges. Ein paar Schritte hinter ihm stand als Letzter in der Reihe Alberto Marroni, ein älterer Mann aus Verona, und stützte sich schwer auf sein Gewehr, als wäre es eine Krücke. Er hatte seinen Helm verloren, seine Halbglatze glänzte wie eine rosige Schwarte. Ihm lief der Schweiß von der Stirn und tropfte vom Kinn.

Giò löste die Feldflasche vom Gürtel und reichte sie weiter. Danach nahm er seinen Helm ab, wischte sich über das Gesicht und fluchte leise. Der feine Staub vermischte sich mit dem Schweiß und juckte wie die Hölle.

»Danke. Vergelt's dir Gott.« Alberto trank gierig, dabei waren es nur noch ein paar Schlucke. »Ich weiß nicht, was die sich dabei denken. Wir haben heute Morgen jeder zwei Gläser Schnaps bekommen und seitdem nichts mehr. Ich hatte noch einen Kanten Brot, aber das war etwas für den hohlen Zahn.«

»Bei uns war es genauso. Wir wurden um drei Uhr in der Früh in Marsch gesetzt.«

»Und diese verdammte Hitze! Kein Mensch, der klar bei Verstand ist, rennt den ganzen Tag durch diese Glut.«

Giò zwinkerte und wischte sich abermals über die Augen, doch sein Blick wollte sich nicht klären. »Wenn ich in der Küche meines Vaters den Kopf in die Backröhre stecken würde, könnte es nicht heißer sein.«

»Du bist einer von den beiden Burschen aus Malcesine.«

»Ja.« Giò nahm die leere Flasche entgegen und verdrängte die bange Frage, wann sie wieder etwas zu trinken bekommen würden. Er wollte den anderen folgen, die im Schatten einer Reihe Zypressen verschwunden waren, doch nach wenigen Schritten bemerkte er, dass Marroni immer noch an derselben Stelle stand. Er hatte sich nach vorne gebeugt und umklammerte mit beiden Händen den Gewehrlauf.

»Komm!«

»Ja.« Marroni machte einen Schritt und schwankte. Er beugte sich noch weiter nach vorne und würgte. Weißlicher Schaum trat ihm vor den Mund.

Giò ließ seinen Helm fallen und sprang hinzu. Er fing den Taumelnden gerade noch auf und half ihm, sich neben den Weg an den Stamm eines Maulbeerbaums hinzulegen. Marroni versuchte, etwas zu sagen, doch Giò schüttelte nur den Kopf, zog sein Taschentuch hervor und wischte ihm den Schaum von den Lippen.

»Das hier haut den stärksten Mann irgendwann um«, murmelte er, ohne sicher zu sein, ob Marroni ihn überhaupt noch hörte. Er hatte die Augen geschlossen, sein Atem ging stoßweise.

Giò schüttelte die allerletzten Wassertropfen aus der Flasche, benetzte das Tuch damit und legte sie auf Marronis Halbglatze. Dessen Kopfhaut hatte Blasen geworfen. Giò befühlte die Stirn und tastete nach dem Puls, so wie Nonnschläger es während seines Fiebers unzählige Male bei ihm getan hatte. Dabei brauchte es keinen ärztlichen Sachverstand, um zu erkennen, dass der Mann einen Sonnenstich hatte. Kein Wunder, liefen sie doch seit mehr als zwölf Stunden durch die Gegend, marschierten und kämpften gegen die Franzosen. Nicht einmal in der schlimmsten Mittagshitze war ihnen eine Rast vergönnt gewesen.

Wofür das alles? Giò hatte längst den Überblick verloren, hätte nicht einmal mehr genau sagen können, wo er sich befand. Er wusste lediglich ungefähr, in welcher Richtung der Gardasee lag, als zöge ihn das Wasser mit unsichtbarer Macht an und gäbe ihm einen inneren Kompass.

Giò blinzelte hoch in den Himmel nach Norden. Gerade jetzt war es einfach, da dort in der Ferne die kalte Luft aus den Bergen auf die warmen Winde über dem aufgeheizten See traf und sich zu Gewitterwolken aufbauschte, wie es an vielen heißen Sommertagen üblich war. Es würde sich zeigen, ob der ersehnte Regen bis hierher kam und sie davor bewahrte, in diesem staubigen Hinterland zu verrotten.

Er nahm sein Gewehr vom Rücken und ließ sich neben Marroni ins vertrocknete Gras fallen. Vergeblich versuchte er, die Bilder zu verscheuchen, die sich ungefragt in seine Gedanken stahlen. Der Anblick des tiefblauen Wassers daheim unter der Burg, der Felsvorsprung, von dem Milo und er mit den anderen Jungs hineinsprangen und um die Wette tauchten. Sie waren beide gute Schwimmer – im Gegensatz zu Milos Vater. Onkel Danilo behauptete stets, nicht schwimmen zu können, sei die beste Versicherung eines Fischers, niemals ins Wasser zu fallen. In Peschiera war das Wasser heller, türkis und es gab keine Berge mehr, die sich auf der Oberfläche spiegelten. Die Kameraden, die aus dem Süden stammten, behaupteten, dass der See auch viel wärmer wäre. Giò hatte seit seiner Einberufung im letzten Herbst noch keine Gelegenheit gehabt, es auszuprobieren. Sie waren seit Wochen auf dem Marsch.

Unruhig blickte er sich um. Nirgendwo regte sich eine Menschenseele, offenbar vermisste sie noch niemand. Die Landschaft lag wie von der schweren Luft niedergedrückt, kein Blatt regte sich. Sogar die Zikaden waren verstummt, nur ganz aus der Ferne klang das Krachen von Kanonen und Gewehrsalven. Marroni atmete etwas ruhiger.

Für einen Moment herrschte Frieden.

Also blieb Giò sitzen, neben seinem Kameraden unter dem Maulbeerbaum, dessen Früchte sich von hellgrünen Knospen zu gelblichen Beeren zu verfärben begonnen hatten.

Seit Wochen, seit sie ins Feld gezogen waren, bestand ihr Alltag größtenteils aus Marschieren. Sicherlich hätten sie die Lombardei bereits mehrmals vollständig durchquert, wenn sie nicht immer dieselben Wege hin- und zurückgelaufen wären. Manchmal trafen sie auf den Feind – nicht mehr als Scharmützel. Bald, so hieß es, stünde ihnen eine Schlacht bevor, doch wo und wann, das wusste niemand. Und so warteten sie auf diesen Tag, an dem sie auf Napoleons Truppen treffen würden.

Giò gehorchte Befehlen, schoss auf Gegner, blieb unverletzt. Er aß, schlief wie ein Stein und marschierte immer weiter, als die Sommerhitze begann, oft in der Nacht. Er dachte nicht groß darüber nach, das tat keiner von ihnen, dazu waren sie meistens zu erschöpft. Er und Milo warteten einfach auf den Tag, an dem sie wieder an einem Tisch sitzen, eine frisch gefangene Renke essen und auf den See blicken würden.

Stattdessen war sie heute Morgen in aller Frühe völlig unvermittelt ausgebrochen, diese Schlacht, auf die sie alle gewartet hatten. Und jetzt musste er diesen von Gott verdammten Tag irgendwie hinter sich bringen.

Mühsam riss Giò sich aus seinen Tagträumen und rappelte sich auf. Was immer ihm heute noch blühte, hier sitzen zu bleiben, brachte ihn nicht nach Hause.

»Marroni. Wir müssen weiter. Komm.« Er rüttelte den Mann an der Schulter, doch der knurrte nur und wedelte mit der Hand, als wolle er eine Fliege vertreiben.

»Ja. Du hast recht.« Er rührte sich nicht.

Giò sammelte sein Gewehr auf und schnippte trockenes Gras vom Kolben. Die Waffe, das Bajonett, das er neben Feldflasche, Patronenbüchse und Feuerzeug am Gürtel trug, sowie zwei Taschentücher waren die einzigen Habseligkeiten, die er bei sich hatte. Ihr Zug hatte am späten Vormittag die Tornister an einer Sammelstelle abgelegt, um schneller marschieren zu können. Es war zu hoffen, dass der Zugführer den Ort heute Abend wiederfand.

Plötzlich krachte es, gefolgt von einem unirdischen Jaulen, das über den Hügel hallte. Giò warf sich instinktiv flach auf den Boden. Aus den Augenwinkeln sah er, wie Marroni zur Seite rollte und sich klein machte. Erdbrocken regneten auf sie herab. Dicke Staubwolken erhoben sich jenseits des Hügels und verdunkelten den Himmel. Dann brach ein Inferno los. Schlachtenlärm erhob sich, Gewehrsalven krachten, gebrüllte Befehle erschallten.

Giò kam auf die Füße und lief in gebückter Haltung den Saumpfad hinauf. An den Stamm einer Zypresse gedrückt, versuchte er sich einen Überblick zu verschaffen, während er hastig das Bajonett am vorderen Ende des Gewehrs befestigte.

Sein Zug kauerte in einem ausgetrockneten Wassergraben und deckte die heranrückende Artillerie mit Schüssen ein.

Roter Staub vernebelte die Sicht. Die Franzosen feuerten mit ihren Kanonen Kartätschen in flachem Winkel vor den Graben, sodass die Geschosse auf dem Boden zerbarsten und ihren tödlichen Hagel aus Eisenschrot und Blei in alle Richtungen verspritzten. Schreie erfüllten die Luft.

Im Schutz der Bäume pirschte Giò sich näher. Ein Reiter galoppierte mit gezogenem Degen seitlich des Hügels entlang und brüllte Befehle.

Giò legte an und holte den Mann mit einem gezielten Schuss aus dem Sattel. Das Pferd rannte weiter, mitten ins Gefechtsfeuer und wurde von der nächsten Salve niedergestreckt.

Der Lärm schwoll an, bis er nur noch ein weißes konturloses Rauschen in Giòs Ohren erzeugte. Bei jedem Atemzug legte sich dicker Staub auf seine Zunge. Giò spuckte immer wieder aus, doch es fiel ihm schwer, Luft zu holen. Seine Augen tränten. Seine Hände zitterten, als er nachlud. Er zwang sich weiter, hinter den nächsten Baum, näher an den Graben, zu den anderen.

Ein Geschoss schlug wenige Schritte neben ihm ein. Er duckte sich, verlor das Gleichgewicht und prallte mit der Hüfte gegen den Baumstamm. Ein weiterer Einschlag, dort, wo Augenblicke zuvor noch ein Büschel Mohnblumen in der Sonne geleuchtet hatte. Dreck und Steine flogen durch die Luft, dazu rote Blütenblätter. Der Boden klaffte auf wie eine frische Wunde.

Giò spürte einen harten Schlag an der Schläfe. Sein Kopf wurde gegen den Stamm geschleudert. Er biss sich auf die Zunge, schmeckte Blut und Baumrinde. Dann wurde es still und dunkel.

4. *Brescia, 24. Juni 1859*

»HALTEN SIE DAS wirklich für klug, Papà? Was, wenn wir mitten ins Schlachtgebiet fahren?« Magdalena schleppte den schweren Koffer hinter sich her aus dem Bahnhof. Das Empfangsgebäude war ein prächtiger roter Backsteinbau, der sie an eine mittelalterliche Burg erinnerte, doch ihr Vater gab ihr keine Gelegenheit, die Architektur zu bewundern. Also folgte sie ihm, so rasch es ihr schweres Gepäck erlaubte. Die Straßen waren voller Menschen, überall wimmelte es von Soldaten, aber auch Marketenderinnen, Kindern und Hunden, Pferden und Karren in allen Größen sowie mit Knüppeln bewaffneten jungen Männern in bäuerlicher Kleidung.

Erst nach einer ganzen Weile blieb di Lucca stehen und stellte seinen Koffer und die Mustertasche ab. Er nahm den Hut vom Kopf, wischte sich mit dem Taschentuch über die Stirn und machte eine ausladende Geste. »Willst du hierbleiben?«, fragte er seinerseits statt einer Antwort. »Inmitten dieses Chaos? Hier werden wir nicht einmal ein Zimmer für die Nacht finden.«

Magdalena versuchte, von den Mienen der Menschen um sie herum etwas über die Stimmung in der Stadt herauszulesen. »Es wirkt auf mich eher friedlich.«

Als wollte ihr das Schicksal das Gegenteil beweisen, erhob sich in einiger Entfernung ein Gerangel zwischen Soldaten und Zivilisten. Magdalena versuchte zu erkennen, was vor sich ging, doch ihr Vater packte sie am Arm und drängte sie in die andere Richtung.

»Das ist wie ein Pulverfass vor der Explosion. Die Menschen sind völlig von Sinnen!«

»Papà! Sie feiern ihren Sieg. Sie haben sich vom Joch der Fremdherrschaft befreit.«

»Bist du endlich still! Das ist kein romantisches Stück von einem deiner geliebten Dichter.«

»Ich weiß. Manchmal ist so etwas notwendig. Venedig sollte dem Beispiel der Lombardei folgen und gegen die Österreicher kämpfen.«

»Du weißt, wie das enden würde. Venezianer sind Kaufleute, keine Krieger.«

»Das ist doch völliger Unsinn!«

»Es reicht, Magdalena! Ich will nichts mehr von deinen verbohrten Ideen hören.«

Magdalena biss sich auf die Unterlippe, um sich von einer weiteren patzigen Antwort abzuhalten. Ihr Vater legte es sich in jeder Diskussion zurecht, wie er wollte, notfalls widersprach er sich sogar. Am Ende lief es immer auf dasselbe hinaus: Alles sollte in Gottes Namen so bleiben, wie es gerade war.

Sie setzten sich wieder in Bewegung. Trotz des späten Nachmittags und obwohl der Himmel sich zugezogen hatte, lag brütende Hitze über der Stadt.

Immer wieder blieb Magdalena kurz stehen, um zu verschnaufen und sich ein Bild zu machen, doch außer vielen geschäftigen Menschen und der Unzahl an Soldaten begriff sie nicht so recht, was vor sich ging. Sie wäre so gern geblieben, vielleicht waren der sardische König Vittorio Emanuele oder Kommandant Giuseppe Garibaldi persönlich in der Stadt? Es war wie verhext, hier wurde Geschichte geschrieben, und ihr Vater hatte nichts Besseres im Sinn, als so schnell wie möglich wegzukommen.

Endlich fanden sie an einer breiten Straße, die stadtauswärts führte, eine Möglichkeit weiterzureisen: Ein grimmig dreinblickender alter Bauer bot ihnen die Mitfahrt auf seinem offenen Leiterwagen an. Nachdem er und di Lucca handelseinig geworden waren, blieb er neben dem Vorderrad stehen und rührte sich nicht. Magdalena hatte keine Lust zu warten, bis der Signor sich auf seine Manieren besann. Sie biss die Zähne zusammen und hievte den Koffer selbst über die Seitenwand, bevor sie mit einiger Mühe, da der weite Rock ihres Kleides sie behinderte, über den Kutschbock auf die Laderampe kletterte. Immerhin war der Boden dick mit frischen Binsen ausgelegt. Der Bauer schien heute nicht zum ersten Mal Passagiere zu befördern.

Di Lucca knurrte unwirsch und brachte den Bauern mit einem herausfordernden Kopfnicken dazu, ihm wenigstens beim Aufladen seines Koffers und der schweren Mustertasche zu helfen. Schweigend setzte er sich neben den alten Mann, der seine beiden Gäule mit einem Schnalzen in Marsch setzte. Magdalena wischte sich den Schweiß von der Stirn und versuchte, es sich bequem zu machen. Besorgt blickte sie nach Norden, wo die Vorboten eines Gewitters grummelten.

»Bis nach Lonato«, nuschelte der Bauer. Er sprach in breitem lombardischem Dialekt, sodass Magdalena Mühe hatte, ihn zu verstehen.

Di Lucca nickte widerwillig. »Ich hatte gehofft, Sie fahren uns bis nach Peschiera.«

Magdalena konnte das Gesicht ihres Vaters nicht sehen, doch sie wusste genau, dass dessen verkrampfte Haltung nicht nur vom Ruckeln der Kutsche herrührte. Er war wütend, weil er aufgehalten wurde.

»Bis Lonato. Ist wie ein Wespennest, in das man reingestochen hat. Überall Österreicher. Will keinen Ärger.«

»Das ist verständlich.« Di Luccas Worte ließen offen, worauf er sich bezog.

»Woher sind Sie?«

»Meine Tochter und ich waren geschäftlich in Genf und auf der Rückreise nach Venedig, als wir vom Schaffner die Order erhielten, den Zug zu verlassen. Ich hoffe, dass wir spätestens ab Verona wieder mit dem Zug reisen können.«

»Kann sein. Am See sind auch überall Soldaten. Franzosen.«

»Was ist genau geschehen?«

Der Bauer zuckte mit den Schultern. »Weiß keiner. Die Italiener und Franzosen kommen aus dem Westen. Wollten die Österreicher am Mincio angreifen. Aber die waren ganz woanders. Geht seit Anfang des Monats hin und her. Meine Ernte ist hin, sind sie drübergetrampelt. Aber sie zahlen gut, wenn ich sie mit der Kutsche transportiere.« Er zog eine Pfeife aus der Tasche und zündete sie mit einigen Verrenkungen an, ohne dabei die Zügel aus der Hand zu lassen. »Seit heute Morgen schießen sie. Angeblich ist die Front ellenlang vom Süden aus bis rauf zum See.«

»Wie bitte?« Di Lucca richtete sich auf.

Magdalena runzelte die Stirn. Sie konnte mit den Ortsangaben nichts anfangen. Was beunruhigte ihn?

»Deshalb bis nach Lonato. Dann müssen Sie gucken, wie Sie durchkommen. Vielleicht finden Sie einen Fischer, der Sie von Desenzano aus rüberbringt.« Er grinste. »Zu den Österreichern.«

Magdalena wurde mulmig zumute. Immerhin war ihr Vater klug genug, nicht darauf zu bestehen, dass sie alle Österreicher waren. Zumindest war das bis jetzt so. Seit

1815 war der Kaiser von Österreich auch König des Königreiches Lombardo-Venetiens. Nachdem eine erste Revolte gegen diese unerwünschte Herrschaft vor gut zehn Jahren gescheitert war, schienen zumindest die Lombarden mithilfe ihrer französischen Verbündeten das Joch abschütteln zu können. Seit Ende Mai befand sich die Region im Krieg, und nach allem, was Magdalena gehört hatte, waren die verbündeten Italiener und Franzosen auf der Siegesstraße. Davon, dass die Lombardei zu Österreich gehörte, konnte daher keine Rede mehr sein, und wenn es tausendmal auf irgendwelchen Dokumenten in Wien geschrieben stand.

Magdalena lächelte bitter. Das war es, was sie sich wünschte: dass auch die Venezianer ihr Schicksal in die Hand nahmen. Sie wusste es besser, als diesen Gedanken laut auszusprechen. Vater unterstellte ihr romantische Ambitionen, Heldenverehrung und blinde Begeisterung, sobald sie den Namen Giuseppe Garibaldis nur aussprach. Dabei war es ihr egal, welche Uniform er trug oder wie er auftrat. Seine Tatkraft, sein Wille, etwas zu verändern, das beeindruckte sie. Natürlich machte er etwas her, taten das die großen Führer nicht alle? Aber hier ging es nicht um Schwärmerei, sondern um eine Botschaft: dass es sich lohnte, für eine Sache einzustehen.

Magdalena wurde von einem jähen Halt aus ihren Grübeleien gerissen. Eine Patrouille verweigerte ihnen die Weiterfahrt. Fluchend lenkte der Bauer das Gespann nach Süden, weil di Lucca darauf bestand, zum nächsten Ort gebracht zu werden. Keinesfalls wollte er zurück nach Brescia. In dem Punkt stimmte Magdalena zu. Inzwischen hingen die schwarzen Gewitterwolken so tief am Himmel, dass sie es keinesfalls schnell genug zurück in die Stadt schafften.

Die ersten dicken Tropfen fielen, als endlich die Häuser eines Dorfes in Sicht kamen.

Di Lucca reckte den Kopf. »Wo sind wir?«

»Könnte Montechiari sein.«

»Setzen Sie uns auf dem Marktplatz ab, dann schauen wir, ob wir eine Unterkunft finden. Danke.«

Vor einer Kirche angekommen, luden sie hastig das Gepäck ab und flüchteten sich vor dem Regen unter das Vordach eines Gebäudes, waren jedoch bereits bis auf die Haut durchnässt, als sie dort ankamen.

Magdalena musste sich ein Lächeln verkneifen. Die ganze Sache war trotz aller widrigen Umstände aufregend und der Regen willkommene Abkühlung. Sie wagte einen verstohlenen Seitenblick auf ihren Vater, der das sicherlich ganz anders sah. Fast glaubte sie, ebenso dunkle Wolken über seinem Haupt hängen zu sehen wie am Himmel.

Magdalena ließ sich ihren Optimismus davon nicht vermiesen. Sicherlich würden sie bald eine Unterkunft finden.

Tatsächlich stellte sich das als leichter heraus, als sie dachten. Schon die Wirtin in der ersten Herberge schräg gegenüber der Kirche, auf die sie zuliefen, sobald der Regen etwas nachgelassen hatte, überließ ihnen mit Freuden zwei einfache Zimmer.

»Vorhin wollten sich französische Offiziere hier einquartieren. Ich habe behauptet, ich hätte das Haus voller Touristen. Und jetzt stimmt es«, erklärte sie hinter vorgehaltener Hand.

»Haben Sie etwas gegen Franzosen?«, wollte Magdalena verwundert wissen.

Die kräftige Frau schnaufte vernehmlich durch die Nase

und verschränkte die Arme über der fleckigen Küchenschürze. »Gott bewahre, ich wäre wohl eine schlechte Gastgeberin! Nein, ich habe etwas gegen Soldatenoffiziere, egal von welcher Nation. Führen sich auf wie Könige persönlich. Ständig muss man ihnen – verzeihen Sie – den Arsch nachtragen, und am Ende sieht das Haus aus, als wären sie samt ihrer ganzen Kompanie durchmarschiert. Zivile Gäste sind mir bedeutend lieber. Nun machen Sie sich frisch, und ich koche Ihnen etwas zum Abendessen. Ich lasse heißes Wasser hinaufbringen.«

Einige Zeit später saßen sie vor einer Terrine aus frischem Gemüse und Rindfleisch. Zum Glück hatte sich di Luccas Miene dank dieser herzlichen Aufnahme ein wenig aufgehellt.

Magdalena wischte gerade den Teller mit einem Stück Brot sauber, als ihr eine aufgeregte Diskussion zwischen einer Küchenmagd und der Wirtin auffiel.

»Was ist los?«, fragte sie, als ihre Gastgeberin kam, um die Teller abzudecken.

»Draußen sind Leute unterwegs, die Freiwillige suchen, um Verwundete zu versorgen.« Sie machte eine unbestimmte Handbewegung in die Ferne. »Sie haben heute dort drüben auf den Hügeln gekämpft. Schreckliche Sache. Wir konnten den Kanonendonner bis hier hören. Martha möchte sich melden, um zu helfen.«

Magdalena richtete sich auf und ignorierte die steile Zornesfalte, die sich auf di Luccas Stirn bildete. »Und?«

»Ich werde sie gehen lassen, das ist eine Gottespflicht. Ihr Verlobter hat bei den Italienern mitgekämpft. Gott schütze ihn.« Sie schlug ein Kreuz und wollte sich mit dem schmutzigen Geschirr abwenden.

»Warten Sie«, rief Magdalena. »Werden noch mehr Helfer gesucht?«

»Magdalena, untersteh dich!«

»Nein, Papà, das ist genau eine dieser Aufgaben, wie ich sie suche. Ich möchte helfen.« Sie sprang auf, wäre am liebsten sofort hinausgestürmt.

Die Wirtin nickte anerkennend und wandte sich an di Lucca. »Lassen Sie Ihre Tochter, Signor. Das hat noch keinem geschadet, anzupacken und Gutes zu tun. Trotz allem musst du dir nicht deine feine Kleidung ruinieren. Ich lasse dir einen alten Rock meiner Dienstmädchen geben.«

Di Lucca erhob sich ebenfalls. »Das erlaube ich nicht!« Seine Finger krampften sich um die Serviette, die Zornesröte stieg ihm ins Gesicht.

Magdalenas Herz schlug schneller. Trotzig starrte sie ihren Vater an und wechselte dann einen Hilfe suchenden Blick mit der Wirtin, doch die wandte sich ab, klug genug, sich nicht weiter einzumischen.

»Warum nicht?«

»Wer weiß, was da draußen los ist. Von dem Unwetter einmal ganz abgesehen. Magdalena, es ist Krieg!« Di Lucca bemerkte, dass er schrie, und senkte seine Stimme. »Deine Mutter würde sich im Grabe herumdrehen, wenn ich dir das erlaube.«

»Lassen Sie Mamma aus dem Spiel«, zischte Magdalena zwischen zusammengebissenen Zähnen hervor. Sie wurde nun auch wütend, wollte auf keinen Fall nachgeben, dieses Mal nicht. Herumsitzen und Langeweile haben würde sie bald genug wieder in Venedig. Sollte sie abwarten und zusehen, während draußen in der Welt jede Hilfe benötigt wurde?

Mühsam zwang sie sich zur Ruhe, doch innerlich bebte

sie. »Sie haben es doch gehört: Man braucht Freiwillige. Der Verlobte des Küchenmädchens ist vielleicht verletzt. Und mit ihm viele andere.«

»Verzeihung?«

Magdalena fuhr herum. Ein schmales Mädchen, das sogar noch ein oder zwei Jahre jünger war als sie selbst, stand hinter ihr und hielt ein Bündel in den ausgestreckten Händen. Dunkelbraune Locken ringelten sich unter der Haube hervor und gaben ihr etwas Verletzliches, doch ihre Augen strahlten voller Tatkraft und Entschlossenheit. »Danke, dass Sie mir helfen. Wenn Sie möchten, warte ich hinter der Küche auf Sie, und wir gehen gemeinsam.«

»Das ist doch die Höhe! Du gehst nirgendwo hin, Magdalena!«

Magdalena reckte das Kinn vor. »Bitte warten Sie«, sagte sie an Martha gewandt. »Ich komme mit.«

Di Lucca fluchte laut. Er warf die Serviette auf den Tisch und marschierte ohne ein weiteres Wort aus dem Speisesaal. Es hätte nicht viel gefehlt, und er hätte die Tür hinter sich zugeknallt.

Magdalena ließ das Kinn auf die Brust sinken. Am liebsten wäre sie ihm hinterhergelaufen. Doch ihre Versöhnung musste warten. Vielleicht konnte sie sich bewähren, dann würde sie ihm später davon erzählen, was sie alles bewirkt hatte. Dann würde er einsehen, dass ihre Entscheidung richtig gewesen war.

Ein flaues Gefühl blieb, als sie rasch die Treppe zu ihrer Kammer hinauflief, um sich umzuziehen. Danach klopfte sie noch einmal an der Zimmertür ihres Vaters, bekam jedoch keine Antwort. Entweder war er nicht dort oder er weigerte sich, ihr zu öffnen. Mit einem traurigen Lächeln gab Magdalena auf. Streitereien mit Papà lagen ihr immer schwer auf dem Herzen, und sie stritten sich viel zu oft in letzter Zeit. Aber irgendwann musste er doch einsehen, dass sie erwachsen wurde und selbst über ihr Leben bestimmen wollte?

5. Nahe Solferino, 24. Juni 1859

GIÒ WACHTE DAVON auf, dass Milo ihm Wasser ins Gesicht spritzte. Das schwache Aroma von knusprig gegrilltem Schweinebraten erfüllte die Luft und ließ ihm das Wasser im Mund zusammenlaufen. War es schon so spät, dass sein Vater das Abendessen zubereitete? Warum lag er hier und schlief? Mehr Wasser folgte.

»Hör auf damit.« Er lachte und verschluckte sich prompt. Ein ganzer Sturzbach war die Folge, und ein Donnerschlag krachte so gewaltig, dass die Fensterscheiben zittern müssten.

Giò wälzte sich zur Seite und riss die Augen auf. Er lag im Dreck unter einem Baum. Regentropfen prallten auf den staubigen Boden und hinterließen winzige Krater, bis es mehr und mehr wurden und sie schließlich die trockene Schicht durchbrachen.

Mit einem Schlag war die Erinnerung wieder da. Er war allein irgendwo im Hinterland des Gardasees, kein Milo, nur der Regen um ihn herum, Blitze, die aus schwarzen Wolken zuckten, Donnerschläge, die unmittelbar aufeinander krachten. Kein Gefechtslärm, soweit das in diesem Naturinferno auszumachen war.

Giò schüttelte mehrmals den Kopf und rieb sich über die Wangen, während er sich aufsetzte.

Er streckte das Gesicht dem belebenden Regen entgegen, bildete mit den Händen eine Schale und trank daraus. Sein

Hals und sein Mund waren völlig ausgedörrt, seine Zunge fühlte sich an wie ein pelziger Fremdkörper und schmerzte an der Stelle, wo er sich draufgebissen hatte. Er tastete Gesicht und Kopf ab. An seiner Schläfe befand sich eine frische Blutkruste, und auf der rechten Wange brannten ein paar Schrammen. Das und von den Kopfschmerzen abgesehen schien er in Ordnung zu sein.

Das Gewitter dauerte an, Sturmböen schoben dichte Regenschleier über die Landschaft. Giò konnte nicht mehr als ein paar Schritte weit sehen. Es blieb ihm nichts anderes übrig, als unter einem der Bäume sitzen zu bleiben und zu warten, bis das Unwetter nachließ. Hier war er wenigstens vor dem ärgsten Regen geschützt.

Wie erwartet, dauerte es nicht lange, bis sich die dunklen Wolken auflösten und weiterzogen. Fahles Sonnenlicht blinzelte durch die Schwaden und versprach schon wieder Wärme. Nicht lange, und die Landschaft würde sich in einen tropischen Dampfkessel verwandeln.

Stöhnend erhob Giò sich und schüttelte seine klammen Glieder. Es wurde allerhöchste Zeit, dass er sich zu seiner Einheit zurückbegab. Er sammelte sein Gewehr auf, löste das Bajonett und schulterte die Waffe. Er rechnete nicht mehr damit, heute noch auf jemanden zu schießen, und vermutlich war das Pulver ohnehin feucht geworden.

Er schlitterte den schlammigen Hang hinunter auf den Graben zu, in dem die anderen sich verschanzt hatten und wo auf den ersten Blick niemand mehr zu sein schien. Überall Einschusslöcher, der Boden war wie umgepflügt. Der Kadaver des toten Pferdes lag in einiger Entfernung.

Giò blieb stehen und drehte sich einmal um die eigene Achse. Erst jetzt fielen ihm die Uniformen auf, graue Inseln im braunen Matsch. Dann wurde ihm klar, dass in den Uniformen Männer stecken mussten. Er rannte auf den Ersten zu und kniete nieder.

Er erkannte Matteo Foroni. Auf seiner Miene hatte sich ein Ausdruck des Erstaunens eingebrannt. Dort, wo seine Beine hätten sein müssen, befand sich nur ein einzelner Knochen mit Hautfetzen in einem flachen Krater.

Giò würgte trocken und war froh, dass er nichts im Magen hatte. Er richtete sich auf und beschattete seine Augen mit der Hand. Überall lagen Tote. Dampf stieg auf, wo die Sonne den Regen trocknete. Fliegen schwirrten über den Boden.

In dem Moment kehrte die Erinnerung an den Duft nach gegrilltem Fleisch zurück. Und Giò begriff, dass es kein Tier gewesen war, das er gerochen hatte.

Er schloss die Augen und schluckte mehrmals, rief sich den geliebten Anblick des Sees ins Gedächtnis, des klaren süßen Wassers.

Das half. Zitternd kam er auf die Beine.

Er musste die anderen finden. Wo war Milo?

Er begann zu suchen, verlor jedes Zeitgefühl. Niemand schien den intensiven Kartätschenbeschuss überlebt zu haben, die meisten Toten trugen österreichische Uniformen. Nur vereinzelt waren Franzosen darunter. Giò fand eine halb volle Feldflasche und trank sie aus. Sein leerer Magen grummelte. An einem Zaun, der nur noch aus ein paar Pfählen und zwei Querplanken bestand, blühte ein Rosmarinstrauch in zartem Lila. Giò pflückte die Zweige, verstaute sie in seiner Hosentasche, steckte sich ein paar Blätter in den Mund und kaute darauf herum, um das ätherische Öl freizusetzen. Das half ihm, den schlechten Geschmack im Mund zu vertreiben, stachelte aber zugleich sein Heimweh an, dass es ihm beinahe die Tränen in die Augen trieb. Sein Vater liebte es, mit Rosmarin zu kochen, verwendete es in jeder Mahlzeit und zu allen Jahreszeiten.

Giò wischte sich trotzig über die Augen. Er musste weiter. Ein Schritt, dann noch einer. Weiter zu denken, wagte er nicht.

»Muttergottes, endlich. Milo!« Mit einem Freudenschrei ließ sich Giò neben ihm auf die Knie fallen. Sein Cousin lag verborgen hinter einem Gebüsch, hatte sich wie ein kleines Kind auf die Seite gerollt. Er stöhnte leise, als Giò ihn an der Schulter berührte. Seine Augenlider flatterten, blieben geschlossen.

»Milo? Kannst du mich hören?«

Ganz vorsichtig zog Giò ihn herum, instinktiv zuckte seine Hand über den Hals und suchte den Puls. Milo schien äußerlich unverletzt, doch er atmete kaum.

»Was ist passiert?«

Endlich öffnete er die Augen. Sein Mund verzog sich zu einem schwachen Lächeln. Doch als er zu sprechen ansetzte, bildete sich nur eine blutige Blase auf seinen Lippen.

Giò begriff, was er tun musste. Er legte sein Gewehr und den Gürtel ab, warf die Uniformjacke fort. Vorsichtig schob er die Arme unter Milos Körper und hob ihn hoch. Mit einiger Mühe kam er auf die Beine.

Er musste ein Feldlazarett finden. Was hatte Nonnschläger ihnen beigebracht? Schwarze Fahnen. Er musste nach schwarzen Fahnen Ausschau halten. In der Richtung, aus der er gekommen war, würde er kein Glück haben. Also woanders entlang.

»Ich bringe dich hier weg. Dieses Mal bist du dran. Die Krankenstation ist nicht gerade ein angenehmer Ort, aber du wirst sehen, sie bringen dich wieder auf die Beine.«

Milo stöhnte leise.

»Sag nichts. Tut mir leid, wenn das unangenehm ist. Aber ich lasse dich nicht allein hier liegen. Ich weiß, wie sich das anfühlt. Mal sehen, was Nonnschläger für ein schreckliches Gebräu hat, das er dir einflößen kann. Du wirst es hassen.«

Er redete, bis ihm die Luft ausging. Der verdammte Schweiß rann ihm in die Augen, ständig musste er blinzeln. Hektisch kaute er auf den Rosmarinblättern, konzentrierte sich ganz und gar auf den vertrauten Geschmack.

Er lief. Er wusste nicht mehr, in welche Richtung, nicht, wie lange.

Milos Körper wurde immer schwerer.

Irgendwann war er am Rande seiner Kräfte angelangt. Seine Beine zitterten und gaben nach. Er schaffte es eben noch, auf die Knie zu sinken, ohne dabei Milos leblosen Körper fallen zu lassen.

Verzweifelt blickte er sich um.

Da schwebte vor ihm der Engel über das Schlachtfeld.

6. Zwischen Solferino und Montechiari, 24. Juni 1859

MAGDALENA KNIFF DIE Augen zusammen. »Da drüben kommt ein Soldat. Er trägt etwas.«

»Geh hin, schau, was mit ihm los ist«, brummte der Arzt, ohne von seiner Arbeit aufzusehen. Er säuberte Wunden und verband sie, eine nach der anderen, ohne sich darum zu kümmern, ob es sich bei seinen Patienten um Freund oder Feind handelte. Nonnschläger hieß er, ein Österreicher, der jedoch fließend Italienisch sprach, worüber Magdalena sehr froh war. Ihr Französisch war ordentlich, aber mit Deutsch haperte es.

Sie nickte, nahm zwei saubere Tücher und eine Feldflasche mit Wasser. Zuerst wollten sie alle Wasser.

Sie hatte den Mann noch nicht erreicht, als er zusammenbrach. Rasch lief sie zu ihm.

Er kniete im Schlamm, vor ihm lag ein zweiter Mann und rührte sich nicht. Offenbar hatte er seinen Kameraden hergetragen. Nun war er sichtlich am Ende seiner Kräfte. Sein Oberkörper schwankte, sein Kopf rollte hin und her, die linke Hand, die er vor den Bauch hielt, zitterte. Nur seine andere Hand, die er schützend unter dem Kopf des Liegenden hielt, war vollkommen ruhig.

Er schien unverletzt, lediglich auf der rechten Wange hatte er einen blutverkrusteten Kratzer. Er trug österreichische Uniform, hatte jedoch kurz geschorenes dunkles Haar und einen schwarzen Bartschatten, sah eher aus wie ein Italiener. Seine Augen glänzten wie schwarzer Marmor.

Magdalena hatte nicht den Eindruck, dass er begriff, was um ihn herum vor sich ging.

»Hilf mir«, flüsterte er heiser. Auf Italienisch, stellte sie erleichtert fest. Zum Glück, das machte es einfacher.

»Trink.« Sie reichte ihm die Flasche.

Sie hockte sich neben den Liegenden. Er war ebenfalls ein hübscher Kerl mit der Andeutung eines freundlichen Lächelns auf den vollen Lippen. Er rührte sich nicht. Ein Einschussloch in der Uniformjacke war der einzige Hinweis darauf, was ihm fehlte. Als Magdalena die Jacke jedoch öffnete, blickte sie auf eine riesige nasse Blutlache, die den Stoff von innen getränkt hatte. Sie schluckte gegen den Kloß an, den sie plötzlich im Hals verspürte. Er war so jung … Dass viele nur wenige Jahre älter waren als sie selbst, hatte ihr in den letzten Stunden mehr zugesetzt als der Anblick offener Wunden und fehlender Gliedmaßen.

Als sie aufsah, wurde ihr zusätzlich die Ähnlichkeit zwischen den beiden Männern bewusst. Sie räusperte sich unsicher. »Ist das dein Bruder?«

Der Soldat setzte die Flasche ab und glotzte sie an. Wasser tropfte von seinem Kinn.

»Wie heißt du?«, fragte Magdalena.

Er antwortete nicht, sondern schloss die Augen und murmelte etwas. Betete er? Verstand er sie doch nicht?

Magdalena fragte erst auf Deutsch nach seinem Namen, dann versuchte sie es auf Französisch und noch einmal auf Italienisch. »Ich bin Magdalena«, erklärte sie endlich hilflos, weil er nicht antwortete.

»Ich wusste nicht, dass Engel Namen haben«, murmelte er.

»Welche Engel?«

»Kannst du ihn tragen? Ich …« Er ließ den Kopf auf die Brust sinken. Die Hand mit der Flasche zitterte so stark, dass er das kostbare Wasser verschüttete. »Ich schaffe es nicht.«

Magdalena schüttelte verwirrt den Kopf.

Sie wollte sich erheben, als der Soldat sich über seinen Kameraden beugte, um ihm Wasser einzuflößen.

Magdalena legte die Hand über die seine. »Er ist tot.«

»Nein!« Zum ersten Mal erhielt sie eine Reaktion. Er knurrte wie ein Tier und stieß sie weg.

Magdalena verlor das Gleichgewicht und landete auf dem Po.

Sie fühlte sich vollkommen hilflos und wurde wütend. Was sollte sie tun?

Dieser Nonnschläger hatte einem Mann, der nicht bei sich war, eine kräftige Backpfeife verpasst, das hatte ihn wieder zu Verstand gebracht. Aber sie konnte doch nicht hier und jetzt einen fremden Soldaten schlagen?

»Warte hier. Ich hole einen Arzt«, sagte sie schließlich und wandte sich um.

»Geh nicht weg! Lass mich nicht allein!« Er langte nach ihr, riss sie mit erstaunlicher Kraft zurück und ließ sie sofort wieder los. Dann sackte er in sich zusammen.

»Er ist nicht tot. Ganz sicher nicht.«

Magdalena war, als griffe eine eiskalte Hand nach ihrem Herzen. Zum ersten Mal ahnte sie, welche Gedanken ihren Vater umtrieben, wenn er sich um sie sorgte.

Sie schickte sich ein zweites Mal an, Hilfe zu holen, und dieses Mal hielt der Soldat sie nicht zurück.

Dafür überraschte Nonnschläger sie mit einer Tirade an Flüchen in seiner Muttersprache. Er stürzte sich geradezu auf die beiden Soldaten und widmete sich zunächst dem

Knienden, der immerhin kaum noch zitterte. Als der Arzt sich vergewissert hatte, dass seine Verletzungen an Wange und Schläfe nur oberflächlich waren, beugte er sich über den Liegenden.

Er brauchte nicht lange, um zu bestätigen, was Magdalena bereits wusste. Sorgsam knöpfte er die Uniformjacke des Toten zu und faltete ihm die Hände über der Brust.

Der andere ließ es geschehen.

»Er ist tot. Martini, hörst du mich? Antworte!«

Keine Reaktion.

»Martini, steh auf! Du musst hier weg, sonst nehmen sie dich gefangen. Herrgott noch mal! Hoch mit dir!« Er verpasste ihm einen leichten Tritt vor den Oberschenkel.

Endlich schaute der junge Soldat auf, sein Blick ging stumpf ins Leere. Verstohlen näherte Magdalena sich und hob die Wasserflasche auf, die er neben sich fallen gelassen hatte.

Schwerfällig richtete Nonnschläger sich auf. Als er nach Martini greifen wollte, zuckte der zurück. Und endlich, endlich schaute er den Arzt an. Seine Augen glänzten verräterisch. Er schien zu begreifen, dass er seinen Kameraden nicht hatte retten können.

Sein Blick wanderte weiter zu Magdalena. »Das ist also der Todesengel.« Sein Tonfall war nüchtern und doch so voll der Anklage, dass sie einen Schritt zurückwich.

Nonnschläger schnaubte wütend und schien kurz davor zu sein, Martini ein weiteres Mal zu treten. »Lass das Mädchen in Frieden, du Kalb! Sie ist eine durch und durch irdische Person, noch dazu eine, die zupacken kann und nicht die Nerven verliert. Zum letzten Mal, beweg dich endlich.«

»Mit Verlaub, Sie sind ungerecht. Er hat seinen Bruder verloren«, wagte Magdalena einzuwenden.

Martini hatte sich wieder dem Toten zugewandt und betrachtete ihn, als sähe er ihn zum ersten Mal.

»Seinen Cousin«, korrigierte Nonnschläger knapp. Er stand direkt vor Magdalena, hatte die Stirn in wütende Falten gelegt und vermied es, in Martinis Richtung zu sehen.

Sie stutzte. Er war gar nicht auf den Soldaten wütend, aber worauf stattdessen, konnte sie nicht erkennen.

»Ich muss zurück. Dort warten noch Dutzende auf Hilfe. Eine Schande ist das.«

»Beten Sie mit mir?« Martini blickte auf.

Nonnschläger atmete zischend aus, doch dann nickte er und schlug ein Kreuz. Nachdem sie gemeinsam ein Vaterunser gebetet hatten, griff Martini in seine Hosentasche.

Magdalena traute ihren Augen nicht, als er einen Rosmarinzweig hervorholte und dem Toten zwischen die gefalteten Hände legte.

Nonnschläger lächelte bitter. »Rosmarin war bei den Griechen in der Antike ein Symbol für Trauer und Tod. Bist ein kluger Bursche«, murmelte er leise vor sich hin. Vermutlich sollte es niemand hören, Magdalena verstand es trotzdem und behielt es für sich.

Er nickte ihr zu. »Kümmer dich um ihn, bring ihn ins nächste Dorf und sieh zu, dass er etwas zu essen bekommt. Mach ihm klar, dass er nach Osten laufen soll, bis er das Veneto erreicht oder die Truppe findet. Wenn du kannst, komm zurück, ich brauche jede helfende Hand.«

»Könnte er nicht auch helfen?«

Der Arzt schüttelte energisch den Kopf. »Ich weiß nicht, wie viel Zeit mir noch bleibt. Offiziell bin ich ein Gefangener des französischen Kaisers. Ich darf meine Arbeit tun, bis die Überlebenden versorgt sind. Keine Ahnung, was die danach mit mir anstellen. Oder mit ihm.« Mit diesen Worten ging er.

Der Soldat Martini erhob sich wie jemand, der aus einem langen Schlaf erwachte. Immerhin taumelte er nicht mehr, sondern schaffte es, Magdalena zu folgen, die nach kurzer Überlegung den Weg zurück zu ihrer Unterkunft einschlug. Sie war dem Küchenmädchen Martha bis hierher gefolgt und wusste keinen anderen Ort, an dem sich etwas Essbares auftreiben ließe. Sicherlich müsste sie den Österreicher an die Franzosen ausliefern? Oder sollte sie, allen Vorbehalten zum Trotz, ihrem Landsmann zur Flucht verhelfen? Wie funktionierte das?

»Wohin gehen wir?«, fragte er irgendwann.

»Ich soll dafür sorgen, dass du etwas zu essen bekommst.«

Er blieb stehen. »Essen? Wozu?«

Magdalena lächelte wider Willen. »Damit du zu Kräften kommst.« Damit war ihre Entscheidung gefallen: Sie würde tun, was Doktor Nonnschläger ihr aufgetragen hatte. »Deine Truppe ist auf dem Rückzug über den Mincio. Du musst sie einholen. Mit leerem Magen marschiert es sich schlecht.«

»Du hast ja keine Ahnung.«

Das stimmte, und zum ersten Mal, seit sie von den ganzen Geschehnissen um die italienischen Unabhängigkeitsbemühungen gehört hatte, war sie dankbar dafür. Die Folgen, die sie heute hatte mit ansehen müssen, weckten leise Zweifel, ob die Freiheit, um die sie alle kämpften, diesen Preis an Menschenleben wert war.

Es war spät, und in der Herberge schien keine Menschenseele mehr wach zu sein, als sie dort ankamen. Es war nicht mehr ganz so schwül, und ein goldener Schimmer hatte sich über die Landschaft gelegt, wie das in manchen heißen Sommern der Fall war, wenn die Nächte nicht mehr richtig dunkel wurden.

Das Küchenmädchen Martha hatte Magdalena gesagt, dass sie die Reste der Fleischterrine in die Küche gestellt hatte, falls Magdalena bei ihrer Rückkehr Hunger haben würde. Daher lotste sie den Soldaten, der alles stumm über sich ergehen ließ, in die Küche der Herberge und wies ihn an, sich auf die Gesindebank zu setzen.

Kaum hatte sie ihm einen vollen Teller vor die Nase gestellt, fiel er wie ein hungriger Wolf darüber her.

»Ich heiße Giovanni Martini«, erklärte er zwischen zwei Bissen. Das Essen weckte seine Lebensgeister.

»Ich bin Magdalena di Lucca.« Er erinnerte sich offenbar nicht daran, dass sie sich ihm bereits vorgestellt hatte.

Giovanni nickte. »Du siehst nicht so aus wie jemand, der viel Zeit in der Küche verbringt.«

Magdalena runzelte die Stirn. Das klang nicht gerade nach einem Kompliment. »Wieso?«

»Ich weiß nicht. Du bewegst dich, als wärst du fremd hier.«

»Das bin ich auch. Ich gehöre nicht zum Personal.«

»Was hast du mit den Zitronen vor?«

»Limonade machen. Dafür liegen sie hier, denke ich.«

Giovanni schnalzte mit der Zunge, erhob sich und nahm ihr das Messer aus der Hand, das sie ratlos zwischen den Händen hatte hin- und herwandern lassen.

Mit einer oder zwei lässigen Handbewegungen, so schien es Magdalena, hatte er Zitronen, Melisse, Zucker und Wasser in eine Karaffe gefüllt und umgerührt. Er goss Limonade in zwei Becher und reichte ihr einen davon.

»Danke«, stotterte Magdalena. Es schmeckte köstlich und erfrischend. Sie dagegen hätte nicht einmal gewusst, wie viel Zitrone oder Zucker sie verwenden sollte. Wie peinlich …

»Was machst du hier, wenn du nicht gerade versuchst, Limonade zu mischen?«

»Ich bin mit meinem Vater auf der Rückreise nach Venedig. Ich habe mich gemeldet, als sie nach Freiwilligen suchten, die Verwundete versorgen.«

»Davon hast du hoffentlich mehr Ahnung als von Küchenarbeit.«

Magdalena schnaubte empört. »Was soll das?«

»Nichts für ungut.« Er schien noch mehr sagen zu wollen, hielt sich jedoch zurück.

So ein Flegel. Sie sollte zusehen, dass sie ihn loswurde, und dann ins Bett gehen. Morgen gab es sicherlich immer noch Gelegenheit, sich zu engagieren – nachdem sie sich mit ihrem Vater ausgesöhnt hatte.

»Du sollst nach Osten gehen, bis du zur Grenze kommst oder die Truppe findest. Das hat mir Doktor Nonnschläger aufgetragen, dir zu sagen.« Sie bemühte sich um einen nüchternen Tonfall, obwohl seine – zugegebenermaßen richtige Einschätzung – ihrer Fähigkeiten sie gekränkt hatte.

Er trank seinen Becher leer und nickte.

Da fiel Magdalena etwas auf. »Interessiert dich, wie die Schlacht ausgegangen ist?«

»Nein.«

»Nicht? Wieso nicht?«

»Ich weiß, wie sie für Milo ausgegangen ist. Alles andere ergibt keinen Unterschied.«

Magdalena schwieg beschämt.

Er setzte sich wieder an den Tisch und holte einen Rosmarinzweig hervor. Blättchen für Blättchen zupfte er vom Stiel.

Eine Weile sah sie ihm zu, dann ließ sie sich ihm gegenüber auf der Bank nieder. »Warum kämpfst du dann, wenn es dir nicht wichtig ist?«

»Weil ich muss. Ich habe keine Wahl.«

»Bist du sicher? Die Lombarden haben sich auf die Seite des sardischen Königs geschlagen. Sie gehorchen nicht einfach Befehlen, es ist ihr persönlicher Kampf.«

Er zog verwirrt die Augenbrauen zusammen.

»Ich meine«, setzte Magdalena nach. »Du könntest überlaufen. Jetzt, heute Nacht.«

Sie erntete einen weiteren verständnislosen Blick.

Magdalena fühlte, dass sie das Richtige tat. Er war Italiener, er musste begreifen, auf welche Seite er gehörte.

Sie wollte weitersprechen, doch Giovanni fiel ihr ins Wort: »Heilige Madonna, bist du naiv! Denkst du auch weiter? Sie erschießen dich, wenn du abhaust.«

»Dazu müssten sie dich erst finden.«

»Ganz recht. Ich könnte nie wieder zurück nach Hause. Was soll ich hier im Westen? Nein, es wird Zeit, dass ich gehe.« Er erhob sich.

Erst da fiel Magdalena wieder auf, wie müde und erschöpft seine Bewegungen waren. Sie besann sich. Das war nicht der richtige Zeitpunkt, ihn mit solchen Überlegungen zu quälen. »Willst du nicht ein paar Stunden schlafen?«

Er schüttelte zögerlich den Kopf, als könne er dem Gedanken nur schwer widerstehen.

»Nein«, murmelte er schließlich. »Dort draußen im Innenhof ist sicherlich ein Brunnen? Ich werde mir den Staub aus den Augen waschen und meine Flasche auffüllen. Dann gehe ich.«

Mit langen Schritten durchquerte er die Küche und verließ sie durch die Hintertür.

Magdalena wartete. Eigentlich hätte Giovanni durch die Küche zurückkommen müssen. Der Innenhof war von einer

Mauer umschlossen. War er darüber geklettert, um abzuhauen? Glaubte er, dass das nötig wäre?

Als er nach weiteren langen Minuten nicht kam, ging sie hinaus.

Er saß auf dem Rand des alten Ziehbrunnens. Sein Hemd hatte er ausgezogen und die Hosenträger abgestreift, der Kratzer auf seiner Wange war sauber gewaschen und nässte ein wenig, sein Haar war feucht. Er rührte sich nicht, wirkte beinahe, als schliefe er mit offenen Augen.

Neugierig trat Magdalena heran.

Er war völlig in den Anblick eines Büschels Mohnblumen versunken, das sich an einer Spalte zwischen Mauer und Boden behauptete. Die roten Blüten stachen trotz des Zwielichts deutlich hervor.

»Wie blutige Tränen der geschändeten Erde«, murmelte er bei sich.

»Giovanni?«

Er erschrak und zuckte zusammen. Hastig rutschte er vom Brunnenrand und lächelte kurz wie ein reumütiger Junge, den man beim Kuchenstehlen erwischt hatte. Er reckte die Schultern und wollte nach seinem Hemd greifen, stattdessen musterte er sie eindringlich. Seine Augen waren dunkel wie Kohle, für Magdalena nicht zu durchschauen.

Ihr wurde heiß. War das nicht einer dieser Momente, vor denen man sie stets gewarnt hatte? Hier stand sie einem halb nackten jungen Mann mit ungeschliffenen Manieren gegenüber. Seine Brust glänzte noch feucht, eine alte Narbe lief über den kräftigen Muskel seines rechten Oberarms.

Er bemerkte ihren Blick. »Ein morscher Ast. Ich bin von einem Obstbaum gefallen. Da war ich vierzehn.«

Signora Pusinelli oder ihre Freundinnen würden vermutlich in Ohnmacht fallen. Magdalena bekam weiche Knie.

Bevor sie wusste, was sie tat, machte sie einen Schritt auf Giovanni Martini zu und küsste ihn auf die weichen Lippen. Sie lächelte, als sie Rosmarin schmeckte.

Er riss überrascht die Augen auf und hob die Hände, als wolle er sie von sich stoßen. Doch nach einem winzigen Zögern öffnete er die Lippen und erwiderte den Kuss ungestüm. Er zog Magdalena so nah an seinen Körper, dass sie seinen Herzschlag spürte, ein stetiges Hämmern unter warmer Haut.

Er fuhr mit zittrigen Fingern über ihren Nacken und öffnete ihren Haarknoten. Blonde Strähnen fielen schwer über ihren Rücken.

Er löste den Kuss und vergrub sein Gesicht in ihrem Haar. Magdalena erschauerte, als sein heißer Atem ihre Kopfhaut streifte. Er seufzte leise, es klang fast wie ein Schluchzen, und er lehnte sich schwer gegen sie, während seine Hände ihren Rücken hinabwanderten. So verharrte er.

Da begriff Magdalena, warum sie ihn geküsst hatte. Er war einsam. Sie kannte dieses Gefühl. Er sollte nicht einsam sein, nicht in dieser Nacht. Sie wollte, dass er das Leben spürte.

Zögerlich legte sie die Wange an seine Brust. Sein Herzschlag hatte sich beschleunigt. Seine Haut roch nach Hitze und Sommer.

Sie schloss die Augen und nickte. Sie hatte keine genaue Vorstellung davon, was sie erwartete, doch sie war bereit für das Abenteuer. Ein Rausch ergriff sie, spülte alle Erinnerungen an die vorangegangenen Stunden hinweg.

Er war zärtlich, doch in seinen hektischen Gesten lauerte Leidenschaft, die mitreißen, Wut, die verletzen, Verzweiflung, die zerstören konnte.

Seltsamerweise empfand sie keine Angst. Erst als er sie auf den Brunnenrand hochhob und ihre Beine spreizte, wurde sie unsicher. Sie hielt sich an ihm fest, während er eindrang und schwer atmend zustieß. Doch der Schmerz, von dem sie gehört hatte, dass er den Akt begleite, blieb aus. Stattdessen erfasste sie ein Glücksgefühl, das sie emporhob und davontrug, bis zu den blassen Sternen an diesem Himmel, der nicht dunkel werden wollte.

Ihre Augen suchten und fanden die seinen, ein endlos kurzer Moment der Nähe.

Es ist das Recht der Lebenden, zu leben und zu lieben.

Magdalena riss verwirrt die Augen auf und rutschte vom Brunnenrand. Sie schwankte unsicher, starke Arme hielten sie und ließen sie erst wieder los, als sie nickte.

Giovanni hatte sich abgewandt. Er wusch sich ein zweites Mal, kippte sich einen Eimer Wasser in den Nacken. Tränen liefen über seine Wangen. Glaubte er, dass sie es nicht sah? Oder bemerkte er es selbst nicht?

Magdalena war immer noch ein wenig schwindelig, aber das kam sicher nur von der Hitze. Gerade als sie zurück in die Küche gehen wollte, fragte er sie, ob sie einen Platz wisse, wo er bis zum Anbruch des Morgens bleiben könne.

»Warum?«

»Es ist nicht richtig, wenn ich gehe. Sie haben Nonnschläger gefangen genommen. Ich will zu ihm. Vielleicht braucht er mich.«

Oder du ihn, dachte Magdalena.

7. Castiglione di Stiviere, 25. Juni 1859

»Es muss doch irgendwen geben, der hier Bescheid weiß«, murmelte Giovanni gereizt.

Magdalena gab ihm recht. Sie irrten seit einer gefühlten Ewigkeit durch provisorische Lager, die für die Verwundeten eingerichtet worden waren. Trotz der frühen Stunde war es bereits unerträglich warm, die Hitze und das Blut der offenen Wunden zogen die Fliegen in Schwärmen an. Einmal glaubte Magdalena, ein paar Ratten um einen liegenden Mann herumhuschen zu sehen. Sie hoffte, dass sie sich irrte.

Seit sie im Morgengrauen eingetroffen waren – an Schlaf war kaum zu denken gewesen –, waren sie unbehelligt geblieben. Giovanni war ohne Uniformjacke, Waffe und Helm nicht sofort als Österreicher zu erkennen. Kaum einer gönnte ihm einen zweiten Blick, die Tatsache, dass er frei herumlief, schien Legitimation genug zu sein.

Oder es lag daran, dass der gesamte Ort völlig überfüllt war. Überall lagen Verletzte, wobei Magdalena nicht sicher war, ob manche der Herumliegenden nicht bereits tot waren. Helfer, meistens Frauen, wimmelten herum, versuchten die größte Not zu lindern, wuschen und verbanden Wunden, reichten Wasser oder sorgten schlicht dafür, dass ein Verwundeter in den Schatten gelegt wurde. Und ständig kamen neue hinzu, manche wurden getragen, andere auf einfachen Karren gefahren.

Magdalena kribbelte es in den Händen, mit anzupacken, wobei sie sich eingestehen musste, dass es nicht nur um die Wohltätigkeit ging, sondern auch um Ablenkung. Sie und Giovanni hatten kein Wort darüber verloren, was am Brunnen geschehen war. Er war nicht weniger verlegen als sie, das war deutlich zu spüren.

Sie sollte sich schämen, das wusste sie ganz genau. Und doch fiel es ihr schwer, Reue zu empfinden. Dazu war es zu schön gewesen, zu besonders, zu kostbar.

»Du da!« Giovanni ging auf einen Wachtposten zu, der auf einem engen Platz zwischen zwei Häusern an einem Brunnen lehnte und sich langweilte. »Kannst du mir sagen, wo die österreichischen Gefangenen hingebracht wurden?«

»Will wer wissen?« Der Soldat trug die Uniform Sardinien-Piemonts, kam dem Dialekt nach jedoch aus der Gegend. Er beäugte Giovanni kritisch und legte vielsagend die Hand auf den Kolben des Gewehrs, das er über die Schulter geschlungen trug.

»Ich suche einen Offizier, er ist Regimentsarzt. Ich will zu ihm.« Der feste Tonfall beeindruckte Magdalena, nicht jedoch den Italiener.

»Kannst du haben!« Mit einer blitzschnellen Handbewegung hatte er das Gewehr von der Schulter gerissen und Giovanni einen harten Schlag gegen die Hüfte verpasst. Der war zu überrascht, um zu reagieren, knickte mit beiden Beinen ein und landete auf allen vieren auf dem Boden. Er hob den Kopf und bekam einen weiteren Schlag vor die Schläfe.

»Was soll das? Hör sofort auf damit!« Magdalena ging auf den Mann los, der sie am Handgelenk packte und von sich stieß. Doch die Ablenkung genügte Giovanni, um sich wieder aufzurappeln und dem Mann in den Magen zu boxen.

»Was wird das? Aufhören!«, donnerte eine Stimme von der Straße. Im Handumdrehen hatten sich um sie herum Soldaten versammelt. Wo kamen die auf einmal alle her?

Giovanni begriff wohl sofort. Er ließ von seinem Kontrahenten ab, reckte die Hände in die Höhe und zeigte seine offenen Handflächen.

Magdalena streckte die Schultern durch und setzte eine unbeteiligte Miene auf. Ihr fiel ein Mann auf, der sich bis gerade über einen Verwundeten gebeugt hatte und nun das Geschehen beobachtete. Er trug einen gewaltigen Backenbart und war ganz in Weiß mit einem Tropenhelm gekleidet. Das war kein Soldat.

Sie richtete ihre Aufmerksamkeit wieder auf den Italiener, der gerade seinem Offizier erklärte, dass Giovanni sich der Gefangennahme widersetzte. Der stand mit gesenktem Kopf inmitten seiner Feinde und bemühte sich, möglichst harmlos zu wirken. Magdalena fühlte sich schuldig, obwohl sie nichts dafürkonnte. Es war schließlich nicht ihre Idee gewesen, ausgerechnet einen Wachtposten anzusprechen. Ihr war nicht einmal klar, was genau er bewachte.

»Dann bringt ihn zu den anderen, wenn er darauf besteht. Abführen!«, rief der sardische Offizier gerade, als der Mann in Weiß näher trat und ihn mit höflich geneigtem Kopf unterbrach: »Sprach er nicht gerade von einem Arzt? Hier werden dringend Ärzte benötigt.« Sein Italienisch hatte eine stark französische Färbung, war jedoch gut verständlich.

»Ein österreichischer Arzt. Wieso?«, erwiderte der Offizier grantig.

Giovanni ignorierte den Offizier und wandte sich an den Mann in Weiß: »Einer der beiden Regimentsärzte der Garnison von Peschiera befindet sich in Gefangenschaft. Er hat bis gestern Abend auf dem Schlachtfeld im Lazarett gearbeitet.

Ich will wissen, wo er hingebracht wurde und wie es ihm geht.«

»Wenn der Doktor zu helfen bereit ist, sollte er das tun, oder? Können Sie ihn herbringen?« Der Mann in Weiß reckte störrisch das Kinn.

Der Offizier war einen Moment lang zu verblüfft, um zu antworten. Dann schüttelte er vehement den Kopf. »Das geht nicht.«

»Warum nicht?«

»Weil er ein Gefangener ist. Wie oft soll ich das noch wiederholen?«

»Wenn er ein guter Arzt ist, ist er vor allem anderen ein Arzt. Er wird Ihren Männern helfen, weil er einen Eid geschworen hat.«

»Was reden Sie da? Er hat auch dem Kaiser von Österreich einen Eid geschworen. Der Mann könnte gefährlich sein.«

»Nein, das ist er nicht«, mischte sich Giovanni ein. Er hatte die Hände heruntergenommen. Er und der italienische Soldat belauerten einander, hielten sich jedoch mit Handgreiflichkeiten zurück. »Doktor Nonnschläger ist so, wie dieser Herr ihn einschätzt: ein Mann, der seinen Beruf ernst nimmt.«

»Er hat sich freiwillig in Gefangenschaft begeben.« Magdalena stockte, weil sich plötzlich alle ihr zuwandten. Ihr war gar nicht bewusst gewesen, dass sie den Gedanken laut ausgesprochen hatte. Sie räusperte sich. »Die Franzosen rückten an, und die Österreicher konnten die Verwundeten nicht mitnehmen, als sie sich zurückziehen mussten. Da hat dieser Arzt sich entschieden zu bleiben und die Männer zu versorgen, solange man ihn ließ. Es war ihm wichtiger, den Verletzten beizustehen und vielleicht noch ein paar Leben zu retten, als bei der Truppe zu bleiben. Man ließ ihn. Er hat sich um alle gekümmert, die er finden und denen er helfen konnte, auch Franzosen.« Sie hielt inne. Sie hatte während des Sprechens vergessen zu atmen.

Giovanni lächelte ihr anerkennend zu.

Sie alle wandten sich dem Offizier zu, der sich unschlüssig am Hinterkopf kratzte.

»Tutti Fratelli.« Die Augen des Mannes in Weiß glänzten. »So sagen die Frauen hier. Sie sind alle Brüder.«

»Es käme auf einen Versuch an. Ich kann ihn bewachen lassen«, grübelte der Offizier laut.

Giovanni zeigte auf den Soldaten. »Das kann er machen. Er hat ohnehin nichts Besseres zu tun.«

Der Mann zog eine wütende Grimasse, doch dann grinste er breit und zuckte mit den Schultern.

»Ich bleibe ebenfalls bei ihnen. Ich verbürge mich für den Arzt und diesen Soldaten. Mein Name ist Henry Dunant. Wenn es hilft, werde ich beim Graf von Mac-Mahon, dem Herzog von Magenta, den persönlich zu kennen ich die Ehre habe, Ihre Entscheidung lobend erwähnen.« Der Mann in Weiß deutete eine kurze Verbeugung an.

Magdalena wusste um die Wirkung von Namen, aber die Erwähnung eines der ranghöchsten Führer der französischen Armee erstaunte sie. Der italienische Offizier zögerte nicht länger, gab ein paar Befehle in verschiedene Richtungen und führte sie, Giovanni und ihren Bewacher in den Gewölbekeller einer Kirche, in dem alte Kirchenbänke lagerten. Kaum eine halbe Stunde später kehrte Henry Dunant mit Doktor Nonnschläger und zwei weiteren österreichischen Soldaten zurück.

»Die beiden waren ebenfalls unter den Gefangenen. Enrico Varese, ein Stabsarzt, und Albert Pacher, beide von den Tiroler Jägern aus Riva. Sie werden helfen.«

»Wir werden hier einen Operationssaal einrichten«, ergänzte Varese. Er war höchstens fünfundzwanzig, sein Begleiter noch einige Jahre jünger.

»Keine dumme Idee, das Gewölbe zu nehmen, die Temperaturen hier sind erträglich. Das muss ich den Italienern lassen.« Nonnschläger wirkte erschöpft, doch seine Bewegungen waren energiegeladen und sicher. Er wies die anderen an, aus den Bänken einen provisorischen Operationstisch herzurichten. Es erstaunte Magdalena, wie selbstverständlich alle Männer dem Ranghöchsten gehorchten. Sogar ihr Bewacher Lorenzo Scarponi packte mit an, allerdings nie, ohne die anderen aus den Augen zu lassen oder gar sein Gewehr abzulegen. Vor dem Eingang stand ein weiterer Bewacher.

Magdalena machte sich auf die Suche nach Martha. Sie war außer Dunant die einzige Person, die den Keller verlassen durfte. Mit zwei weiteren Frauen schleppten sie Bündel von Leinen und Charpie, Eimer voller Wasser und Operationsbesteck an. Giovanni baute mit Pachers Hilfe eine Feuerstelle in einer Ecke, damit sie das Wasser erhitzen konnten.

»Das habe ich dir zu verdanken, Martini.« Nonnschläger trat an Giovanni heran und sprach leise, doch Magdalena verstand es dennoch. »Besser für mich, zweifelsohne. Aber ich hoffe, dass du es nicht bereust, dass du nicht abgehauen bist, wie ich dir geraten habe.«

Giovanni lächelte entschuldigend. »Sie haben mir keinen Befehl gegeben, Signor. Ich habe getan, was ich für richtig hielt.«

Nonnschläger zog seine Uniformjacke aus und krempelte die Ärmel seines Hemdes hoch. Überwältigender Gestank nach Kot und Erbrochenem hing in der Kleidung.

Magdalena schlug sich die Hand vor den Mund und unterdrückte einen Würgreflex. Auch Henry Dunant zuckte kaum merklich. Er drehte sich wortlos um und verließ den Gewölbekeller.

Sie begannen mit ihrer Arbeit, als alles zu Nonnschlägers Zufriedenheit eingerichtet war. Magdalena wurde beauftragt, das Operationsbesteck und Charpie bereitzuhalten. Giovanni und Pacher trugen die Verwundeten herein und hielten die Bedauernswerten fest, während Nonnschläger oder Varese sich damit abwechselten, Wunden von Kugeln oder Schmutz zu säubern und zuzunähen. Während der Amputation eines Arms wurde Magdalena übel, doch sie war stolz auf sich, dass sie sich weder übergeben musste noch in Ohnmacht fiel, im Gegensatz zu dem operierten Soldaten.

Nachdem Nonnschläger Befehl gab, den Patienten wegzuschaffen, und Giovanni, Pacher und Scarponi den Keller verlassen hatten, schaute er sie erwartungsvoll an.

Sie trat näher, hoffte darauf, keine Aufgabe zu bekommen, die ihren Magen in den kommenden Momenten allzu sehr strapazierte. »Was kann ich tun?«

»Besorg dir ein paar Säcke und schaff das hier fort.« Er deutete auf den abgetrennten Arm auf dem Steinboden beziehungsweise dem, was davon noch übrig war.

Magdalena schluckte gegen ihren Ekel an. Aus den Augenwinkeln sah sie, wie Varese feixte, während er sich eine Zigarre anzündete. Dunant hatte ihnen welche besorgt, um, wie er erläutert hatte, den Geruch zu vertreiben. Das war, als er mit frischen Hemden zurückgekommen war, die Nonnschläger freudig entgegengenommen hatte, jedoch vorerst nicht anziehen wollte. Inzwischen hatte Magdalena verstanden, warum: Dieser Arm war vermutlich erst der Anfang.

»Nun beweg dich, Mädchen. Oder hältst du das nicht aus? Dann geh. Ich kann hier keine Mimosen gebrauchen.« Der Arzt wischte sich mit dem Unterarm übers Gesicht.

»Ja, ich kümmere mich darum.« Magdalena stockte und wandte sich verlegen ab, schon allein, um nicht auf den Arm sehen zu müssen. »Aber was soll ich damit tun?«

»Du packst das, wie alles, was noch kommen wird, in Säcke und übergibst sie den Nonnen. Ich bin sicher, hier gibt es Nonnen. Zu solchen Anlässen tauchen sie immer auf. Vermutlich werfen sie die Teile in eines der vielen Gräber. Bei der Hitze müssen die Toten schnell unter die Erde, die stört es nicht, wenn es ein paar Arme oder Beine mehr sind.«

Magdalena drehte sich um und verließ hastig den Keller. Sie war fassungslos. Wie konnte man nur so barbarisch sein? Ein Begräbnis war etwas Heiliges, das den Toten würdigen sollte. Wie anders Giovanni mit der Leiche seines Cousins umgegangen war …

Aber gut, Nonnschläger hatte bereits den gesamten Vormittag gezeigt, dass er nichts auf Rituale oder Pietät gab. Und vielleicht war dies das Gebot der Stunde. Wo Magdalena auch hinschaute, lagen Männer mit offenen Wunden oder verrenkten Gliedern. Manche flehten sie um Wasser an, die meisten lagen einfach apathisch da. Inzwischen war ihr Blick geübt, sodass sie die Toten erkannte, die zwischen den Verletzten lagen. Nonnschläger hatte recht, da halfen keine Gebete und kein geweihtes Grab. Rasches und entschlossenes Handeln schützte die Lebenden.

Als Magdalena zurückkehrte und die Steinstufen hinabging, wurde ihr von dem Gestank, der ihr entgegenschlug, beinahe übel. Solange sie sich in dem Gewölbe aufgehalten hatte, war ihr diese entsetzliche Mischung aus Blut, Metall und Exkrementen nicht aufgefallen. Dazu sorgten die Zigarren und der Rauch des Feuers dafür, dass die Luft immer dicker wurde.

Sie riss sich zusammen, doch ein leichter Schwindel ließ sich nicht aus dem Kopf vertreiben.

Nonnschläger hatte gerade die Knochensäge gesäubert und musterte sie eingehend. Dann ließ er seinen Blick gründlich über die Männer schweifen. »Ihr alle, raus hier. Macht eine halbe Stunde Pause. Magdalena, besorg Wasser oder verdünnten Wein, wenn sie den haben dürfen.« Er richtete die letzten Worte an Scarponi, der ein »Warum nicht?« brummte.

Als Magdalena mit zwei Krügen einer Mischung aus Wasser und Weißwein zurückkehrte, fand sie Giovanni mit Scarponi und Pacher nahe dem Eingang zum Kirchengewölbe unter einem Baum sitzend vor. Die beiden Ärzte standen abseits, rauchten gemeinsam und schienen in ein Fachgespräch vertieft. Dunant entdeckte sie nirgendwo, seinem ungebremsten Eifer nach wollte er vielleicht keine Pause machen, die jedoch dringend nötig war. Allen klebten die Kleider am Leib, ihre Mienen waren blass und verkniffen, Pachers Hände zitterten. Magdalena war froh, dass im Moment kein Spiegel in der Nähe war, denn sie würde kaum eine bessere Figur abgeben. Sie verteilte Becher an die Männer und setzte sich mit etwas Abstand unter den Baum. Giovanni blickte in ihre Richtung. Ein Lächeln bildete ein Grübchen an seinem linken Mundwinkel, breitete sich über sein gesamtes Gesicht aus, grub zwei schmale Fältchen um seine Augen. So schnell, wie es aufgeblitzt war, verschwand es wieder, und er ließ sich nicht anmerken, dass sie etwas verband.

War es so, verband sie etwas?

Erst jetzt wurde Magdalena bewusst, dass sie den gesamten Vormittag über seine Nähe gesucht hatte, einerseits, weil er eines der wenigen vertrauten Gesichter war, andererseits, weil sie ein beinahe mütterliches Bedürfnis verspürte, auf ihn achtzugeben.

»Woher kommst du?« Scarponis Frage an Giovanni verhinderte, dass sie diesem Gedanken nachhängen konnte.

»Malcesine, Ostufer.«

»Schöner Ort. Ich bin aus Renzano, das ist oberhalb von Salò.«

»Und wie bist du zur Armee gekommen?«

»Eines Tages kam ein Mann ins Dorf und suchte nach Freiwilligen. Ich bin mitgegangen. Habe erst nach und nach verstanden, dass es um unsere Unabhängigkeit geht.«

Pacher schnaubte abfällig. »Freiwillig? Du musst verrückt sein. Ich wäre lieber heute als morgen zurück in meinem Dorf. Er ist schön, euer Gardasee, vor allem bei Riva, wo es noch ordentliche Berge gibt. Aber ich wäre lieber heute als morgen zurück in meinem Gadertal.«

»Wo ist das?«

»Weit im Norden, mitten in den Dolomiten.«

»Das ist schon verrückt.« Giovanni schüttelte den Kopf. »Da sitzen wir hier alle fern von der Heimat und schlagen uns die Köpfe ein. Und nur du, Scarponi, weißt, warum.«

»Na ja.« Scarponi brummte nachdenklich. »Ihr seht beide nicht aus wie Feinde, nicht mal du, Pacher. Hab sogar Verwandte im Veneto, aus der Nähe von Garda.«

»Mein Onkel ist Fischer, er kennt eine Menge Leute an der lombardischen Küste zwischen Limone und Campione.«

Scarponi grinste breit. »Schmuggelt er?«

»Dazu schweige ich lieber.«

Die Männer lachten einträchtig. Magdalena dachte an die Formulierung von Dunant: *Tutti Fratelli.* Es stimmte, sie alle waren Brüder.

Scarponi lehnte sich bequemer an den Baumstamm.

»Schließt euch uns an. Wäre das nicht besser, als in Gefangenschaft zu sein?«

Magdalena hielt den Atem an, während Giovanni und Pacher unsichere Blicke tauschten. Derselbe Gedanke war ihr auch gerade gekommen. Die drei hier verband mehr, als sie trennte. Sie sollten auf einer Seite kämpfen, für eine gemeinsame Sache.

Giovannis Blick blieb an Nonnschläger hängen, der, Zigarre im Mund, seinem Kollegen gestenreich etwas erklärte.

Pacher ergriff als Erster wieder das Wort. »Die italienische Sache ist nicht meine, Scarponi. Aber ich werde dich in guter Erinnerung behalten.«

Giovanni erwiderte nichts, füllte stattdessen seinen Becher nach und trank.

Einige Meter neben dem Eingang zum Gewölbe gab es eine Seitentür ins Innere der Kirche. Sie stand offen, damit wenigstens ein wenig Luft ins Innere gelangte beziehungsweise der Gestank nach Tod und Verwesung abziehen konnte. Denn auch unter diesem Dach, wusste Magdalena von ihren Botengängen, lagen zahlreiche Verwundete.

Jetzt schreckten wütend erhobene Stimmen, die aus dem Kirchenchor heraushallten, Magdalena und die Männer aus der Lethargie der mittäglichen Hitze. Sie alle sprangen auf, die beiden Ärzte traten stirnrunzelnd näher.

»Was ist da los?«, frage Pacher.

Der Lärm steigerte sich, jemand brüllte, eine hohe Frauenstimme entgegnete mit einem unverständlichen Wortschwall.

Keiner der Männer zögerte mehr, sie alle liefen durch die Seitentür ins Innere der Kirche. Magdalena raffte ihren Rock und folgte etwas langsamer, wobei ihr nicht entging, dass Scarponi endgültig vergessen zu haben schien, dass die anderen eigentlich unter seiner Bewachung standen.

Sie hielt an der Tür inne, damit ihre Augen sich an das dämmrige Licht gewöhnten, und versuchte sich einen Reim auf den Anblick zu machen, der sich ihr bot.

Dunant hatte sich flankiert von zwei Nonnen vor einem Paar aufgebaut, das offenbar durch das Hauptportal in die Kirche spaziert war. Die beiden stachen deutlich aus ihrer Umgebung hervor, denn ihre Kleidung war vollkommen unbefleckt. Das rüschenbedeckte Sommerkleid der jungen Frau war so hell und sauber, dass es beinahe in den Augen wehtat. Sie hatte einen zugeklappten spitzenbesetzten Sonnenschirm in der einen Hand und hielt mit der anderen einen breitkrempigen Sommerhut mit Blumendekoration fest. Gierig wandte sie den Kopf in alle Richtungen, zeigte mit dem Schirm auf etwas und redete, unbeeindruckt von dem Gezeter, das die beiden Nonnen machten, auf ihren Begleiter ein. Der Mann schien ein wenig älter zu sein, vielleicht an die vierzig. Er hatte einen gewaltigen Backenbart und trug einen cremefarbenen Anzug mit dazu passendem Hut. In der Rechten hielt er eine Reisetasche. Gerade versuchte er, sich an einer der beiden Nonnen vorbeizudrücken, als Dunant ihn am samtenen Kragen seines Jacketts packte.

»Das reicht jetzt! Raus hier!«, brüllte er dabei.

»Was erlauben Sie sich!« Der Mann packte Dunants Handgelenk. Unterdessen drängte die kräftigere der beiden Nonnen die Frau Schritt um Schritt zurück, indem sie ihren gewaltigen Busen wie einen Rammbock nach vorne reckte. Magdalena musste bei diesem Anblick trotz aller Dramatik kichern. Zum Glück war niemand in ihrer Nähe, der sie hören konnte.

»Was geht hier vor?«, rief Varese. Er hatte sich als Erster einen Weg durch die Kirchenbänke und Lager der Verwundeten gebahnt.

»Touristen, die sich am Leid der Soldaten ergötzen.« Dunants Tonfall war ungewöhnlich scharf, das sah ihm gar nicht ähnlich.

Empört trippelte die junge Frau weiter rückwärts. »Es ist doch wohl unser gutes Recht, uns zu informieren.« Magdalena hatte einige Mühe, ihren breiten Akzent zu verstehen.

Der Mann dagegen schien begriffen zu haben, dass er es besser nicht auch noch mit fünf wütenden Soldaten aufnehmen konnte. Er packte seine Begleiterin am Arm und drehte sich um. »Darling, wir gehen.«

Hastig traten sie durch das Hauptportal nach draußen und waren verschwunden.

»Widerwärtiges Pack!« Die kräftige Nonne stemmte die Fäuste in die Hüften und spuckte aus, ignorierte dabei den entsetzten Blick ihrer Ordensschwester, die rasch ein Kreuz schlug.

Dunant wandte sich an die Soldaten und schüttelte bedauernd den Kopf. »Touristen, die zufällig hier vorbeikamen. Ich nehme an, aus dem Britischen Empire. Sie wollten nur herumgaffen. Können Sie sich das vorstellen? Erst dachten wir, sie wären hereingekommen, um zu helfen, aber nein! Sie wanderten zwischen den Lagern umher und machten sich gegenseitig auf Verletzungen aufmerksam. Als ob sie im Wettstreit lagen, wer die spektakulärere Wunde entdeckt.«

»Sollen sie doch herumglotzen, mir gleich.« Die kräftige Nonne scheuchte die andere mit einer Handbewegung wieder an die Arbeit. »Aber sie haben im Weg herumgestanden und uns behindert. Als Nächstes hätte diese Göre noch mit ihrem Schirm in einer Wunde herumgestochert!« Sie stieß eine saftige Verwünschung aus, die sogar Dunant zusammenzucken ließ. Ihre Ordensschwester machte mit einem verlegenen Blick in Richtung Altar, dass sie davonkam.

»Nun denn.« Varese klatschte in die Hände und sah die anderen an. »Machen wir uns auch wieder an die Arbeit. Ihr habt es gehört, mit Herumstehen ist hier niemandem geholfen.« Die anderen nickten. Scarponi schien sich wieder an seine Aufgabe zu erinnern und verließ als Letzter die Kirche, aufmerksam darauf bedacht, dass sie alle, Magdalena eingeschlossen, sich zurück in das Gewölbe begaben und nicht auf die Idee kamen, einfach abzuhauen.

»Hier könnt ihr schlafen. Aber kommt nicht auf die Idee, abzuhauen. Rund um das Gebäude stehen Wachen.« Der Soldat deutete mit dem Kinn auf den überdachten Teil des Innenhofes, in den er Pacher und Giovanni geführt hatte. Magdalena begleitete sie, weil sie sich noch verabschieden wollte. Nonnschläger und Varese hatte man ihrem Stand als Offiziere gemäß unter Bewachung in einem einfachen Zimmer einer Herberge untergebracht.

Pacher gähnte hinter vorgehaltener Hand. »Ich kann mich kaum noch auf den Beinen halten. Wie weit würde ich kommen?« Er nickte den anderen zu und legte sich, angezogen, wie er war, auf die Steinfliesen. Das Laken, das man ihm mitgegeben hatte, nutzte er als Kopfkissen.

Der Soldat tippte sich grüßend an die Schläfe und verschwand mit einem unverschämt anzüglichen Blick auf Magdalenas Ausschnitt. Sie brauchte wirklich nicht viel Fantasie, um sich auszumalen, für wen oder was er sie hielt.

Sie reckte sich und unterdrückte ihrerseits ein Gähnen. Es war ihr egal, was der Soldat von ihr dachte, dennoch wurde es dringend Zeit, diese Episode ihres Lebens vernünftig zu beenden. Sie hatte ihrem Vater mit diesem Ungehorsam mehr als genug zugemutet, sicherlich machte er sich inzwischen große Sorgen. Bei dem Gedanken bekam Magdalena ein noch schlechteres Gewissen.

Die Mauern des Innenhofes strahlten noch Sommerwärme ab. Eine uralte Kastanie bildete ein natürliches Dach über zersprungenen Lehmfliesen, zwischen denen sich an vielen Stellen braungelbes Gras hervorkämpfte. Rings um sie herum war es bis auf das allnächtliche Zirpen der Zikaden still geworden.

Giovanni stand einfach da, schien wieder schwermütigen Gedanken nachzuhängen. Magdalena verschränkte die Hände, wusste nicht so recht, wie sie beginnen sollte. Sie wollte nicht gehen, denn ob sie noch einmal zurückkehren konnte, war ungewiss. Die letzten beiden Tage hatten ihr mehr gegeben als alle Aufgaben der letzten Jahre ihres Lebens. Sie hatte sich gebraucht gefühlt, *nützlich.* Sie hatte hautnah erleben können, was sie mit ihrer Hände Arbeit bewirken konnte. Sie hatte Menschenleben gerettet.

»Ich muss allmählich zu meinem Vater zurückkehren«, meinte sie schließlich widerstrebend. »Ich habe ihm eine Nachricht hinterlassen, dass ich bis heute Abend bleibe. Er macht sich sicher langsam Sorgen.«

»Bitte geh nicht.« Giovanni packte ihre Hand. »Es ist gefährlich, wenn du allein gehst. Hast du nicht gehört, dass überall Soldaten unterwegs sind?« Er knurrte gereizt. »Zu Hause würde ich dich begleiten, aber das werden sie mir kaum erlauben. Wir hätten daran denken sollen, als Scarponi noch bei uns war. Er scheint ein aufrechter Kerl zu sein.«

Magdalena senkte den Kopf und biss sich auf die Faust, um ein hysterisches Lachen zu unterdrücken, das ihr in den Hals hinaufkroch. Sofern es um ihre Unschuld ging, vergaß ihr Begleiter offenbar, dass sie ihm bereits gegeben hatte, was er schützen wollte. Wobei sie von seiner Besorgnis gerührt war. »Das ist nicht nötig. Ich finde schon einen sicheren Weg zurück. Und als Zivilistin droht mir immerhin kein Gefangenenlager.« Sie unterdrückte abermals ein Gähnen.

Giovanni schüttelte entschieden den Kopf und drückte ihr sein Laken in die Arme. »Du wolltest mich gestern nicht gehen lassen, bevor ich ein paar Stunden geschlafen hatte, und damit lagst du richtig: Ich war viel erschöpfter, als ich wahrhaben wollte. Und jetzt verlange ich dasselbe von dir. Es geht auf Mitternacht zu, es ist dunkel. Warte wenigstens bis zum Morgengrauen. Du kannst kaum mehr die Augen aufhalten.«

»Also gut. Danke, Giovanni.«

»Ich bin Giò. Kein Mensch nennt mich Giovanni. Nur Valentina hat mich früher so genannt, wenn ich etwas angestellt hatte.«

»Du hast dich mir so vorgestellt.«

»Das war etwas Offizielles, das zählt nicht.«

Magdalena ließ sich auf den Steinboden nieder und rollte sich zur Seite.

Giovanni ließ sich hinter ihr auf den Boden plumpsen, legte den Arm um sie und zog sie schützend an sich. Es lag etwas Unschuldiges in dieser Umarmung, das Magdalena plötzlich erschöpfte Tränen in die Augen trieb. Seit dem Tod ihrer Mutter hatte niemand mehr sie auf diese Weise umarmt. Ihr Vater liebte sie, das wusste sie, doch er war um körperliche Distanz bemüht. Wenn sie ihn umarmte, ertrug er das, mehr nicht.

»Bitte erzähl mir von dir«, flüsterte sie. Falls sie weinen musste, sollte er es nicht merken.

»Was willst du wissen? Es gibt nicht viel zu erzählen.«

»Wie lebst du? Was macht deine Familie?«

»Meine Eltern vermieten Gästezimmer.«

»Hast du Geschwister?«

»Ja. Meine Schwester Sophia ist knapp zwei Jahre jünger als ich. Meine Mutter starb bei ihrer Geburt. Mein Vater hat wieder geheiratet, und ich habe drei jüngere Geschwister, aber sie sind noch klein. Ich bin der Älteste. Milo und ich werden …« Er verstummte.

Magdalena wischte eine Träne fort. »Ich lebe mit meinem Vater allein«, brachte sie hervor. Er durfte nicht an Milo denken. »Meine Mutter starb vor elf Jahren während der österreichischen Besetzung an der Cholera.«

»Das tut mir leid.« Er stockte kurz. »Ich erinnere mich nicht an meine leibliche Mutter. Meine Stiefmutter ist resolut und herzlich, sie hat nie einen Unterschied zwischen uns Kindern gemacht. Ich nenne sie manchmal sogar Mamma.«

»Ich erinnere mich gut an sie.« Magdalena versagte die Stimme. Sie hatte das falsche Thema gewählt. Zu sehen, wie Giovanni unter Milos Verlust litt, brachte den eigenen, längst vergessen geglaubten Schmerz wieder an die Oberfläche.

Er zog sie enger an sich. Seine stetigen Atemzüge kitzelten in ihrem Nacken. Sie glaubte Rosmarin zu riechen, vermutlich war es Einbildung. Seine Umarmung gab ihr Trost und Schutz. Vielleicht hielt er sich aber auch an ihr fest, sie hätte es nicht sagen können.

Als Magdalena wieder erwachte, dämmerte der Morgen. Erste Sonnenstrahlen krochen bereits über die Mauer des Innenhofes. Die Kastanienblätter malten lange Schattenfinger auf den Boden.

Ganz behutsam befreite sie sich aus seinen Armen. Einen langen Moment betrachtete sie ihn, wollte die Erinnerung mitnehmen. Giovanni hatte ungewöhnlich dichte lange

Wimpern, wobei die Hälfte am rechten Auge weggesengt war. Das kam von der Hitze, wenn er mit dem Gewehr gefeuert hatte. Sein Bartschatten war dichter geworden. Am Kinn schimmerte er an einer Stelle silbergrau.

Magdalena schlug ein Kreuz und bat die Jungfrau Maria, Giovanni Martini zu schützen. Dann huschte sie über den Hof und hinaus in den beginnenden Tag.

Die Tage nach Solferino

8. Peschiera im August 1859

Giò fuhr sich nervös mit beiden Händen durch die Haare, bevor er nach Aufforderung das Büro Doktor Nonnschlägers betrat. Der vertraute Anblick des Arztes hinter seinem Schreibtisch gaukelte ihm einen kurzen Moment die Illusion vor, alles wäre noch normal.

Er salutierte.

»Martini. Was kann ich für dich tun?« Nonnschläger nahm seine Brille ab und fixierte ihn. »Hast du wieder irgendwelche Symptome?«

»Es geht mir gut. Ich wollte mit Ihnen reden, wenn es erlaubt ist.«

Nonnschläger nickte ihm erleichtert zu, sich hinzusetzen und fortzufahren.

Giò entspannte sich und nahm auf dem Holzstuhl vor dem Schreibtisch Platz. Nein, nichts war wie vorher. Er betrachtete seine Hände, die er in den Schoß gefaltet hatte. »Ich dachte darüber nach, ob Sie mich ausbilden könnten. Ich frage mich immer wieder, ob ich Milos Leben hätte retten können, wenn ich nur gewusst hätte, was ich tun muss.«

»Giò, hör mir zu.« Es war nicht nur die ungewöhnlich vertraute Anrede, die der Stimme des Arztes einen sanften Klang verlieh. »Er hatte einen Treffer in der Lunge. Die Lunge pumpt Blut statt Luft und versagt ihren Dienst. Das überlebt niemand. Du hättest ihm nicht helfen können.«

Giò schwieg trotzig. Er war nicht überzeugt. Wenn er es wenigstens hätte versuchen können, wäre ihm wohler.

Nonnschläger lehnte sich zurück und schlug die Beine übereinander. »Es ist nicht nur der Tod deines Cousins. Was bedrückt dich?«

Giò blickte schweigend auf seine Hände. Er fühlte sich nutzlos.

»Manchmal hilft es, sich jemandem anzuvertrauen.« Immer noch sprach der Arzt ungewöhnlich sanft. »Was du mir sagst, fällt unter die Schweigepflicht, ähnlich wie bei einer Beichte.«

»Ehrlich?«

Nonnschläger lachte gutmütig. »Zugegeben, ganz so ist es nicht. Aber du kannst mir vertrauen. Ich gebe dir mein Ehrenwort, dass alles, was du mir sagst, unter uns bleibt.«

»Da war diese Frau, Magdalena, erinnern Sie sich an sie?«

»Wie könnte ich so ein bezauberndes Mädchen vergessen?«

Das fragte Giò sich auch. Sie ging ihm nicht mehr aus dem Kopf. Aber das war, bei allem Respekt und Vertrauen, nicht das, worüber er mit Nonnschläger reden wollte.

»Sie hat mich gefragt, warum ich nicht überlaufe zu den Italienern.« Er machte sofort eine abwehrende Geste, obwohl der Arzt nicht das geringste Anzeichen von Missbilligung zeigte. »Bitte glauben Sie nicht, dass ich das möchte. Es war ihre Idee. Aber sie sagte etwas davon, dass die Italiener aus Überzeugung kämpfen.« Seine Worte verloren sich.

»Und du nicht. Du kämpfst, weil die kaiserliche Wehrpflicht dich zu den Waffen rief und du gehorcht hast.«

Giò zuckte mit den Schultern. So war es, aber er fand es nicht klug, es direkt zuzugeben.

Nonnschläger tippte sich an den Kopf. »Jetzt denkst du nach, fragst dich, was der Unterschied zwischen denen und dir ist. Ob es anders wäre, ob der Tod deines Cousins einen Sinn hätte, wenn du wüsstest, *warum* du gekämpft hast oder *für wen.*«

»Für Seine Majestät Franz Joseph, Kaiser von Österreich, König des lombardisch-venetianischen Reiches«, rasselte Giò hölzern herunter. Er wurde unsicher. Er hatte einen Fehler gemacht, indem er dachte, er könne sich Nonnschläger zumindest etwas anvertrauen. Der Mann war Offizier der kaiserlichen Armee, es war doch völlig klar, auf welcher Seite er stand. Was, wenn er erkannte, wie tief die Zweifel wurzelten, Leib und Leben für diese Politiker zu geben, die Hunderte von Meilen weit weg in einer Stadt residierten, von der er gerade einmal den Namen kannte?

Nonnschläger schnaubte trocken. »Er wird es dir auf ewig danken.«

»Verzeihung, Signor?«

»Der Herr Kaiser. Er ist sicherlich ausnehmend dankbar. Jedem einzelnen Soldaten, nicht nur dir, das versteht sich.«

»Wie meinen Sie das? Hat er das zu seinen Generälen gesagt?«

»Das weiß ich nicht. Aber ich will es schwer hoffen.«

Es klang zynisch, doch Giò fand keine Hinweise darauf, wie er die Worte einordnen sollte. Was wusste er schon über Nonnschlägers Kaisertreue? Das sah dem Arzt ähnlich, ihn im Ungewissen darüber zu lassen, wie er das Gesagte tatsächlich meinte.

Giò bekam Angst. Er hätte schweigen sollen. Er erhob sich, und als Nonnschläger nicht protestierte, salutierte er und zeigte auf die Tür. »Ich bitte um Erlaubnis, gehen zu dürfen, Signor.«

Nonnschläger stemmte sich aus seinem Stuhl hoch und kam auf ihn zu. Er legte Giò eine Hand auf die Schulter und sah ihm eindringlich in die Augen.

Giò hatte Mühe, dem Blick standzuhalten, und unerklärlicherweise war ihm danach, einfach loszuheulen, sich gehen zu lassen wie ein kleiner Junge. Bisher hatte er seinen Verlust mit sich selbst ausgemacht. Die Schwermut wollte sich einfach nicht heben, nicht einmal, wenn er am Ufer des Sees stand und auf die beruhigenden Bewegungen des Wassers blickte. Im Gegenteil, dann bemerkte er umso deutlicher, welche Lücke in seinem Leben klaffte.

»Wir sprechen ein anderes Mal darüber, an einem anderen Ort. Behalt deine Gedanken für dich, Giò. Ich bitte dich in Gottes Namen, sprich mit niemandem über so etwas. Schwöre mir das.«

»Signor, sì!«

Nonnschläger ließ ihn los und gab ihm einen Klaps. »Ich werde dich zum Sanitäter ausbilden. Du wärst ein guter Arzt geworden, da bin ich mir sicher. Und jetzt ab, Martini. Du hast mir genug Zeit gestohlen!«

Erleichtert wandte sich Giò ab und ging. Er hatte das flüchtige Lächeln erkannt, das um die Mundwinkel des Arztes gezuckt war. Und er sollte verdammt sein, wenn Nonnschläger ihn nicht verstanden hatte und seine Zweifel einordnen konnte.

Die Tage waren endlos und einsam. Giò hatte durchaus Kameraden, die ihm näherstanden als andere, doch ihm war nicht nach Gesellschaft. Er war nicht der Einzige, der sich zurückzog. Die Schlacht hatte die Stimmung in der Kaserne verändert. Besonders die Wehrpflichtigen hatten begriffen, dass das Soldatenleben kein sorgloses Herummarschieren war. Der Tod hatte sich unter sie gesellt, ein ständiger Begleiter, der im Verborgenen lauerte, wenn sie gesellig beisammensaßen oder bei den Mädchen im Dorf lagen. Niemand sprach über diesen heißen und endlosen Tag, an dem er zwischen Medole und Pozzolengo an der kilometerlangen Frontlinie gestanden hatte, nicht über die Erschöpfung und den Durst, nicht über das, was er während und nach der Schlacht gesehen und erlebt hatte.

Worte waren gar nicht nötig. Die, die dabei gewesen waren und überlebt hatten, erkannten einander am Blick.

Der Sommer wurde noch heißer, und die Lombardei war nicht länger Teil des österreichischen Kaiserreiches. Die neue Grenze verlief einmal längs mitten durch den Gardasee, und Peschiera lag jetzt in direkter Nachbarschaft zum Königreich Sardinien-Piemont. Es war Giò einerlei, denn die Routinen, zu denen sie nach der Schlacht und der mehrwöchigen Kriegsgefangenschaft zurückgekehrt waren, blieben dieselben.

Einzig Nonnschläger ließ er ein wenig an sich heran. »Träumst von der Magdalena, die hat es dir angetan, nicht wahr?«, fragte er eines Tages, als er Giò dabei ertappte, wie er gedankenverloren in der Gegend herumstierte, statt den Hof zu fegen.

»Die ist keine Frau für einen wie mich, das wissen Sie, Signor«, wehrte er brüsk ab.

Nonnschläger hob die Augenbrauen. »Manchmal hat Gott einen Plan und es gibt einen Grund, warum du dieser Frau begegnet bist. Aber wer sind wir Menschen, dass wir das verstehen?«

»Ich weiß nicht.«

»Vielleicht wirst du sie eines Tages einmal wiedersehen. Da spricht nichts gegen.«

»Ich weiß nicht einmal, wo sie wohnt. Venedig ist eine Großstadt, wie sollte ich sie finden?« Was würde er ihr sagen? Dass er nicht aufhören konnte, an sie zu denken? An die beiden Nächte, die eine, in der sie sich am Brunnen geliebt hatten, und die andere, als sie wie eine lang vertraute Freundin in seinen Armen geschlafen hatte? Die eine Erinnerung war so kostbar wie die andere.

Wobei Giò sich nicht entscheiden konnte, was er denken sollte. Eine kostbare Erinnerung mochte es sein, doch er schämte sich zugleich in Grund und Boden. Im Nachhinein begriff er nicht, wieso er über sie hergefallen war wie ein lüsterner Köter. Gut, sie hatte ihn geküsst, aber hatte sie ihn verführen wollen? Er zweifelte daran, vor allem, da sie kaum Erfahrung mit Männern gehabt zu haben schien. Es wäre an ihm gewesen, nicht die Beherrschung zu verlieren. Nun konnte er es nicht ungeschehen machen und beten, dass sie nichts würde bereuen müssen.

»Giò, in den alten Märchen gingen die Ritter auf eine Queste. Sie zogen hinaus in die Welt und gaben nicht auf, bevor sie die Frau ihres Herzens gefunden und erobert hatten. Du solltest dir daran ein Beispiel nehmen.«

Nonnschläger lächelte schelmisch und brachte Giò damit zum Lachen – das erste Mal seit Wochen.

Breit grinsend, weil er sich vorstellte, wie er sich durch Wüsten oder Urwälder schlug, um Magdalena zu finden, schüttelte er schließlich den Kopf. »Sie wird mich vom Hof jagen. Nein, Signor, es hilft nur, sie zu vergessen und sich nach dem Wehrdienst eine andere zu suchen, deren ich mich würdig erweisen kann.« Wenn das nur so einfach wäre …

Der Arzt lächelte vielsagend und ging.

Als Giò sich am Abend auf sein Bett legte, hörte er unter der Bettdecke etwas rascheln. Er fand ein Bündel Papiere. Verwundert blätterte er die Seiten durch und runzelte angestrengt die Stirn. Die Sätze der ausgeschnittenen Zeitungsartikel und Notizen ergaben zunächst keinen Sinn. Giò stutzte. Diese schmalen, hochgeschwungenen Buchstaben; das war eindeutig Nonnschlägers Handschrift.

Er legte sich aufs Bett und begann zu lesen, quälte sich durch die Formulierungen, bis es zu dunkel wurde und die Buchstaben vor seinen Augen verschwammen. Danach lag er fast die ganze Nacht wach und versuchte sich einen Reim auf die Texte zu machen. Es ging um Pazifismus und die Notwendigkeit, Krieg zu führen; ein mehrseitiges Pamphlet nannte sich *Manifest des Jungen Italien.* All das hatte nichts mit der Realität zu tun, fand Giò. Die Wehrpflicht hatte ihn und Milo zur Waffe gezwungen. Staaten brauchten Armeen, das sah er ein. Sie mussten sich verteidigen können, wenn sie angegriffen wurden. Manchmal gab es keinen anderen Weg, als seine Interessen mit Gewalt durchzusetzen. Wann solche Interessen berechtigt waren, könnte Giò nicht beantworten, aber sicherlich war es so. Was gab es da weiter drüber zu diskutieren? Welche Möglichkeiten hätten er oder Milo denn gehabt? So wie Lorenzo Scarponi abzuhauen und sich der Gegenseite anzuschließen? Lief das am Ende nicht auf dasselbe hinaus, nämlich in die Schlacht zu ziehen und entweder getötet zu werden oder zu überleben? Jedenfalls klang die Frage nach einer weiteren Möglichkeit, wie ein eitles Gedankenspiel, wenn nicht gar nach blankem Hohn. Es gab keinen anderen Weg.

Und was nützte es am Ende zu überleben, wenn es bedeutete, dass dort, wo Liebe und Freundschaft sein sollten, eine hässliche Wunde klaffte? Wenn die Trauer einen immer wieder ansprang wie ein riesengroßes schwarzes Monster?

In solchen Momenten wünschte sich Giò, die Kugeln hätten nicht nur Milo getroffen.

»Haben Sie mir Papiere aufs Bett gelegt, Signor? Schriften, in denen es um Ungehorsam und Pazifismus geht?«, fragte Giò bei nächster Gelegenheit, als er Doktor Nonnschläger begegnete.

»Wie bitte? Warum sollte ich so etwas tun?«

»Das weiß ich nicht, deshalb frage ich ja.«

»Ich müsste verrückt sein. Verbrenn es.«

»Es ist interessant, aber ich verstehe vieles nicht. Ich kann nicht gut lesen, und manche Wörter sind mir völlig fremd.«

»Dann üb dich, du fauler Hund!« Nonnschlägers Augen funkelten wütend. »*Mens sana in corpore sano.* Gesunder Geist in gesundem Körper. Auf das Training eurer Bauerngehirne wird tatsächlich viel zu wenig Wert gelegt. Nicht, dass es viel bringen würde. Aber ihr gebraucht ja nicht einmal euer bisschen Verstand. Schleich dich, Martini!«

Giò presste gekränkt die Lippen aufeinander, widersprach jedoch nicht.

Tags drauf erhielt er den Befehl, ein Paket für Doktor Nonnschläger vom Bahnhof abzuholen, doch zu seiner Verwunderung erwartete ihn statt der angekündigten Sendung der Arzt höchstselbst am Schalter.

»Gehen wir ein Stück.« Nonnschläger deutete mit dem Kinn die Straße hinab.

Eine Weile schlenderten sie schweigend nebeneinander her. Der Himmel war bewölkt und der Tag nicht ganz so heiß, sodass Giò es genoss, wenigstens für den Moment der Kaserne zu entkommen. Zum ersten Mal seit vielen Wochen spürte er so etwas wie inneren Frieden.

»Was ich gestern sagte, war mein Ernst«, begann Nonnschläger nach einer Weile. Er hatte sich eine Pfeife angesteckt und paffte genüsslich vor sich hin. »Du solltest die Papiere, die du da gefunden hast, verbrennen.«

»Bevor oder nachdem ich sie gelesen habe?«, fragte Giò unschuldig. Spätestens jetzt war er sicher, dass Nonnschläger sie hinterlassen hatte, damit er sie las.

»Wie soll ich das beurteilen, wenn ich den Inhalt nicht kenne?«, knurrte der Arzt barsch. »Benutz deinen Kopf.«

»Wie gesagt fällt es mir schwer, diese Dinge zu verstehen. Es ist viel von der Notwendigkeit zu Ungehorsam die Rede. Von moralischem Handeln, das mehr wiegt als der Befehl. Davon, dass allen Menschen gleiche Rechte zugesprochen werden und weder Stand noch Herkunft entscheidend sind.« Giò reckte hilflos die Hände in die Höhe.

»Was verstehst du daran nicht?«

»Dieses moralische Handeln, was soll das sein?«

»Pass auf.« Nonnschläger blieb stehen und zeigte auf eine Frau, die an einem Ziehbrunnen stand. Sie trug ein kleines Kind auf dem Rücken, ein zweites, etwas größeres krabbelte um ihren staubbedeckten Rocksaum.

Giò erkannte, wie die Frau sich abmühte. Ob er um Erlaubnis bitten sollte, ihr zu helfen?

»Jetzt stell dir vor, ich gäbe dir den Befehl, die Frau samt den Kindern zu erschießen. Würdest du das tun?«

»Wie bitte?«

Nonnschläger fixierte ihn mit kaltem Blick, seine Miene regungslos.

Erst zögernd, dann entschiedener schüttelte Giò den Kopf. »Aber warum denn? Nein, so einen Befehl würden Sie nicht geben. Er ist unsinnig.«

»Es ist ein Gedankenspiel. Vielleicht hätte ich meine

Gründe, vielleicht wäre es Willkür, das weißt du nicht. Ich gebe dir einen solchen Befehl. Führst du ihn aus?«

»Ich …« Giò biss sich auf die Unterlippe.

Die Frau hatte einen Eimer aus dem Brunnen hochgeholt, stolperte jedoch über das Kind, das ihr zwischen die Beine geraten war. Das Wasser ergoss sich über das Kind, das glücklich auflachte und die Arme reckte. Seine Mutter setzte an, um zu schimpfen, doch dann fiel sie in das Lachen ein, setzte den tropfnassen Pechvogel auf den Brunnenrand und drohte ihm spielerisch. Das Kleine legte die Hand auf den Mund und machte große Augen.

Giò wurde sich bewusst, dass er lächelte. Er blickte zu Nonnschläger, der geduldig auf eine Antwort wartete. »Nein. Ich würde nicht schießen.«

Der Arzt zog an seiner Pfeife.

Die Frau hatte erneut Wasser aus dem Brunnen heraufgeholt. Den vollen Eimer in der einen, das hüpfende Kind an der anderen Hand, ging sie fort. Der Säugling auf ihrem Rücken regte sich im Schlaf.

Giò wandte sich dem Arzt zu. »Ist das mit moralischem Handeln gemeint? Sich einem solchen Befehl zu widersetzen? Weil er unmoralisch ist?«

»In etwa. Ganz entscheidend war deine Frage nach dem *Warum:* Warum habe ich das Recht, dir einen solchen Befehl zu erteilen? Weil ich dem Wiener Adel angehöre und als solcher ein Offizierspatent besitze? Oder weil ich dir moralisch überlegen bin?«

»Das Offizierspatent gäbe Ihnen das Recht.« Giò zögerte. »Es ist nur ein Gedankenspiel, Signor? Muss ich Konsequenzen fürchten, wenn ich aufrichtig bin?«

»Nein. Darauf hast du mein Wort!«

»Dann, mit Verlaub. Ich halte Sie mir für moralisch überlegen. Sie sind ein kluger Mensch und haben schon viel gesehen. Aber würden Sie von mir verlangen, diese Frau ohne Not und ohne Grund zu erschießen, dann hätten Sie diese Überlegenheit in dem Moment verspielt.« Giò bemerkte, dass seine Stimme bei seinen letzten Worten zitterte. Er verfluchte sich für diesen Drang, ehrlich zu sein.

Doch zu seiner Erleichterung schien Nonnschläger zufrieden. »Gute Antwort.« Jetzt lächelte er sogar breit. »Wir könnten noch allgemeiner fragen: Gibt es überhaupt eine Moral, die das Töten rechtfertigt? Ist es moralischer, sich mit einem Mann im Feld gegenüberzustehen und sich gegenseitig abzuschießen, als eine Mutter an einem Brunnen zu töten? Ist es vom Kaiser moralisch vertretbar, seinen Truppen solch einen Befehl zu geben?«

»Selbstredend.«

»Wirklich? Der Mann im Felde hat dir nichts getan. Er ist vielleicht ein einfacher Handwerker, ein liebevoller Vater und nur mit dem falschen Befehl am falschen Ort. Genau wie du.«

Giò schwieg unsicher. Er konnte plötzlich nur noch daran denken, dass Nonnschlägers Worte an Hochverrat grenzten. Aber wie weit waren seine eigenen Gedanken von dem entfernt, was gerade ausgesprochen wurde?

»Signor, glauben Sie denn, dass jegliche Schlachten vermeidbar wären? Dass ein Zusammenleben ohne Krieg möglich ist?«

»Nein.« Nonnschläger seufzte laut. »Das wäre sicher eine Utopie. Aber vielleicht könnte man auf dem diplomatischen Parkett mehr tun?«

Er lachte, weil Giò ratlos mit den Schultern zuckte, und wurde dann wieder ernst. »Wir lassen es für heute gut sein. Ja, ich werde dich mit Freuden ein paar Dinge lehren, aber wenn du darüber ein Wort innerhalb der Kaserne verlierst, schwöre ich dir, dass ich dich in den hintersten Winkel der Krim versetzen lasse. Bis wir wieder Gelegenheit zum Philosophieren haben, gebe ich dir ein weiteres Gedankenspiel mit auf den Weg: Stell dir vor, ich würde dir den Befehl geben, mich zu töten. Würdest du es tun?«

9. Peschiera im November 1859

»Eintreten, Martini!«

»Signor, sì.« Giò salutierte vor dem Soldaten und erstarrte zugleich. Sein Vater Roberto Martini saß in dem kargen Empfangsraum hinter einem wackeligen Tisch.

Der Soldat verließ das Zimmer und schloss die Tür hinter sich.

Giò machte einen Schritt und blieb mitten im Raum stehen. Er konnte selbst auf diese Entfernung sehen, wie sein Vater mit den Kiefern mahlte.

»*Buongiorno,* Papà. Ist etwas geschehen? Sind alle wohlauf?«

Mit einer einzigen Bewegung sprang Roberto Martini auf und gab seinem Sohn eine schallende Backpfeife. Giò taumelte, vor seinen Augen blitzten Sterne.

»Was …?« Er sank unter dem wütenden Blick seines Vaters zusammen. Am liebsten hätte er sich auf dem Absatz umgedreht und wäre davongelaufen. So wie er als kleiner Junge an den Strand geflohen war und sich dort verkrochen hatte, bis die Luft wieder rein war, wenn, berechtigt oder nicht, Prügel drohten. Das ging natürlich nicht. Er war erwachsen.

»Gestern kam eine Frau in den Gasthof und bat um Unterkunft.« Martinis Stimme war leise, wirkte plötzlich müde, als hätte er seine gesamte Energie an den Schlag verschwendet.

Giò wies auf die beiden Stühle, und sie setzten sich. Ihm war die seltsame Formulierung aufgefallen. Sie bat um Unterkunft? Er wartete geduldig, bis sein Vater endlich weitersprach.

»Sie ist im fünften Monat schwanger.« Martini hielt inne und musterte ihn forschend.

Giò begann zu rechnen. Unruhig rutschte er auf dem Stuhl hin und her.

»Ihr Name ist Magdalena di Lucca. Sie ist aus Venedig zu uns gereist und hat nach dir gefragt.«

Giò wurde heiß und kalt. Sie war schwanger? Das konnte nicht stimmen. Das durfte nicht wahr sein. Er hatte einen Albtraum und würde gleich erwachen.

»Ist das Kind von dir?«

»Sagt sie das?« Natürlich war es von ihm. Andernfalls würde Magdalena nicht einfach nach Malcesine reisen, nur um ihm zu sagen, dass sie Nachwuchs erwartete.

»Ich will es von dir hören, Giovanni Martini. Rede!«

Giò senkte ergeben den Kopf. »Ja.«

Magdalena war keine, die sich reihenweise Männern hingab, niemals. Die Sache zwischen ihnen beiden in Montechiari war ein Unfall gewesen, ein Versehen, den Umständen geschuldet. Sie hatte nicht gewusst, was sie tat. Und er hatte es nicht verhindert.

Die vertraute Scham schwappte über ihn hinweg wie eine Welle. Er spürte, wie ihm das Blut in die Wangen stieg, wobei da noch ein anderes Gefühl aufkeimte.

Pure Freude.

Er würde Magdalena wiedersehen. Ganz gleich, was dann folgte. Er würde das Kind anerkennen. Ein neues Leben war in der dunkelsten Stunde seines Daseins entstanden, ein Neubeginn, nachdem etwas geendet hatte.

»… will sie dich heiraten.«

Giò fuhr verwirrt auf, er hatte überhaupt nicht zugehört.

»Verzeihung?«

Martini runzelte die Stirn. »Ich sagte, dass das Mädchen hergekommen ist, um dich zu heiraten.«

»Wie bitte? Magdalena will mich heiraten?« Das musste doch ein Traum sein. Allein der Gedanke daran ließ Giòs Herz schneller schlagen.

»Giò, ist alles in Ordnung mit dir? Du bist ja ganz durcheinander.«

»Ja. Ich kann das nicht glauben. Sie ist wunderschön und liebenswürdig, oder nicht?«

Martini blickte seinen Sohn mit einem Mal milde an. »Du magst sie.«

Giò konnte nur nicken, fühlte sich auf einmal hilflos und schwach. Wie sollte er einer solchen Frau gerecht werden? Was konnte er ihr schon bieten, außer seiner Zuneigung? War es Liebe? Er kannte sie doch kaum, hatte zwei Nächte und einen Tag mir ihr verbracht, und auch da hatten sie wenig Gelegenheit gehabt, miteinander zu sprechen.

Martini lehnte sich auf seinem Stuhl zurück und lächelte nachdenklich. »Du kannst dir sicher vorstellen, dass ich von deinen Eskapaden nicht begeistert bin. Sie ist siebzehn, wusstest du das?«

»Nein.«

»Siebzehn! Noch ein halbes Kind. Ich hätte dir mehr Verstand zugetraut. Aber ich rechne dir an, dass du zu deiner Verantwortung stehst. Ich werde also das Aufgebot bestellen, und wenn alles geregelt ist, findet die Hochzeit statt. Sie hat Dokumente mit, in denen ihr Vater die Erlaubnis gibt. Er selbst musste sich auf eine Geschäftsreise nach China begeben.«

»Papà, kann sie bei Ihnen wohnen, bis mein Militärdienst vorbei ist? Sie wird sicherlich mit anpacken und der Familie nicht zur Last fallen.«

»Das lässt sich einrichten. Wir können den Dachboden neben deiner Kammer weiter ausbauen, damit ihr später zu dritt ausreichend Platz habt. Aber das hat Zeit, du hast ja noch fast zwei Jahre vor dir.«

Giò nickte ergeben. Jetzt, da er es ausgesprochen hörte, kam es ihm vor wie eine Ewigkeit. Erging es Magdalena genauso? Schließlich wusste sie, wie lange er noch zu dienen hatte.

Martini erhob sich und lächelte zum ersten Mal. »Ich werde nicht hadern, Gottes Wege sind unergründlich. Ich melde mich, wenn ich mit Don Paolo den Hochzeitstermin vereinbart habe.«

Er klopfte Giò auf die Schultern, der verlegen zu Boden starrte und immer noch mit dem Lächeln rang, das sich beharrlich auf seine Lippen legte.

Magdalena würde seine Frau werden. Er konnte es immer noch nicht glauben.

Er begleitete seinen Vater bis zum Tor und war kaum ein paar Schritte weit gekommen, als ihm ausgerechnet Doktor Nonnschläger entgegenkam.

Schlagartig kamen ihm dessen Ermahnungen in den Sinn. Was war mit seiner Krankheit? Angeblich trug er die Syphilis in sich, obwohl er nie wieder Beschwerden gehabt hatte. Konnte er Magdalena angesteckt haben? Was war mit dem Kind? Ihm wurde ganz schwach, und er lehnte sich gegen die Wand des Flures. Sofort, weil der Arzt sonst fragen würde, stieß er sich wieder ab.

Zu spät. Nonnschläger blieb stehen und zog die Augenbrauen in die Höhe.

Giò atmete einmal tief durch. Was machte es schon für einen Unterschied, irgendwann würde er es ohnehin erfahren. »Ich werde heiraten. Nächsten Monat schon.«

»Wie bitte?« Ein unerwartet väterliches Lächeln breitete sich auf Nonnschlägers Zügen aus. »Wer ist die Glückliche?«

»Signor, es ist nicht so, wie Sie denken.« Giò verstummte.

»Wie bitte?«

»Sie kennen sie.« Er senkte seine Stimme zu einem Flüstern, wusste, was für ein Donnerwetter gleich über ihn hereinbrechen würde. Wieder dachte er daran, wie einfach das Leben als Kind gewesen war, als man sich aus dem Staub machen konnte, falls Unheil drohte. »Magdalena. Sie ist schwanger.«

Eisiges Schweigen war die Antwort. Nonnschläger musste nichts sagen, der Vorwurf stand ihm allzu deutlich ins Gesicht geschrieben.

»Ich hatte Ihr Geschenk«, begann Giò hastig, »bis zum Morgen der Schlacht in meinem Tornister bei mir, aber wir mussten das Gepäck ablegen, um schneller voranzukommen. Sie wissen, dass wir nach der Schlacht nichts davon zurückerhalten haben.« Giò reckte trotzig das Kinn. Er hatte in keiner Sekunde an ein Kondom gedacht. Er hatte nicht die Absicht gehabt, Magdalena zu verführen. Aber das war letzten Endes nicht Nonnschlägers Angelegenheit. Er stand zu den Konsequenzen dieser Nacht, er würde Magdalena heiraten. Alles andere würde sich schon irgendwie finden.

Nonnschläger nickte nachdenklich, als ahne er, welche Gedanken Giò gerade durch den Kopf gingen. Dann winkte er ab. »Alles Gute für dich, Martini.«

Anfang Dezember erhielt Giò endlich die ersehnte Nachricht und reiste mit der Postkutsche nach Malcesine. Die

Tage waren frostklar und sonnig, wie geschaffen für eine Winterhochzeit.

Giò ließ sich vor der Herberge seines Vaters absetzen und betrat ohne anzuklopfen den Empfangsraum. Sofort spürte er, dass er nach Hause kam und seinen elenden Alltag in der Garnison hinter sich ließ. Der Raum wurde von einer riesigen Theke mit einer weißen Marmorplatte dominiert, ein rotbrauner Teppich lag über den Holzbohlen. Valentina Martini legte Wert auf eine freundliche Atmosphäre. Dazu hatte sie Kiefern- und Stechpalmenzweige mit roten Beeren in mehreren Bodenvasen und auf dem Tresen arrangiert. Petroleumlampen verbreiteten einladend warmes Licht.

»Giò, da bist du ja!«

Kaum hatte er die Eingangstür geschlossen, kam Valentina auf ihn zugelaufen und drückte ihn fest an sich, dass ihm einen Moment lang die Luft wegblieb.

Danach schaute sie besorgt zu ihm auf. »Wie geht es dir? Du bist dünn geworden, und nur dieser Mantel über der Uniform, du frierst ja.«

Giò schüttelte lachend den Kopf und schob sie sanft von sich. »Mir geht es gut. Wo ist sie?«

»Deine Braut? Magdalena?«

»Wer sonst?«

»Sie hockt mit Sophia zusammen. Ich habe noch eine Überraschung.« Valentina beugte sich verschwörerisch näher. »Deine Schwester erwartet ebenfalls ein Kind.« Sie lächelte liebevoll und wollte Giò die Wange tätscheln, doch er kannte Valentina gut genug, um sich rechtzeitig abzuwenden und stattdessen seinen Tornister abzustellen und den Mantel auszuziehen.

»Sophia ist schwanger? Das ist schön!« Er lächelte aufrichtig. Seine Schwester war seit dem Frühjahr mit Giancarlo Torriani verheiratet, dem Sohn eines Fischers aus dem Dorf.

Valentina nickte eifrig. »Behalt es für dich, dein Vater weiß es noch nicht. Er jammert tagaus, tagein herum, weil du ihn bereits jetzt zum Großvater machst.« Sie kicherte. »Er ist hin- und hergerissen. Und er ist empört, weil du und Magdalena Schande über euch gebracht haben, aber nun wird alles gut, und heimlich freut er sich, glaub mir!«

Giò dachte an die Backpfeife, die sein Vater ihm verpasst hatte. Er hatte noch Tage später Ohrensausen gehabt. Martini musste zumindest zu Anfang ziemlich wütend gewesen sein.

»Mach dir darüber keine Gedanken, ich werde das notfalls klären.« Sie war bereits in Richtung Durchgang unterwegs, der in den Speisesaal und weiter in die Küche führte. »Was auch immer dein Vater behauptet, er ist auch nicht als unschuldiger Heiliger in die Ehe eingetreten. Vergiss nicht, deine Mutter und ich waren gut befreundet.« Sie lachte und war verschwunden.

Giò verdrehte die Augen und nahm sein Gepäck, um die Treppe hinauf ins Dachgeschoss zu steigen. Keine Frage, er war zu Hause.

In seiner kleinen Kammer war es eiskalt. Er legte den Tornister aufs Bett und trat ans Fenster. Es zog durch die Ritzen, und da die Sonne im Winter die Scheiben nicht erreichte, bedeckte eine dicke Schicht Eisblumen das Glas.

Giò drehte am Riegel. Der Fensterflügel war festgefroren, und es wurde kaum kälter, als er ihn endlich losgerüttelt und geöffnet hatte.

Er beugte sich hinaus und atmete mehrmals tief durch. Zu behaupten, dass er nervös wäre, wäre gnadenlos untertrieben. Sein Blick fiel auf die Dachziegel. Direkt auf dem Vorsprung unter dem Fenster hatte sich einer gelöst.

Die Erinnerung überfiel ihn völlig unerwartet. Milo, wie er aus dem Fenster auf das Dach sprang und weiterlief. Das Klicken der Dachziegel. Milos Lachen und sein ungeduldiges Rufen, wenn sein Cousin nicht schnell genug aufschloss.

Giòs Finger krallten sich in das Holz des Fensterrahmens. Sie hatten immer gemeinsam Hochzeit feiern wollen. Erst dann, wenn sie beide das richtige Mädchen gefunden hatten. Sie hatten so viele Pläne geschmiedet, verworfen, neu überdacht. Doch was auch immer sie sich überlegt hatten, so ungewiss die Zukunft gewesen sein mochte, in einer Hinsicht war sie beständig gewesen: Ein Leben ohne den anderen war nicht vorstellbar.

Giò fixierte den schmalen Streifen blauen Himmels über den Dächern. Da war er wieder, der schwarze Todesengel, der ihn an sich zog, mit gewaltigen Flügeln umarmte und ihm die Luft abschnürte. Sicherlich war es nur Einbildung, doch das Atmen fiel ihm plötzlich schwer.

Er blinzelte. Seine Sicht verschleierte sich, doch er hielt die Tränen zurück. Mühsam richtete er sich auf, knallte das Fenster zu und drückte sich mit Daumen und Zeigefinger gegen die Augenlider, bis er Sterne sah.

Milo hätte nicht gewollt, dass er immer noch trauerte. Und Magdalena hatte es nicht verdient, einen Ehemann zu bekommen, der sich ständig der Schwermut hingab.

Er musste aufhören, in der Vergangenheit zu leben. Nur war das leichter gesagt als getan. In solchen Momenten fühlte er sich unendlich einsam. Was ihm fehlte, war unersetzlich.

Giò atmete mehrmals tief durch, nahm den Mantel über den Arm und verließ die Kammer. Dabei tastete er in der Uniformtasche nach dem Päckchen. Er hatte eisern gespart und ein kleines Medaillon von einem Goldschmied erstanden, das er Magdalena schenken wollte. Hoffentlich gefiel es ihr.

Er hatte gerade den Treppenabsatz erreicht, als Sophia und Magdalena eintraten. Er blieb stehen und betrachtete die beiden jungen Frauen. Beide hatten von der Kälte gerötete Wangen, Atemwolken stiegen vor ihren Mündern auf.

Sophia sagte gerade etwas und zog sich einen dicken Schal vom Kopf. Giò staunte über die Veränderung seiner Schwester, wobei er nicht genau hätte sagen können, was anders war als sonst. Vermutlich wäre es ihm nicht einmal aufgefallen, wenn er sie täglich zu sehen bekommen hätte. Nun erkannte er dagegen, dass seine Mutter recht hatte, Sophia trug ein Kind.

Und Magdalena?

Er hatte sich doch nicht geirrt, als er sie zum ersten Mal erblickt hatte: Sie war ein Engel. Aber keiner, der den Tod brachte, sondern Leben versprach.

Ihr Anblick versetzte ihm einen Stich, raubte ihm fast die Sinne. Sie war noch schöner, als er sie in Erinnerung behalten hatte. Die Schwangerschaft hatte sie reifen lassen, ihre Brüste waren voller, die Hüften hatten eine weiche Rundung angenommen. Ihr schlichtes Leinenkleid verhüllte nur schlecht die Wölbung ihres Bauches.

Ihre Augen funkelten wie zwei Diamanten, als sie ihn anblickte.

Giò fuhr sich mit der Zunge über die trockenen Lippen. Er hatte sich seit Tagen den Kopf darüber zerbrochen, was er ihr zur Begrüßung sagen wollte, doch jetzt war sein Verstand wie leer gefegt.

Magdalena lächelte zu ihm auf. »*Buongiorno,* Giovanni.«

Sophia musterte ihren Bruder kritisch, drückte Magdalenas Hand und war verschwunden.

Schritt für Schritt ging Giò die Treppe hinab, suchte krampfhaft nach Worten. Aus heiterem Himmel überfiel ihn die Frage, warum Magdalena ausgerechnet ihn heiraten wollte. Sie war klug und gebildet, das hörte er an der Art und Weise, wie sie sprach, Nonnschlägers Ausdrucksweise ähnlicher als seiner eigenen. Ihr Vater war ein erfolgreicher Geschäftsmann, hatte Geld. Wohin war er unterwegs? Nach China? Zum anderen Ende der Welt. Was hatte Magdalena schon alles gesehen?

Er erinnerte sich an die weiche Haut ihrer Hände. Sie hatte sicherlich noch nie hart anpacken müssen. Was konnte er ihr überhaupt für ein Leben bieten? Eines, in dem sie Betten machen und Gästen das Essen servieren würde, das er eines Tages kochen würde? Davon hatte sie als kleines Mädchen gewiss nicht geträumt. Aber wovon dann?

Sie hätte so viele Möglichkeiten, und doch stand sie hier.

Giò rang sich ein Lächeln ab, während ihm ein Panikanfall die Kehle zuschnüren wollte. Er schaffte es nicht einmal, sich zu räuspern. Wie begrüßte man eine Frau, die man in wenigen Stunden vor den Traualtar führen wollte und doch so gut wie gar nicht kannte? Durfte er sie küssen oder war das unangemessen?

Noch nie zuvor in seinem Leben, bei keinem Mädchen, keiner Frau hatte er sich so unbeholfen gefühlt. Mit dem Gewehr über der Schulter in die Schlacht zu ziehen, war keine halb so große Bürde gewesen.

Wie in Gottes Namen sollte er diesen Tag nur überstehen?

10. Malcesine im Dezember 1859

MAGDALENA RUNZELTE DIE Stirn, weil Giovanni immer noch stocksteif vor ihr stand und schließlich eine Begrüßung stammelte, ohne sie dabei anzusehen. Das hatte sie sich vollkommen anders vorgestellt, ein wenig mehr Herzlichkeit hatte sie schon erwartet.

Darum bemüht, sich ihre Enttäuschung nicht anmerken zu lassen, rang sie sich ein Lächeln ab. »Wie war deine Anreise?«

»Gut.« Er zupfte an seinem Revers herum, die andere Hand hatte er in der Tasche der Uniformjacke. Beinahe wirkte es, als hielte er sich an etwas fest.

»Wir sollen uns in zwei Stunden vor der Kirche einfinden. Dein Vater hat alle Papiere beisammen. Um drei Uhr ist die Trauung.«

»Was muss ich tun?«

»Das wird uns Don Paolo zuvor erklären.«

Er nickte. Immer noch wich er ihrem Blick aus.

Magdalena wartete, aber er sagte nichts weiter.

Valentina Martini stürmte in den Empfangsraum und rettete sie davor, dass das Schweigen sich bis ins Unangenehme ausdehnte. Sie balancierte einen Stapel Teller in den Händen und streckte sie Magdalena hin. »Hier, du kannst schon einmal den Tisch hinten am Fenster im Speiseraum eindecken.«

Bevor sie das Geschirr entgegennehmen konnte, griff Giovanni danach und begab sich in den Speiseraum. Magdalena folgte ihm langsamer und beobachtete ihn dabei, wie er mit geübten Händen in Windeseile eindeckte. Es war das, was er vermutlich bereits getan hatte, kaum dass er alt genug gewesen war, im Gasthof mit anzupacken. Umso mehr wirkte er in seiner Uniform völlig deplatziert.

Magdalena erinnerte sich daran, wie abgerissen und erschöpft er in der Nacht der Schlacht ausgesehen hatte. Jetzt sah alles aus wie aus dem Ei gepellt, die Hose steif gebügelt, die Knöpfe der Jacke poliert. Doch obwohl der Unterschied kaum größer sein konnte, war seine Kleidung das einzig Vertraute an ihm.

»Magdalena? Kommst du? Wir gehen, die anderen können nachkommen.« Sophia erschien hinter ihr.

»Ja. Ich hole rasch meinen Mantel. Giovanni? Wir gehen.«

Er fuhr zusammen, sein Kopf flog erschrocken auf. Dann nickte er bloß. Kein Lächeln, kein Zwinkern, kein fürsorglicher Blick, nur Unsicherheit. Bereute er bereits, dass er sie heiraten musste?

Sophias Augen leuchteten. Sie packte Magdalenas Hand und drückte sie fest. »Ist alles in Ordnung? Geht es dir gut?«

»Alles bestens.« Magdalena schlug die Augen nieder, damit Sophia ihre Enttäuschung nicht sah. »Ich bin ein wenig nervös.«

»Keine Sorge. Du wirst sehen, es ist alles halb so schlimm. Meinem lieben Bruder geht es doch nicht anders.«

»Meinst du?«

»Ich denke schon. Wobei sie ihm vielleicht beim Militär ein paar Flausen ausgetrieben haben. Ich habe Giò noch nie so ernst erlebt.«

Magdalena war sicher, dass er mit sich haderte, vielleicht sogar eine Möglichkeit suchte, seine Zusage zur Heirat im letzten Moment rückgängig zu machen.

Ganz in trübsinnigen Gedanken versunken folgte sie ihrer zukünftigen Schwägerin durch die mittelalterlichen Gassen von Malcesine. Wenigstens hatte die Familie sie herzlich aufgenommen, und das kleine Dorf machte selbst im Winter einen freundlichen Eindruck. Sie hatte längst gebeichtet, was inzwischen nicht mehr zu verheimlichen war. Don Paolo hatte ihr eine ordentliche Buße auferlegt und sie zu mehrwöchigem Gemeindedienst verdonnert. So war sie täglich unterwegs, sprach mit Witwen, pflegte einen kranken Fischer oder wechselte Kerzen auf dem Altar. Der Pfarrer hätte ihr keinen größeren Gefallen tun können, denn so konnte sie sich nützlich machen und lernte zugleich die Menschen und die Umgebung kennen.

Dagegen waren die vorangegangenen Wochen in Venedig zwischen der Gewissheit, dass sie ein Kind erwartete, und ihrer Abreise die Hölle gewesen, verschwammen in ihrer Erinnerung zu endlosem Herumsitzen, lautstarkem Streit mit ihrem Vater und stundenlangen Predigten Don Alfredos über Unzucht.

Hier dagegen konnte sie etwas Sinnvolles tun, und Don Paolo, ein auf den ersten Blick streng asketischer Mann, hatte das Alter bereits viel milder gestimmt als sein venezianisches Pendant. Die missbilligenden Blicke ob ihrer Schwangerschaft, vor allem die der alten Frauen, hatte sie sehr schnell zu ignorieren gelernt.

Sie waren die Ersten, die auf dem Vorplatz der Pfarrkirche Santo Stefano eintrafen. Die Luft war kalt, aber sonnig. Der See breitete sich tiefblau glitzernd unterhalb des Abhangs zwischen den kahlen Felshängen aus und bot einen bezaubernden Anblick. Lange stand Magdalena am Rand des Vorplatzes und beobachtete die zarten Wellen.

Nach und nach versammelten sich um sie herum Familie

und Freunde der Martinis. Giovannis Schwester erklärte mit leiser Stimme, wer zu wem gehörte, doch sie hatte bald genug den Überblick verloren. Ganz Malcesine schien sich einzufinden.

Erst jetzt wurde Magdalena sich wieder dessen bewusst, dass sie hier eine Fremde war. Sie sehnte sich nach Giovannis Nähe, seiner Aufmerksamkeit, mit der er sie damals auf den Straßen von Castiglione bedacht hatte. Sie hatte sich behütet gefühlt, obwohl er als Gefangener der Franzosen kaum etwas hätte ausrichten können, falls etwas passiert wäre.

Und jetzt ignorierte er sie, warf ihr nicht einmal einen Blick zu. Mit unbewegter Miene nahm er Begrüßungen und Glückwünsche entgegen.

Sie tat es ihm gleich und gab sich freundlich, aber unnahbar, ihr Gesichtsausdruck wie eine Porzellanpuppe.

Endlich wies Don Paolo sie an, sich nebeneinander aufzustellen, damit sie in die Kirche einziehen konnten. Da eilte Giovannis Onkel Danilo herbei und überreichte seinem Neffen eine Schachtel.

»Giò, du hast die Ringe vergessen!«

Giovanni schüttelte den Kopf. »Papà hatte mir gesagt, dass Sie mir welche geben werden, Onkel.«

»Das stimmt. Verzeihung, ich habe es nicht früher geschafft. Hier, nimm sie. Die sind von mir und deiner Tante, Gott hab sie selig. Ich habe keine Verwendung mehr dafür. Halte sie in Ehren.« Danilo Martinis Stimme versagte.

Zum ersten Mal seit seiner Ankunft war Giovanni sichtlich bewegt, schloss seinen Onkel in die Arme und klopfte ihm auf den Rücken.

Magdalena stand daneben und kam sich überflüssig vor. Ein Stich Eifersucht überkam sie. Seinen Onkel umarmte er, aber ihr hatte er nicht einmal die Hand gegeben. Was hatte sie falsch gemacht?

Die folgenden Stunden rauschten an ihr vorbei, sowohl das Gespräch mit dem Pfarrer, der sie kurz in die Sakristei bat und ihnen den Ablauf erläuterte, als auch die Zeremonie in der eiskalten Kirche. Der alte Pfarrer lächelte ihnen wohlwollend hinterher. Giovanni streifte ihr den Ring über den Finger, es war seine einzige Berührung. Später saßen sie nebeneinander an der Tafel. Es wurde geschwatzt und gelacht, sie wechselten kaum ein Wort. Niemand schöpfte Verdacht, als Magdalena behauptete, dass es ihr nicht gut ginge, und sich auf ihr Zimmer zurückzog. Eines der Fremdenzimmer, das direkt über der Küche lag und somit eines der wärmsten im ganzen Haus war.

Später am Abend kam Sophia, um nach ihr zu sehen und ihr Tee zu bringen. Ihr Ehemann dagegen ließ sich nicht blicken.

Magdalena lag auf dem Bett und starrte an die Decke, einen Arm schützend über ihren Bauch gelegt.

Hatte sie mit dieser Heirat einen Fehler begangen?

In den Wochen und Monaten nach ihrer Rückkehr nach Venedig hatte sie sich immer wieder neue Aufgaben gesucht und war dennoch rastlos gewesen, hatte sich unvollständig gefühlt. Die ganze Zeit über begleitete sie die Erinnerung an jenen jungen Mann aus Malcesine, sein Lächeln, sein freundlicher Spott, weil sie sich in der Küche der Herberge nicht zurechtfand, seine verzweifelte Leidenschaft. Sobald ihr der Duft von Rosmarin in die Nase stieg, kämpfte sie gegen die Tränen.

Als die dann bemerkte, dass sie ein Kind unter dem Herzen trug, stand ihre Entscheidung fest. Gegen den Widerstand ihres Vaters, der darauf bestand, sie solle diesen unsäglichen

Enrico Castelli heiraten und das Kind in ein Kloster geben, reiste sie nach Malcesine.

Doch hier war kein liebevoller Ehemann, der darauf wartete, sie in sein Leben aufzunehmen. Vermutlich hatte sein Vater ihm ins Gewissen geredet und ihn dazu gezwungen, in die Heirat einzuwilligen.

Magdalena rollte sich auf die Seite und blinzelte wütend, weil ihr schon wieder die Tränen hinter den Lidern brannten. Sie wollte nicht herumheulen wie ein kleines Mädchen, doch sie fühlte sich so unendlich einsam.

Ihre Freundin Francesca hatte immer von einer großen Hochzeit geträumt, halb Venedig sollte sich in die teuersten Gewänder gehüllt einfinden. Ein strahlend schönes Seidenkleid, eine weiße Gondel, eine Parade.

All das hatte Magdalena höchst albern gefunden und als romantische Spinnerei abgetan. Ihr war es immer wichtiger gewesen, einen Mann zu finden, der sie liebte und ehrte, so wie ihr Vater ihrer Mutter zugetan gewesen war.

Und jetzt musste sie einsehen, dass die Realität ihren Schwärmereien nicht standhielt. Sie hatte sich keine aufsehenerregende Zeremonie gewünscht, doch dass sich ihre Hochzeit als lästige Pflichtübung für ihren Bräutigam herausstellte, ging zu weit. Nicht einmal ein Geschenk hatte er ihr gemacht, war so etwas hier in der Gegend nicht üblich? Hatte sie sich so sehr in ihm getäuscht?

»Na, wer ist die romantische Spinnerin?« Ihre Stimme verhallte ungehört in der kleinen Kammer.

»*Buongiorno,* mein liebes Kind, wie geht es dir?« Giovannis Mutter Valentina ließ das Messer auf das Küchenbrett fallen und kam auf Magdalena zugeeilt, die unschlüssig in der Tür der Küche stehen geblieben war.

Sie rang sich ein Lächeln ab. »Es geht mir wieder besser. Ein wenig schwindelig, aber das ist sicher normal.«

Valentina blieb einen Schritt vor ihr stehen, musterte sie kritisch von oben bis unten, umschloss mit einer Hand ihre Finger und fühlte mit der anderen die Stirn.

»Setz dich dorthin an den Tisch. Ich mache dir einen Kräutertee.«

»Aber …«

»Keine Widerrede!«

Magdalena gehorchte und ließ sich einen dampfenden Becher Tee aufdrängen. Die Wärme tat gut.

Valentina setzte sich ihr gegenüber, ließ ihren durchdringenden Blick nicht ruhen, schien darauf zu warten, dass Magdalena sich ihr anvertraute.

»Wann wirst du deinem Vater schreiben?«

Magdalena verschluckte sich beinahe und hustete. Mit der Frage hatte sie nicht gerechnet.

»Es wird sicherlich einige Monate dauern, bis er zurück ist«, sagte sie, als sie endlich wieder Luft bekam.

Valentina schnalzte missbilligend mit der Zunge. »Was spielt das für eine Rolle? Das Erste, was er wissen will, ist doch, wie es seiner kleinen Tochter geht. Du setzt dich gleich noch hin, und ich gebe den Brief heute auf.«

Magdalena nickte gehorsam und fühlte, wie sich Wärme in ihrem Bauch ausbreitete, was weder vom Tee noch von dem Kind herrührte. Zugleich versetzte ihr die Fürsorge ihrer Schwiegermutter einen Stich. Was würde sie sagen, wenn sie wüsste, dass Vater und Tochter sich im Streit getrennt hatten, er nicht einmal ahnte, dass sie seine Unterschrift gefälscht und somit seine Einwilligung zur Heirat vorgetäuscht hatte?

Dass ihr Vater inzwischen nach China aufgebrochen war, war nicht gelogen – zumindest hoffte Magdalena, dass er nicht ihretwegen seine Geschäfte vernachlässigte. Sie hatte ihm einen Abschiedsbrief geschrieben, bevor sie abgehauen war, doch er wusste weder, wo sie war, noch mit welchem Ziel.

Valentinas Blick wurde weich. »Das ist alles etwas viel auf einmal, nicht wahr?«

Magdalena nickte stumm. Nur dass sie bis gestern gedacht hatte, ab heute würde sich alles zum Guten wenden.

»Giovanni hatte gesagt, dass er heute in aller Frühe zurückmuss.«

Valentina schien zu erraten, welche Richtung ihre Gedanken gerade nahmen. »In aller Herrgottsfrühe. Ich habe kurz in dein Zimmer hineingeschaut, aber wir wollten dich nicht wecken.« Sie lächelte plötzlich grimmig. »Kind, bitte lauf zum Strand. Danilo wird dort sein. Sprich mit ihm.«

»Wie bitte? Warum?«

»Giòs Onkel, der Fischer. Er wollte Netze flicken. Geh und rede mit ihm. Halt, zuvor bekommst du eine Portion Maisbrei mit Honig.«

Magdalena begriff nicht, was ihre Schwiegermutter von ihr wollte, aber sie meinte es in aller Regel gut. Daher lief sie nach einem ordentlichen Frühstück inklusive noch mehr Tee hinunter zum Strand. Im Gegensatz zu gestern war das Wetter trüb und grau. Kaum dass sie aus dem Schatten der letzten Häuser unter der Skaligerburg hinaustrat, zerrte ein frischer Wind an ihrem Mantel. Die kalte Luft hinterließ prickelnde Nadelstiche auf ihren Wangen.

Sie lief bis zu dem Schuppen, in dem die Fischer ihre Boote vor dem Winter schützten. Vor dem windschiefen Gebäude saß Danilo Martini auf einer Bank und flickte ein Netz, ganz wie Valentina gesagt hatte. Vor ihm prasselte ein wärmendes Feuer in einer Metallschale.

»*Buongiorno,* Signor Martini.« Magdalena wusste nicht, was sie sagen sollte. Schließlich war es nicht ihre Idee gewesen, herzukommen.

Danilo Martini schaute von seiner Arbeit auf. In sein Gesicht hatten Wind und Sonne über Jahrzehnte ihre Spuren eingegraben, seinen noch vollen Haarschopf schlohweiß gebleicht. Doch das Lächeln, mit dem er Magdalena empfing, war dasselbe wie bei seinem Neffen, begann zögerlich im linken Mundwinkel und ließ dann sein gesamtes Gesicht erstrahlen. Ob Giovanni einmal so aussehen würde, wenn er älter wurde?

»Magdalena, es ist schön, dich zu sehen. Aber jetzt sagst du Danilo oder Onkel. Du gehörst zur Familie.« Er hatte ihr das bereits in den ersten Tagen angeboten, aber da hatte sie sich geweigert.

Sie setzte sich neben ihn. »Na gut.«

Er nickte und fuhr mit seiner Arbeit fort. Geschickt webte er mit einem Holzstift neue Fäden ins Netz.

»Giò hat sich verändert«, brummte er irgendwann.

Sie schlug sich die Hand vor den Mund und unterdrückte ein bitteres Auflachen, weil sie zu wenig über ihren Ehemann wusste, um beurteilen zu können, ob das stimmte.

Danilo schüttelte wütend den Kopf. Er ließ seine Hände in den Schoß sinken und starrte auf den See. Nichts war von den saphirblau glitzernden Wellen des vorangegangenen Tages übrig. Die Wolken hingen schwer über fast schwarzem Wasser, das wie ein nach Beute schnappendes Tier gegen das Ufer platschte.

»Mein Bruder, Giòs Vater, und ich stehen uns nahe«, begann er. »Er war der Jüngste, ich der Älteste in der Familie. Hab mich eine Zeit lang herumgetrieben, wollte die Weltmeere sehen. Hab spät geheiratet. Erst mit den Jahren hab ich begriffen, wie wichtig Familie ist.« Er wandte sich Magdalena zu. »Meine Einsicht kam viel zu spät. Zur Strafe hat Gott mir meine Frau früh genommen. Sie und meine beiden jüngsten Kinder sind an den Pocken gestorben. Ich hatte nur noch meinen ältesten Sohn.«

Milo. Alles drehte sich immer wieder um ihn, sein Tod lag wie ein Schatten über dieser Familie.

Danilo starrte wieder aufs Wasser, seine schwieligen Hände nahmen die Arbeit auf, ohne dass er hinsehen musste. »Milos Tod hat ein Loch in mein Herz gerissen. Aber trotz allem glaube ich nicht, dass ich verstehe, was es Giò angetan hat. Es kommt mir vor, als wäre auch ein Teil von ihm auf dem Schlachtfeld geblieben.«

»Er starb in seinen Armen.«

Danilos Hände begannen zu zittern, so stark, dass er sogar den Holzstift fallen ließ. »Woher weißt du das?«

»Ich habe beide gefunden.« Magdalena schwieg unsicher.

»Da hast du es.« Der Fischer ließ den Kopf sinken, wirkte mit einem Mal noch älter. »Ich habe ihn bedrängt, mir zu erzählen, wie es passiert ist. Ich war mir sicher, dass die beiden sich auch im dichtesten Kampfgetümmel nicht trennen würden. Giò ist kein verschlossener Mensch, aber er rückt mit keinem Wort heraus.«

»Vielleicht fühlt er sich schuldig, weil er Milo nicht helfen konnte.« Stockend erzählte Magdalena, wie sie beide vorgefunden hatte. Die Erinnerung ließ sie erschaudern.

Verständnislos schüttelte Danilo den Kopf. »Sind die Lebenden schuldig, weil sie überlebt haben?« Er warf ein paar Holzscheite ins Feuer. Die Flammen knisterten hungrig.

Unvermittelt griff Danilo nach Magdalenas Hand und drückte sie fest. »Denk nicht schlecht von Giò. Er wird für dich sorgen. Für euch beide. Gib ihm Zeit.«

Magdalena nickte gerührt und legte eine Hand auf ihren Bauch. Die Sehnsucht nach dem Menschen, den Danilo gerade beschrieb, war wieder da. Der freundliche Mann, den sie unter all der Trauer zu erkennen geglaubt, zu dem sie eine innere Verbundenheit empfunden hatte.

Danilo wandte sich ihr zu. Seine Augen glitzerten verdächtig. »Gib ihm Zeit«, wiederholte er. »Du bist ein guter Mensch. Eines Tages wirst du nicht nur seine Frau sein, sondern seine Freundin und Vertraute. Du schaffst das.« Ganz gleich, was er tief im Inneren empfinden mochte, sein Lächeln war zuversichtlich.

Wenigstens für den Moment vertrieb es alle Unsicherheit, mit der Magdalena sich herumschlug.

11. Turin im Januar 1860

Giò lehnte sich bequemer in den Sitz zurück und beobachtete die winterliche Landschaft, die am Zugfenster vorbeizog.

»Ich nehme an, das ist das erste Mal, dass du erster Klasse reist?« Nonnschläger schaute von dem Journal auf und nahm seine Brille ab.

»Wo denken Sie hin, Signor, das könnte ich mir niemals leisten!«

»Dann genieß es.«

»Mit Verlaub, Signor, darf ich Sie etwas fragen?«

Nonnschlägers Lächeln wurde breiter. »Nur zu. Wir sind hier nicht auf dem Exerzierplatz. Wenn ich es recht bedenke, ist es das erste Mal, dass ich dich ohne Uniform vor mir sitzen habe.«

Giò unterdrückte den Impuls, den Sitz des neuen Hemdes zu überprüfen, das er im Gegensatz zum Zugticket nach Turin selbst bezahlt hatte. Jetzt, wo er verheiratet war, ergab sich vielleicht der eine oder andere Anlass für bessere Kleidung, auch wenn der Start in seine Ehe alles andere als gut verlaufen war.

»Ich denke die ganze Zeit darüber nach, warum Sie ausgerechnet mich mitgenommen haben.«

»Warum denn nicht? Das ist eine einmalige Gelegenheit, die Staatsoberhäupter dieser Welt aus der Nähe zu bewundern.«

Giò schaute betreten aus dem Fenster. »Das ist nicht meine Welt. Ich bin ein einfacher Mann.« Magdalena würde sich in diesen Kreisen besser zurechtfinden.

»Du glaubst, es ist meine Welt, hm?« Nonnschläger neigte den Kopf.

Giò dachte lange über eine Antwort nach.

»Das ist sie nicht«, erklärte der Arzt nach einer Weile. »Sie mag es einmal gewesen sein, aber das ist lange her.« Er legte das Journal und die Brille neben sich auf den Sitz. »Inzwischen habe ich Soldaten wie dich gesehen, die sich dem Feind mutig entgegenstellen. Und Offiziere, die sich vor Angst in die Hosen scheißen.«

»Mutig? Ich bin nicht mutig.«

»Oder Frauen, wie die im letzten Sommer in Castiglione, die ohne mit der Wimper zu zucken zupacken, während sich die ach so tapferen Soldaten beim Anblick des Elends auf die Stiefel kotzen.«

Giò lachte leise auf. Jene Ausdrucksweise, deren Nonnschläger sich manches Mal bediente, um seinen Worten Nachdruck zu verleihen, verwunderte ihn schon lange nicht mehr.

»Einige halten sich für etwas Besseres. Manchen gelingt es, mit dem Adelstitel oder Geld zu blenden, doch am Ende sind es auch nur Menschen.«

»Wer könnte das besser beurteilen als Sie, Signor.«

Nonnschläger zog verblüfft die Augenbrauen hoch, und einen schrecklich langen Moment fürchtete Giò, er sei zu weit gegangen. Der vertrauliche Ton, den der Arzt seit Längerem außerhalb der Kasernenmauern anschlug, hatte ihn glauben lassen, sich mit ihm auf Augenhöhe zu befinden. Doch seine letzte Antwort hatte gar zu flapsig geklungen.

»Verzeihen Sie, Signor, ich meinte das nicht respektlos.« Er mühte sich ab, dem durchdringenden Blick seines Gegenübers standzuhalten.

»Sag mir, Giò«, erwiderte Nonnschläger langsam. »Was nötigt dir Respekt vor mir ab?«

Giò schluckte, wusste, dass er sich mit den folgenden Worten noch weiter hineinreiten konnte, doch er wollte nicht lügen. »Ich habe allergrößte Hochachtung vor dem, was Sie tun, nach welchen Überzeugungen Sie handeln. Ihr Wissen beeindruckt mich zutiefst. Aber weder Ihr Offiziersrang noch Ihr Besitz flößen mir Respekt ein.« Jetzt senkte er doch den Kopf. »Mit Verlaub, Signor. Und in jedem Fall leiste ich Gehorsam, selbstverständlich, Signor«, ergänzte er hastig. Zu spät, die Worte waren gesagt.

Erst nach einer gefühlten Ewigkeit wagte er es, wieder den Kopf zu heben. Zu seinem Erstaunen hielt Nonnschläger die Hand vor den Mund, kämpfte mit bebenden Schultern gegen das Lachen an.

Giò grinste unbeholfen.

Der Zug gab ein lautes Signal und verlangsamte seine Fahrt, weil sie in den Bahnhof von Turin einfuhren.

Nonnschläger packte seinen Mantel und nickte Giò zu. »Da wage es noch einmal, mich zu fragen, warum ich dich mitgenommen habe, du Rotzbengel.« Es klang recht liebevoll.

Kurz bevor sie das Abteil verließen, schaute Giò sich noch einmal um.

»Signor, Sie haben Ihre Brille und das Journal vergessen.«

»Oh, danke.«

Giò runzelte die Stirn, sagte jedoch nichts. In den letzten Wochen erschien Nonnschläger zunehmend zerstreut. Allmählich fragte er sich, ob es einen Grund dafür gab.

Sie verließen den Bahnhof und orderten eine Kutsche, die sie zur *Osteria della Dognana Nova* brachte, einem alten Hotel, bei dessen Anblick Giò der gut geführte Gasthof seines Vaters zu einer schäbigen Absteige verkam. Überhaupt war Turin mit seinen vielstöckigen prächtigen Gebäuden viel zu groß, um es auf Anhieb zu begreifen. Die breiten Straßen waren gepflastert und mit Gaslaternen gesäumt, führten vorbei an Plätzen mit Brunnen, alten und neuen Palästen, riesigen Kirchen. Und überall wimmelte es trotz der Kälte von Menschen, Pferden und Reitern, Fuhrwagen. Immer wieder musste Giò darauf achten, dass ihm der Mund nicht vor Staunen offen stehen blieb.

Auf Nonnschlägers Miene zeichnete sich Wehmut ab, als er seinen Blick über die stolzen Fassaden schweifen ließ, während er aus der Kutsche kletterte. »Turin ist Italien eine würdige Hauptstadt, doch freilich nichts gegen Wien. Vielleicht sollte ich doch einmal wieder zurück in meine Heimat.« Er schüttelte sich kurz, also wollte er den Gedanken daran vertreiben.

Gemeinsam betraten sie die Empfangshalle des Hotels.

»Ich lasse deinen Koffer auf dein Zimmer bringen«, erklärte Nonnschläger. »Um Punkt sieben Uhr treffen wir uns hier und fahren zum königlichen Palast. Es ist nicht weit. Bis dahin kannst du dir die Zeit vertreiben. Ich treffe den Kollegen, dem wir die Einladung zu verdanken haben.«

»Und was soll ich tun?« Giò schaute sich in der Empfangshalle um. Überall schwere Sessel, Samt und Plüsch, golddekorierter Stuck. Er fühlte sich mickrig und fehl am Platz.

»Wie wäre es mit einem Besuch im Dom? Er ist Johannes dem Täufer geweiht.«

»Giovanni il Battista. Mein Namenspatron.« Giò nickte.

»Wenn du Glück hast, erhaschst du einen Blick auf das berühmte Tuch, das angeblich das Grabtuch Christi sein soll. Das Königshaus Savoyen hat es seit Jahrhunderten in Besitz.«

»Angeblich? Glauben Sie das nicht, Signor?«

Nonnschläger zog eine verächtliche Grimasse. »Ach wo. Im Mittelalter sind so viele Reliquien verehrt worden, dass es nicht logisch erscheint. Ich habe gelesen, dass allein die Menge der Nägel ausreicht, um den Heiland hundertfach ans Kreuz zu nageln. Nichtsdestotrotz ist das Tuch alt und wertvoll und sicherlich einen Blick wert – sofern du es zu sehen bekommst. Das weiß ich nicht.«

Und es schadete nicht, eine Kerze für eine verstorbene Seele anzuzünden. Giò verabschiedete sich, trat aus dem Hotel hinaus in den sonnigen Nachmittag und streifte durch die Straßen in Richtung Dom.

Der Gedanke daran, dass Milo ihm fehlte, war da, eine ganz natürliche Gewissheit, aber der Schatten auf seiner Seele war nicht mehr ganz so groß wie noch vor einigen Wochen. Ein anderer Mensch könnte an seiner Seite sein: Magdalena.

Sie hatten sich seit der Hochzeit nur einmal kurz gesehen, als er nach Weihnachten zu Hause gewesen war, um ihr zu erzählen, dass Nonnschläger ihn auf den Staatsakt mitnehmen wollte. Magdalena wäre es erlaubt gewesen, ihn zu begleiten, und ihr sehnsüchtiger Blick sprach Bände. Giò hatte sich bereits ausgemalt, wie er ihr bei der ersten passenden Gelegenheit das Medaillon schenken würde, ihr Hochzeitsgeschenk, das er immer noch bei sich trug. Er hatte sich nach der Zeremonie in der Kirche nicht getraut, weil er befürchtete, sie würde es als billigen Tand abtun. Danach waren sie nie mehr allein gewesen, und vor den Augen seiner Eltern oder seiner Schwester hatte er seine Gabe nicht überreichen wollen.

Doch letzten Endes hatte Magdalenas Zustand die beschwerliche Reise nicht mehr zugelassen – so hatte zumindest Valentina entschieden, und nur Sophia wagte es, einzuwenden, seit wann man auf eine werdende Mutter so viel Rücksicht nähme. Dem hielt Valentina Martini entgegen, dass Magdalena im Grunde noch viel zu jung sei und zu zart.

Giò lächelte versonnen. Von allen Zuschreibungen wäre *zart* die letzte, die er für seine Frau angemessen fand. Soweit er das beurteilen konnte, strotzte sie vor Gesundheit. Ihre Wangen zeigten stets ein lebhaftes Rot, und die Strähnen ihres weizenblonden Haars ringelten sich mehr als zuvor. Beim Anblick ihrer prallen Brüste fiel es ihm schwer, gelassen zu bleiben.

Es war wie verhext. Kaum dass er in ihrer Nähe war, fehlten ihm die Worte, und er kam sich vor wie ein Holzklotz. Er war sicher, dass ihm ins Gesicht geschrieben stand, wie sehr er sich wünschte, sie zu berühren, sie in den Armen zu halten. Und wie sehr er sie begehrte. Er konnte sich noch so oft vorhalten, dass es bei einer Frau wie Magdalena ganz natürlich war und seit ihrer Heirat nicht einmal verwerflich – es blieb ihm peinlich. Und so war Giò froh, wenn er das Weite suchen konnte, seine Pflicht ihn noch knapp zwei Jahre von zu Hause fernhielt.

Zugleich war seit ihrer ersten schicksalshaften Begegnung kein Tag vergangen, an dem er nicht an sie gedacht hatte. Zuerst war sie der Gegenpol gewesen, die schöne Erinnerung, die er sich neben all dem, was er lieber vergessen wollte, bewahren konnte. Jetzt war sie seine Frau und die Sehnsucht nach ihrer Nähe beinahe übermächtig.

Giò erreichte den Domplatz und betrachtete die Fassade. Abgesehen von der Größe wirkte die Kathedrale nicht anders als andere Kirchen, die er kannte. Beeindruckender fand er den Campanile, den Glockenturm, der sehr viel älter zu sein schien.

Er trat ein und schlug ein Kreuz. Sofort umgab ihn dieser seltsame Zauber, der so vielen Kirchen innewohnte, dieses merkwürdige Gefühl, von einer Macht behütet zu werden, die sich seinem Begreifen entzog und ihm zugleich Demut abverlangte. Dazu war es bitterkalt, beinahe kälter als draußen. Sein Atem stieg in einer Wolke vor seinem Mund auf.

Giò suchte sich einen Platz in der Kapelle seines Namenspatrons und kniete nieder, um für Milo zu beten, auf dass seine Seele Frieden finden mochte.

Er fürchtete die Umarmung des schwarzen Engels, doch er empfand es als seine Pflicht, sich der Trauer auszusetzen.

Der Schmerz blieb aus.

Giò überlief ein Schauder. Der Gedanke an ein neues Leben drängte sich auf, wurde übermächtig. Es war nicht alles vorbei, manches würde bald erst beginnen.

Magdalenas Kind. Sein Kind.

Er begann ein neues Gebet, inbrünstig, erfüllt von einer unerklärlichen Freude, die seinen Kopf leichter machte.

Hoffentlich wurde es ein Mädchen.

Nur wenige Stunden später stand Giò in seinem geliehenen Frack im Saal des königlichen Palastes und kam sich fürchterlich fehl am Platz vor. Es war die glitzernde Welt der Herrschenden, zu denen er weder gehörte noch gehören wollte. Noch nie, nicht einmal während der Schlacht, war die Sehnsucht nach seiner vertrauten Umgebung größer gewesen. Was gäbe er dafür, jetzt im Gasthof zu sein, in der

Küche, die Hitze im Gesicht zu spüren, wenn er die Ofenklappe öffnete, im Hintergrund das Klappern der Töpfe und Pfannen, dazu die knappen Befehle seines Vaters. Er vermisste das vertraute Aroma von gehacktem Rosmarin oder den Duft nach gebratenem Fisch, stechendem Käse, frischen Zitronen oder karamellisiertem Zucker. Stattdessen umgab ihn der Mief nach Mottenkugeln und Schweiß, nur schlecht von Parfumwolken verhüllt.

Nonnschläger hatte ihm ein Champagnerglas gereicht und stellte ihm den einen oder anderen Bekannten vor, Giò konnte sich keinen Namen merken. Die Anwesenden waren überwiegend Franzosen oder Italiener aus dem Piemont und der Lombardei. Giuseppe Garibaldi sei anwesend, hieß es, doch bisher hatte ihn niemand zu Gesicht bekommen.

Plötzlich kam ein Mann mit energischen Schritten auf sie zugeeilt. Noch bevor er heran war, streckte er die Arme aus und strahlte dabei über das ganze Gesicht. Er sprach Französisch, doch es war unschwer herauszuhören, dass es sich um eine höchst erfreute Begrüßung handelte.

»Louis! Wie könnte ich so eine Gelegenheit auslassen!«, erwiderte Nonnschläger auf Italienisch. Die beiden Männer fielen sich in die Arme und klopften einander auf den Rücken.

Der Fremde setzte zu einem weiteren Schwall französischer Worte an, doch Nonnschläger ließ ihn mit einer Geste innehalten und zog ihn ein Stück zu Giò. »Darf ich dir Doktor Louis Appia vorstellen, ein Chirurg von Weltruf. Er ist der Verfasser einiger Abhandlungen über Schussverletzungen, die du studiert hast. Louis, das ist Giovanni Martini.«

»Bonjour, Monsieur.« Giò machte einen Diener. Damit erschöpfte sich auch schon sein gesamtes Vokabular in dieser Sprache.

»Bonjour, Monsieur. Enchanté!«

»Louis, wenn es dir nichts ausmacht, dass wir uns des Italienischen bedienen? Ich habe mein Französisch in den letzten Jahren stark vernachlässigt. Und Martini spricht es gar nicht.«

Appia stutzte und musterte Giò mit einem Blick, der bis in die Eingeweide zu dringen schien. Natürlich, vermutlich war er der Einzige auf diesem Empfang, der kein Französisch sprach, das gehörte zur Bildung in diesen Kreisen wohl selbstverständlich dazu.

Giò schlug unsicher die Augen nieder.

Doch Appia lachte gutmütig. »Avec plaisir. Nun sag, wie ist es dir ergangen, seit wir uns das letzte Mal begegnet sind? Wie geht es deiner Frau?«

Giòs Kopf fuhr hoch, bevor er sich besinnen konnte. Nonnschläger war verheiratet?

»Wie soll es mir ergangen sein? Ich bin jetzt seit mehr als achtzehn Jahren hier und da im Kaiserreich unterwegs, meistens im Veneto, manchmal in der Lombardei. Zuletzt eine Schlacht verloren und einige Tage in Gefangenschaft gewesen, vielleicht hast du davon gehört.«

»Doch stehen wir uns heute wieder als Freunde, die wir sind, gegenüber. Ja, manchmal denke ich, die Welt ist vollkommen verrückt geworden, aber vermutlich war sie das schon immer und wird es auch immer sein.«

»Was wären wir ohne diesen Irrsinn? Wir hätten nichts mehr zu tun, nicht wahr? Immerhin arbeitest du hart daran, die Kosten für die Ausbildung neuer Soldaten zu senken, indem du dafür sorgst, dass sie die Folgen ihrer Verletzungen überleben.«

»Mein lieber Freund, ein paar Zyniker deines Schlages unter den Mächtigen, und es gäbe keine Kriege mehr.«

»Weil ich kein großer Menschenfreund bin?«

Appia strich sich milde lächelnd über das markante Kinn. »Du magst dich hinter dieser Kälte verstecken, aber mich kannst du nicht täuschen. Ich kenne kaum jemanden, der dem humanistischen Ideal nähersteht. Ich meinte eher deine rationalen Betrachtungen.«

»Nun, wenn die Herren Kaiser und Könige kalt rechnen würden, kämen sie schnell zu dem Schluss, dass eine Schlacht immer ein desaströses Verlustgeschäft ist. Es sind ja nicht nur Mensch und Material. Warst du zufällig in der Nähe von Solferino oder San Martino? Dort wuchs nach der Schlacht wortwörtlich kein Grashalm mehr. Ernteausfälle in einem riesigen Landstrich.«

»Du und ich, wir werden weder Kriege noch Schlachten verhindern. Wir können mit unserem Tun nur das Leid der Männer auf dem Schlachtfeld mindern. Behaupte nicht, einer von uns beiden würde das aus wirtschaftlichen Erwägungen heraus tun.«

»Was dennoch für die hohen Herren ein nicht zu verachtender zusätzlicher Nutzen ist.« Nonnschlägers Stimme bekam eine ungewöhnlich warmherzige Färbung. »Dass du Gutes tust, hat selbst der sardische König begriffen. Es freut mich wirklich, dass du heute den Ritterorden des heiligen Mauritius dafür erhältst.«

Appia lachte geschmeichelt. »Du solltest mich gut genug kennen, um zu wissen, dass ich meine Arbeit auch nicht wegen solcher Orden mache. Aber ja, zugleich bin ich durchaus eitel genug, diesen Augenblick zu genießen.« Er wurde ernst und fasste Nonnschläger am Arm. »Ich bin mir dessen bewusst, dass ich nicht der Einzige bin, der diese Auszeichnung verdient hat. Ich weiß, dass du mit anderen in Castiglione zurückgeblieben bist und tagelang operiert hast.«

»Wer hat dir das erzählt?«

»Henry Dunant, der Schweizer Geschäftsmann.«

»Sie sind ihm begegnet?« Giò wagte zum ersten Mal, sich in das Gespräch einzumischen. »Er war entscheidend dafür verantwortlich, dass Doktor Nonnschläger helfen durfte. Seine Energie schien grenzenlos.«

»Na, Martini, auch du hattest deinen Anteil.«

»Wirklich?« Appia musterte ihn mit neu erwachtem Interesse.

Giò lächelte verhalten.

»Ein humanistisches Menschenbild, mein lieber Louis«, erklärte Nonnschläger nachdrücklich, »ist keine Frage von Bildung. Es ist keine Frage von Adelsstand oder Geld. Die innere Haltung ist entscheidend. Das Licht der Aufklärung kann in allen brennen, man muss nur die Flamme entzünden.«

Appia verschränkte mit einem nachsichtigen Lächeln die Arme. »Du bist doch nicht unter die Freimaurer gegangen, mein Freund?«

Nonnschläger setzte zu einer Antwort an, doch in diesem Augenblick pflanzte sich ein Raunen durch die Menge fort, und am anderen Ende des Saales liefen ein paar Leute zusammen. Männer in roten Hemden leuchteten aus der überwiegend dunkel gekleideten Masse heraus. Die *camicie rosse,* Rothemden Garibaldis. Und unter ihnen das erste vertraute Gesicht an diesem Abend.

Giò bewegte sich im Strom der anderen näher. Als klar war, dass weder Garibaldi noch König Vittorio Emanuele auftauchen würde, zerfiel die Menge wieder in kleine Gruppen und zerstreute sich.

Giò trat an einen der rot gekleideten Männer heran. Er glaubte ihn wiederzuerkennen, obwohl er an Gewicht verloren hatte und einen Vollbart trug.

»Lorenzo Scarponi?«

Der Angesprochene fuhr herum. Einen Augenblick lang musterte er Giò eindringlich, dann erhellte sich seine Miene.

»Martini, was in aller Welt tust du hier?«

»Doktor Nonnschläger, erinnerst du dich an ihn? Er wurde eingeladen, ich durfte ihn begleiten.«

»Verstehe.« Scarponi grinste und zog ihn ein wenig von den anderen weg. »Und wie ist es dir ergangen? Sie haben euch am Ende doch gefangen genommen.«

»Es waren nur ein paar Tage. Nachdem Mitte Juli der Vorfrieden zwischen Frankreich und Österreich geschlossen wurde, durften wir in die Garnison zurückkehren.«

»Das freut mich, wirklich.« Scarponi beugte sich ein wenig näher. »Dein Onkel, der Fischer, fährt er noch auf die andere Seite des Sees? Es müssten einträglichere Geschäfte geworden sein, jetzt, wo die Grenze zwischen Italien und Österreich mitten durch den See verläuft, oder? Ich hätte einen Kontakt für ihn.«

»Nach der Schlacht habe ich meinem Onkel die Nachricht überbracht, dass sein einziger Sohn gefallen ist. Was glaubst du?«

»Das tut mir leid, das wusste ich nicht.« Scarponi wich seinem Blick aus. Beiden wurde bewusst, dass sie – mehr denn je – auf verschiedenen Seiten standen. *Freundschaft* war vielleicht ein zu großes Wort für das, was zwischen ihnen in Castiglione entstanden war. Aber keiner von beiden würde auf den anderen schießen wollen – und müsste es dennoch tun, so die Herren ihrer Länder sie in den nächsten Krieg schicken würden. »Das ist absurd«, sagte Giò laut. »Du bist nicht anders als ich.«

»Schließe dich uns an. Garibaldi hat Pläne. Wir können Männer wie dich gebrauchen.«

Giò lächelte dünn und schüttelte den Kopf. »Es bleibt bei dem, was ich sagte: Ich habe keine Heimat im Westen. Du weißt, was sie mit Deserteuren machen, wenn sie die erwischen, das ist bei euch nicht anders als bei uns. Ich könnte niemals mehr zurück nach Hause.«

»Es sei denn, unser Kampf führt zum Erfolg und das Veneto kann sich vom österreichischen Joch befreien. So wie die Lombardei nun Teil von dem Italien ist, für das ich kämpfe.«

»Das kann Jahre dauern oder nie Wirklichkeit werden.« Giòs Miene wurde entschlossen. »Ich habe geheiratet. Ich möchte mein Kind heranwachsen sehen.«

Scarponi stutzte einen langen Moment, dann malte sich ein breites Lächeln auf seine Züge. »Ein guter Grund, das muss ich eingestehen. Das sind am Ende die, für die man es tut, oder? Für die Frau, die Kinder, die Mütter.«

»Ich weiß, wohin ich zurückkehren möchte. An welchen Ort ich am Ende des Tages gehöre.«

»Ich gebe zu, ich beneide dich.« Scarponi seufzte. »Ich hatte zu Hause keine Möglichkeiten, aus mir etwas zu machen. Wir sind elf Geschwister, davon sechs Söhne. Was bleibt da für den Einzelnen? Du hast deine Familie, den Gasthof, eine Perspektive.«

»Ich habe Glück, nichts weiter.«

»Ich dagegen muss mein Glück erst finden.«

Sie schwiegen, bis Giò sich einen Ruck gab. »Nenn mir deinen Kontakt. Mein Onkel wird im Frühjahr wieder auf den See hinausfahren. Wer weiß, was ein Name vom jenseitigen Ufer eines Tages wert ist.«

»Ein kluger Mann sorgt vor.« Scarponi lachte herzlich.

Giò fiel ein. Entweder stieg ihm der Champagner zu Kopf, oder die heitere Stimmung wirkte sich allmählich auf ihn aus, jedenfalls fühlte er sich zum ersten Mal seit Monaten vollkommen unbeschwert. Ganz gleich, was Gott und Kaiser mit ihm vorhatten, heute Abend sollten sie feiern.

Sie sprachen noch ein wenig über den Winter, über das lausige Essen und den schlechten Schnaps auf den Märschen. Das schien in jeder Armee gleich zu sein.

»Also, ich hoffe, dass wir uns beide unter ähnlichen Umständen wiedersehen. Lebe wohl!«, meinte Scarponi irgendwann.

Giò verstand die Botschaft. Ein Wiedersehen in Frieden, nicht in der Schlacht. »Dasselbe wünsche ich dir, mein Freund.«

Sie gaben einander die Hand und trennten sich.

Giò bahnte sich einen Weg durch die immer größer werdende Menge. Beiläufig kam ihm der Gedanke, dass Nonnschläger die Frage seines Freundes Louis Appia nach seiner Frau gar nicht beantwortet hatte. Was hatte es damit auf sich? Er nahm sich vor, sich in der Kaserne umzuhören. Irgendjemand wusste immer etwas, und in vielen Gerüchten und Behauptungen verbarg sich ein Körnchen Wahrheit.

Vergeblich schaute Giò sich nach Nonnschläger um. Statt ihn zu entdecken, wäre er fast mit dem Mann, den sie in Castiglione den *Mann in Weiß* genannt hatten, zusammengeprallt.

Giò machte einen Satz zurück. »Entschuldigen Sie vielmals, Signor Dunant. Ich war auf der Suche nach jemandem und habe nicht darauf geachtet, wo ich hinlaufe.«

»Ich bitte Sie, man kommt ja kaum noch voran, ohne einem anderen den Champagner übers Revers zu schütten.« Henry Dunant lächelte freundlich und blinzelte ihn verwirrt an. »Sie kennen mich, und auch mir kommt Ihr Antlitz bekannt vor.« Er stockte.

Giò verbeugte sich. »Giovanni Martini. Wir sind uns in Castiglione di Stiviere begegnet, in den Tagen nach der Schlacht.«

»Richtig. Sie haben den österreichischen Ärzten geholfen. Sind Sie Arzt?«

»Nein, Gott bewahre. Aber ich habe mich seitdem für den Sanitätsdienst gemeldet und versehe meinen Dienst in den Feldlazaretten.«

»Wie begrüßenswert.« Dunant lächelte versonnen. »Die bessere Versorgung ist bitter nötig. Die Geschehnisse um Castiglione lassen mich immer noch nicht ruhen.«

Giò nickte verständnisvoll. Dieser Mann war in jenen Tagen über sich hinausgewachsen, das musste er zugeben.

»Stellen Sie sich einmal vor«, Dunant reckte den Zeigefinger in die Höhe, »wir könnten eine umfassendere Versorgung gewährleisten. Wie viele Männer könnten wir davor bewahren, nach einem Feuergefecht ihren Verletzungen zu erliegen, weil sich niemand vernünftig um sie kümmert?«

»Wie stellen Sie sich das vor?«

»Nun, zum Beispiel fehlte es an Verbandsmaterial. Ich habe auch einer Operation mit Chloroform beigewohnt. Es sollte bereitgehalten werden, genau wie ausreichend Charpie, Jod und dergleichen. Wäre es nicht gut, in Friedenszeiten vorzusorgen?«

»Sicherlich«, brummte Giò unverbindlich. *Ein kluger Mann sorgt vor,* hatte Scarponi es eben noch in einem anderen Zusammenhang formuliert. Dem war kaum zu widersprechen. Allein die Wirklichkeit sah anders aus, Nonnschläger fluchte regelmäßig über die unzureichende Ausstattung der Feldlazarette, schon bei Übungsmanövern. Von den lächerlichen medizinischen Vorräten nach dieser monströsen Schlacht ganz zu schweigen.

»Aber was nutzt ein Haufen Verbände, wenn es an Leuten fehlt, sie fachgerecht anzulegen?«, fragte er laut.

»Ein sehr guter Punkt. O ja, es hat nicht an helfenden Händen gefehlt, nicht wahr? Aber um die Sachkunde war es nicht gut bestellt. Wie viel mehr hätten wir erreichen können, wenn unter anderem diese Frauen besser vorgebildet gewesen wären? Es muss einen Weg geben, sie in Friedenszeiten auszubilden.«

»Zivilisten?«

»Warum nicht?« Dunant blickte ihm herausfordernd in die Augen. »Vor allem aber braucht es eine Organisation, eine Trägerschaft, die dem Vorhaben Struktur gibt, Regeln aufstellt, sodass im Ernstfall jede Frau und jeder Mann weiß, was zu tun ist.«

Giò konnte dem Blick nur mit Mühe standhalten. Der Schweizer Geschäftsmann wirkte vollkommen ernsthaft und überzeugt, ohne jeglichen Zynismus, den Nonnschläger in solchen Gesprächen gern an den Tag legte. Das machte es einem schwer zu widersprechen.

»Sie sind ein Mann mit Visionen«, erklärte er daher unverbindlich.

»Es braucht Visionen, um die Welt zu verändern.«

Da Giò schwieg, fuhr Dunant fort: »Obwohl Sie keine Verletzungen davongetragen haben, geht es Ihnen seit der Schlacht nicht gut, oder? Sie wirken immer noch so in sich gekehrt wie in den Tagen von Castiglione.«

Unbehaglich blickte Giò zu Boden. »Sie sind ein guter Beobachter.«

Dunants forschender Blick wurde weich. »Suchen Sie Gott. Beten Sie. Das hilft.« Mit diesen Worten verabschiedete er sich und ging.

»Da bist du ja.« Nonnschläger trat neben ihn. »Das war

dieser Schweizer, richtig? Er bekommt wie mein Freund Appia einen Orden an die Brust geheftet.«

»Er wirkte irgendwie durchgeistigt, voller Pläne und Ideen. Ich weiß nicht, wie ich es beschreiben soll. Er sprach davon, dass es einen Weg geben müsste, die Verwundeten nach einer Schlacht besser zu versorgen.«

»Dem ist schwer zu widersprechen.«

»Richtig. Aber er ging weiter. Er meinte, man solle Vorräte anlegen, Leute ausbilden, damit die Hilfe rascher vonstattengehen kann.«

»Und, was hältst du von dieser Idee?«, fragte Nonnschläger mit unverhohlener Neugier.

Giò neigte den Kopf. Er nahm sich Zeit mit seiner Antwort. »Es klingt vernünftig. Es ist bitter nötig. Aber sollte mein Kaiser nicht für mich und meinesgleichen sorgen, wenn er uns in eine Schlacht hetzt?« Er vermochte den bitteren Unterton trotz aller Anstrengung nicht aus seiner Stimme zu verbannen.

»Ein sehr kluger Einwand. Hast du ihn vorgebracht?«

»Wie könnte ich? Ich bin ein einfacher Soldat.«

Nonnschläger lächelte nachsichtig. »Das ist nicht ganz richtig. Hier bist du für einen Abend ein Gleicher unter Gleichen. Außerdem begleitest du mich als Zivilist.« Es klang beinahe, als hätte er *Freund* gesagt.

Giò wollte widersprechen, doch der Arzt hob die Hand. »Ich weiß, was du sagen willst. Du hast ein gutes Gespür für den Status, auf den manch einer so großen Wert legt. Dunant ist Geschäftsmann, kein Adeliger, wenn ich mich recht entsinne, insofern hättest du nichts falsch gemacht. Es stimmt schon, viele der Adligen halten sich für etwas Besseres, sehen auf andere hinab. Dabei ist das bei einigen höchst unangemessen, weil sie den Verstand eines Brauereipferdes besitzen.« Er lächelte grimmig. »Ich will dir nichts vormachen, Giò. Für den Kaiser stehst du auf einer Stufe mit Schlachtvieh. Irgendwie notwendig, aber nicht weiter wichtig und, solange es in großer Zahl vorhanden ist, jederzeit ersetzbar.«

Er schwieg herausfordernd.

Giò war über diese unverblümte Aussage wenig verwundert, die Erkenntnis war ihm nicht neu. Genau das war es, das ihn immer wieder ins Grübeln brachte. Er hatte keine Ahnung, ob Garibaldi seine Männer anders oder besser behandelte als der Habsburgerkaiser Franz Joseph. Doch Scarponi fühlte sich anerkannt, und das war ein entscheidender Unterschied. Er wusste, warum er zu Felde zog, aus Überzeugung. Selbst ein Söldner hatte es einfacher, er tat es für Geld. Giò hatte einfach keine Wahl. Die Alternative wäre, sich zu verstecken und im Falle, dass er entdeckt wurde, standrechtlich erschossen zu werden.

Nonnschlägers Blick verlor sich. »Die Zeiten ändern sich, Dunant hat das erkannt. In Amerika werden Stimmen laut, die Sklaverei abzuschaffen. *Tutti Fratelli* – der Ausspruch der Frauen aus Castiglione bringt es auf den Punkt. Sie sind alle Brüder. Sie sind alle Menschen. Sie sind alle gleich. Das ist ein Kern von Dunants Idee. Schon während der Französischen Revolution 1789 war dies ein Leitmotiv. Es wird Zeit, dass es umgesetzt wird, oder?«

»Aber warum dann überhaupt noch Krieg führen?« Hilflos hob Giò die Schultern.

»Wiederum eine kluge Frage, die jedoch nicht einfach zu beantworten ist.« Er lächelte grimmig. »Aber lass uns nicht heute nach Antworten suchen. Wir sind hier, um zu feiern. Geh, hol uns noch zwei Gläser Champagner, bitte.«

»Signor, sì!« Giò salutierte.

»Giò!«

»Verzeihung, Signor.« Er grinste verlegen und ging, um die Getränke zu holen. Er würde Nonnschläger nie als seinesgleichen ansehen, doch in diesem Fall fand er das nicht weiter tragisch. Was war falsch daran, einem klugen und weisen Mann Respekt entgegenzubringen? Er sah zu ihm auf, Nonnschläger dagegen sah nicht auf ihn herab. War das nicht letztlich eine Frage der Perspektive?

12. Malcesine im April 1860

Schnaufend hielt Magdalena am unteren Treppenabsatz im Empfangsraum inne. Ihr war heiß, schwarze Punkte tanzten vor ihren Augen. In den letzten zwei Wochen hatte sie noch einmal ordentlich Gewicht zugelegt, sodass sie inzwischen das Gefühl hatte, ihr Körper sei auf das Doppelte angewachsen.

»Nur einen Moment. Geht gleich wieder«, flüsterte sie sich Mut zu. War es so weit?

Sie schwankte auf den Tresen zu und hielt sich an der Marmorplatte fest. Während sie das aufgeschlagene Buch fixierte, in das die Gäste eingetragen wurden, konzentrierte sie sich ganz auf das Gefühl des kühlen Steins unter ihren Fingern.

»Magdalena?«

Sie reagierte mit einem leisen Stöhnen und krallte sich an der Platte fest. Sie spürte Flüssigkeit zwischen ihren Schenkeln. Ihre Beine gaben nach und knickten unter ihr weg. Sie sank neben dem Tresen zu Boden. Eine Wehe schoss durch ihren Körper. Sie wollte aufschreien, doch ihr fehlte die Kraft dazu. Stattdessen entrang sich ihrer Kehle ein entsetztes Wimmern.

»Wurde auch Zeit, was, mein Mädchen?« Valentinas Antlitz tauchte vor ihren Augen auf, freundliche Besorgnis auf ihren Zügen.

»Es tut mir leid, ich …« Magdalena schnappte nach Luft.

»Kein Grund, sich zu entschuldigen oder sich Sorgen zu machen. Bleib einfach so liegen, ich bin sofort zurück.«

Mühsam setzte Magdalena sich auf und lehnte sich gegen den Tresen. Die hölzernen Zierstreben bohrten sich in ihren Rücken.

Sie lächelte hilflos. Selbst wenn sie sich Valentinas resolutem Befehl hätte widersetzen wollen, sie wäre zu schwach dazu. Sie legte die Hand auf den Bauch. Das Kind bewegte sich. Es wollte auf die Welt kommen. Ein Segen, viel länger hätte Magdalena ihren Zustand nicht mehr ertragen wollen.

Sie sandte ein kurzes Stoßgebet gen Himmel. Sie machte sich keine Sorgen. Ihre Schwiegermutter hatte genug Erfahrung, und sie vertraute der Hebamme, die sicherlich gleich jemand rufen würde. Agata Veronese hatte schon Giovanni, seine Schwester sowie Valentinas Kinder auf die Welt geholt.

Das alles war ganz normal und natürlich, was sollte schon schiefgehen?

Viele Frauen sterben im Kindbett, wisperte eine Stimme in ihrem Kopf.

Magdalena konzentrierte sich darauf, ruhig ein- und auszuatmen. Es war ihre erste Geburt – selbstverständlich war sie nervös. Aber sie sollte sich jetzt nicht verrückt machen.

Valentina hatte ihr prophezeit, dass es lange dauern würde. Beim ersten Kind wäre das immer so.

»Magdalena? Alles in Ordnung?« Giovannis Vater, Sophia und Giancarlo begleiteten Valentina, die den beiden Männern barsch den Befehl erteilte, Magdalena in ihre Kammer zu tragen.

»Nein, bitte! Helft mir auf und stützt mich, aber ich möchte auf eigenen Füßen stehen.«

Valentina brummte unzufrieden. »In Gottes Namen.« Unter ihrem kritischen Blick halfen sie Magdalena auf die

Beine, während Sophia in ihren Mantel schlüpfte und ging, um Agata zu holen.

Der Weg bis in die Kammer erschien endlos. Magdalena war vollkommen erschöpft, als sie endlich auf ihrem Bett lag.

Valentina gab ihr einen Becher Tee und blieb bei ihr sitzen, bis die Hebamme den Raum betrat.

»Und?«, knurrte sie statt einer Begrüßung.

Valentina wandte sich Agata zu. »Magdalena ist vorhin im Empfangsraum zusammengebrochen. Sie hat Wehen, aber noch nicht sehr häufig.«

Die grobschlächtige Frau sagte nichts, sondern setzte sich auf den Bettrand und befühlte Magdalenas Stirn und Wangen. Dann nickte sie Valentina zu, die daraufhin die Decke von Magdalenas Beinen zog.

»Das dauert noch. Eine ganz leichte Blutung, aber deine Fruchtblase ist noch nicht gerissen«, erklärte sie nach einer kurzen Untersuchung. Wieder musterte sie Magdalena kritisch und legte ihre große Hand auf deren Stirn.

»Agata, ist etwas nicht in Ordnung?«, fragte Valentina.

Magdalena wurde wieder schwindelig. Sie schloss die Augen und versuchte sich auf die Antwort zu konzentrieren, doch für einen schrecklich langen Moment hörte sie nur ein Summen, bis Agatas Stimme wieder in ihr Bewusstsein drang.

»Sie hat Fieber. Ist eure Familie erkältet?«

»Giancarlo und die Kinder husten noch. Wir anderen … na ja, du kennst das um diese Jahreszeit, wer ist da schon ganz gesund?«

Agata brummte unzufrieden. »Mal sehen, was das wird. Bleib bei ihr. Ich komme heute Mittag wieder. Ruft mich, wenn sich ihr Zustand verändert.«

»Ich bleibe bei ihr«, tönte es von Sophia aus der Ferne. Die Stimmen der beiden älteren Frauen verschwammen zu einem

Summen, das anschwoll und schließlich alle anderen Geräusche verschluckte.

Magdalena erwachte mit einem Hustenkrampf, der sie durchschüttelte und glühende Messer durch ihren Unterleib sandte. Es war dunkel im Raum, Petroleumlampen sorgten für spärliche Beleuchtung. Überall schienen Menschen zu sein, erregte Stimmen sprangen sinnlos hin und her. Ekelerregender Gestank nach Blut und Schweiß versetzte Magdalena zurück in den Keller der Kirche von Castiglione im vergangenen Sommer. Sie schnappte nach Luft und hustete erneut.

Sie fuhr sich mit der Zunge über die ausgedörrten Lippen und streckte die Hand aus. Sie wollte etwas sagen, doch sie brachte kein Wort hervor. Sie spürte ihren Körper nicht.

»Gib ihr Wasser. Magdalena? Magdalena! Hörst du mich?« Jemand beugte sich über sie, graue Haare, zu einem strengen Knoten aufgesteckt, runzelige Züge, wache Augen. Die Hebamme, oder?

Ganz sanft legte sich eine Hand auf Magdalenas Wange. Und schlug im nächsten Moment hart zu. »Komm schon! Ich brauche deine Hilfe!«

Magdalena antwortete mit einem Husten. Sie bemerkte Sophia, die einen Arm um ihre Schultern gelegt hatte und den Oberkörper stützte. Sie hob die Hand und legte sie auf die ihrer Schwägerin.

Ihr Blick verschwamm. Jemand setzte einen Becher an ihre Lippen. Sie trank durstig, verschluckte sich und spuckte einen Teil des Wassers wieder aus. Sie packte die Hand unter der ihren fester.

Ihr war übel, der Geruch raubte ihr alle Sinne. Wo war sie? Was ging hier vor sich? Sie wollte sich hinlegen, unter die Bettdecke verkriechen, doch Sophia ließ sie nicht aus ihrer

Umarmung. Irgendwo war da auch Schmerz, doch er war unwichtig. Er musste sein, so viel begriff sie. Doch er gehörte nicht zu ihr.

Magdalena fixierte den Lichtkegel der Lampe. Sie wollte mit der Hand danach greifen, doch sie hatte vergessen, wie man den Arm ausstreckte.

Das Licht verschwamm vor ihren Augen und verlosch.

Sie erwachte von einem leisen Stimmengemurmel irgendwo in der Ferne. Jetzt war der Schmerz da, wütete in ihrem Unterleib. Sie lag zusammengerollt auf der Seite. Es stank nach Blut und Kot.

Magdalena atmete angestrengt durch den Mund, schluckte gegen den säuerlichen Geschmack an, bis der Würgereiz verging.

Die Stimmen wurden lauter.

»… nur kurz, verflucht noch mal! Was soll denn passieren?«

»Jetzt sei vernünftig, Giò!«

»Was soll daran vernünftig sein? Sie …«

»… überlebt es vielleicht nicht, ja. Wir müssen diese Möglichkeit erwägen.«

»Dann lass mich zu ihr!«

Im Hintergrund krachte es. Die Fensterscheibe klirrte leise. Magdalena zuckte zusammen. Sie hielt sich an der Bettdecke fest.

»Magdalena, hörst du mich?« Giovanni kniete sich neben das Bett und ergriff ihre Hand. Erst als sie seine kühle Haut spürte, wurde ihr bewusst, dass sie völlig verschwitzt war. Ihr Körper brannte.

Sie schaute auf. Sein Gesicht musste irgendwo über ihr sein, doch sein Anblick entglitt ihr. Ebenso vergeblich versuchte sie, ein Wort hervorzubringen. Am Ende schaffte sie ein schwaches Nicken, auf das Giovanni nicht reagierte.

Er streichelte mit dem Daumen ihren Handrücken. »Du hast ein Mädchen auf die Welt gebracht«, flüsterte er. »Wir haben es taufen lassen. Ich habe es Pia genannt. Ich hoffe«, er räusperte sich, »der Name gefällt dir.«

Noch einmal versuchte Magdalena, etwas zu sagen. Es wurde ein heiseres Stöhnen. Frustriert schloss sie die Augen. Was war los mit ihr? Wie ging es dem Kind?

»Giò, das reicht jetzt.« Das war Valentinas Stimme. Sie klang sehr besorgt.

»Moment noch.«

Es raschelte. Giovanni legte einen kühlen Stein in Magdalenas Hand. »Das war mein Hochzeitsgeschenk. Ich habe … Es war keine Gelegenheit, nicht wahr? Jetzt, bevor es zu spät ist.« Seine Stimme brach.

Magdalena zwang ihre Augen auf. Sein Gesicht war ganz nah, seine Augen tief umschattet, Bartstoppeln auf Wangen und Kinn. Sie wollte so gern darüber streicheln. Doch ihr Wille und ihr Körper waren einander fremd.

»Es ist ein kleines Marienbild. Es soll dich behüten, wenn, falls …« Er senkte den Kopf.

»Giò, gib ihr Zeit. Nun komm!«

Er erhob sich.

Magdalena hörte die Zimmertür zuschlagen. Sie umklammerte das kleine Geschenk.

Was war jetzt mit dem Kind? Ein Mädchen? Sie konnte sich an nichts erinnern.

Sie bekam Angst.

Es war fast dunkel im Zimmer, als sie das nächste Mal die Augen aufschlug, lediglich eine Petroleumlampe spendete auf kleiner Flamme Licht. Neben dem Bett saß eine zusammengesunkene Gestalt auf einem Stuhl.

»Wer ist da?«, krächzte Magdalena. Sie brachte kaum mehr als ein heiseres Flüstern hervor.

Ihr Behüter fuhr mit einem erschrockenen Ruck auf. »Magdalena! Hörst du mich? Wie geht es dir?« Die Stimme war männlich.

»Giovanni?«

»Ich bin da.« Drei schlichte Worte, dir ihr plötzlich Zuversicht schenkten. Es war alles gut. Oder nicht?

Giovanni drehte die Flamme der Lampe höher, bis das Licht in Magdalenas Augen schmerzte.

Er kniete sich neben das Bett und umschloss ihre Finger mit beiden Händen. »Du musst gesund werden, hörst du?«, flüsterte er. »Wir brauchen dich.«

»Was ist passiert?«

Er legte seine kühle Hand auf ihre Stirn. Instinktiv klammerte Magdalena sich an die andere Hand. Er erwiderte den Druck und streichelte mit dem Daumen ihren Handrücken. Das hatte er schon einmal getan, daran erinnerte sie sich plötzlich. Aber das konnte ein paar Stunden her sein oder viele Tage.

»Du hast kurz vor der Geburt Husten und hohes Fieber bekommen. Agata hat dir ihren halben Kräutergarten eingeflößt. Hast du Durst?«

Sie nickte.

Er hielt ihr einen Becher an die Lippen, und sie trank. Die ganze Zeit über ließ er sie keinen Moment lang aus den Augen.

»Das Kind«, brachte sie dann endlich hervor.

»Pia geht es gut. Ein kräftiges Mädchen.«

»Wo?«

»Sie schläft bei meiner Schwester. Eine Freundin von Sophia gibt ihr Milch.«

»Kannst du sie herholen?«

»Jetzt? Valentina reißt mir den Kopf ab.« Er zögerte nur kurz und erhob sich mit einem verschwörerischen Lächeln.

Magdalena hörte die Zimmertür klicken. Sie schloss die Augen, dämmerte im Halbschlaf dahin, blieb jedoch bei Bewusstsein – mehr oder weniger. Sie fühlte sich entsetzlich schwach und hilflos.

Dann war Giovanni wie von Zauberhand wieder da, ein winziges Bündel in den Armen.

Magdalena reckte die Finger. In dem Laken schlummerte wirklich ein Menschlein, ein kleines eigenständiges Wesen. Es hielt die Augen geschlossen, doch Magdalena spürte den warmen Lufthauch seiner Atemzüge an ihren Fingern.

Sie blinzelte. Tränen stiegen ihr in die Augen. Das Atmen fiel ihr schwer, ihr Hals kratzte und stach. Sie wollte husten, doch sie war selbst dafür zu schwach, bekam kaum ein Röcheln zustande.

»Ich …« Sie würgte hilflos.

Giovanni stand auf und wandte sich mit dem Kind in den Armen ab. Im nächsten Moment hielt er Magdalena, half ihr, sich aufzurichten. Befreit schnappte sie nach Luft, hustete, atmete und hustete, bis ihr Mann sie nach einer gefühlten Unendlichkeit aufs Kissen zurücksinken ließ und ihr einen weiteren Schluck Wasser reichte.

Magdalena schloss die Augen. Sosehr sie sich wünschte, Pia noch einmal anzusehen, ihr fehlte die Kraft dazu.

»Ich bringe sie zurück.«

Magdalena zwang die Lider auf. Sie beobachtete, wie Giovanni das Kind vom Boden aufhob, wo er es zuvor abgelegt haben musste, um ihr beizustehen.

Er beugte sich über die Kleine, vollkommen versunken in ihrem Anblick. Seine Augen waren dunkel umschattet, doch seine Züge waren weich und entspannt. So ähnlich hatte er ausgesehen, als sie ihn am Brunnen in der Herberge aufgeschreckt hatte, in jenem Sommer, kurz bevor Pias Leben begann. Jetzt war da noch mehr, ein tiefer Friede, den das Zwielicht auf unerklärbare Weise über sein Antlitz geworfen hatte.

Dann brach der Moment. Mit festen Schritten verließ Giovanni den Raum.

Sie konnte sich noch tausendmal sagen, dass er sicherlich gleich zurückkehren würde – noch nie hatte Magdalena sich so verlassen gefühlt.

In den folgenden Tagen wurde sie von Fieberträumen geplagt. Immerhin schien sie den kritischen Gipfel überwunden zu haben, denn sie konnte ihre Umgebung wieder wahrnehmen, wirre Phasen wechselten mit bewussten Momenten ab. Ihr Körper erholte sich, doch sie war elendig schwach. Giovanni, erklärte man ihr, hatte wieder antreten müssen, doch er würde zurückkehren, sobald es ihm gestattet war.

»Er hätte gar nicht herkommen dürfen, Gott steh ihm bei«, war Valentinas Kommentar dazu. »Die werden ihn ordentlich strafen, ein paar Tage in den Kerker werfen oder zünftig verdreschen.« Insgeheim, so schien es Magdalena, war sie unendlich stolz auf Giovanni, weil er dieses Risiko dennoch auf sich genommen hatte, um nach seiner Frau zu sehen.

Magdalena kam ihre letzte Begegnung in jener Nacht, als sie erfuhr, dass es Pia gut ging, dagegen beinahe wie ein Traum vor, wäre da nicht Giovannis Geschenk gewesen. Was sie für einen Stein gehalten hatte, den Giovanni ihr überreicht hatte, entpuppte sich als Medaillon, das ihr später jemand – Giovanni? – um den Hals gelegt hatte.

Es war nur daumennagelgroß, doch schien es aus echtem Gold zu sein. Auf dem Deckel waren zwei Buchstaben eingraviert: MM – Magdalena Martini. Im Inneren befand sich ein Bild der Jungfrau Maria mit dem Jesuskind auf dem Arm.

Es war wunderschön. Magdalena liebte es. Zugleich stellte sie sich insgeheim vor, was ihre alte Freundin Francesca aus Venedig davon gehalten hätte. Für dieses oberflächliche Mädchen wäre es nutzloser Tand, ihr zukünftiger Verlobter müsste ein Vielfaches ausgeben, um es ihr recht zu machen.

Sicherlich hatte das Medaillon keinen hohen materiellen Wert, aber Magdalena hatte in den letzten Monaten genug über die finanziellen Möglichkeiten der Familie Martini gelernt. Es ging ihnen nicht schlecht, doch sie konnten sich bei Ausgaben keine Eskapaden erlauben. Giovanni musste sich jeden einzelnen Heller vom Sold abgespart haben. Daher war für sie der Wert des kleinen Schmuckstücks unermesslich. Sie hatte sich nicht getäuscht, sie bedeutete Giovanni etwas. Sie mussten sich nur ein wenig besser kennenlernen.

Die Gelegenheit kam schneller, als sie erwartet hatte.

Eine gute Woche nach Pias Geburt tauchte Giovanni völlig unverhofft in der Küche der Herberge auf. Magdalena war es zum ersten Mal gestattet, ihr Zimmer zu verlassen und sich mit Pia an den Tisch zu setzen, der unweit des großen Holzofens stand und wo Familie und Angestellte in den Pausen saßen oder aßen.

Die letzten Spuren des Mittagessens waren soeben beseitigt worden, und die Küche ruhte für den kurzen Übergang, bis die Vorbereitungen für das Abendessen begannen.

Giovannis Gesicht leuchtete auf, als er sie dort sitzen sah. Schüchtern näherte er sich und setzte sich ihr gegenüber an den Tisch. »Wie geht es dir?«

Magdalena wusste, wie blass und abgekämpft sie aussah. Ihr strähniges Haar hatte sie notdürftig zu einem Knoten aufgesteckt, der mehr an ein zerrupftes Vogelnest erinnerte. Vor allem hatte sie das Gefühl, in den letzten Tagen um zehn Jahre gealtert zu sein.

»Noch nicht sehr gut. Ich sitze nur hier, kaum eine halbe Stunde, aber es fühlt sich an, als wäre ich den gesamten Weg von Venedig hergelaufen.« Sie versuchte, das winzige Menschenkind in ihren Armen etwas bequemer zurechtzurücken. Pia wimmerte.

Magdalena schloss gereizt die Augen. Sie wusste, was nun kam. »Giovanni, kannst du Elena holen? Sie ist im Hof.«

Er erhob sich und kam um den Tisch herum. »Warum?«

Pia gab ihm die Antwort. Sie wand sich in Magdalenas Armen und holte tief Luft. Prompt ersetzte unzufriedenes Geheul die Stille der Küche.

Magdalena war den Tränen nah. Seit drei Tagen, seit sie ihr erlaubt hatten, Pia in die Arme zu nehmen, ging das nun schon so.

»Schh, schh.« Behutsam hob der Vater das Kind aus ihren Armen und wiegte es, während er ein paar Schritte auf und ab lief. Aus dem infernalischen Schreien wurde empörtes Gejammer, das schließlich sogar ganz erstarb. Stattdessen vernahm Magdalena Giovannis leise singendes Murmeln. Fassungslos starrte sie zu ihm auf. Wie machte er das?

»Ich habe keine Milch«, versuchte sie, sich zu rechtfertigen.

Giovanni beachtete sie nicht, sondern widmete sich ganz dem Bündel in seinen Armen.

Magdalena fühlte sich unendlich erschöpft. »Bitte, bring sie zu Elena, damit sie ihr Milch geben kann.«

»Wie du möchtest.« Mit beschwingten Schritten verließ der Vater mit seiner Tochter die Küche.

Magdalena wischte sich mit der flachen Hand eine Träne aus dem Augenwinkel. Sie hatte keine Ahnung, ob Pias Ausbruch daher kam, dass sie hungrig war, oder ob sie sich bei ihrer Mutter schlicht nicht wohlfühlte. Offenbar konnte jeder hier im Haus besser mit dem Kind umgehen als sie selbst.

Sie wollte zurück ins Bett, die Decke über den Kopf ziehen und diese schreckliche Welt für immer aussperren. Wer brauchte sie schon? Der einzige Mensch, der sie liebte, war ihr Vater, und den hatte sie von sich gestoßen. Ein Fehler, den sie nun bitterlich bereute. Sie wusste nicht einmal, wo Salvatore di Lucca sich zurzeit aufhielt.

»Magdalena, komm. Ich bringe dich auf dein Zimmer.«

Sie blickte auf.

Giovanni stand vor ihr, die Hand zu ihr ausgestreckt, ein unbeholfenes Lächeln in seinen Mundwinkeln.

»Ich will aber nicht ins Bett.« Mit aller Energie, die sie aufbringen konnte, schüttelte sie den Kopf.

»Du siehst aus, als ob du gleich von der Bank kippst, mit Verlaub. Soll ich meine Mutter holen, damit sie dich davon überzeugt?«

Die Drohung half. Magdalena stemmte sich hoch, hielt sich an der Tischkante fest, bis der Schwindel nachließ und sie sicher war, dass ihre Beine sie ausreichend trugen.

Sie merkte selbst, dass sie sich wie ein bockiges Kind aufführte, das in einem Moment das eine, im nächsten das andere wollte. Die Hebamme hatte gesagt, dass so etwas passieren konnte. Aber das Wissen darum half ihr gerade gar nicht, im Gegenteil. Sie schämte sich, weil sie Pia nicht gerecht wurde, allen eine Last war. Außerdem war ihr bewusst, dass sie sich das auch noch ständig einredete. Das war ihr umso peinlicher, dass sie nicht in der Lage war, aus eigener Kraft aus dieser selbstzerstörerischen Schleife auszubrechen.

Immerhin schaffte sie es vollkommen ohne Giovannis Hilfe die Treppe hinauf und bis zu ihrer Kammer. Er stieß die Tür auf und beobachtete sie geduldig, wie sie erleichtert aufs Bett sank und die Decke über die Beine zog. Ihr Atem rasselte, doch immerhin konnte sie den trockenen Husten inzwischen unterdrücken.

»Trink.« Giovanni reichte ihr einen Becher.

Der mit Honig gesüßte Tee war nur noch lauwarm und schmeckte scheußlich, doch Magdalena wollte keine weitere Diskussion führen. Sie ließ auch seine besorgte Musterung schweigend über sich ergehen. Es fehlte nur noch, dass er ihr die Hand auf die Stirn legte.

»Das Fieber ist weg. Es geht jeden Tag besser«, erklärte sie trotzig.

»Das freut mich, wirklich.« Er zog einen Stuhl mit der Lehne voran ans Bett und setzte sich im Reitersitz darauf. »Was kann ich tun?«

»Wie lange bleibst du?«

Er brummte ungnädig und fuhr sich mit der Hand übers Kinn. »Wenn ich morgen Mittag nicht antrete, gelte ich als fahnenflüchtig.«

»Es wundert mich, dass sie dir überhaupt erlaubt haben, zu kommen. Du warst nach Pias Geburt hier.« Sie legte einen Finger auf das Medaillon und sah das stolze Lächeln, das über seine Miene huschte. Viel zu kurz. Er sollte häufiger lächeln.

»Das hatten sie mir nicht erlaubt. Aber ich musste kommen. Mamma hatte mir eine Nachricht geschickt. Sie dachten …« Seine Stimme verlor sich.

Magdalena stutzte. Gab es einen Grund, warum er so unzivilisiert auf dem Stuhl saß? »Was haben sie dir angetan?«

Sofort wedelte er abwehrend mit der Hand. »Gar nichts.«

»Haben sie dir Stockschläge verpasst?«

»Im Heer wird nicht gezüchtigt.«

Magdalena runzelte die Stirn. »Das glaube ich dir nicht.«

Giovanni kreuzte die Arme und legte sich auf die Lehne. »Das habsburgische Heer hat die Prügelstrafe vor Jahrzehnten abgeschafft.«

Das war die offizielle Sprachregelung. Magdalena begriff, dass er dazu nichts weiter sagen würde. Doch jetzt fiel ihr auf, dass er sich unnatürlich steif in der Hüfte hielt.

»Erzähl mir von Turin.«

»Ich habe den Schweizer Geschäftsmann Dunant wiedergetroffen, erinnerst du dich an ihn?«

»Henry Dunant. Wie könnte ich ihn vergessen? Der Mann war unermüdlich.«

»Er war unzufrieden und beschämt, da er glaubte, man hätte viel mehr bewirken und Menschenleben retten können, wenn man sich besser organisiert hätte.«

»Damit könnte er sogar recht haben. Es gab eine Gruppe Nonnen, die viel effektiver gearbeitet hatten als andere. Weil jede genau wusste, was zu tun war, und ihre Aufgaben beherrschte. Ich hätte gern mehr getan, aber ich konnte doch kaum etwas ausrichten.«

Giovanni runzelte leicht die Stirn. »Jedenfalls hat er genug getan. Dieser König von Sardinien-Piemont hat ihm einen Orden verliehen.«

»Der König von Italien? Vittorio Emanuele?« Magdalena setzte sich auf. »Du hast ihn gesehen? Höchstpersönlich?«

»Natürlich, der Empfang war dazu gedacht, dass er sich präsentiert.«

»Wie aufregend! Wäre ich nur mitgefahren. Wann hat man jemals so eine Gelegenheit!« Aufgeregt lehnte sie sich vor. »Und Giuseppe Garibaldi? Der Anführer der Männer, die uns vom österreichischen Joch befreien wollen? War er auch da?«

»Ich habe ein paar seiner Rothemden gesehen, er war nicht darunter.« Giovannis Ton war merklich kühler geworden.

Magdalena hob spöttisch die Augenbrauen. »Du scheinst nicht viel von ihm zu halten.«

»Warum sollte ich? Er ist ein Rebell und Sturkopf, hetzt die Männer gegeneinander in den Krieg.«

»Aber nein, sein Anliegen ist absolut richtig! Wir sind doch keine Österreicher, wir sprechen nicht einmal deren Sprache.«

»Das mag sein. Ich finde nur, dass dies unser Volk entscheiden sollte statt ein paar Männer mit Adelstiteln.«

»Wie meinst du das? In der Lombardei gab es einen Volksentscheid, und sie haben sich mit überwältigender Mehrheit für das Königreich Italien ausgesprochen.«

Giovanni wollte zu einer Erwiderung ansetzen und hielt inne. Das schien ihm neu zu sein. Sie selbst hatte es erst am Morgen in einer der Zeitungen gelesen, die sie sich wöchentlich zustellen ließ. Das war ein kleiner Luxus, den sie sich erlaubte.

»Mag sein«, gab er nach kurzem Schweigen zu. »Aber warum dann erst jetzt, *nachdem* die Kaiser von Österreich und Frankreich Krieg geführt haben? Hätte man das Volk nicht zuvor fragen und seine Entscheidung umsetzen können?«

»Wenn es nur so einfach wäre, warum tun sie es nicht? Glaubst du, dass es dem Willen der Venezianer entspricht, dass das Veneto zu Österreich gehört?« Magdalena konnte Giovanni ansehen, dass sie einen wunden Punkt getroffen hatte, und setzte nach: »Garibaldi hat eine Vision für die Zukunft, und das ist der italienische Nationalstaat. Es ist vernünftig, nach Unabhängigkeit zu streben. Das Bündnis mit Napoleons Frankreich erfüllt bis dahin seinen Zweck.«

»Darüber sollten die Diplomaten der Nationen verhandeln. Sie sollten sich unter dem Banner der Vernunft zusammensetzen.«

»Das tun sie schon die ganze Zeit! Es kommt nichts dabei herum. Vor zehn Jahren gab es die ersten Schlachten, hat sich seitdem etwas geändert?«

»Nein.« Giovanni schaute unbehaglich zur Seite. »Erst die letzten Schlachten von Solferino und San Martino haben etwas bewirkt.«

»Siehst du«, Magdalena beugte sich eifrig vor. »Wie lange wollen wir denn warten? Garibaldi tut wenigstens etwas, oder? Manchmal braucht es einen Paukenschlag, um etwas zu ändern!«

»Es muss einen anderen Weg geben.«

»Welchen denn?«

»Was weiß ich? Ich bin weder Diplomat noch General. Aber ich wünsche mir eine friedliche Lösung.« Er blickte gedankenverloren zum Fenster.

Magdalena lächelte spöttisch. »Herrje, du klingst wie mein Papà. Immer schön sachte, nur keine Unannehmlichkeiten.«

Der Stuhl polterte zu Boden. Giovanni war aufgesprungen. Seine Augen glühten. »Unannehmlichkeiten? Weißt du, was du da sagst? Du hast ja keine Ahnung!«

Magdalena rutschte instinktiv zurück in ihr Kissen.

Giovanni reckte wütend die Faust. »Garibaldi denkt nicht an die Folgen! Er zwingt den Männern seine Sache auf, und sie töten dafür ihre Landsleute! Und das sind nur *Unannehmlichkeiten?*« Er wurde lauter. »Die Franzosen fallen in unser Land ein, weil es ihnen einen Vorteil bringt! Nicht weil sie die Italiener vom österreichischen Joch befreien wollen! Was glaubst du, was passiert, wenn Garibaldi nicht mehr nach Napoleons Pfeife tanzt? Dann wird der uns sicher ein paar weitere *Unannehmlichkeiten* bereiten!«

»Giovanni, ich meinte doch nicht …«

Er stampfte auf das Bett zu und beugte sich zu ihr. »Es ist immer dasselbe. Ob sie nun Könige und Kaiser sind oder sich zur Führerschaft einer angeblich so hehren Sache aufschwingen, sie bringen – ja, nichts als *Unannehmlichkeiten!* Lächerlich! Ich sage dir, wie es ist: Sie ruinieren das Leben der Menschen! Sie bringen den Tod. Für ihre Gier nach Macht und Land, nichts sonst!«

»Du bist ja von Sinnen!«

»Nein, ich sage nur die Wahrheit, vor der du die Augen verschließt! Es geht denen nicht ums Wohlergehen der Venezianer. Es geht nur um den eigenen Vorteil!« Er richtete sich auf und lief zur Tür. Seine Schultern bebten. Im nächsten Moment war er hinaus.

»Giovanni, bleib, bitte!« Magdalena strampelte die Decke fort und wand sich aus dem Bett. Ihre Knie gaben nach. Verzweifelt umklammerte sie den Bettpfosten, machte ein paar schwankende Schritte und verfluchte ihre Schwäche. Was war nur in ihn gefahren, so hatte sie das doch gar nicht gemeint?

»Giovanni! Giò, bitte!« Sie schaffte es bis zur Tür. Die Hände um das Türblatt geklammert hielt sie erschöpft inne. Sie kannte die Geräusche des Hauses inzwischen gut genug:

Giovanni polterte die Treppe hinunter. Valentina kam aus der Küche gestürzt und fragte, was das für ein Aufruhr sei. Er erwiderte nichts, sondern rannte hinaus. Deutlicher, als ihr lieb war, hörte Magdalena die schwere Haustür ins Schloss fallen. Noch einmal eine fragendes »Giò?« von Valentina. Und dann war es still.

Sie lehnte die Stirn gegen das Holz und schluchzte.

13. Malcesine im April 1860

Giò raste die Straße entlang und hinein in die schmalen Gassen zwischen den eng stehenden Häusern der Altstadt von Malcesine. Valentina hatte ihm erklärt, dass Magdalena noch krank und schwach war.

Sie war alles andere als das. Sie mochte noch gebrechlich erscheinen, die Geburt und die Krankheit hatten ihrem Körper alles abverlangt. Doch er hatte gespürt, wie es in ihr brodelte, wie ihre Leidenschaft erwachte, wenn es um die italienische Sache ging, ihre Augen leuchteten, wenn sie nur den Namen Garibaldis aussprach, als wäre er ein Heiliger.

Dabei hatte er seine Männer und die republikanische Sache verraten.

Giò begriff längst nicht alle Dinge, um die es auf der großpolitischen Ebene ging. Nonnschläger hatte versucht, es ihm in stundenlangen Gesprächen auseinanderzusetzen. Der Arzt war, wie sein Freund und Kollege Louis Appia bei ihrem Wiedersehen in Turin richtig vermutet hatte, tatsächlich dem Freimaurerbund beigetreten. An einem winterlichen Abend im Februar dieses Jahres hatte er Giò zu einem Logentreffen nach Salzburg mitgenommen. Es war eine sehr lebhafte Versammlung gewesen, Giò hatte den besonnenen Arzt kaum wiedererkannt, so sehr blühte er auf, ereiferte sich für die Sache, die Selbstbestimmung der Völker Europas. Die Vision, dass jeder Mensch, ungeachtet seiner Herkunft und seines Standes, frei und selbstbestimmt leben dürfte.

So große Ideen verbargen sich dahinter, und einige Vordenker waren dafür schon hinter Gittern gelandet. Die Abschaffung der Sklaverei in den Kolonien; die Abschaffung der Privilegien für den Adel. Doch der Adel hatte die Macht und führte die Staatsgeschäfte. Es war nur logisch, dass sie kein Interesse hatten, sich selbst um ihre Vorteile zu bringen.

Freiheit – Gleichheit – Humanität; Garibaldi hatte, so Nonnschlägers Behauptung, bei der es für Giò keinen Grund gab, sie anzuzweifeln, einst für diese Werte eingestanden, gehörte ebenfalls dem Bund der Freimaurer an und hatte für dessen Ideen gelebt. Doch dann hatte er mit dem Franzosenkaiser Napoleon paktiert und dem König von Sardinien-Piemont zur Macht verholfen.

Giò bekam Seitenstechen und wurde endlich langsamer. Er war so in Gedanken versunken gewesen, dass er gar nicht bemerkt hatte, dass er zum Seeufer gelaufen war. Er fand sich im Schatten des Turms der Skaligerburg wieder.

Er lief ein paar Schritte am Ufer entlang. Der See lag ruhig, kaum ein Windhauch kräuselte die Wasseroberfläche. Der Himmel war grau, jedoch nicht trüb oder dunkel, sondern spendete dem Nachmittag ein wattiges, sanftes Licht. Die Luft war mild und roch nach Frühling.

Giò fröstelte. Seine Hüfte schmerzte, dort, wo er die heftigsten Tritte seiner Kameraden abbekommen hatte. Er massierte sich mit der flachen Hand die Seite, bis der Schmerz etwas nachließ.

Was er Magdalena gegenüber gesagt hatte, war keine Lüge gewesen. Im Heer wurde nicht geprügelt, es gab keine Stockschläge, nur Arrest, Küchendienst oder solche Dinge. Und es gab vereinzelt diese sadistischen Offiziere, die es bedauerten, dass der Spießrutenlauf oder das Stäupen abgeschafft worden waren. Solche Befehlshaber sammelten einfache Soldaten mit gleicher Gesinnung um sich. Wenn sie der Meinung waren, dass jemand eine besondere Abreibung verdiente, weil er aus der Reihe getanzt war, dann hetzte er seinen Schlägertrupp auf den Abweichler. Des Nachts, zum Beispiel auf dem Weg zur Latrine, lauerten sie ihm auf und prügelten ihn zusammen. Natürlich alles inoffiziell, und falls sie erwischt wurden, ohne jegliche Anweisung von oben.

Jeder wusste, wie das System funktionierte. Nur wenige wagten es, etwas dagegen zu sagen. Nonnschläger war einer der wenigen, die es offen verurteilten, doch selbst er vermochte nichts auszurichten. Nicht einmal er hatte widersprochen, als Giò ihm erklärt hatte, er habe noch Glück gehabt. Er hatte sich zwar seit Milos Tod weitgehend aus der Gesellschaft der anderen zurückgezogen, doch er war nicht unbeliebt und bei den meisten seiner Kameraden anerkannt. Das hatte ihn vor gebrochenen Rippen oder Schlimmerem bewahrt.

Giò blickte über das Wasser und den Strand. An den Bootsschuppen in der Ferne stieg Rauch auf. Sein Onkel oder andere Fischer waren dort, kümmerten sich um ihre Kähne und Netze.

Er wandte sich zurück in die andere Richtung, zurück in den Schatten der Burg.

Die Erinnerung an seine inoffizielle Prügelstrafe führte ihm vor Augen, weshalb er so wütend auf Magdalenas verklärte Sichtweise war. Sie sah nur das Ergebnis, Garibaldis militärische Erfolge, die Begeisterung der lombardischen Bevölkerung.

Sie hatte zweifellos große Ahnung von diesen politischen Zusammenhängen, mehr als Giò. Sie ließ sich Zeitungen ins Haus schicken, und Valentina hatte Giò verraten, dass sie viel las und sich umfassend informierte. Sie mochte es besser als er beurteilen können, ob es gut war, dass Garibaldi das italienische Volk zur Einheit führen wollte. Vielleicht war Garibaldis Ansinnen sogar wirklich klug und richtig?

Giòs einzige Informationsquelle dagegen waren Nonnschläger und ein paar Texte, die der ihm zu lesen empfahl. Das mochte einseitig sein und daher nicht der ganzen Wahrheit entsprechen, so viel begriff er. Doch auf der anderen Seite hatte er seine Erfahrungen. Er konnte auf das zurückgreifen, war er gesehen hatte und täglich erlebte. Die Unantastbarkeit der adeligen Offiziere, ihr Hochmut, ihre tief verwurzelte Überzeugung, über den einfachen Männern zu stehen und über sie verfügen zu dürfen. Begründet durch nichts als die Gnade der Geburt als Freiherr oder Fürst.

Wenn sie ihm befahlen, geradewegs ins Kanonenfeuer zu laufen, erwarteten sie von ihm, dass er das tat.

Die meisten Männer im Heer versahen ihren Wehrdienst nicht freiwillig, ganz im Gegenteil. Nicht einmal die Österreicher aus dem Mutterland, nicht einmal die Söhne gutgestellter Handwerker oder wohlhabender Kaufleute. Nonnschläger hatte es in Turin auf den Punkt gebracht, sie waren nicht besser als das Schlachtvieh. Alle wussten es, spürten es tagtäglich entlang der Befehlskette. Hätten sie eine Wahl, würden viele umgehend ihre Waffen niederlegen und nach Hause gehen.

Und der französische Kaiser, der italienische König, sie waren keinen Deut besser. Was war dann diese »Befreiung« durch einen wie Garibaldi wert? Der, obwohl angeblich den humanistischen Werten verpflichtet, sich dem italienischen König unterwarf, von ihm militärisch einspannen ließ und seinen Männern am Ende dasselbe abverlangte: für ihn zu sterben. Ihr kleines bescheidenes Leben für das große Ganze zu opfern.

War das richtig?

Natürlich, wäre Magdalena in Gefahr, wäre das ein Grund, zu den Waffen zu greifen. Sie und Pia zu beschützen, das war etwas ganz anderes. Aber die Ansichten irgendwelcher Herren über die Verläufe der Grenzen zwischen ihren Reichen? Das war ein ziemlich mieser Grund.

Magdalena schien das anders zu sehen. Aber sie musste auch weder durch den Schlamm kriechen noch die tagtäglichen Demütigungen über sich ergehen lassen – nur um am Ende wie Milo und so viele andere auf dem Schlachtfeld zu enden.

Giò atmete mehrmals tief durch, drängte die Erinnerung an Solferino zurück.

»Giò? *Buongiorno, caro amico,* warum so trübselig?«

Er schrak zusammen und wandte sich der fröhlichen Stimme zu. Ihm war, als erwachte er aus einem wirren Traum.

»Donatella.« Er hatte sie ewig nicht gesehen, bei seiner Hochzeit war sie nicht anwesend gewesen. Er lächelte. »Was machst du hier? Ich kann mich nicht erinnern, dass du eine Vorliebe für Strandspaziergänge hegst.«

Sie lachte und strich sich eine Haarsträhne aus der Stirn, die sich aus dem dick geflochtenen Knoten gelöst hatte. »Und du? Ich sah dich am Haus vorbeirennen, als ob der Teufel hinter dir her wäre.«

Giò kratzte sich verlegen am Kinn und blickte zu Boden. Der Anblick seiner alten Freundin weckte andere Erinnerungen.

Als sie näher kam, erkannte er auch ihren Duft wieder. Ihr Vater arbeitete für einen Apotheker, stellte Duftessenzen und

Seifen her. Schon von Kindesbeinen an hatte Donatella ihre Liebe zu Lavendel entdeckt.

Unwillkürlich machte Giò ein, zwei Schritte zurück. Er ahnte, was als Nächstes kam, und er wusste nicht, welche Antwort er geben wollte. Er war immer noch wütend auf Magdalena.

»Wie geht es dir, Giò? Hast du ein bisschen Zeit für eine alte Freundin? Es ist zu kalt, um hier lange herumzustehen.«

»Das stimmt.« Er blickte auf.

Sie war älter geworden, aus dem reifen Mädchen war eine schöne Frau geworden.

Er dagegen war verheiratet, Vater einer kleinen Tochter.

Er wollte nicht zurück nach Hause. Er hatte weder das Bedürfnis, sich mit Magdalena auszusöhnen, noch sich Valentina zu erklären, warum er ohne ein Wort aus dem Haus gestürmt war.

Nein, das stimmte nicht ganz. Er hätte nichts lieber getan, als sich mit Magdalena wieder zu vertragen und ihr zu erklären, warum sie sich irrte. Warum Garibaldi und seine Ideen nichts verändern würden, die eingeschlagene Richtung falsch war, wenn man nur einen Kaiser durch einen König ersetzte, es aber sonst bei Gehorsam und Obrigkeitsdenken beließ. Aber er konnte seine Gedanken nicht gut in Worte fassen, vieles erschien ihm selbst naiv und vage. Magdalena würde auf alles eine bessere Antwort haben und ihn am Ende wieder auslachen, weil er es sich einfach machte.

»Was schadet es?«, fragte er laut. »Ich komme mit.«

Gemeinsam gingen sie zurück zu dem kleinen Häuschen, das Teil der unteren Burgmauern war. Giò schielte die Natursteinmauer hinauf, die er einige Male auf dem Weg zu Donatellas Dachkammer erklommen hatte. Fast sechs Jahre lag der erste seiner spektakulären Ausflüge mit Milo zurück. Gar nicht so lange, und doch schien es ein anderes Leben gewesen zu sein.

Er stutzte, als er hinter seiner alten Freundin den Raum betrat, den er als Werkstatt kannte, in dem in großen Bottichen die Knochen ausgekocht wurden, um Talg und Fett für die Seifenherstellung zu gewinnen. Doch unter den Behältern brannte kein Feuer, und die Werkbank lag abgesehen von einem Bündel mit trockenen Kräutern, ein paar Tiegeln und einem Stapel Wachspapier zum Einschlagen der Seifenstücke verlassen.

»Ich arbeite heute nicht«, erklärte Donatella auf seine unausgesprochene Frage hin. »Ich habe heute Morgen Ware ausgeliefert, und es lohnt nicht, für einen halben Tag anzufeuern. Gehen wir hinauf in die Stube.«

»Wo ist dein Vater?«

Donatella schaute ihn merkwürdig an und ging die Treppe hinauf. Im ersten Stock befanden sich eine winzige Schlafkammer und die Wohnstube, in der auch gekocht und gegessen wurde.

»Möchtest du Tee oder einen Becher Wein?«

»Ich nehme gerne etwas Wein.«

Donatella nickte und stellte einen Krug mit Rotwein sowie zwei Becher auf den Tisch, dazu ein Brett mit etwas Brot und Käse.

Statt sich zu setzen, ging Giò ans Fenster. Er blickte hinunter in einen winzigen Garten, der bereits im Schatten lag. Noch war alles braun und kahl, aber hier und da zeigte sich das erste zaghafte Grün. Das Gemüsebeet war schon umgegraben und zur Aussaat bereit, sobald das Wetter gut genug war.

Beinahe konnte Giò die beiden Jungs über die Mauerkrone bis zur Hauswand balancieren sehen, beinahe konnte er die klickenden Ziegel hören, wenn sie genau über diesem Raum über das Dach huschten.

Er lachte leise auf. »Mir war nie bewusst, dass deine Eltern uns von hier aus hätten sehen können.«

»Des Nachts im Dunkeln?«

Giò schrak zusammen, weil Donatella direkt hinter ihm stand und er nicht bemerkt hatte, dass sie herangekommen war. Ganz selbstverständlich lehnte sie sich an ihn. Er ließ es geschehen.

»Das Haus liegt stets im Schatten der Burg«, sagte sie. »Selbst bei Mondlicht oder im Morgengrauen hätten sie euch nur gesehen, wenn sie gewusst hätten, wo sie hinschauen müssen. Bis auf das eine Mal, wo Papà Milo erwischt hat, haben sie nichts mitbekommen. Und wenn schon.«

Giò nickte versonnen. Das war Vergangenheit, eine andere Epoche, ein anderes Leben.

Zarter Lavendelduft stieg ihm in die Nase. Er spürte Donatellas üppigen Busen in seinem Rücken. Nicht alles hatte sich geändert.

Er ballte die Fäuste. Dann wandte er sich mit einem Ruck um und trat an den Tisch. Er leerte den Weinbecher in einem Zug, wohl wissend, dass er besser einen klaren Kopf behalten sollte. Er schaute Donatella direkt in die Augen.

Sie war am Fenster stehen geblieben, schaute ihn wieder mit demselben merkwürdigen Blick an, den sie ihm zugeworfen hatte, als er nach ihrem Vater gefragt hatte.

Sie verschränkte die Arme vor der Brust. Dadurch schob sich der Ausschnitt ihres Kleides ein wenig nach oben, weiße Haut blitzte auf.

Giò fragte sich, ob sie das mit Absicht machte. Ihm wurde jedenfalls heiß. Er umklammerte den Becher. Mit aller Beherrschung, die er aufbieten konnte, setzte er sich langsam auf die Sitzbank und ließ den Becher los.

Halb erwartete er, dass sie zu ihm käme, doch sie wandte sich um, hielt sich am Fensterbrett fest, blickte hinaus. »Papà hat der Schlag getroffen. Schon letztes Jahr, am 21. Januar. Auf den Tag genau zwei Jahre, nachdem Mamma gestorben ist. Ist das nicht eine teuflische Fügung? Ich habe jedenfalls seitdem Angst vor diesem Datum. Dieses Jahr habe ich mich eingeschlossen, nichts angerührt, kein Feuer gemacht und nur gewartet, dass der Tag vorüberging.« Sie drehte sich um und lächelte hilflos. »Verrückt, oder?«

»Ganz und gar nicht.« Giò entspannte sich ein wenig. »Mir graut vor dem 24. Juni. Der Tag, an dem Milo starb.« Da. Er hatte es aussprechen können. Mit kaum einem Zittern in der Stimme.

Erst jetzt kam Donatella auf ihn zu, reckte zögerlich eine Hand, streichelte ihm über die Wange, die kleine Narbe, die ein Schrapnell dort an jenem Tag hinterlassen hatte. Ohne weiter nachzudenken, erhob er sich wieder und schloss sie in die Arme. Sie lehnte sich schwer gegen seine Brust. Sie begann lautlos zu weinen, er spürte ihr Schluchzen. Unbeholfen strich er ihr übers Haar.

»Der Tod hat die Macht über die Lebenden«, murmelte er.

Donatella wand sich aus seiner Umarmung, wischte sich mit einer trotzigen Geste mit dem Ärmel ihres Kleides übers Gesicht, reckte das Kinn. »Ich will wieder leben, Giò. Verstehst du das? Ich fühle mich so allein.«

Wie gut er das verstand. Am liebsten hätte er sie jetzt geküsst. Sie war ihm vertraut, er kannte ihren Übermut, ihre sinnliche Traurigkeit, ihre Hingabe. Sie spielte ihm nichts vor, so war sie einfach, so war sie schon immer gewesen.

Er ersparte sich die Frage, ob sie keinen Mann kennengelernt hatte, heiraten wollte, eine Familie gründen. Die Antwort lag auf der Hand, es gab niemanden. Die Gründe gingen ihn kaum etwas an.

»Ich bleibe erst einmal bei dir«, erklärte er laut. Das war das Mindeste, was er für sie tun konnte. Außerdem gab es ihm Gelegenheit, sich wieder zu sammeln, bis er wusste, wie er Magdalena gegenübertreten wollte.

Auf Donatellas Miene zeigte sich ein bitteres Lächeln. »Du gehörst hier nicht mehr hin, und das weißt du.«

»Ich weiß vor allem, dass ich dich erst einmal nicht allein lassen möchte. Es geht dir nicht gut.«

»Nein, das ist wahr.«

»Setz dich. Ich koche uns etwas.« Er fasste sie energisch bei den Schultern und drückte sie auf die Bank. Dann ging er zu dem kleinen gusseisernen Herd und feuerte kräftig an. »Was hast du an Vorräten da?«

»Nicht viel. Maismehl. Etwas Schmalz, ein paar Steckrüben. Es ist Winter.«

»Polenta?« Er wartete ihre Antwort nicht ab, sondern nahm einen Kessel und wollte hinaus auf die Gasse, um Wasser zu holen.

Aus den Augenwinkeln bemerkte er, dass Donatella die Ellbogen auf den Tisch gestützt hatte und wieder weinte.

Er ging zu ihr und legte den Arm um ihre Schultern. Er mochte es nicht, sie so traurig zu sehen.

Sie schüttelte matt den Kopf und machte sich mit einem Ruck von ihm frei. »Schon gut. Bei allen Heiligen, meinetwegen koch Polenta, iss mit mir zu Abend, aber dann verschwinde. Lieber sitze ich hier allein, als vor Augen zu haben, dass du einer anderen gehörst. Weiß sie, was sie an dir hat, diese Venezianerin?«

Bei jeder anderen Person hätte es vielleicht abfällig geklungen, bei Donatella dagegen hörte Giò wieder diese ohnmächtige Einsamkeit heraus, weil er sich für eine andere Frau entschieden hatte.

Zum ersten Mal fragte Giò sich, ob auch Magdalena sich einsam fühlte. Sie war fremd in Malcesine. Er war immer davon ausgegangen, dass Valentina Martini ihre junge Schwiegertochter mit Liebe überschüttete und Magdalena sich mit seiner Schwester angefreundet hatte. Aber stimmte das?

Während er die Stufen hinab- und auf die Gasse ging, um an der Pumpe Wasser zu holen, fragte er sich wieder einmal, was Malcesine und er Magdalena eigentlich bieten konnten. Er konnte kochen und gut genug rechnen, um die Buchführung des Gasthofes zu bewältigen, damit er diesen eines Tages übernehmen konnte. Seine Deutschkenntnisse reichten aus, um mit den Gästen aus dem Norden zu reden und ihren Wünschen nachzukommen. Dank Nonnschläger war sein Deutsch sogar ein wenig flüssiger geworden, doch es kam nicht annähernd an Magdalenas Fähigkeiten heran, dazu sprach sie Französisch wie ihre zweite Muttersprache.

Darüber hinaus war Schreiben eine Qual für ihn, das Lesen fiel ihm nach wie vor schwer. Er las weniger, als er sich stets vornahm, und gewiss viel zu wenig, um diese Fähigkeit endlich ordentlich zu beherrschen. Gerade nach einem langen Tag voller Märsche und Manöver konnte er sich kaum auf eine solche geistige Anforderung konzentrieren. So lernte er nichts dazu, in Sachen Bildung konnte er seiner Frau nicht annähernd das Wasser reichen. Sicherlich hielt sie ihn für dumm.

Zurück in der Stube beobachtete er Donatella unauffällig aus den Augenwinkeln. Sie war ihm eine treue Freundin, doch er hätte sie nie als Ehefrau in Betracht gezogen. Nicht, solange Milo gelebt hatte. Es wäre einfach undenkbar gewesen, dass sie zwischen ihnen beiden hätte wählen sollen.

Aber hatte Milo sie geliebt? Oder war Donatella je in seinen Cousin verliebt gewesen?

Häufig genug hatte Giò das Gefühl gehabt, dass sie Milo ihm vorzog. Aber falls das so gewesen war, war es unerheblich, in jeglicher Hinsicht. Milo war tot und er an eine andere vergeben.

Nach dem Essen wollte er gehen, fand jedoch keinen Mut. Sie teilten eine weitere Flasche Wein, redeten und schwiegen gemeinsam bis tief in die Nacht.

In der Ferne schlugen Kirchenglocken.

»Meine Güte, wie spät ist es?« Giò fuhr auf und blickte sich suchend im Raum um, in dem seine Gastgeberin einige Lampen entzündet hatte, die heimeliges Licht verbreiteten.

»Es müsste elf sein, wenn ich mich nicht irre.«

»Ich muss nach Hause.« Giò schwankte, als er auf die Beine kam. Er hatte offenbar doch mehr Wein getrunken, als er beabsichtigt hatte. Das war nicht gut, in diesem Zustand sollte er seiner Frau erst recht nicht mehr unter die Augen treten. Wenn sie überhaupt noch wach war.

»Giò, bleib hier.«

»Nein, das geht nicht.«

»Bitte, du kannst kaum laufen.«

Er winkte ab – oder versuchte es zumindest, denn diese banale Handbewegung brachte ihn aus dem Gleichgewicht, und er prallte gegen die Wand.

»Zum Henker!« Er legte die Hand über die Augen und hoffte, dass die Welt aufhörte, sich so schnell zu drehen. Das fehlte jetzt noch, dass ihm schlecht wurde.

»Giò, sei vernünftig! Ich bringe dich ins Bett.«

Er fixierte sie mit glasigem Blick. Das wäre, so viel begriff er noch, das Gegenteil von vernünftig.

Donatella lächelte unsicher.

Er lehnte sich gegen den Türrahmen und atmete mehrmals tief durch, bis der Schwindel ein wenig nachließ. »Hast du eine Decke? Ich lege mich ein paar Stunden hier vor den Herd. Dann gehe ich.«

Sie nickte.

Giò schwankte durch den Raum und ließ sich vor dem Herd nieder, der immer noch schwache Hitze verbreitete.

»Ich habe Alkohol schon besser vertragen«, brummte er, als Donatella zurückkam und ihm eine Decke sowie einen weichen Sack reichte, den er als Kopfkissen nutzen konnte.

»Es tut mir leid, ich fürchte, das war kein guter Wein.«

Sie legte ihre kühlen Hände auf seine Wangen und küsste ihn auf die Stirn. Giò wollte protestieren, aber sein Verstand brachte die richtigen Worte nicht zustande.

Donatellas Lippen streiften gierig seinen Mund. Es schmeckte süß nach Jugend, Sünde und Vergangenheit. Er spürte ihre Zunge, aufregend und vertraut.

Er schloss die Augen, presste die Lider aufeinander, bis er Lichtblitze sah, bunte Punkte tanzten durch die Dunkelheit. Seine Hände fanden warme Haut, seine Finger glitten über harte Knospen.

Giò wurde wieder schwindelig, er verlor die Orientierung, ließ sich rücklings auf sein Lager fallen.

Immer noch schwirrten bunte Punkte in seinem Geist, er hielt die Augen krampfhaft geschlossen. Aus den roten Flecken wurden Blüten. Er erinnerte sich an ein Büschel Mohnblumen, dunkles blutiges Rot in staubigem Braun eines Hinterhofes. Er hatte es in jener Nacht gesehen, die ihn und Magdalena für immer zusammengeführt hatte.

Er schnappte nach Luft. »Hör auf«, stieß er heiser hervor.

»Ach, Giò.«

»Bitte. Es geht nicht.«

Als er es endlich wagte, die Augen zu öffnen, war Donatella verschwunden, der Raum lag im Dunkeln. Nur die Erinnerung an ihre weichen Brüste prickelte immer noch in seinen Fingerspitzen. Er rollte sich auf die Seite und versuchte Schlaf zu finden.

Irgendwann musste er eingeschlafen sein, denn er erwachte frierend. Die Decke war hinuntergerutscht und das Feuer im Herd endgültig ausgegangen. Alles lag dunkel und still.

Mit einiger Mühe kam Giò auf die Beine. Ihm war zum Glück nicht mehr schwindelig, dafür hatte hämmernder Kopfschmerz eingesetzt. Das war nichts, worüber er sich wundern durfte.

Er trat ans Fenster und öffnete es. Die kalte Luft traf ihn wie ein Schlag und brachte ihn endgültig wieder zu sich. Die Häuser unterhalb der Burg lagen in tiefem Schatten, doch er müsste sich schwer täuschen, wenn es nicht schon früher Morgen war. Er musste nach Hause.

Versonnen betrachtete Giò die Mauer. Einen wilden Moment lang dachte er darüber nach, aus dem Fenster zu klettern und den alten Schleichweg zu nehmen. Mit einem letzten bedauernden Blick schloss er das Fenster. Wie würde das aussehen, wenn er wie ein Bengel über die Dächer huschte?

Er faltete die Decke zusammen und legte sie auf sein behelfsmäßiges Kissen. Dann straffte er die Schultern und verließ das Haus.

In der Gasse hielt er an der Pumpe, trank gierig und ließ das eiskalte Wasser über seinen Kopf laufen. Danach ging es ihm besser. Mit langen Schritten lief er den Berg hinauf und zum Gasthof seiner Eltern. Unterwegs begegnete er Theodore, dem Bäckerburschen. Sie grüßten einander flüchtig. Es stimmte also, der Beginn des neuen Tages lag nicht mehr fern.

Giò betrat das Haus durch die Hintertür. In der Küche war niemand, doch der Herd war bereits eingeheizt. Ungesehen huschte er durch den Empfangsraum und hinauf zu Magdalenas Kammer.

Er klopfte sachte an und trat ein. Sie schlummerte eingerollt auf der Seite und wachte nicht auf.

Giò trat ans Bett und kniete sich nieder, um ihr ins Gesicht zu schauen.

Sie war wunderhübsch, mit ihren sanft geschwungenen Augenbrauen, die so viel dunkler waren als ihr blondes Haupthaar. Die schmale Nase und das runde Kinn. Ihre Lippen waren immer noch von der Erkältung trocken und rissig, doch ihrem weichen Schwung tat das keinen Abbruch.

Giò hätte nicht sagen können, wie lange er so dahockte und sie beobachtete. Mehrmals setzte er an, wollte sie wecken, und jedes Mal hatte er Angst, diesen Zauber zu brechen, der über dieser Frau lag, deren Anblick ihm die Brust eng machte und ein nervöses Flattern durch den Magen sandte.

Er durfte ohnehin nicht mehr lange bleiben.

»Pass auf dich auf, meine kleine tapfere Frau. Ich bin bald zurück. Ich liebe dich.« Er bewegte kaum die Lippen, als er das sagte.

Sie schlief friedlich weiter.

Giò holte sein Gepäck aus seiner Dachstube, ohne noch jemandem zu begegnen. Kurz überlegte er, ob er die Amme aufsuchen sollte, um nach Pia zu sehen, doch er wusste nicht genau, wo die beiden schliefen, und am Ende lief er seiner Schwester über den Weg. Das wollte er auf jeden Fall vermeiden. Unbemerkt verließ er das Haus und ging hinaus in den Morgen. Wenn er Glück hatte, fand er eine frühe Kutsche oder ein Fuhrwerk, das ihn nach Süden brachte.

14. Peschiera im Juli 1860

»Kommst du auf ein paar Bier heute Abend auf den Marktplatz?« – »Lass uns lieber am Bootssteg treffen!« – »Gute Idee. Wir können grillen.« – »Willst du uns noch weiter einheizen?« – »Genau! Ich geh lieber schwimmen. Diese Hitze hält doch kein normaler Mensch aus.« – »Lass uns Schnüre mitnehmen. Vielleicht fangen wir ein paar Fische.« – »Ich fang mir lieber ein Mädchen.« – »Riecht genauso, macht aber nicht satt!« – »Und die heizt dir dann ein?«

Von allen Seiten erklang Gelächter, während die Frotzeleien weitergingen.

Giò zog den Helm ab, wischte sich mit dem Ärmel über die Stirn und blinzelte sich den Schweiß aus den Augen. Er stand mit seinen Kameraden im Keller der Kaserne, wo dicke Mauern die ärgste Hitze draußen hielten, dennoch lief der Schweiß in Strömen, die Uniformen scheuerten, die jungen Männer waren beim Manöver am Vormittag reihenweise umgekippt, weil sie nicht genug getrunken hatten.

Giò hatte die ganze Zeit nichts anderes getan, als mit einem weiteren halben Dutzend Sanitäter herumzulaufen und Wasser zu verteilen. Nonnschläger und sogar sein Kollege Doktor Figlmüller, der sich in der Regel herzlich wenig um die Gesundheit der Soldaten scherte, hatten seit dem Mittag erfolglos darauf gedrängt, das Manöver abzubrechen. Kriege oder Schlachten kannten keine Jahreszeiten, hieß es ungnädig aus den obersten Reihen.

Natürlich, die feinen Signori saßen im Gegensatz zu den Soldaten gemütlich unter Sonnensegeln im Schatten, ließen sich Getränke reichen, debattierten über Strategien und legten auch sonst genau das bornierte Verhalten an den Tag, das, wie Giò nur zu genau wusste, Nonnschläger zutiefst zuwider war. Nicht nur ihm, aber es half nichts.

Giò zog die Uniformjacke aus und versuchte, den Dreck herauszuschlagen, doch der Stoff war feucht und der rote Staub zu dicken Streifen verkrustet, die sich mit hellen Salzrändern abwechselten.

»He, Martini.«

Giò blickte auf und erkannte Gianni Patti. Dessen Gesicht war immer noch krebsrot angelaufen und glänzte vor Schweiß.

Er blieb vor Giò stehen und zog verlegen die Schultern hoch. »Ich wollte mich bedanken. Wegen heute Morgen. Das war … Du hast mir das Leben gerettet.«

»Ach was, nein. Wenn ich dich nicht in den Schatten gebracht hätte, hätte es ein anderer getan.«

»Trotzdem. Auch dass du bei mir geblieben bist, bis es mir wieder gut genug ging.«

»Das war meine Aufgabe, weiter nichts.« Giò lächelte bescheiden. Unter den Soldaten war es nicht üblich, einander zu loben.

»Du weißt genau, was ich meine.«

Giò wollte gerade sein Gewehr aufnehmen. Mitten in der Bewegung hielt er inne. »Nein. Das weiß ich nicht. Wirklich nicht. Wie ich sagte, ich gehöre zu den Sanitätern und als solcher muss ich für die verletzten oder maroden Soldaten sorgen.« Er tippte auf die schwarze Binde am rechten Ärmel der Uniform.

»Aber du weißt doch, dass ich dabei war, oder nicht?« Patti lachte unsicher und legte eine Hand in den Nacken.

Seine Augen huschten unruhig hin und her, als gehörte es sich nicht, mit einem Kameraden zu sprechen.

Giòs Lächeln wurde dünner. »Du warst einer von den vier Leuten, die mich im April des Nachts zusammengeprügelt haben, weil ich meinen Freigang einen halben Tag überzogen habe. Weil einer der Signori meinte, ich müsste dafür eine Abreibung bekommen, dass mir ein kurzer Besuch bei meiner Frau wichtiger war als Pünktlichkeit. Ja, das ist mir bekannt. Na und?«

»Das mit deiner Frau wussten wir ja nicht, sonst hätten wir …«

»… ein paar Tritte weniger ausgeteilt? Lass es gut sein, Patti.« Giò griff nach dem Gewehr und wollte gehen, doch sein Kamerad hielt ihn an der Schulter zurück.

»Du hast mich zum Nachdenken gebracht. Du kannst jetzt behaupten, dass du nur Nonnschlägers Anweisungen gefolgt bist, aber das glaube ich dir nicht. Deine Befehle lauten, mich zu versorgen, aber nicht … nett und freundlich zu sein.« Patti stockte kurz.

Giò runzelte die Stirn, schwieg jedoch. Es war ihm ein Rätsel, worauf sein Gegenüber hinauswollte.

Patti senkte den Kopf. »Ich schäme mich für das, was ich dir angetan hab und jedem anderen. Es ist nicht richtig, wenn uns die Signori gegeneinander ausspielen. Du machst das anders. Dich kümmert nicht, was sie von dir denken, du folgst nicht einfach blind den Befehlen.«

Jetzt winkte Giò ab, wurde ganz ernst. »Du übertreibst, das weißt du ganz genau. Wenn mein Leben davon abhängt, werde ich alles tun, was sie von mir verlangen. Und du genauso. Machen wir uns nichts vor, oder?«

Patti wedelte hektisch mit der Hand. »Ich rede vielleicht dummes Zeug, tut mir leid. Die Sonne ist mir zu Kopf gestiegen, weiß Gott. Aber ich meine es genau umgekehrt: Du tust mehr, als du musst, wenn du die maroden Kameraden versorgst. Es kommt mir vor, als wärst du zutiefst überzeugt davon, das Richtige zu tun.«

Giò dachte darüber nach. Stimmte das? Es war ihm jedenfalls bisher nicht bewusst gewesen. »Ich bin nicht sicher, ob ich dich richtig verstehe«, erklärte er langsam. »Ich versorge euch alle und ohne Unterschied, so gut ich kann. So lauten meine Befehle, aber ich mache es auch aus Überzeugung, das stimmt schon.«

»Ohne Unterschied, das ist es.« Patti nickte eifrig. »Du rechnest nicht auf, wer dich zuvor gut oder schlecht behandelt hat. Andere hätten sich für die Prügel gerächt. Du behandelst jeden gleich.«

Giò versuchte, sich seine unerwartete Rührung nicht anmerken zu lassen, doch so ganz konnte er ein Lächeln nicht zurückhalten. »Das wird Doktor Nonnschläger freuen zu hören. Das ist Teil seines humanitären Credos. Vielleicht habe ich das im letzten Jahr in den Tagen nach der Schlacht in Castiglione gelernt.« Er nickte nachdenklich.

»Wenn es so ist, hast du diese Lektion heute an mich weitergegeben«, erklärte Patti nachdrücklich. »Du bewunderst Nonnschläger sehr, das ist kein Geheimnis. Allmählich verstehe ich, warum.«

»Er hat mir außerdem beigebracht, dass es ein Unterschied ist, ob man Befehle aus Respekt oder Gehorsam befolgt.«

Patti neigte den Kopf und nickte nach einem kurzen Moment zustimmend. »Gehst du mit den anderen zum Markt oder zum Baden? Darf ich dich auf ein Glas Wein einladen?«, wechselte er dann rasch das Thema.

»Jetzt ist wirklich genug, Patti, nimm's mir nicht übel. Ich habe heute Abend schon etwas anderes vor. Sei vorsichtig, trink nicht zu viel und bleib im Schatten. Nur ein gut gemeinter Rat.«

»Also gut, danke dir.«

Damit war er Patti los. Giò sah zu, dass er endlich zum Zeughaus kam und dort sein Gewehr reinigte, bevor er diese hitzige Schicht beenden konnte.

Wenige Stunden später stand er im besten Hemd und der Hose seiner Ausgehuniform im Gang der Krankenstation und klopfte an Nonnschlägers Bürotür. Er wartete geduldig, doch als auch auf ein zweites Klopfen keine Reaktion erfolgte, drehte er den Knauf. Das Büro war verschlossen.

Giò folgte dem Flur zur Krankenstation, wo im Moment nur wenige Soldaten auf ihre Genesung hofften. Verständlich – obwohl die Station im Untergeschoss lag, war die Luft zu jeder Jahreszeit dick und schwer von Gerüchen nach Chlor, Blut und Exkrementen. Die Männer krochen eher auf allen vieren, als sich freiwillig hier ins Bett zu legen.

Nur ein Pfleger, ein schmaler kleiner Bursche, der Giò viel zu jung für den Militärdienst erschien, kümmerte sich um die Patienten. Er stand mit einem Klemmbrett in der Hand an einem leeren ungemachten Bett und beschrieb ein Krankenblatt.

Giò trat zu ihm. »Hast du Doktor Nonnschläger gesehen? Er erwartet mich, aber das Büro ist verschlossen.«

Der Pfleger blickte von seinen Notizen auf und schüttelte den Kopf. »Kurz nach eurer Rückkehr hat er reingeschaut, aber seitdem war er nicht mehr hier. Er wollte mir eigentlich noch Anweisungen zu dem Kerl da drüben geben.«

Giò blickte zum Ende des Gewölbes, wo er hinter einem halb zugezogenen Vorhang einen Mann liegen sah. »Was ist mit ihm?«

»Er hat eine Wunde am Bein, die sich ständig entzündet. Ich sollte sie mit einem Kräutersud auswaschen und neu verbinden, aber ich habe das noch nie allein gemacht.« Er legte das Klemmbrett auf das Bett.

Giò ging zu dem Patienten. Schon auf den ersten Blick erkannte er, dass der Mann hohes Fieber hatte. Sein Gesicht war schweißüberströmt, und er hielt seine Augen nur mit Mühe halb offen, war kaum bei Bewusstsein. Ein ekelerregend süßlicher Gestank ging von seinem Bein aus, der intensiver wurde, als Giò das dünne Laken zurückschlug. Die Wunde am Oberschenkel nässte, hatte den Verband völlig mit Blut und Eiter durchtränkt.

»Ist außer dir niemand hier?«, fragte er den Pfleger. Das wäre merkwürdig. Nonnschläger war viel zu pflichtbewusst, was hatte ihn aufgehalten?

»Nein, niemand. Deshalb weiß ich nicht, was ich tun soll, ich möchte die Station auch nicht zu lange ohne Aufsicht lassen, um jemanden zu suchen.«

»Das verstehe ich, das würde ich an deiner Stelle auch nicht tun.« Giò zog das Laken ganz fort und legte es zur Seite. Er musste nicht lange überlegen, sondern begann, sein Hemd aufzuknöpfen. »Hol den Sud, ich helfe dir. Es wird Zeit, dass der Verband neu angelegt wird. Bring mir eine Schürze mit.«

Der Pfleger nickte eifrig und huschte davon, während Giò das Hemd auszog und auf ein freies Bett legte.

Er sprach den Verletzten an, doch der reagierte auch dann nicht, als Giò ihm mit einem Lappen den Schweiß abtupfte. Dem Krankenblatt neben dem Bett entnahm er, dass der Mann während des Manövers vor drei Tagen am Ufer des Mincio einen Abhang hinuntergestürzt war und sich dabei das Bein aufgerissen hatte. Vermutlich war dabei viel Dreck in die Wunde gelangt, das erklärte die Entzündung.

»Gut. Wie heißt du?« Giò maß den Pfleger mit erfahrenem Blick, als der wieder vor ihm stand. Der schmale Bursche wirkte auf ihn wie ein Wiesel, auch aus der Nähe betrachtet unglaublich jung, doch er schien seine Pflichten ernst zu nehmen.

»Luigi Santos.«

»Giovanni Martini. Bist du schon lange auf der Krankenstation?«

»Nein, erst seit Anfang der Woche. Ich habe vor ein paar Wochen mit dem Militärdienst begonnen. Ich habe das noch nie gemacht.« Er machte eine vage Geste, die sich auf den Verletzten oder die gesamte Station beziehen konnte.

»Na dann. Ich hebe das Bein an, und du nimmst den Verband ab. Anschließend wäschst du die Wunde aus. Schaffst du das? Sonst machen wir es umgekehrt?«

Sein Gegenüber schien eine Spur blasser um die Nase zu werden, doch er nickte tapfer und ging ans Werk.

Wie Giò erwartet hatte, klebten die Verbände in der Wunde. Luigi zupfte ratlos daran herum.

»Die müssen ab. Am besten ein kurzer schneller Ruck, und dann ist es vorbei.«

»Reiße ich dann die Wunde nicht auf?«

»Macht nichts. Eiter und Dreck müssen raus, sonst entzündet es sich immer weiter.«

Als der Verband ab war, stellte Giò sich seitlich ans Bett und drückte den Verletzten aufs Laken, fixierte mit einer Hand sein Bein. Wie erwartet fing er an zu wimmern und wehrte sich, als Luigi die Wunde auswusch.

»Weitermachen, beachte ihn nicht. Nicht so zimperlich.«

»Barmherziger Gott«, murmelte der Pfleger. Seine Nase wurde ganz weiß.

Giò biss die Zähne aufeinander und zwang sich, seinen Blick nicht abzuwenden, obwohl es ihm schwerfiel. So eine Schweinerei hatte er schon lange nicht mehr gesehen. Er rechnete jeden Augenblick damit, dass Luigi umkippte.

Der Verletzte bäumte sich gegen den Schmerz auf. Giò rang ihn mit seinem gesamten Gewicht nieder. Es erstaunte ihn immer wieder, wie viel Kraft noch in einem Menschen war, der halb tot herumlag.

»Gut so?« Luigi ließ den verschmierten Lappen in den Eimer fallen und sah sich Hilfe suchend um. Jetzt wirkte er noch jünger, wenn das überhaupt möglich war.

Giò lächelte ihm aufmunternd zu und nickte mit dem Kinn auf einen Schrank zwischen den Betten. »Dort ist neues Verbandszeug. Mach schnell. Ich hebe sein Bein an.« Er schnaufte einmal tief durch, längst war er, wie Luigi und ihr Patient, wieder in Schweiß gebadet. Bevor er sich auf die Suche nach Nonnschläger machte, könnte er ein neues Bad vertragen.

Luigi gab sich alle Mühe, doch Giò erkannte, dass er mit der Aufgabe völlig überfordert war. Immerhin lag der Verletzte jetzt ruhig, stöhnte ohnmächtig vor sich hin.

»Hier, halt das Bein. Ich mache das.«

»Danke!«

Mit wenigen geübten Griffen hatte er einen neuen Verband angelegt. Er hatte die losen Enden noch nicht verknotet, da sickerte bereits neue Flüssigkeit durch die Binden.

»Wie lange soll das halten? Es hört nicht zu nässen auf.«

Giò nahm einen sauberen Lappen und wischte sich übers Gesicht. »Ich bin kein Arzt. Aber wenn du mich fragst, ist es nur eine Frage der Zeit, bis …« Er verkniff sich die letzten Worte. Ohnmächtig oder nicht, er wusste nicht, was der Verletzte noch mitbekam.

»Bis was?«

»Komm mit.«

Sie sammelten die Lappen ein, nahmen den Eimer und ließen den Verletzten allein.

»Hör zu. Ich suche jetzt Doktor Nonnschläger oder einen anderen der erfahrenen Sanitäter. Gib dem armen Kerl etwas zu trinken, schau zu, dass er bequem liegt, red ein bisschen mit ihm, damit er sich nicht ganz so allein fühlt.«

Luigi senkte betroffen den Kopf. »Du meinst, er macht's nicht.«

»Ich weiß es nicht. Solchen Entzündungen ist mit keinem Mittel beizukommen. Vielleicht amputieren sie das Bein, das könnte helfen. Aber das kann ich nicht beurteilen.« Giò zuckte ratlos mit den Schultern. »Du hast alles getan, was du konntest, Luigi. Dein Patient ist jetzt in Gottes Hand.« Er gab ihm einen Klaps auf die Schultern, der sowohl anerkennend als auch ermutigend gemeint war. Luigi lächelte schüchtern. »Wo hast du das alles gelernt? Wie lange machst du das schon?«

»Ein Jahr. Zu lange und zu oft.« Giò knöpfte sich das Hemd zu und strich die Manschetten gerade. Der Stoff klebte am Rücken.

»Mein Vater ist Arzt«, erklärte Luigi ungefragt. »Er will, dass ich Erfahrungen sammle, wenn ich schon zum Militärdienst muss. Ich habe mich extra freiwillig gemeldet, damit ich so früh wie möglich mit dem Studium beginnen kann. Jetzt bin ich mir nicht mehr sicher, ob das eine kluge Entscheidung war.«

»Wie alt bist du?«

»Sechzehn.«

Giò pfiff leise durch die Zähne. Er hatte sich also nicht getäuscht. »Was dich das Leben lehrt, wirst du auf der Universität nie erfahren. Wenn es dir ernst ist, ist es auf jeden Fall eine kluge Entscheidung.«

»Meinst du, ich schaffe das?«

Giò lächelte warm. »Da bin ich mir sicher. Immerhin bist du nicht umgekippt. Du musst nur lernen, beherzt zuzupacken.«

Natürlich war das längst nicht alles. Aber der Kleine hatte ja noch eine Menge Zeit, und Nonnschläger würde ihn gern und bereitwillig in die Lehre nehmen.

Er wollte sich gerade verabschieden, als der Arzt im Durchgang zum Flur erschien. Giò und Luigi salutierten. Dabei hatte Giò Mühe, sich sein Entsetzen nicht anmerken zu lassen. Nonnschläger trug noch immer den Uniformrock aus dem Manöver, sein Haarschopf stand ihm wirr vom Kopf ab, die Brille saß schief auf der Nase.

»Martini, rühr dich! Wo bleibst du?«

»Ich war vorhin am Büro, es hat niemand aufgemacht, Signor.«

»Es gab einen kleinen Notfall.« Vergeblich versuchte er, sich die Haare glatt zu streichen. »Ich ziehe mich rasch um.«

»Verzeihen Sie, Signor, einem unserer Verletzten geht es nicht gut«, mischte sich Luigi mit leiser, aber fester Stimme ein.

»Der mit der Entzündung? Deswegen bin ich hier. Führ mich zu ihm.«

Die Visite ging rasch und endete so, wie Giò es befürchtet hatte. Nonnschläger lobte sie für die Versorgung des Verletzten, weckte jedoch wenig Hoffnung, dass der Mann länger als ein bis zwei Tage überlebte. Luigi nickte grimmig, als wollte er alles tun, die Herausforderung für das scheinbar unabwendbare Schicksal anzunehmen.

Währenddessen beobachtete Giò den Arzt unauffällig aus

den Augenwinkeln. Er war konzentriert und klar in seinen Anweisungen, nur sein Erscheinungsbild wollte nicht zu seinem Verhalten passen. Kaum hatten sie die Krankenstation verlassen, fasste Giò sich ein Herz.

»Ist alles in Ordnung, Signor?«

»Werd nicht frech, Martini.«

»Verzeihung. Ihre Erscheinung ist derangiert.«

»Ich bin im Büro eingeschlafen. Ich gehe und ziehe mich um. Wir treffen uns in fünfzehn Minuten am Tor.«

»Signor, sì!«

Giò glaubte Nonnschläger kein Wort, aber es stand ihm wirklich nicht zu, zu widersprechen. Die Sorge um seinen Mentor wuchs allerdings. Seit ihrer gemeinsamen Reise im Januar nach Turin nahmen die Begebenheiten zu, in denen er den in der Regel so umsichtigen Arzt geistesabwesend oder schusselig erlebte.

Zumeist schweigend spazierten sie kurz darauf zu einem alten aus grauen Steinen gefügten Rustico am Ufer des Mincio. Jedes Mal, wenn Giò den Garten des Anwesens betrat, überkam ihn eine tiefe Ruhe. Kräuter und Stauden bunter Sommerblumen wucherten um die Wette, umschwirrt von brummenden Insekten und Faltern. Knorrige Obstbäume waren teils bis in die letzte Blattspitze gepflegt und teils von Efeu und wildem Wein überwachsen und dem allmählichen Verfall preisgegeben. Manche Ecke schien verwildert, Brennnesseln und Fingerhut wuchsen zwischen Stapeln von Ästen und halb verfaulten Baumstämmen. Doch Giòs von mehreren Besuchen geschulter Blick erkannte, dass innerhalb der hüfthohen Trockenmauer kein Fleckchen dem Zufall überlassen war. Flavia Cacciatore verwendete jedes scheinbar noch so nutzlose Kraut.

Vor dem kleinen Rustico befand sich eine gepflasterte Veranda mit einem Tisch und mehreren Stühlen. Dort wartete bereits ihre Gastgeberin mit säuerlichem Blick.

»Ihr denkt auch, dass ich den lieben langen Tag nichts Besseres zu tun habe, als auf die Signori zu warten?«

»Ich freue mich auch, dich zu sehen, Flavia.« Ungerührt zog Nonnschläger einen Stuhl heran, setzte sich und förderte Tabakbeutel und Pfeife aus der Hemdtasche zutage.

Giò entschied sich dagegen für etwas Wahrheit. »Gott zum Gruße, Signora Cacciatore. Wir wurden von einem Patienten beansprucht, dessen Entzündung nicht weichen will.«

»Habt ihr ihm einen Kräuterumschlag gemacht?«

»Die Wunde wurde direkt nach dem Unfall schlecht versorgt. Für den armen Kerl ist es vermutlich zu spät«, erklärte Nonnschläger schnippisch.

»Kannst es schlecht verknusen, wenn das passiert, was, alter Mann? Musst halt besser auf deine Schäfchen aufpassen.« Signora Cacciatore grinste und zeigte dabei ihre verbliebenen Zähne.

»Ich kann nicht überall gleichzeitig sein und den Sanitätern auf die Finger hauen, wenn sie ihre Arbeit schlampig machen.«

»Ganz ruhig, Doktor. Wein? Oder Limonade?«

»Limonade und ein Glas von deinem Selbstgebrannten, Hexe.«

»Und du, Giò?«

»Ich nehme mit Wasser verdünnten Wein, danke.« Schon unzählige Male hatte Giò sich gefragt, wie alt diese Frau war, von der er während seines Aufenthalts auf der Krankenstation damals als »Kräuterhexe« gehört hatte und der er vielleicht sein Leben verdankte. Das spärliche Haupthaar unter dem Kopftuch war grau, und um die Augen und in den Mundwinkeln lagen unzählige Fältchen, doch die Bewegungen der Frau waren immer noch forsch, und sie konnte zupacken wie ein Mann.

Dazu war sie aufmerksam, ihrem scharfen Blick entging nichts. Giò fiel auf, dass sie Nonnschläger intensiv musterte, während der so tat, als bemerkte er es nicht, und in aller Seelenruhe seine Pfeife stopfte.

»Was habt ihr zu erzählen?« Signora Cacciatore lehnte sich auf ihrem Stuhl zurück und hob wie eine strenge Mutter auffordernd das Kinn.

Giò verkniff sich ein Lächeln. »Ich darf nächste Woche endlich einmal wieder für drei Tage nach Hause. Meiner Familie geht es gut, meine Frau hat sich voll und ganz erholt. Sie lässt ausrichten, dass Ihre Kräutermischung für die gegrillten Renken sehr gut ankommt.«

Signora Cacciatore lachte prustend. »Im Leben wäre ich nicht darauf gekommen, meine Heilkräuter zum Kochen zu verwenden. Das war ganz allein deine Idee.«

»Ich hätte das allein nicht ausprobiert«, wehrte Giò ab.

»Lass uns sehen, was du heute zusammenstellst.« Sie zwinkerte ihm verschwörerisch zu. »Ich habe einige Forellen aus dem Fluss gezogen. Dazu habe ich Meersalz vom Markt gekauft. Mach was daraus.« Sie warf ihm ein Säckchen zu, das Giò geschickt auffing. Die Gedanken an frischen Fisch und das Gefühl der groben Salzkörner unter seinen Fingern genügten, dass ihm das Wasser im Mund zusammenlief. Es bedurfte keiner weiteren Aufforderung. Rasch lief er durch den Garten zur Rückseite des Rusticos, wo bereits Holzkohle unter dem Rost eines gemauerten Grills aufgeschichtet wartete.

Giò betrat das Haus, ohne zu zögern. Signora Cacciatore

hatte ihm schon während des ersten Besuches vor gut einem halben Jahr die Erlaubnis erteilt. Nonnschläger hatte ihn nach ihrem gemeinsamen Ausflug nach Turin mitgenommen, damit er mehr über Heilpflanzen und dergleichen lernte.

In einer kühlen Wandnische fand Giò den Fisch auf einem Porzellanteller unter einem Leintuch, daneben Butter und mehrere Tiegel mit zerstoßenen Kräutern. Er schnupperte daran, erkannte Thymian, Rosmarin und Salbei. Vor der Nische stand ein Korb mit Kartoffeln.

Er nahm den Fisch und wollte das Haus gerade wieder verlassen, als er von vorne durch das offene Fenster Signora Cacciatores Stimme hörte: »Wann sagst du es ihm?«

Giò erstarrte mitten in der Bewegung. Nonnschlägers Antwort konnte er nicht verstehen, doch sie schien nicht zur Zufriedenheit seiner langjährigen Freundin auszufallen.

»Ich sehe doch, was mit dir los ist. Das wird nicht mehr lange dauern. Sei vernünftig!«

Die Neugier wurde größer als der Skrupel, die beiden zu belauschen. Lautlos trat Giò ein paar Schritte näher ans Fenster.

»Keine Sorge, ich bin vernünftig. Ich war es einmal nicht, und das habe ich davon! Es tut mir in der Seele weh, wenn ich darüber nachdenke, dass dem Burschen dasselbe blühen kann.«

»Das muss nicht so kommen. Das weiß nur Gott.« Signora Cacciatore schnaubte grimmig. »Aber du lenkst wieder ab. Sprich mit ihm!«

»Es ist nicht so, dass ich noch gar nichts habe verlauten lassen.« Nonnschläger sprach zögernd.

»Was soll das heißen?«

»Ich habe ihn bereits vor einiger Zeit gefragt, ob er mich erschießen würde, wenn ich ihm den Befehl dazu gebe.«

Giò lief es trotz der sommerlichen Hitze eiskalt den Rücken hinunter. Er erinnerte sich sehr gut an das erste von so vielen Gesprächen. Das musste ungefähr vor einem Jahr gewesen sein, im Spätsommer, nachdem Nonnschläger ihm humanistische Schriften zu lesen gegeben hatte.

»Was hat er geantwortet?«

»Er hat die Frage als das begriffen, was sie war: ein Gedankenspiel. Er hat darum gebeten, über eine Antwort nachdenken zu dürfen.«

»Zum Henker mit deinen moralischen Spielchen, Alberto!«

Giò hatte darüber nachgedacht. Da der Arzt jedoch weder die Frage wiederholt noch eine ähnlich lautende gestellt hatte, war er die Antwort schuldig geblieben und hatte sie irgendwann als üblen Scherz abgetan.

»Ich werde ihm diesen Befehl niemals geben, hast du das verstanden?«

»Was hast du vor?«

»Ich werde ihn *bitten*, wenn es so weit ist. Er soll frei und nach seinem Ermessen entscheiden.«

»Bist du von Sinnen?« Es rumste, Geschirr klirrte. »Du missbrauchst ihn!« Es rumpelte abermals. Vermutlich schlug Signora Cacciatore mit der Faust auf den Tisch.

»Vielleicht kommt es nicht dazu. Giò ahnt nichts davon, dass meine Frage eines Tages ernst werden könnte.« Nonnschlägers Tonfall wurde leiser, er sprach kleinlaut wie ein Junge, der von seiner Mutter zurechtgewiesen wurde.

»Heilige Madonna, Muttergottes! Du machst dir was vor, und du weißt das ganz genau. Du bist ein guter Arzt, du kennst die Symptome. Er sieht, dass mit dir etwas nicht stimmt, er ist viel zu aufmerksam. Vertraue dich ihm an.«

»Ich kann nicht.«

»Dann sag ich es ihm!«

»Flavia, bitte.« Nonnschlägers Stimme wurde heiser. Noch nie hatte Giò sie so voller Verzweiflung gehört. »Noch nicht. Ich flehe dich an.«

Signora Cacciatore knurrte wie ein unzufriedenes Tier und schwieg.

Giò hatte genug gehört. Mit langen Schritten floh er aus dem Raum in die nachlassende Hitze des frühen Abends. Er konzentrierte sich ganz auf seine Arbeit, heizte den Grill an, putzte und würzte den Fisch. An einem entlegenen Zipfel des Gartens war ein namenloses Bächlein zu einem Becken gestaut, bevor es weiter auf den Mincio zuplätscherte. Dort holte Giò in einem großen Topf Wasser, wusch die Kartoffeln und setzte sie zum Kochen auf den Grillrost.

Hektisch blickte er sich um, wandte sich dem Gemüsebeet zu. Er entdeckte Fenchel, der eine gute Größe hatte, erntete die Knollen, wickelte sie mit Butter und Salz in ein paar große Blätter und legte sie ebenfalls auf den Rost.

Er wandte sich ab, hockte sich vor das Gemüsebeet, versuchte sich an die Namen der Kräuter zu erinnern, die ihm nicht so geläufig waren.

Nur nicht nachdenken, nicht innehalten, keine Pause machen. Was verheimlichte Nonnschläger? Was steckte hinter dieser Frage, ob er ihn erschießen würde? Der Arzt wollte ihn bitten? Um was, ihn zu erschießen?

Giò wendete den Fisch, von dem ein köstliches Aroma aufstieg.

»Giò? Kommst du zurecht? Brauchst du Hilfe?«

»Nein, danke!«

»Das riecht köstlich. Du verstehst dich auf dein Handwerk.« Signora Cacciatore klopfte ihm anerkennend auf die Schulter. Dann stutzte sie. »Ist alles in Ordnung?«

»Aber ja.« Giò wischte sich über die Stirn, betete stumm darum, dass er keinen allzu überspannten Eindruck machte. »Das Manöver heute hat uns bei dieser Hitze einiges abverlangt, Sie kennen das. Ich bin etwas unkonzentriert.«

»Na dann.«

Giò hörte die Skepsis in ihrer Stimme und war froh, dass sie dennoch nicht nachbohrte. Er konzentrierte sich ganz auf das Essen, vermied ihren Blick, bis sie ging, um den Tisch zu decken.

Es gelang Giò nicht mehr, die Gedanken fortzuschieben. Er begriff nicht, worum es ging, fand keine Antworten. Doch er war sicher, dass er es eines Tages erfahren würde, ob er wollte oder nicht. Dazu konnte er nur hoffen, dass er das Richtige tun würde, was immer das ganz am Ende bedeutete.

15. Malcesine im Juli 1860

»GIÒ, ENDLICH, MEIN Junge!« Valentina stürzte hinter dem Empfangstresen hervor und schloss ihren Sohn in die Arme, kaum dass er durch die Eingangstür getreten war. Magdalena folgte ihr langsamer, trat beinahe schüchtern an die beiden heran.

»Meine Güte, Giò, du bist vollkommen abgemagert. Geben sie euch denn gar nichts zu essen? Wie lange bleibst du?«

»Drei Tage, Mamma.«

»Komm in die Küche, du bekommst erst einmal was zwischen die Zähne.« Valentina zog ihn hinter sich her. Giovanni setzte dazu an, um etwas zu sagen, doch er hatte den Mund noch nicht geöffnet, da sprach sie schon weiter: »Wir haben das Haus voller Gäste, ich weiß gar nicht, wo mir der Kopf steht. Stell dir vor, da kündigen sie sich mit vier Personen an, und dann stehen sie zu sechst hier, weil sie die Kinder vergessen haben. Ha!« Sie schaute zu ihrem Sohn auf. »Wie lange bleibst du, mein Junge?«

Giovanni stutzte. »Drei Tage?« Vergeblich versuchte er, sich aus Valentinas resolutem Griff zu befreien, um seinen Tornister abzulegen.

Magdalena senkte hastig den Kopf, damit niemand ihr Lachen bemerkte.

»Kinder zählen nicht als volle Gäste, wie auch, sie essen weniger, sie brauchen keine eigenen Zimmer. Aber sie müssen angemeldet werden, damit wir die Betten aufstellen, nicht wahr? Wo kommen wir denn da hin, sollen die Kleinen auf dem nackten Boden schlafen?«

Giovanni hatte sich losgemacht. Valentina umrundete ihn und wedelte zugleich mit der Hand in Magdalenas Richtung. »Lauf und sag Roberto, er soll seinem Sohn etwas zu essen machen. Hol Pia! Giò, sie ist so ein Goldstück! Roberto sagt, dass du früher haargenau so ausgesehen hast wie sie.« Sie drängte den sich sträubenden Giovanni in Richtung Küche.

Magdalena lief voraus und presste die Hand vor den Mund, während ein unbändiges Lachen in ihrer Kehle kitzelte. Sie hörte Valentina ein drittes Mal fragen, wie lange er bliebe, und er gab schon gar keine Antwort mehr. Kurz darauf erschien er in der Küchentür und verdrehte die Augen zur Decke. Dann kreuzten sich sein und Magdalenas Blick. Für eine oder zwei Sekunden erstarrten sie, schauten einander an, als sähen sie sich zum ersten Mal.

Dann brachen sie beide in schallendes Lachen aus. Giovannis Vater tauchte aus dem hinteren Teil der Küche auf, schaute sie verdutzt an und verschwand sofort wieder kopfschüttelnd. Im nächsten Moment erschien Valentina hinter ihrem Sohn. »Magdalena, erzähl ihm von unseren Plänen. Was ist denn mit euch los? Also nein.« Sie stemmte die Fäuste in die Hüften und lächelte nachsichtig. »Ich weiß vor lauter Arbeit nicht, wo mir der Kopf steht, aber das junge Gemüse amüsiert sich.«

»Schon gut, Mamma.« Giovanni wischte sich eine Träne aus den Augenwinkeln und biss sich auf die Unterlippe. Er war kurz davor, schon wieder loszulachen. »Was kann ich tun?«

»Nichts! Gott bewahre, du bist ein Gast. Wie lange … ach ja, drei Tage. Du wirst mir keine Arbeit machen, mein Junge, aber nimm dir einfach ein wenig Zeit mit deiner Frau. Ihr hattet doch bisher kaum Gelegenheit, unter euch zu sein.«

Das war leider allzu wahr. Erst vor einigen Tagen, als Giovanni sich angekündigt hatte, war Magdalena bewusst geworden, dass sie bisher kaum mehr als zwanzig Tage gemeinsam verbracht hatten, noch nicht einmal drei Wochen. Und wenn man die Tage in Castiglione, in denen sie mehr geschuftet als miteinander gesprochen hatten, und ihre Krankheit nach der Geburt abzog, blieb kaum etwas übrig.

»Alles in Ordnung? Warum schaust du jetzt so ernst drein?« Giovanni war nahe an sie herangetreten und gab ihr einen scheuen Kuss auf die Wange. »Habe ich etwas falsch gemacht?«

»Aber nein.« Sie lächelte verlegen und erwiderte den Kuss. Dabei wäre sie ihm viel lieber um den Hals gefallen, sehnte sich plötzlich nach seiner Nähe. Doch das war weder der richtige Ort noch der richtige Zeitpunkt. Sie lächelte. »Soll ich Pia holen? Sie ist bei deiner Schwester. Oder soll ich dir Essen bringen? Beides zugleich ist leider unmöglich.«

Er grinste. »Hol meine Tochter, ich komme selbst an die Kochtöpfe.«

Sie kehrte bald darauf mit dem Mädchen im Arm zurück, das den fremden Mann aus großen Augen anstaunte. Giovanni hatte offenbar keinen Bedarf nach einer anständigen Mahlzeit und sich nur einen Kanten Brot, etwas Schinken und Käse auf einen Teller geladen. Gerade wollte er sich ein Stück Gorgonzola in den Mund schieben, hielt jedoch inne, als er Pia sah.

»Du bist aber groß geworden. Darf ich?« Er streckte die Arme aus.

Magdalena reichte ihm das Kind. »Sie wächst, wie es sich gehört, ist gesund und munter.« Sie beobachtete ihre Tochter aufmerksam. Normalerweise war sie Fremden gegenüber sehr zurückhaltend. Und Vater oder nicht, Giovanni war ein Fremder für sie.

Er lächelte breit und streichelte ihr sanft über die Wangen. Dabei flüsterte er Worte, die Magdalena nicht verstand. Und zu ihrer großen Verwunderung legte Pia erst skeptisch die Stirn in Falten und gluckste dann aufgeregt.

»Offenbar mag sie dich.«

Giovanni tat, als würde er einen unsichtbaren Hut lüften. »Welch Ehre, Signorina Martini.« Der Schwung seiner Bewegung schien zu viel für Pia zu sein. Sie machte große Augen und fing an zu wimmern. Ihr Vater flüsterte beruhigend auf sie ein und tätschelte ihr den Rücken.

Magdalena reckte die Arme. »Gleich geht das große Geheul los. Warte nur.« Sie dachte, dass Giovanni ihr das Kind nun schnellstmöglich übergab, doch er überraschte sie. Wie vorhergesagt kreischte Pia los, steigerte sich kontinuierlich zu ohrenbetäubender Unzufriedenheit und begann dabei, wie wild herumzuzappeln.

Weder von ihrem Gebrüll noch dem Gestrampel beeindruckt begann Giovanni sie sanft zu wiegen und lief dabei vor dem Tisch auf und ab.

Fasziniert beobachtete Magdalena, wie Pia sie nach und nach beruhigte. Als sie leiser wurde, vernahm sie das leise Summen einer langsamen Melodie.

Es dauerte ein wenig, bis die Kleine sich so sehr verausgabt hatte, dass ihr Köpfchen rot angelaufen war. Sie brummte noch ein paarmal beim Ausatmen, und dann fielen ihr die Augen zu. Jetzt erst blickte Giovanni auf, als erwachte er aus einer Trance, und schaute Magdalena fragend an.

Sie neigte lächelnd den Kopf zur Seite. »Sie ist eingeschlafen. Am besten hältst du sie in dieser Position und wiegst sie ab und zu, sonst wacht sie wieder auf, und das Geschrei geht von vorne los.«

»Im Ernst? Du meine Güte ...«

Magdalena näherte sich den beiden und streichelte Pia über die Wangen. »Wie hast du das gemacht?«, flüsterte sie.

»Was gemacht?«, raunte er zurück.

»Ich bekomme sie nicht so schnell beruhigt, es sei denn, ich gebe ihr etwas zu essen – sofern sie Hunger hat. Was war das für eine Melodie?«

»Keine Ahnung. Irgendeine Erinnerung an früher. Ein Wiegenlied, aber ich kenne keinen Namen oder gar einen Text.« Er leckte sich nervös über die Lippen. »Muss ich sie jetzt wirklich die ganze Zeit festhalten? Ich dachte eigentlich ... Ich wollte sie nur kurz sehen und dann ...«

Magdalena lachte leise. »Aber nein. Was wolltest du?«

»Ich wollte mit dir einen Ausflug machen. Wir nehmen uns etwas zu essen und trinken mit, und dann wandern wir ein Stück den Monte Baldo hinauf. Aber sicher hast du viel zu tun, ich kann auch ...«

Magdalena stutzte. Giovanni war wie ausgewechselt, ganz anders als bei ihren letzten Begegnungen. War das ein Friedensangebot, weil sie beim letzten Mal im Streit auseinandergegangen waren?

»Gib sie mir.« Sie streckte die Arme aus. »Ich bringe sie zurück zu Sophia, sie wird auf Pia aufpassen. Valentina hat mir aufgetragen, mich um dich zu kümmern. Ein Ausflug wäre da genau das Richtige, oder?«

»Du hast Zeit?« Bei diesen Worten strahlte Giovanni über das ganze Gesicht. Er gab seiner Tochter einen Kuss auf die Stirn und reichte sie weiter.

Magdalena nickte entschlossen, und während ihr Mann eine Mahlzeit zusammenstellte, brachte sie die Kleine zurück in den flachen Anbau hinter dem Haupthaus, wo Sophia in der Wäschekammer Stapel frisch duftender Handtücher zusammenlegte. Sie schaute kaum von ihrer Arbeit auf, als Magdalena eintrat, sondern nickte nur zu der Wiege, in der Pias Cousine schlummerte. »Gut, dass du sie zurückbringst. Lucia wurde schon ganz unruhig.«

»Die beiden werden von Tag zu Tag unzertrennlicher.«

Sophia lachte. »So muss das mit meinem Bruder und Milo gewesen sein. Von klein auf immer ein Paar. Scheint in der Familie zu liegen.«

»Kann ich sie dir für ein paar Stunden überlassen? Giovanni hat vorgeschlagen, einen kleinen Ausflug zu machen.«

»Kein Problem. Was habt ihr vor?«

»Er wollte ein Stück den Monte Baldo hinauf.«

»Ein Stück? Dann sei vorsichtig. Bevor du dich versiehst, steht ihr an einem Gipfelkreuz. Sag ihm rechtzeitig, wenn es genug ist.«

»Das werde ich, danke!«

Giovanni erwartete sie bereits mit einem Rucksack auf dem Rücken, der so prall gefüllt war, dass Magdalena sich fragte, was er alles eingepackt hatte.

»Brennen wir durch?«, fragte sie neckisch.

Er stutzte. »Wenn du möchtest? Nur, wohin? In drei Tagen muss ich zurück sein.« Seine Antwort klang erschreckend ernst und brachte Magdalena unvermittelt ihren letzten Streit wieder ins Gedächtnis.

»Das war nur ein Spaß!« Sie lachte und zog ihn in Richtung Hintertür, um nicht wieder Valentina in die Arme zu laufen und stundenlang erklären zu müssen, was sie vorhatten.

»Na dann.« Er wirkte immer noch unsicher. »Ich wollte dir einen meiner Lieblingsplätze zeigen. Es sind ungefähr eineinhalb Stunden zu laufen, dann kommen wir dort oben an ein Plateau, von dem aus man einen grandiosen Blick über den See hat. Wir können in der Sonne liegen oder im Schatten einiger Bäume sitzen, wie wir wollen.« Er machte eine unbestimmte Geste in Richtung der Bergkette, die sich majestätisch im Osten entlangzog.

»Das klingt zauberhaft! Gehen wir.« Magdalena nickte entschieden.

Ohne weitere Worte miteinander zu wechseln, liefen sie nebeneinander über die Hauptstraße oberhalb Malcesines und nach einigen Hundert Schritten auf Saumpfaden bergauf.

Magdalena wurde das Schweigen unangenehm, doch ihr fiel nichts ein, mit dem sie es brechen könnte. Hatte er geglaubt, dass sie das ernst gemeint hatte? Dass sie ihn auffordern wollte, aus dem Militärdienst zu fliehen? Sie war nach wie vor begeistert von der italienischen Idee und verfolgte jede Meldung über Garibaldis Siegeszug, der mit seinen Rothemden erst vor wenigen Tagen Sizilien befreit hatte und nun die Eroberung Neapels vorbereitete. Die Republik Italien wuchs. Doch das alles passierte weit im Süden und hatte im Moment nichts mit ihrem Leben zu tun. Ihre Bemerkung war wirklich nicht mehr als ein harmloser Scherz gewesen.

»Giovanni.«

Er blieb stehen und lächelte schief. »Wann sagst du Giò?«

Die Frage brachte sie durcheinander. »Aber ich mag deinen Namen.«

»Jeder zweite Mann im Dorf heißt so.« Sein Blick verlor sich. »Onkel Danilo hat mich Giò getauft, weil Milo den langen Namen nicht aussprechen konnte.«

Magdalena unterdrückte den Impuls, in den Himmel zu blicken. Ganz sicher lauerte irgendwo ein missgünstiger

Engel, der seit Langem danach trachtete, diesen ersten friedvollen Augenblick zunichtezumachen. Genauso wenig, wie sie Giovanni verärgern wollte, wollte sie ihn traurig machen, weil ihn die Erinnerung quälte.

»Ich wollte mich entschuldigen«, stieß sie entschlossen hervor.

Er betrachtete sie. »Warum?«

»Weil wir gestritten haben.«

»Ich bin mitten im Streit abgehauen, oder? Du warst geschwächt. Mamma hatte mich gewarnt, dass du von der Geburt noch nicht vollständig erholt wärst, nicht unter diesen Umständen, dem Fieber und all dem. Ich hätte nicht davonlaufen sollen. Tut mir leid.«

»Vielleicht sollten wir vorerst nicht über Politik sprechen.«

»Du und ich, wir können ohnehin nichts ändern, oder?«

Magdalena zögerte. Das sah sie anders, er könnte sehr wohl etwas ändern, indem er nicht länger im österreichischen Heer diente, sondern überlief. Die Grenze war in Sichtweite, er hatte gute Chancen, sich zu den italienischen Truppen durchzuschlagen. Aber sie hatte begriffen, dass er das nicht tun würde, und vielleicht, das sah sie inzwischen ein, war es wirklich zu viel verlangt. So etwas sagte sich leicht, aber letzten Endes war es eine Entscheidung auf Leben und Tod. Mit Deserteuren machten alle Seiten kurzen Prozess.

»Wir können«, begann Magdalena vorsichtig, »für uns selbst etwas ändern. Unseren Platz finden, die Entscheidung treffen, die für uns und die, die wir lieben, das Beste ist.«

Giovanni legte leicht die Stirn in Falten und blickte sie an. Magdalena war es unmöglich, von seiner Miene abzulesen, was er dachte und empfand. Nach einer langen Weile nickte er und schritt etwas schneller voran, verfiel wieder in Schweigen.

Dieses Mal empfand Magdalena die Stille als weniger unangenehm. Außerdem wurde der Weg steiler, und sie brauchte alle Luft zum Atmen. Daher genoss sie den leichten Wind, der durch das hüfthohe Gras raschelte, die brummenden Insekten, die gelegentlichen Rufe oder das Hufgeklapper, das von der Straße unterhalb der Bergflanke zu ihnen heraufschallte. In der Ferne schlug eine Kirchturmuhr elfmal zur vollen Stunde.

Ihr einfaches Leinenkleid war klatschnass geschwitzt, als sie endlich den angekündigten Platz erreichten. Aber Giovanni hatte nicht zu viel versprochen: Eine kleine Wiese, von ein paar Felsen durchbrochen, bildete einen natürlichen Balkon über einem Steilhang mit einem grandiosen Blick über den Gardasee. Magdalena trat so nahe an den Rand, wie sie es wagte, ohne dass ihr schwindelig wurde. Sie war geblendet von der gleißenden Sonne über dem Wasser, doch zugleich erfasste sie tiefe Ehrfurcht.

»Gefällt es dir?«, raunte Giovannis Stimme nahe an ihrem Ohr. Sein Atem kitzelte ihr über die Haut am Hals, und sie bekam eine Gänsehaut.

Sie nickte stumm.

Er legte ganz selbstverständlich den Arm um ihre Schultern. Ohne zu zögern, lehnte Magdalena sich an ihn.

Eine Weile standen sie so.

Alle Zweifel fielen von Magdalena ab. Das war der Mann, in den sie sich verliebt hatte, vor über einem Jahr. So sollte es sein.

Sie fand den Mut, zu fragen, wie es ihm in den letzten Wochen ergangen war.

Er begriff sofort, worauf sie anspielte. »Am Jahrestag der Schlacht gab es einen Gedenkgottesdienst«, erzählte er mit leiser Stimme. »Bis heute weiß niemand genau, wie viele Männer gefallen sind, aber es waren viele. Am Abend hat mich Doktor Nonnschläger zu Flavia Cacciatore mitgenommen. Der Erfahrungsschatz dieser Frau ist einfach nur unglaublich. Kann sein, dass sie mir etwas in den Wein gekippt hat. Ich würde es ihr zutrauen. Jedenfalls habe ich in der Nacht keine Albträume gehabt.«

»Woher kennt ein österreichischer Regimentsarzt eine Hebamme in einem italienischen Garnisonsdorf?«

»Das habe ich mich auch schon oft gefragt. In der Kaserne spricht er nur schlecht über sie, aber in Wahrheit verbindet die beiden seit langer Zeit eine enge Freundschaft.«

Magdalena nickte versonnen. »Nonnschläger ist und bleibt ein rätselhafter Mann.«

»Das kannst du laut sagen. Während unserer Reise nach Turin erfuhr ich zufällig, dass er verheiratet ist. Dabei hat er nie eine Frau erwähnt, er fährt auch nie während seines Urlaubs nach Wien oder hat sich je mit ihr getroffen.«

»Haben sie Kinder?«

»Nein, Kinder gibt es angeblich keine.« Giovanni zog sie ein Stück vom Abhang weg und ließ sich ins Gras fallen. Magdalena folgte seinem Beispiel.

»Es gibt Gerüchte«, sagte er, »die sein Verhalten erklären würden. Angeblich war seine Frau untreu, hat mit einem anderen angebändelt. Manche sagen sogar, dass sie in Wien mit ihrem Liebhaber zusammenleben soll, ganz öffentlich. Und natürlich weigert sie sich, die Ehe scheiden zu lassen, weil sie es auf sein Geld abgesehen hat, heißt es.«

»Glaubst du, das stimmt?«

Giovanni zuckte ratlos mit den Schultern. »Es passt nicht so recht zu dem Bild, das ich von ihm habe. Er ist streng, aber mitfühlend und gerecht. Dabei habe ich jedoch nie erlebt, dass er sich ausnutzen lässt. Es muss noch einen anderen Grund geben, warum sie sich nicht scheiden lassen.«

»Du hältst sehr viel von ihm.«

Giovanni hob den Kopf und blickte versonnen in die Ferne. »Er ist für all das verantwortlich, was ich bin, was ich kann. Ich liebe meine Eltern wirklich, aber er hat aus mir das gemacht, was mich ausmacht.«

Magdalena überlief erneut eine Gänsehaut. Sie war nicht sicher, was er genau damit meinte, doch sie fand es unhöflich und unangemessen, nachzufragen. Sie sollte wissen, was ihren Ehemann ausmachte. Vor allem aber wollte sie um jeden Preis vermeiden, dass er in diese traurige Stimmung verfiel. Daher sprang sie rasch auf und lief wieder Richtung Abhang. »Kann man den Gasthof von hier oben sehen?«

»Aber ja, warte. Siehst du links vom Turm der Skaligerburg den Einschnitt zwischen den Häusern? Das ist die Straße, die vom See durchs Dorf zur Hauptstraße führt. An der Einmündung steht ein weißes Haus, das zweite Gebäude rechts davon ist unseres.«

»Ja, ich sehe es, daneben ist das kleine verfallene Haus, das der alten Signora Neapolitano gehört hat.«

Giovanni warf ihr einen misstrauischen Blick zu. »Gehört *hat?* Was ist damit?«

»Sie ist verstorben. Dein Vater hat Haus und Grundstück auf meinen Rat hin von den Angehörigen gekauft. Sie waren froh, dass sie es losgeworden sind. Das Haus wird abgerissen.«

»Wie bitte?«

Magdalena setzte eine geheimnisvolle Miene auf. »Das sind die Pläne, von denen Valentina vorhin sprach. Wir werden den Gasthof im Herbst um vier Zimmer sowie Bäder und Klosetts auf jeder Etage erweitern. Das neue Zimmer in der obersten Etage wird sogar ein eigenes Badezimmer erhalten. Man nennt das eine Suite.«

»Wie bitte? Das ist ja der reinste Luxus!«, brach es aus Giovanni heraus. Erwartungsvoll beugte er sich etwas nach vorne, als könnte er von hier oben bereits das Resultat begutachten. »Aber ist das nicht teuer? Wie bezahlen wir das?«

»Dein Vater hat einen Kredit von einer Bank erhalten.«

»Du machst Witze.«

»Ich war mit ihm in Verona, und wir haben zusammen mit der Bank einen seriösen Plan errechnet. Wenn alles gut geht, haben wir den Kredit schon in wenigen Jahren wieder abgelöst.«

Ungläubig schüttelte er den Kopf, hin- und hergerissen zwischen Begeisterung und Zweifel. »Aber Papà hat doch von solchen Dingen gar keine Ahnung. Du etwa?«

»Na ja. Es ist nicht so schwer. Die Bank macht ein Angebot, das man nachrechnen kann. Wir hatten Glück, und der Bankbeamte ist ein sehr engagierter junger Mann. Er hat uns zum Beispiel erklärt, wie wir unsere Einnahmen vorsichtig kalkulieren. Falls es mal eine schlechte Saison gibt, in der weniger Gäste kommen, wird alles knapper, aber wir kommen über die Runden. Im schlimmsten Fall sogar zwei Saisonen. Der Beamte war sehr geduldig und hat anschließend für nächsten Sommer für sich und seine Frau ein Zimmer gebucht.«

»Aber wer zahlt so viel Geld für einen Urlaub am See? Eine Suite, dafür müssen wir doch ein Vermögen nehmen.«

»Es gibt genug gut betuchte Reisende.« Magdalena musste nur an die Kreise denken, in denen sie sich in Venedig bewegt hatte. »Wir werden sie die Goethe-Suite nennen, das wird die Leute mit Geld anziehen, die sich für kultiviert halten.«

Giovanni grinste. »Sich für kultiviert halten? Du redest schon wie Doktor Nonnschläger. Er unterstellt dem Adel ständig mehr Schein als Sein.«

»Mit dieser Einschätzung liegt er zweifelsohne richtig.«

»Wir vergrößern also, ein Drittel mehr Zimmer.« Er nickte versonnen. »Ich hätte nie gedacht, dass Papà solchen Mut aufbringt, selbst wenn er gewusst hätte, wie man so etwas anstellt.«

»Nun hör aber auf, dein Vater ist ein sehr kluger Mann. Über kurz oder lang hätte er sich selbst auf den Weg zur Bank gemacht.«

»Mag sein. Und jetzt erklärst du mir sicherlich auch noch, wie die zahlungskräftigen Gäste von dem Luxusangebot erfahren?«

»Das ist einfach. Sobald der Umbau abgeschlossen ist, werden wir in Zeitungen annoncieren. Ich werde eine Reklame auf Französisch schreiben und eine auf Deutsch. Diese schicke ich mit einem Scheck an die Zeitungen und Magazine, und die veröffentlichen das. Ganz einfach.«

Giovanni war sprachlos. Er klappte den Mund auf und zu und fuhr sich dann mit beiden Händen über die kurz geschorenen Haare. »Du findest das wirklich einfach, oder?«, brachte er endlich hervor.

Magdalena zog verlegen die Schultern hoch. »So läuft ein Teil des Geschäfts meines Vaters. Kaufen, verkaufen, Reklame machen, mit Geschäftspartnern plaudern. Er geht in den Bankhäusern Venedigs ein und aus, seit ich denken kann. Ich war natürlich nie bei den Besprechungen dabei, aber das Prinzip, worauf man bei einer Verhandlung achten muss, ist mir bekannt.« Sie lächelte breit. »Für mich ist das so selbstverständlich und einfach wie für dich das Kochen.«

»Woher weißt du, dass ich kochen kann? Ich habe Zitronen geschnitten und Limonade gemischt.«

»Deine Mutter erwähnt es häufiger.«

»Es ist nichts dabei.«

»Es ist auch nichts dabei, um einen Kredit zu verhandeln. Für irgendetwas muss mein Unterricht mit zwei Hauslehrern doch gut gewesen sein.«

»Du hattest zwei Hauslehrer?«

»Ja, einen französischen Professor und Don Alfredo, ein Priester und Freund der Familie.« Es war ihr immer selbstverständlich erschienen, jetzt, da sie es laut aussprach, merkte sie erst, wie dekadent sich das anhörte.

»Dann hast du eine Menge gelernt.«

»Es ist nicht so besonders, wie es sich anhört«, rutschte es ihr heraus. Das machte es nicht besser, im Gegenteil. Peinlich berührt schwieg sie.

Giovanni verzog den Mund und widersprach nicht, doch es war offensichtlich, dass er anderer Ansicht war, und er hatte recht damit. Es war alles andere als selbstverständlich. Die Hälfte der Dorfkinder ging nicht einmal regelmäßig zur Schule.

Magdalena spürte förmlich, wie sich eine Kluft öffnete, die Unterschiede, die von ihrer jeweiligen Herkunft herrührten und tiefer gingen als die Meinungsverschiedenheiten über ihre politischen Ansichten.

War es das, weshalb ihr Ehemann ihr bei ihrer Hochzeit so unsicher entgegengetreten war? Weil er klug, aber ungebildet, die Familie fleißig und nicht arm, aber auch nicht wohlhabend war? Aber das sollte ihm nichts ausmachen. Sie war doch nichts Besseres, nur weil sie im Wohlstand aufgewachsen war?

Es hatte sie nie gestört, im Gegenteil, sie fühlte sich wohl. Die Familie war einander zugetan und aufrichtig in dem, wie sie dachten und was sie taten. Auch die Dorfgemeinschaft war anders. Wie überall stritten und vertrugen sich die Menschen in Malcesine, achteten und verachteten einander, aber auf Magdalena hatte es von Beginn an authentischer gewirkt, als sie die Beziehungen zu Nachbarn oder Bekannten in Venedig je erlebt hatte.

Zugleich wurde ihr immer wieder, meist an Kleinigkeiten, bewusst, dass sie anders war. Sie sprach anders, sie wusste vieles, was anderen völlig unbekannt war, sie interessierte sich für das Geschehen jenseits der Dorfgrenze. Die Haut ihrer Hände war längst nicht so verwittert wie bei anderen jungen Frauen, die von klein auf gearbeitet hatten. Nun fragte sie sich, ob sie nicht sehr blauäugig gewesen war, als sie gedacht hatte, solche Unterschiede im gesellschaftlichen Stand wären unerheblich. Sie waren wichtiger, als sie sich eingestehen wollte, auf beiden Seiten.

Magdalena und Giovanni standen nebeneinander und starrten hinab auf die Häuser Malcesines. Das Schweigen wurde unerträglich, doch sie fand keine Worte, mit denen sie abwiegeln konnte, statt ihren Ehemann noch weiter in Verlegenheit zu bringen.

Schließlich war er es, der die Situation auflöste. Er legte eine Hand auf ihre Schulter und wies mit der anderen in Richtung der Bäume. »Es ist bald Mittag. Lass uns etwas essen.«

Zu ihrer Überraschung zog er nicht nur mehrere Leintücher aus dem Rucksack hervor, sondern auch eine große Decke, die er im Schatten einer Pinie ausbreitete.

Er setzte sich und schaute zu ihr auf, sein Blick fragend, fast schüchtern, als hätte er Sorge, es sei ihr nicht gut genug.

Magdalena lächelte breit und ließ sich neben ihn fallen. »Was für eine großartige Idee!«

Sichtlich erleichtert breitete Giovanni die Leintücher aus und enthüllte neben Brot, Hartkäse und Salami auch Tomaten und Zucchini.

»Ich habe mich schon gefragt, wie du den Gorgonzola transportierst.«

»Den musste ich zu Hause lassen, aber schau, die Tomaten haben überlebt.«

»Und ein Krug? Wofür?«

»Hast du keinen Durst? Dort drüben hinter den Sträuchern, hörst du das? Da fließt ein Bach. Ich bin sofort zurück.«

Kopfschüttelnd sah Magdalena ihm nach, als er wie ein kleiner Junge davonstob. Im Rucksack fand sie außer den Schätzen, die er schon ausgepackt hatte, noch Zitronen, ein Messer und einen Holzlöffel sowie ein Glas mit Honig.

»Du hast wirklich an alles gedacht.« Sie hielt ihm das Glas entgegen, doch er machte nur eine wegwerfende Handbewegung.

»Das ist doch nichts.«

»Es ist fantastisch, danke!«

Endlich grinste er wieder. »Wenn du meinst.«

Satt und zufrieden ließ Magdalena sich rücklings auf die Decke fallen. Die Mittagshitze und das Essen machten sie schläfrig. »Das ist das erste Mal, dass ich Pia mehr als ein paar Stunden allein lasse. Von der Zeit, als ich krank war, abgesehen.«

»Wie ist sie?«

»Es ist anstrengend, aber wenn sie lächelt, vergisst du das alles.« Sie war nicht sicher, ob er das verstand.

Er nickte, wickelte die Essensreste in die Tücher und verstaute alles wieder im Rucksack. Dann legte er sich neben sie.

Magdalena musterte ihn unter halb geschlossenen Augenlidern. Sein Anblick verursachte ihr ein sanftes Ziehen in der Magengegend. Ob er genauso empfand? Warum war es so schwer, über diese Dinge zu sprechen?

Giovanni schien kein Bedürfnis mehr nach einer Unterhaltung zu haben. Mit den Fingerspitzen streichelte er über ihren Hals, bis sie kichern musste. »Hör auf, das kitzelt.«

Er lachte. »Na gut.« Seine Finger wanderten tiefer in ihren Ausschnitt, glitten unter den Stoff.

Magdalena schauderte, sie war hin- und hergerissen. Die Berührung war zart und angenehm, doch ihr war klar, was folgen sollte.

Ihr gesamter Körper verkrampfte, und sie hielt unwillkürlich den Atem an, als sein Daumen ihre Brustwarze streifte.

Sollte sie es einfach geschehen lassen? Er hatte ein Recht darauf. Außerdem war es ja nicht so, dass sie es selbst nicht gewollt hätte, aber …

»Was ist? Magdalena?« Er zog die Hand zurück, hastig, als hätte er sich verbrannt.

»Ich will nicht.« Beinahe lautlos formten ihre Lippen die Worte wie von selbst. Das war eine Lüge, schmerzhaft, aber notwendig.

Giovanni setzte sich auf und warf die Hände in die Höhe. »Schon gut. Ist ja nichts passiert.«

Magdalena wandte sich ab. Sie wusste, dass er ihr nicht ansehen konnte, was sie gerade empfand, wenn sie ihr Porzellangesicht aufsetzte, wie ihr Vater es manchmal genannt hatte. Sicher hielt er sie nun für kalt und lieblos. Dabei fiel es ihr schwer, ihn von sich zu weisen.

Aus den Augenwinkeln sah sie zu ihm auf. Er betrachtete seine Hände, als suchte er danach, was er Falsches an sich hatte, sein Blick umschattet, verwirrt.

Magdalena fühlte sich unendlich schuldig. Nur zu gern hätte sie sich in seine Umarmung geflüchtet, doch abgesehen davon, dass er das falsch verstehen könnte, wäre das zutiefst gemein. Sie hätte das Gefühl, seine Selbstbeherrschung und Gutmütigkeit auszunutzen.

Vielleicht sollte sie es einfach freiheraus sagen. Er war nicht wie andere Männer, vielleicht würde er es sogar verstehen und sie in Ruhe lassen?

»Giovanni, ich …«

»Sag nichts, es ist schon gut.«

Er verstand sie nicht. »Aber …«

Er legte den Finger auf ihre Lippen. Sie verstummte.

»Es ist nicht so wichtig. Wir haben Zeit.« Er beugte sich über sie. Sein Kuss schmeckte herb und würzig.

Giovanni war sanft und zurückhaltend, doch sie spürte, dass er vor Anspannung beinahe zitterte. Es weckte Verlangen in ihr. Die Wahrheit war doch, dass sie ihm nur zu gern auf diese Weise nahe sein, sich ihm hingeben wollte, aller Bedenken zum Trotz. Zugleich kroch ihr Panik die Kehle hinauf, schnürte ihr den Hals zu.

Bevor sie sich noch zu einer Entscheidung durchringen konnte, wie sie sich verhalten sollte, löste er sich von ihr und sprang auf. »Lass uns nach Hause fliegen, mein Engel. Deine Tochter hat bestimmt schon die ganze Familie tyrannisiert.«

Magdalena lachte hilflos. Sie konnte sich nicht entscheiden, was überwog, Erleichterung oder Enttäuschung. Aber plötzlich hatte sie die Antwort darauf, was er gemeint hatte, als er von Doktor Nonnschläger als seinem Mentor gesprochen hatte: Sie wusste jetzt, was Giovanni ausmachte. Für andere Menschen da zu sein, ihre Wünsche zu respektieren, ohne groß nach den Gründen zu fragen.

16. Malcesine im Dezember 1860

ALS GIÒ KURZ vor Weihnachten nach Hause kam, wartete niemand auf ihn, um ihn zu empfangen. Sowohl der Empfangstresen als auch die Küche lagen wie ausgestorben, genau wie die Baustelle neben dem Haus.

Giò stieg die Treppe zu seiner Dachstube empor und legte sein Gepäck auf dem Bett ab. Er und Magdalena schliefen noch immer getrennt, da sie ihre kleine Kammer mit Pia teilte und weder dort noch in seinem alten Zimmer genug Platz für ein Doppelbett war. Da er nicht vor dem nächsten Herbst zurückkehren würde und der Umbau Priorität hatte, waren sich alle einig gewesen, es zunächst dabei zu belassen. Im Laufe des nächsten Jahres würden sie entscheiden, wie und wo Giòs kleine Familie leben würde.

Sein letzter Besuch war versöhnlich verlaufen, ein fragiler Burgfrieden zwischen ihm und Magdalena entstanden. Doch sie hatte ihn die gesamte Zeit über auf Abstand gehalten. Er verstand ihren Charakter und ihr Verhalten immer noch nicht so recht, fühlte sich ihr gnadenlos unterlegen. Doch sie schien sich in Malcesine und mit seiner Familie wohlzufühlen, sorgte gut für ihre Tochter, und das alles musste zunächst genug sein.

Es war eiskalt in der Kammer, genau wie im letzten Jahr vor seiner Hochzeit bedeckten Eisblumen die Scheibe des kleinen Giebelfensters. Rasch und noch im Mantel verließ Giò den Raum, ohne wie üblich hinauszublicken. Die Erinnerung war blasser geworden, doch es gab Momente, die er lieber vermied. Milo hatte immer noch einen festen Platz in seinem Herzen, und der schwarze Engel konnte unvermittelt seine Flügel ausbreiten, wenn Giò nicht damit rechnete. Vielleicht schaffte er es, ihn eines Tages ganz zu vertreiben, aber diese Zeit war noch nicht gekommen. Schon gar nicht im Winter, wenn die Tage düster waren und es wenige Möglichkeiten gab, sich sinnvoll zu beschäftigen.

Außer dem Gästehaus und dem Anbau gab es noch ein weiteres kleines Häuschen am Ende des schmalen Gartens, in dem seit dem Sommer Sophia und Giancarlo mit ihrer Tochter Lucia lebten. Dorthin wandte sich Giò in der Hoffnung, seine Schwester könnte ihm vielleicht verraten, warum das Haus wie ausgestorben lag.

Stimmengewirr empfing ihn schon an der Haustür. Die Gespräche erstarben, als er den Wohnraum betrat. Seine Eltern, Sophia und sein Schwager sowie Magdalena saßen um den Tisch.

»*Buongiorno,* warum so ernst? Ist etwas passiert?«

»Das wird auch Zeit, dass du dich blicken lässt.« Sein Vater Roberto Martini wollte aufspringen, doch Valentina hielt ihn am Unterarm zurück. »Das geht dich nichts mehr an!«

»Ich werde doch wohl noch …«

»Nein!« Valentina nickte mit dem Kinn Magdalena zu, die sich deutlich zögerlicher erhob.

»Komm mit«, sagte sie ohne eine Begrüßung, als sie vor Giò stand. Ihre Miene war neutral, doch er glaubte, unterdrückte Wut zu spüren.

»Was ist los?«, fragte er, kaum dass sie vor dem Haus standen. Der Atem bildete Dampfwolken vor ihren Mündern.

Magdalena kreuzte die Arme und lehnte sich gegen die Hausmauer. »Donatella erwartet ein Kind.«

»Ja, und?«

»Sie behauptet, du wärst der Vater.«

Giò hob die Augenbrauen. »Unmöglich.«

»Das ganze Dorf redet darüber.«

»Sollen sie doch, es kann nicht sein.«

»Der Bäckerbursche sagt, dass er dich eines Morgens aus ihrem Haus kommen gesehen hat. Nur ein paar Tage nach Pias Geburt. Als ich noch krank war.« Magdalena beugte sich vor. »Stimmt das?«

Giò stutzte nur kurz. »Ja.«

»Wie bitte?«

»Es stimmt.« Er zwang sich zur Ruhe und verschränkte ebenfalls die Arme.

»Du warst bei ihr?«

»Ja.«

»Die ganze Nacht? Du leugnest das nicht?«

»Warum sollte ich? Es ist die Wahrheit. Die ganze Nacht.«

»Bist du von Sinnen? Was fällt dir ein?«

Giò funkelte sie herausfordernd an. »Warum denn nicht? Sie ist eine alte Freundin. Du dagegen hast mir kurz zuvor nahegelegt, in die Lombardei zu gehen.«

»Es ging doch um etwas völlig anderes!«

»Ach ja? Wenn ich deinem Wunsch gefolgt und mich Garibaldis Rothemden angeschlossen hätte, säße ich jetzt in Neapel oder auf Sizilien oder sonst irgendwo weit im Süden.«

»Giovanni Martini!« Magdalena schoss angriffslustig nach vorne, dass er unwillkürlich einen Schritt zurück machte. »Ist das Kind von dir, wie Donatella behauptet?«

Er fletschte die Zähne. »Warum fragst du mich überhaupt noch?«

»Ich will die Wahrheit hören. Gib zu, dass es dein Kind ist!«

»Glaub, was du willst.« Er machte auf dem Absatz kehrt und ging davon.

Sie hielt ihn nicht zurück, rief ihm nicht hinterher.

Giò lief mit weit ausgreifenden Schritten die Straße hinab zur Skaligerburg. Die Pflastersteine waren glatt, und mehrmals wäre er beinahe ausgerutscht.

Er begriff nicht, was da vor sich ging. Warum behauptete Donatella so etwas? Oder war am Ende in der Nacht etwas passiert, von dem er nichts wusste? Hatte sie es darauf angelegt? Er erinnerte sich sehr gut daran, wie er sie von sich gewiesen hatte. Das letzte Mal, als sie etwas miteinander gehabt hatten, war ein paar Monate vor seinem Militärdienst gewesen, in einer anderen Zeit, einem anderen Leben.

Er spuckte aus, lief weiter. Die kalte Luft stach im Hals. Es fing an zu nieseln, winzige Schneeflocken umtanzten ihn.

Ganz egal, ob er am Ende die Wahrheit sagte, Magdalena würde sie nicht glauben, weil sie etwas anderes glauben wollte. Er sah keine Möglichkeit, seine Unschuld zu beweisen, wenn Donatella bei dieser Behauptung blieb. Das war bitter.

Er war am Haus seiner alten Freundin angekommen. Licht strömte aus den beiden Fenstern im Erdgeschoss.

Giò donnerte mit der Faust gegen die Tür.

Keine Antwort.

Er klopfte erneut. »Donatella, mach auf! Ich weiß, dass du da bist.«

Niemand öffnete. Er trat ans Fenster und versuchte im Inneren etwas zu erkennen. Das Licht erhellte den Raum nur spärlich. Giò erkannte die Werkbank, die Bottiche. Fertige Seifenstücke stapelten sich auf einem Tisch.

Nach einer Weile glaubte er, einen Schatten an der Tür zu erkennen, der zur Treppe in die oberen Stockwerke führte. Er klopfte an die Scheibe. »Donatella?«

Der Schatten bewegte sich.

Giò zögerte nicht länger. Er rammte mit der Schulter gegen die Haustür, und sie flog mit einem Krachen aus dem Schloss.

Ein jämmerliches Wimmern empfing ihn, dazu stieg ihm eine wilde Mischung aus Urin und Lavendel in die Nase. Auf den Holzdielen sah er dunkle Tropfen.

»Donatella!«

Sie hockte in gekrümmter Haltung auf dem Boden, hielt sich am Türrahmen fest. »Giò! Hilf mir. Ich …« Ihre Worte gingen in einen Schmerzensschrei über. Sie sackte nach vorne, legte die Hände auf den geschwollenen Bauch.

Auf der Werkbank lag ein unordentlicher Haufen Seifenstücke, Einwickelpapier war überall verstreut. Hier lag ein Messer auf dem Boden, dort ein Spachtel. Ein Hocker war umgekippt, die drei Beine in die Luft gereckt wie ein Käfer, der auf dem Rücken lag.

Giò streckte beide Arme aus und half Donatella, sich aufzusetzen. »Bist du gestürzt?«

Sie nickte stöhnend. Im nächsten Moment schrie sie auf.

»Das ist das Kind, oder? Wie lange sitzt du hier schon so?«

Donatella krallte sich mit einer Hand in seinen Unterarm. »Lass mich nicht allein, ich flehe dich an.«

Giò blickte sich hektisch um. »Um Gottes willen, das schaffe ich nicht allein. Gib mir ein paar Minuten.«

Er riss sich los, sprang auf und wollte hinausrennen, als sein Blick auf einen Eimer fiel. Er hatte keine Ahnung, was man beachten musste, wenn eine Frau ein Kind auf die Welt brachte. Aber mit der Versorgung von Verwundeten und

Kranken kannte er sich aus. Es konnte nicht so viel anders sein. Das hieß, er brauchte Wasser.

Er schnappte sich den Eimer und lief die Straße hinab. Donatellas nächste Nachbarn wohnten direkt an der Pumpe. Während er mit einer Hand Wasser pumpte, bollerte er mit der anderen gegen die Tür. Ein kleiner Junge öffnete.

»Ist deine Mutter da?«

»Nein, Signor, ich bin allein.«

Giò überlegte nicht lange. Aus der Hosentasche kramte er ein paar Heller und drückte sie dem Jungen in die Hand. »Agata Veronese, weißt du, wer das ist?«

»Selbstverständlich, Signor.«

»Lauf zu ihr und sag, sie soll zu dem Haus da vorne kommen. Eine schwangere Frau ist gestürzt, sie soll sich beeilen. Du bekommst noch mal das Gleiche, wenn du mit ihr zurückkommst. Los!«

»Signor, sì!« Der Kleine zog die Tür zu und flitzte davon.

Giò schleppte den Eimer zurück.

Donatella lag auf der Seite und rührte sich nicht. Einen schrecklichen Augenblick lang dachte Giò, sie wäre tot, bis er bemerkte, dass sie lautlos weinte.

Er beugte sich über sie und tätschelte ihr den Arm. »Bleib noch einen Moment so liegen, ja? Ich bin bei dir.«

»Du bist ein verfluchter Mistkerl, Martini. Ich hasse dich!«

»Pass auf, was du sagst.« Er zog seinen Mantel aus, warf die Seife, Werkzeuge und alles andere von der Werkbank auf einen Haufen. Dann lief er mit dem Eimer die Treppe hinauf, goss das Wasser in den größten Topf, den er finden konnte, und stellte ihn auf den Herd. Ein Stockwerk weiter oben holte er aus Donatellas Schlafzimmer mehrere Tücher.

In der Werkstatt entzündete er zunächst alle Lampen, die

er finden konnte. Mit sanftem Nachdruck holte er Donatella auf die Beine, und sie legte sich mit seiner Hilfe auf die Werkbank, über die er ein Laken ausgebreitet hatte. Gerade als er mit dem dampfenden Topf wieder hinunterkam, ging die Tür auf und Agata stand in einem dicken Wintermantel vor ihm. Ihr runzeliges Gesicht verzog sich zu einem listigen Lächeln. »So kehrt der Vater zurück zu Mutter und Kind, oder wie soll ich deine Anwesenheit verstehen, Giovanni Martini?«

»Stehen Sie nicht rum, helfen Sie ihr!«

»Sachte. Du musst mir nicht sagen, was ich zu tun habe. Ich brauche Tücher und …«

»Liegen da vorne.«

»Heißes Wasser hast du auch schon. Das hätte ich nicht erwartet. Gut.«

»Sagen Sie mir, was ich tun soll.«

Donatella schrie auf.

In aller Seelenruhe zog Agata ihren Schal vom Kopf, schüttelte den Schnee von den Schultern und reichte Giò ihren Mantel. Dann tastete sie nach Donatellas Pulsschlag, ohne sich von deren Gewimmer beeindrucken zu lassen.

Giò erkannte die ruhige Methodik wieder, die auch Nonnschläger zu eigen war. Er hielt Donatellas Oberkörper und sprach beruhigend auf sie ein, während die Hebamme den Rock hinaufschob und den Unterleib abtastete.

Der Blick, den sie Giò kurz darauf zuwarf, verhieß nichts Gutes.

Er neigte fragend den Kopf.

Sie winkte ihn zu sich. »Das muss jetzt schnell gehen, das Kleine liegt falsch. Ich muss es rausziehen. Kannst du mir helfen? Traust du dir das zu?«

Giòs starrte auf Donatellas entblößten Unterleib und die wässrige Blutlache unter ihrem Körper. Er nickte.

Agata schien ihm nicht recht zu trauen, doch sie sagte nichts weiter.

Die Zeitebenen schienen sich zu verschieben. Giò war es, als wäre wieder Juni 59 und er im Gewölbekeller in Castiglione. An diesem Tag war Nonnschläger kein Arzt gewesen, sondern Schlächter, zwar aus reiner Notwendigkeit, aber dennoch. Der Geruch war wieder da, die Hitze, die konzentriert geraunten Anweisungen, das Blut. Und die Schreie, vor allem die Schreie. Giòs Hals fühlte sich längst trocken und kratzig an, doch Donatella hörte nicht auf zu schreien.

»Da! Gelobt sei Maria, barmherzige Mutter.« Plötzlich lag ein blutverschmiertes Bündel in Agatas Armen. »Nimm es!«

Giò blinzelte. Es war ein Mädchen. Schwarze Haare klebten an einem deformierten Köpfchen, weißlicher Schaum klebte in Augen- und Mundwinkel.

»Agata, sie atmet nicht.«

»Das habe ich befürchtet. Es hat viel zu lange gedauert. Schütteln, aber vorsichtig, nicht wie ein nasses Handtuch, ja?«

Er folgte der Anweisung, drückte sachte mit zwei Fingern auf den winzigen Brustkorb. Eine blutige Blase bildete sich auf den Lippen des Kindes. Giò massierte weiter, schüttelte, klopfte, schlug mit der flachen Hand auf den Rücken.

Und endlich begann das winzige Menschenkind zu atmen. Gio atmete ebenfalls auf, bemerkte, dass er selbst die Luft angehalten hatte. Doch die Erleichterung verflog sofort wieder. Die Kleine atmete flach und viel zu schnell, es war eher ein Japsen und wirkte irgendwie nicht richtig.

Giò wickelte sie in ein Tuch, säuberte das Gesichtchen und ließ sich auf den Hocker sinken, den irgendwer – vielleicht er selbst, er erinnerte sich nicht – wieder aufgestellt hatte.

Agata nahm eine kleine Flasche aus ihrer Tasche. »Wie soll die Kleine heißen, Donatella?«

Nur am Rande nahm Giò wahr, dass Donatella sich ein wenig aufrichtete. Ihre geröteten Augen lagen in tiefen Höhlen, und ihre Wangen waren tränenüberströmt. Ihre Antwort bekam er nicht mit.

»Giò. Giò!« Agata gab ihm eine leichte Backpfeife.

Das brachte ihn wieder zu sich. »Was?«

»Wie soll sie heißen?«

»Rosalia. Wie meine Mutter.« Mit leerem Blick folgte er den Bewegungen der Hebamme, hörte beiläufig ihr liturgisches Gebrabbel, ohne ein Wort davon aufzunehmen.

Während sie die Nottaufe vollzog, war ihm, als würde es dunkler im Raum. Der schwarze Engel breitete seine Flügel aus.

Giò blieb regungslos sitzen, das sterbende Mädchen in seinen Armen. Er beobachtete ihre unregelmäßigen Atemzüge, ihr Ringen um Leben. Sie war nicht seine Tochter, aber in dem Moment hätte er sein Leben gegeben, um ihres zu retten. Doch Gott ließ sich nicht auf einen solchen Tausch ein.

Agata legte ihm eine Hand auf die Schulter. Gemeinsam warteten sie. Es schien endlos zu dauern und ging doch viel zu schnell.

»Es ist vorbei«, murmelte die Hebamme endlich.

Giò blickte zu ihr auf, sah die Trauer auf ihrem Antlitz. Sie hatte das sicher schon oft durchgemacht.

Mit einiger Mühe quälte sie sich ein Lächeln ab. »Nein, es ist nie einfach, und es wird auch nicht einfacher. Aber es gehört dazu.«

Da erst begriff er, wie viel Glück Magdalena und Pia gehabt hatten. Er kniff die Augenlider zusammen, presste die Finger dagegen, bis er Sterne sah. Er versuchte den Gedanken zu vertreiben, was alles hätte passieren können. Es war müßig, es ging ihnen gut, sie lebten.

Er spürte, wie Agata ihm behutsam das tote Kind aus den Armen nahm und Donatella übergab. Sie atmete schwer, hatte noch gar nicht begriffen, was geschehen war. Mit geschlossenen Augen lag sie auf der Seite, zog das warme Bündel schützend an ihren Körper.

Giò erhob sich. Er fühlte sich um zwanzig Jahre gealtert. »Agata, der Pfarrer soll mich als Vater eintragen.« Er räusperte sich. »Ich zahle das Begräbnis und was sonst noch ansteht.«

Er nahm seinen Mantel und warf ihn über.

Sie schaute verwundert zu ihm auf. »Du überraschst mich.«

»Das ist mir gleichgültig. Auf Wiedersehen.«

»Nein, das stimmt nicht«, hörte er Agata noch sagen, als er hinausging. »Jetzt, da ich darüber nachdenke, überrascht es mich kein bisschen.«

Vielleicht war es sogar besser so. Donatella hatte ein Auskommen, aber mit einem Kind wäre es schwer geworden. Die kleine Rosalia hätte nicht nur keinen Vater gehabt, sondern auch keine Großeltern, keine Tanten oder Onkel. Mutter und Kind wären vielleicht auf die Fürsorge des Dorfes angewiesen gewesen.

Giò wanderte mit schweren Schritten durch die dunklen Straßen, die Schultern gegen die Kälte hochgezogen und die Hände tief in den Taschen vergraben. Er hatte jegliches Zeitgefühl verloren, es musste späte Nacht sein. Der Himmel war aufgerissen, und der Mond stand bereits hoch. Die Dächer waren von einer kristallenen Schicht überzogen, unter den Stiefelsohlen knirschte es. Es war bitterkalt.

Er wusste nicht, wohin. Der schwarze Engel war in seiner Nähe, bereit, ihn in den dunklen Abgrund mitzureißen.

Giò versuchte, nicht mehr nachzudenken, alle Gefühle von sich zu weisen. Doch der Anblick der kleinen Rosalia verfolgte ihn. Sie wäre bereit gewesen, ihr Leben zu beginnen, Augen mit winzigen Wimpern, zarte Lippen und die Nase kleiner als seine Daumenkuppe.

Er blickte in den Himmel. Matte Sterne glänzten zwischen dunklen Wolken.

Warum?

Er ging bergauf, weg vom See und dem Dorfkern, wanderte ziellos die Hauptstraße entlang. Die Kälte kroch ihm in die Glieder, er konnte kaum noch die Finger krümmen, ohne dass es schmerzte. Das war gut, so konnte er sicher sein, dass er überhaupt noch etwas spürte.

An einem Steilhang längs der Straße blieb er stehen und starrte hinab. Alles ringsherum war weiß gepudert, und der See hob sich tiefschwarz davon ab, wie ein dunkles Loch in der Landschaft.

»Warum? Warum durfte sie nicht leben?« Giòs Stimme war heiser, sein Hals schmerzte und stach, als wäre er wund von den Schreien, die er nie ausgestoßen hatte.

»Du hättest ihr Vater sein sollen, Milo. Dich hat sie geliebt. Das wäre alles nicht passiert, würdest du noch leben.« Es war ihm egal, ob ihn jemand hören könnte. Weit und breit war keine Menschenseele unterwegs.

Er stand nahe an der Kante, ein paar Steine lösten sich und kullerten den Hang hinab. Giò lauschte dem Geräusch, bis es verklang.

Er versuchte Mitleid für Donatella aufzubringen, sich vorzustellen, was sie durchmachte, wenn sie begriff, dass das kleine Mädchen tot war. Es gelang ihm nicht. Vielleicht wäre sie sogar erleichtert, dass es nicht überlebt hatte? Was wusste er schon über Donatellas Beweggründe, ihr Leben?

Er dagegen hatte die Frau gefunden, die er liebte und die nun dachte, er wäre untreu und sorglos. Die Kluft zwischen ihnen war tiefer denn je. Und das alles wegen eines Menschenkindes, das in seinen Armen sterben musste.

Ein weiteres Steinchen löste sich.

Er sollte wütend auf Donatella sein, weil sie ihn verleumdete. Aber nicht einmal dazu brachte er die nötige Energie auf. Alles in ihm fühlte sich dumpf und leer an.

Wie einfach es wäre, sich dort hinunterzustürzen. Es würde ihn nicht umbringen, aber wenn ihn bis morgen früh niemand fand, würde er vermutlich erfrieren.

Giò zog die Schultern zusammen, fragte sich, warum der Gedanke so verlockend war. Er wollte kein Feigling sein, er stahl sich nicht aus der Verantwortung. Aber nun war er schon zum zweiten Mal vor Magdalena davongelaufen, hatte ihr jede Möglichkeit genommen, den Streit zu schlichten, sich zu versöhnen.

Damals, als er im April davongelaufen war, war es falsch gewesen. Die Strafe dafür hatte Donatella ihm heute in Rechnung gestellt.

Aber dieses Mal hätte es keinen Unterschied gemacht, wenn er geblieben wäre. Magdalena war davon überzeugt, dass er sie betrogen hatte.

Es würde ihm im Traum nicht einfallen.

Plötzlich schossen ihm die Tränen in die Augen. Lautes Schluchzen entrang sich seiner Kehle.

Hilflos schüttelte er die Faust gegen den Himmel. »Das wäre alles nicht passiert, Milo! Begreifst du das? Wir hätten uns mit den andern zurückgezogen, ich wäre nicht nach

Castiglione gegangen. Magdalena und ich wären uns nie begegnet.« Jetzt war es ausgesprochen.

Widerstrebend trat Giò mehrere Schritte zurück, weg von dem Abhang und seinem Sog. Er fiel auf die Knie und weinte hemmungslos.

Die Vorstellung, Magdalena nie kennengelernt zu haben, war nicht so schrecklich wie die Gewissheit, sie wegen einer Lüge zu verlieren.

Er war dabei gewesen, als Rosalias kurzes Leben begonnen hatte, er hatte sie in den Tod begleitet. Es war das Mindeste, ihr einen Namen zu geben, zu zeigen, dass sie wenigstens einem Menschen in dieser Welt nicht gleichgültig gewesen war – ganz unabhängig davon, was Donatella zu tun gedachte oder wie sie empfand.

Es war richtig. Es war zutiefst dämlich. Denn damit hatte er noch etwas kaputt gemacht, bevor es richtig begonnen hatte: die Möglichkeit auf ein glückliches Leben mit seiner Ehefrau.

Giò zitterte. Er krümmte sich nach vorne, konnte nicht aufhören zu weinen. Seine Augen brannten, die Kälte stach auf seine Haut ein, und es fühlte sich an, als würden die Tränen auf seinen Wangen gefrieren. Jeder Atemzug jagte ihm ein Stechen durch die Brust.

Mühsam leckte er sich über die Lippen, sie waren aufgeplatzt und salzig. Der Geschmack von Blut brachte ihn endlich wieder zur Besinnung. Er kämpfte sich auf die Beine, taumelte nach Hause, sein gesamter Körper erstarrter Schmerz. Die quälenden Bewegungen lenkten ihn ab, sodass er es bedauerte, als er endlich vor dem Gasthof stand. Die Haupttür war verschlossen. Giò brauchte mehrere Anläufe, bis er es schaffte, mit seinen tauben Fingern den Schlüssel zu drehen.

Einen Augenblick lang stand er in dem dunklen Empfangsraum und lauschte. Als sich nichts rührte, ging er in die Küche und holte sich eine Flasche Wein.

Oben in der Dachstube angekommen, warf er sich mit Mantel und Schuhen aufs Bett, drückte den Korken in die Flasche und trank sie in zwei Zügen leer.

Danach starrte er an die Zimmerdecke und wartete darauf, dass die betäubende Wirkung des Alkohols einsetzte. Oder darauf, dass er begriff, was in den letzten Stunden vorgefallen war und warum. Oder worauf es sich zu warten lohnte.

Er versuchte sich vorzustellen, wie Milo sich im Jenseits der kleinen Rosalia annahm, aber vergeblich, der Gedanke war zu kindisch. Vielleicht lebte man irgendwie weiter, vielleicht aber kam danach einfach nichts. So oder so blieb den Lebenden nur die Erinnerung.

Noch vor dem Morgengrauen hielt Giò es nicht mehr aus. Er kroch aus dem Bett und kam schwankend auf die Beine. Er fühlte sich kein bisschen besoffen, aber seine Gliedmaßen gehorchten ihm nicht so ganz. Lauter als beabsichtigt polterte er die Treppe hinab zu Magdalenas Kammer.

Er legte den Kopf an die Tür und lauschte. Als alles ruhig blieb, betrat er, so leise er es vermochte, den Raum.

Mutter und Tochter schliefen friedlich.

Giò trat an die Wiege und hob Pia heraus. Sie gluckste und schlug kurz die Augen auf, schlummerte jedoch friedlich weiter.

Giò zog den Mantel über sie und ging mit ihr in die Küche. Er wusste gar nicht, ob Gäste im Haus waren und wann jemand kam, um den Betrieb in der Küche aufzunehmen, im Moment lag alles dunkel und still.

Nach Möglichkeit ließ die Familie das Herdfeuer nie vollständig ausgehen, da es immer sehr lange dauerte, bis man es wieder vernünftig in Gang brachte. Zu Giòs Freude war das auch jetzt der Fall. Es brauchte nur ein paar Holzscheite auf die Glut, und schon bald verbreitete sich wohlige Wärme im Raum.

Er setzte einen Topf auf, um sich Tee zu kochen. Dann setzte er sich mit Pia an den Tisch und lehnte sich gegen die Wand.

Eigentlich könnte er den Mantel ausziehen, doch es war weich und gemütlich. Die Wärme des kleinen Körpers an seiner Brust breitete sich allmählich auch in seinem Inneren aus.

Giò schloss die Augen, fühlte sich zum ersten Mal seit seiner Ankunft ein klein wenig unbeschwerter.

Er schrak auf, als jemand seinen Namen rief. Pia war tief unter den Mantel gerutscht. Einen Moment lang überkam ihn Panik, sie könnte erstickt sein, doch dann reckte sie eine Hand und legte sie an seinen Hals. Giò lächelte.

»Was machst du?« Rosa stand vor ihm, seine jüngste Halbschwester. Sie zog ihren jüngeren Bruder Gianni an der Hand hinter sich her.

»Ich? Nichts. Und ihr? Seid ihr auf dem Weg zur Schule?« Giò setzte sich auf und unterdrückte ein Stöhnen, weil höllische Kopfschmerzen durch seine Schläfen hämmerten. Der Wein hatte die Erinnerung nicht auslöschen können, aber die Strafe für zu viel Alkohol in zu kurzer Zeit blieb ihm nicht erspart.

Valentina tauchte in der Küchentür auf, ihre älteste Tochter Clara folgte ihr. Giò blinzelte verwundert. Er hatte seine Halbgeschwister in den letzten beiden Jahren kaum zu Gesicht bekommen, und jetzt musste er feststellen, dass sie erwachsen wurden. Clara wurde im kommenden Februar dreizehn Jahre alt, falls er sich nicht irrte.

»*Buongiorno,* Giò«, rief sie mit einem scheuen Lächeln.

»*Buongiorno.*« Er zog eine Grimasse und fasste sich an den Kopf. Pia brummte ungnädig und begann zu zappeln.

Valentina schien mit einem Blick die Lage zu erfassen. Sie schob Clara resolut in Richtung der anderen beiden und scheuchte sie dann mit einer Handbewegung hinaus. Giò hörte ihr Lachen, während sie in Stiefel und Mäntel schlüpften, um hinauszulaufen. Genau wie er, Milo und Sophia vor so vielen Jahren würden sie eine gute halbe Stunde zur Schule laufen – vielleicht auch länger brauchen, falls sie irgendwelche aufregenden Entdeckungen am Wegesrand machten – und erst am Nachmittag zurückkehren.

Valentina neigte den Kopf und stemmte die Hände in die Seiten. »Was sitzt du hier mit dem Kind? Bist du eigentlich völlig verrückt geworden?«

»Mir geht es gut.« Giò wollte aufstehen, hob Pia auf den Arm. Sie gähnte.

»Grundgütiger, du stinkst wie eine ganze Kompanie! Wo bist du überhaupt gewesen? Ich habe mir Sorgen gemacht. Hast du die ganze Nacht hier gesessen?«

»Lassen Sie mich in Ruhe.«

»Gib mir die Kleine, ich füttere sie.«

Giò zögerte, doch dann übergab er Valentina seine Tochter. Andernfalls dachte sie noch, er hätte wirklich den Verstand verloren. In Worte fassen, was er tat und warum, konnte er auch nicht. Er verstand es selbst nicht, er erkannte nur, wie einsam er sich plötzlich fühlte.

Valentina stellte ihm einen Becher Tee vor die Nase. »Trink.«

»Danke.« Er legte die Hände um das heiße Gefäß.

»Mein Junge.« Valentina setzte sich neben ihn, Pia auf

einem Knie balancierend, die zufrieden an einem Kanten Brot herumlutschte. »Das renkt sich alles wieder ein, wirst sehen.« Sie tätschelte seinen Unterarm.

Er konnte sie nicht ansehen, schämte sich und wusste gar nicht, warum. Schluck für Schluck nippte er am Tee, ein undefinierbares schwarzes Gebräu, das seine Lebensgeister allmählich wieder weckte. Gegen den Kopfschmerz half er wenig.

»Donatella hat das Kind letzte Nacht verloren.«

Valentina bekreuzigte sich und murmelte etwas bei sich, was wie »Besser so« klang, aber Giò war nicht sicher.

Er streckte sich ein wenig und rieb sich die Schläfen. »Ich habe es anerkannt.«

»Wie bitte?«

Er stemmte sich hoch und war erstaunt, wie viel Mühe es ihm machte, aufrecht zu stehen. Sein Blick verschwamm. Er schluckte gegen die Übelkeit an, die ihm die Kehle emporkroch.

»Ich gehe rüber zu Onkel Danilo. Falls mich jemand sucht.« Er wagte nicht einmal daran zu denken, dass Magdalena ihn sehen wollte.

»Giò!«

Er kam bis zur Tür, als Valentina endlich ihre Stimme wiedergefunden hatte.

»Ja?« Er hielt sich im Türrahmen fest und drehte sich zu ihr um.

Sie lächelte unsicher und strich Pia über das Köpfchen. »Manchmal braucht es nicht viel, um das Richtige zu tun. Gott schütze dich, mein Sohn.«

Er nickte und wandte sich ab. Falls seine Stiefmutter ihm damit eine Botschaft hatte übermitteln wollen, entging sie ihm.

Er durchquerte den Empfangsraum, in dem Valentina bereits mehrere Lampen entzündet hatte. Trotzdem erschrak er zu Tode, als Magdalena aus der Dunkelheit am Treppenansatz auftauchte.

»Du wagst es, hier wieder einfach so aufzukreuzen?«

»Das ist *mein* Elternhaus, meine Familie, falls dir das entgangen ist!«, fuhr er wütend auf.

»Wo ist Pia?«

»In der Küche, bei Valentina.«

Normalerweise fiel es ihm schwer, aus Magdalenas Miene herauszulesen, was sie gerade dachte. Nicht so an diesem Morgen. Abscheu stand ihr ins Gesicht geschrieben, blanke Wut brannte in ihren Augen.

Giò machte einen hilflosen Schritt auf sie zu. »Hör zu …«

»Lass mich in Ruhe, mich und meine Tochter«, fauchte sie. »Das hättest du dir früher überlegen müssen, wenn ich dir nicht gut genug bin!«

»Magdalena, ich …« Er packte sie am Arm. Er wollte sie an sich ziehen, sie in die Arme schließen, sich entschuldigen und ihr alles erklären. Sie musste ihm glauben, dass er nichts Unrechtes getan hatte. Wie sollten sie sonst den Rest ihres Lebens miteinander auskommen?

»Fass mich nicht an!« Sie riss sich los und verzog verächtlich den Mund. »Du stinkst erbärmlich, geh mir aus den Augen!«

»Warum lässt du mich nicht erklären?«

Sie hielt inne.

Er fühlte sich von ihrem Blick regelrecht durchbohrt.

»Gibst du zu, dass du der Vater von Donatellas Kind bist?« Ihre Stimme war schärfer als ein Rasiermesser.

Das war die falsche Frage. Giò schluckte, fand keine Worte. Es gab nichts zuzugeben, aber er hatte Rosalia anerkannt.

Und so sicher er war, dass er nicht ihr leiblicher Vater war, so wenig zweifelte er daran, dass Pia seine Tochter war. War das der Grund, weshalb Magdalena ihm das überhaupt zutraute? Weil er ihr Ungeborenes anerkannt hatte, ohne einen Moment zu zögern oder misstrauisch zu sein?

Die Gedanken in seinem Kopf verknoteten sich, ergaben einfach keinen Sinn mehr.

Er hielt ihrer offensichtlichen Abscheu nicht mehr stand. »Du findest mich bei meinem Onkel.« Mit diesen Worten verließ er das Haus.

17. Malcesine am 30. Dezember 1860

Energisch klopfte Magdalena an die Tür. Agatas griesgrämige Miene hellte sich sofort auf, als sie die Besucherin erkannte. »Was gibt es?«

»Darf ich reinkommen? Ich möchte Sie etwas fragen.«

»Sicher, setz dich dort an den Tisch, ich mache dir einen Tee.«

Magdalena duckte sich unter dem niedrigen Türsturz hindurch und betrat den großen Raum, der zugleich Stube und Küche war. An zwei von vier Wänden liefen Regale über die gesamte Länge, auf denen unzählige Tiegel, Glasflaschen und Körbe standen. Der Tisch, an den sie sich setzen sollte, war mit Tüchern bedeckt, auf denen verschiedene getrocknete Kräuter gehäuft waren. Es machte ein wenig den Eindruck einer Hexenküche, wobei Magdalena nur zu gut wusste, dass Agata ihrer Profession als Hebamme mit größter Gewissenhaftigkeit nachging und über erstaunliches Wissen moderner medizinischer Erkenntnisse verfügte, woher auch immer sie diese bezog.

Magdalena wartete geduldig, bis die alte Frau ihr einen dampfenden Becher vor die Nase gestellt und sich ihr gegenübergesetzt hatte.

»Es geht um Donatella«, begann sie zögerlich, als sie der Aufmerksamkeit der Hebamme gewiss war. »Vielmehr um das Kind.«

»Das Kind, von dem sie behauptet, dein Giò wäre der

Vater. Und das er anerkannt hat.« Agata schnaubte entrüstet.

Magdalena beobachtete sie genau. »Glauben Sie es?«

»Hast du ihn gefragt?«

»Ja.«

»Was hat er geantwortet?«

»Nichts.«

»Nichts?«

»Er hat zugegeben, dass er an dem Abend bei Donatella gewesen ist. Theodore, der Bäckergeselle, hat gesehen, wie er am Morgen danach das Haus verlassen hat. Zu allem anderen hat er ausweichend geantwortet oder geschwiegen. Offenbar ist es ihm gleichgültig, was ich denke.«

»Was meinst du, stimmt es?«

Magdalena ließ den Becher von einer Hand in die andere wandern. »Er und Donatella kennen sich schon so lange. Zudem sagt man eine Menge über sie im Dorf, oder? Das wissen Sie so gut wie ich, es ist ein offenes Geheimnis.«

»Nun ja. Da gibt es ein paar alte Geschichten. Zumindest dein Mann ist irgendwann erwachsen geworden. Von Donatella kann ich das nicht behaupten.« Agata lächelte grimmig und nippte an ihrem Tee. »Aber noch mal: Glaubst du, dass dein Giò der leibliche Vater der kleinen Rosalia ist? Gott erbarme sich ihrer kleinen Seele.« Sie bekreuzigte sich.

Magdalena dachte lange über die Antwort nach. »Nein«, meinte sie endlich. »Er möchte, dass ich ihm glaube. Und ich möchte ihm glauben, dass er nicht der Vater ist.«

Agata seufzte tief. »Mach es dir nicht so schwer, Magdalena.« Sie stand auf, zog einen Mörser mit Stößel heran und fing an, verschiedene Kräuter zu mischen und zu zerstampfen. »Ich habe jeden, der jünger als dreißig Jahre ist, hier im Dorf auf die Welt gebracht. Giò und alle seine Geschwister.

Giò und Milo, die beiden waren eine Plage. Kaum dass sie alt genug waren, sind sie im Dorf herumgestreift, meistens über die Dächer, haben geklaut wie die Raben, das Vieh geärgert, sich mit den anderen Jungs geprügelt und sich vor ihren Pflichten gedrückt, wo sie nur konnten.« Agata verlieh jedem Wort mit kräftigem Stampfen Nachdruck. Sie nahm einen kleinen Stoffbeutel, füllte die Kräutermischung hinein und begann wieder von vorne. »Ich hoffe, ich zerstöre den guten Ruf deines Ehemannes nicht allzu sehr, wenn ich dir verrate, dass er seine ersten Erfahrungen mit ebenjener Donatella gemacht hat. Genau wie sein Cousin. Und einige andere Burschen.« Agata grinste listig. »Frag nicht, woher ich das weiß. Im Grunde geht es mich erst etwas an, falls sich daraus Konsequenzen ergeben, nicht wahr?«

Magdalena nickte wider Willen, während sie sich kaum von den rhythmischen Bewegungen des Stößels losreißen konnte, die eine geradezu hypnotische Wirkung auf sie hatten. Oder war es der Tee? Hatte die Hebamme ihr etwas beigemischt, das sie beruhigen sollte? Sie wollte sich nicht beruhigen, es ging um ihren Mann und seine Eskapaden!

Agata ließ den Stößel mit einem dumpfen Klicken in den Mörser fallen und stemmte die Hände in die Hüften. »Und jetzt sag ich dir zwei Dinge: Giò mag ein Rabauke gewesen sein, aber weder er noch Milo waren jemals bösartig oder grausam. Außerdem haben beide niemals gelogen. Nie! Sie hatten das einfach nicht nötig, weißt du? Wenn man sie einmal erwischt hat, haben sie sich meistens mit Charme und Witz herausgewunden. Für mich ist daher eines sicher: Solange Giò dir gegenüber nicht klar und deutlich ausspricht, dass er der Vater von Donatellas Balg ist, ist er es nicht. So einfach.«

Magdalena wartete, doch als sie weiter schwieg, fragte sie: »Und die zweite Sache?«

»Ich will jetzt endlich wissen, was du denkst. Was sagt dir dein Herz?«

Magdalena fuhr sich mit der Zunge über die trockenen Lippen. »Ich weiß nicht, was ich glauben soll. Ganz zu Anfang, da hatte ich Zweifel. Ich traue Giovanni nicht zu, dass er mich auf diese Weise hintergeht. Das Erste, was er sagte, war, dass es unmöglich sei. Doch dann gab er zu, in jener Aprilnacht bei ihr gewesen zu sein. Genau, wie Sie es sagten, er hat nicht einmal versucht, mich anzulügen. Aber er hat sich seltsam verhalten, ich wurde misstrauisch. Und am nächsten Morgen stand er vor mir und hatte das Kind anerkannt. Warum würde er das tun, wenn es nicht der Wahrheit entspricht? Denken außerdem nicht alle Eheleute, dass sie einander treu sind? Bis sie eines Besseren belehrt werden?« Und hatte er darüber hinaus nicht Grund genug, sich bei einer anderen zu suchen, was sie ihm verweigerte?

Agata lächelte mitfühlend. »Das ist leider nur allzu wahr. Auch mein Urteil ist in dieser Hinsicht nicht unfehlbar. Aber ich gebe dir gern Gewissheit.«

Magdalena wagte nicht mehr zu atmen. Sie umschloss mit einer Hand das Medaillon, sein verspätetes Hochzeitsgeschenk.

Die Hebamme setzte sich wieder. »Das Kind kam viel zu früh. Donatella ist am Tag der Geburt gestürzt, und der Zeitpunkt war denkbar ungünstig. Wann wurde deine Pia geboren?«

»Am 16. April.«

Agata zählte an den Fingern ab und murmelte ein paar Zahlen. »Dem Kind fehlten noch mindestens sechs Wochen. Das ist eine besonders kritische Zeit. Giò hätte also Anfang oder Mitte Mai hier sein müssen, um der Vater zu sein.«

»Da war er in Peschiera oder wo auch immer ihn seine

Offiziere hingescheucht haben. Er ist nach Pias Geburt erst im Spätsommer wieder hier gewesen.«

Agatas Blick wurde sanft.

Magdalena überlief eine Gänsehaut. Sie schämte sich, und zwar gründlich. Giovanni hatte ihr nie einen Anlass gegeben, an ihm zu zweifeln. Stattdessen hatte sie dem Geschwätz geglaubt.

»Viel interessanter ist doch die Frage«, drang Agatas Stimme leise in ihre Gedanken, »warum er Rosalia anerkannt hat? Wenn es nicht stimmt? Er hätte mich als Zeugin anrufen können, es war zweifelsfrei eine Verleumdung.«

»Wissen Sie, wer der leibliche Vater ist?«

»Ich habe eine Vermutung.«

Magdalena stützte den Kopf in die Hände. Der Weg, den ihre Gedanken gerade nahmen, gefiel ihr ganz und gar nicht.

»Warum ist er so dumm? Warum übernimmt Giovanni die Verantwortung für etwas, das er nicht getan hat?«, überlegte sie laut. Und was bedeutete das eigentlich für sie? Glaubte er ihr, dass Pia sein Kind war? Hatte er sich die Frage gestellt? Traute er ihr zu, sie könnte ihm ein Balg unterschieben?

»Magdalena.«

Sie schaute auf.

Agatas Augen funkelten dunkel, um ihren Mund lag Tadel. »Ist es Dummheit? Wie gut kennst du Giò wirklich?«

»Er ist ungebildet, aber nicht dumm. Aber er …« Sie stockte. »Er lässt sich ausnutzen.«

»Von wem? Zu welchem Zweck?«

»Donatella nutzt seine Gutmütigkeit aus.«

»Darauf würde er sich nicht einlassen. Er weiß, dass sie einsam ist, doch er ist ihr nichts schuldig. Nein, für sie würde er das nicht tun, da kannst du sicher sein.«

»Das verstehe ich nicht.«

»Versuche einmal, an denjenigen zu denken, dem Giòs Handeln am meisten nutzt.«

Magdalena runzelte die Stirn, bis Agata ungeduldig mit der Zunge schnalzte.

»Was ist ein Kind wert, das keinen Namen hat? Bei dem die Spalte *Vater* im Kirchenbuch leer bleibt? Nur ein Vermerk *unbekannt* oder *spurius.* Was kann es im Leben erreichen?«

»Nichts.« Magdalena senkte ihre Stimme zu einem Flüstern. »Es ist ein Niemand, am Rande der Gesellschaft.« Sie erschauderte. Die Reputation der Familie di Lucca, das Vermögen ihres Vaters, diese Einflussmöglichkeiten hätten Pia vielleicht davor bewahrt, doch ein Stigma wäre geblieben. Ohne sich dessen bewusst gewesen zu sein, war es auch Magdalenas Bestreben gewesen, dem Ungeborenen dieses Schicksal zu ersparen, entweder durch Heirat oder Kloster. Bei allen damals denkbaren Möglichkeiten war es keine Option gewesen, das Kind ohne Vater im Haushalt auf die Welt zu bringen und zu erziehen.

Sie blickte Agata an. »Er hätte es also nicht für Donatella getan, sondern für das Kind. Sogar auf meine Kosten.«

»Nun mach dich nicht klein, Magdalena. Was gibst du auf das Gerede? Du bist stark und wärst darüber hinweggekommen. Dein Ehemann wäre nicht der Erste und würde nicht der Letzte sein, der einen Bastard zeugt. Mit dem feinen Unterschied, dass es in diesem Fall nicht stimmt.«

»Es war ein falsches Eingeständnis. Im Gegenzug hätte Rosalia eine Chance auf ein besseres Leben bekommen.«

»Klingt ganz nach Giovanni Martini.«

»Aber die Kleine hat nicht überlebt. Warum hat er es dennoch getan?«

»Das weiß ich wirklich nicht. Aber ich vermute, dass er ein Zeichen setzen wollte. Die Kleine ist in seinen Armen gestorben. Für ihn ist es nicht wichtig gewesen, wer der leibliche Vater ist.« Agata lächelte wieder ihr mildes Lächeln. »Valentina und er sind auch nicht blutsverwandt, doch ich kann mich nicht entsinnen, dass es für die beiden irgendeinen Unterschied gemacht hat. Sie hat sich sogar um Milo gekümmert, nachdem dessen Mutter gestorben ist. Sie hat es Giò vorgelebt. Dabei war Roberto Martinis Heirat mit Valentina zu Beginn ein reines Zweckbündnis, ist ja nichts Ungewöhnliches. Aber die gesamte Familie hat einander schätzen und lieben gelernt.« Ihr Blick verlor sich, Anerkennung lag darin. »Was macht es also, wenn die kleine Rosalia nicht von seinem Blut ist? Die wenigen Minuten, die ihr auf Erden vergönnt waren, war er bei ihr, hat er sie wie ein Vater begleitet. Das ist, was für ihn zählte, zumindest glaube ich das.«

Magdalena war völlig durcheinander. Sie verabschiedete sich. Und während sie zurück zum Gasthof lief, konnte sie sich nicht entscheiden, ob sie Giovanni nun für einen gottverlassenen Trottel oder aber für einen menschenfreundlichen Helden halten sollte.

Am Nachmittag hatte sie eine Entscheidung getroffen. Gerade als sie ihre alte Reisetasche aus einem Winkel ihres Zimmers hervorkramte, erwischte Valentina sie.

»Magdalena? Willst du verreisen? Ist etwas mit deinem Vater?«

»Wie bitte? Nein. Es geht ihm sicherlich gut. Aber ich muss nach Peschiera. Ich muss mit Giovanni sprechen.« Sie legte die Tasche aufs Bett und öffnete sie.

»Nach Peschiera? Du weißt doch gar nicht, ob er dort ist,

sie scheuchen die Soldaten doch ständig durch die Weltgeschichte.«

»Dann habe ich Pech gehabt. Aber ich möchte es wenigstens versuchen.« Sie nahm warmes Unterzeug aus einer Kommodenschublade und legte es in die Tasche.

Bevor sie weiter packen konnte, ergriff Valentina ihre Hand und zwang sie, sie anzusehen. »Was ist geschehen?«

Magdalena konnte ihrem Blick nicht standhalten. »Ich muss mich bei meinem Mann entschuldigen.«

»Du dich bei ihm? Hätte er nicht einen viel besseren Grund, es zu tun?«

»Er war es nicht.« Sie schüttelte heftig den Kopf. »Er ist nicht der Vater von Donatellas Kind.«

»Bist du sicher?«

»Agata hat es mir gesagt. Sie weiß es.«

»Sieh einer an.« Valentina setzte sich aufs Bett.

Magdalena faltete eine Strickjacke und legte sie in die Tasche. »Sie fanden es gar nicht schlimm, wenn er der Vater gewesen wäre, oder?«

»Na ja, so einfach ist es nicht. Natürlich war ich enttäuscht, dass Giò dir so etwas antut. Aber viel wichtiger war mir, dass er die Verantwortung für sein Handeln übernimmt. Das hat er noch immer getan. Und was geschehen ist, ist geschehen. Menschen sind so, es hat gar keinen Sinn, lange darüber zu hadern. Donatella hat es ohnehin nicht einfach. Jetzt wird sie endgültig keinen Ehemann mehr finden.« Sie hob den Kopf, und ihr Blick wurde unnachgiebig. »Aber das ist gottlob nicht Giòs Schuld, darüber bin ich erleichtert.«

Mit einem Mal stürzte die nächste Erkenntnis auf Magdalena ein. Hastig ließ sie sich neben Valentina aufs Bett fallen und drückte ihre Hand. »Bitte verzeihen Sie mir, ich bin fürchterlich undankbar. Ich sollte nicht vergessen, dass Sie mich unter ähnlichen Umständen kennengelernt haben. Es war alles andere als selbstverständlich, dass Sie mich aufgenommen haben.«

»Ach, Kind, lass es gut sein. Eine Frau in Not aufzunehmen ist ein Gebot der Nächstenliebe. Und auch in deinem Fall habe ich von meinem Sohn erwartet, dass er die Verantwortung übernimmt.« Valentina tätschelte ihre Hand. »Außerdem, du und Donatella, das ist doch nicht ganz dasselbe. Giò liebt dich und Pia.«

Magdalena errötete. »Meinen Sie? Ich habe so oft den Eindruck, er habe mich mehr aus Pflichtgefühl geheiratet.«

»Warte ab, nächstes Jahr im Herbst ist sein Militärdienst zu Ende und wir müssen die neuen Zimmer bewirtschaften. Wenn er zurückkommt, fangt ihr ganz von vorne an.«

Magdalena nickte versonnen. »Dann ist es umso wichtiger, dass ich jetzt zu ihm fahre. Ich habe ihm nicht geglaubt, dafür verdient er eine Entschuldigung.«

»Es wird gleich dunkel, warte wenigstens bis morgen, dann nimmst du die erste Kutsche. Und wenn seine Einheit ausgerückt ist, kommst du umgehend zurück. Diese Garnisonsstadt ist kein Ort für dich.«

»Versprochen.«

»Nimmst du Pia mit?«

»Warum nicht? Wenn Giovanni da ist, wird er sie sehen wollen. Da würde er mir wiederum nicht verzeihen, wenn ich sie nicht bei mir habe.«

18. Peschiera am 31. Dezember 1860

ALS MAGDALENA MIT der dick vermummten Pia auf dem einen Arm, die Tasche in der anderen Hand vor der Kaserne stand, hätte sie beinahe wieder der Mut verlassen. Der Bau war schon durch seine Größe einschüchternd, die Fassade mit den vergitterten Fenstern abweisend. Diese Art der Machtdemonstration und militärischen Stärke war natürlich sinnvoll. Aber die Bauten in Venedig hatte sie nie so empfunden. Wenn sie zum Beispiel an die roten Backsteinmauern des Arsenale mit seinen weiß abgesetzten Fensterbuchten und den Türmen mit Schwalbenschwanzzinnen dachte, so hatten die Erbauer dort Wert auf ästhetische Gestaltung gelegt. Dieses moderne Gebäude, vor dem sie stand, war dagegen wuchtig, grob und funktional.

Hier sollte sie nach Giovanni Martini fragen und warten.

Sie streckte den Rücken durch und wandte sich an den Wachtposten vor dem Tor. Ohne große Umstände wurde sie in einen kahlen Raum geführt und gebeten zu warten. Es gab keine Fenster, nur zwei Oberlichter ohne Scheiben, durch die es zog, sodass es kaum wärmer als draußen war. Magdalena hatte sich auf einen der beiden Stühle gesetzt, die um einen ramponierten Tisch standen, doch schon bald wanderte sie auf und ab, die schlafende Pia wiegend.

Es dauerte endlos, zweimal hörte sie in der Ferne Kirchenglocken zur Viertelstunde schlagen. Endlich öffnete sich die Tür, und ein Soldat trat ein. Im ersten Moment hätte Magdalena ihn in der Uniform beinahe nicht erkannt, doch er war es.

Sie lächelte breit. »Du bist hier, Gott sei Dank! Ich hatte schon Befürchtungen, dass sie dich irgendwo die Grenze entlanghetzen.«

»Ich hatte dieses Mal Glück. Ich darf Gewehre reinigen.« Er machte eine unbestimmte Geste in Richtung der Lichtschächte. Dann schien ihm bewusst zu werden, dass sie sich – wieder einmal – im Streit getrennt hatten. Seine Miene verfinsterte sich. »Was willst du hier?«

Pia räusperte sich. Giovanni neigte den Kopf und sah auf ihr Kindergesicht hinab, das zwischen Mütze, Schal und Mantelkragen kaum zu sehen war. Kurz entschlossen löste Magdalena das Tragetuch und hielt ihm das Kind entgegen. Sein Blick wurde weich. Er setzte sich auf den Stuhl und hob die Kleine auf den Schoß. Sie lachte, drehte sich zu ihm und patschte ihm ans Kinn.

Das Kind mitzunehmen war die richtige Entscheidung gewesen. Es machte vieles einfacher, Pia war die Brücke zwischen ihnen.

Magdalena nahm allen Mut zusammen. »Ich wollte mich bei dir entschuldigen. Ich schäme mich, weil ich dir nicht geglaubt habe.«

Giovanni schaute zu ihr auf, erstaunt und misstrauisch. »Woher dieser Sinneswandel?«

»Ich … ach … Es tut mir so leid. Ich weiß doch, wie charmant Donatella sein kann. Sie ist deine Freundin. Wir dagegen kennen uns kaum …«

»Und ich bin auch nur ein Mann, der, wie jeder, den Reizen einer schönen Frau nicht widerstehen kann?«

»Ja. Nein! So meinte ich das nicht. Ich war dumm …« Sie wusste nicht weiter. Seit dem Gespräch mit Agata war das

Verlangen übermächtig gewesen, ihn um Verzeihung zu bitten. Darüber hinaus hatte sie sich keine Gedanken gemacht. Am liebsten wäre sie Giovanni einfach um den Hals gefallen. Aber da saß Pia. Es konnte jemand reinkommen. Und vor allem: Würde er ihr verzeihen? Was, wenn er gar nichts mehr mit ihr zu tun haben wollte? Hilflos ließ sie die Arme sinken.

Er dagegen saß einfach nur da. Mit einer sanften Geste wehrte er Pia ab, umfasste ihre winzigen Hände mit seiner. Magdalena sah, dass er die Finger nur notdürftig gereinigt hatte, in den Falten klebte noch Schmieröl, seine Fingernägel hatten dicke schwarze Ränder. Das sah ihm gar nicht ähnlich.

Er blickte zu Boden, schien nachzudenken.

Dann sah er ihr mitten ins Gesicht.

Magdalena hielt den Atem an, als sich sein zaghaftes Lächeln von einem Mundwinkel aus über das gesamte Antlitz ausbreitete, bis es die Augen erstrahlen ließ. Vor Erleichterung hätte sie beinahe aufgeschluchzt.

Giovanni erhob sich, auf dem einen Arm das Kind, umschlang er sie kurz mit dem anderen und hauchte ihr einen schnellen Kuss auf die Wange. Sein Körper war trotz der Kälte und des rauen Uniformstoffs warm, er roch nach Metall und Spiritus.

»Kannst du bis morgen bleiben?«, fragte er nahe an ihrem Ohr. Sein Atem jagte ihr einen kurzen Schauder über die Haut.

»Es hat mich viel Zeit gekostet, dich zu finden. Daher sollte ich auf jeden Fall übernachten, aber ich habe noch keine Unterkunft.« Sie sah ihn fragend an.

Er nickte. »Du verlässt Peschiera durch die Porta Verona und folgst dem Weg entlang des Mincio. Nach ungefähr einer halben Stunde kommst du zu einer winzigen Siedlung, es sind knapp ein halbes Dutzend Häuser. Das erste direkt rechts der Straße mit dem Garten zum Fluss gehört Flavia Cacciatore. Sie wird euch für die Nacht unterbringen.«

»Einfach so? Wer ist sie?«

Giovanni lachte leise. »Sie ist so etwas Ähnliches wie Agata Veronese. Nur ihr Schwerpunkt ist ein wenig anders gelagert.«

»Wie meinst du das?«

»Na ja.« Er schaute betreten auf seine Fußspitzen, als habe er schon zu viel gesagt. Aber Magdalena dachte an die wenigen Frauen, die sie auf dem Weg zur Kaserne gesehen hatte, und begriff. Signora Cacciatore war Hebamme, doch vermutlich war den Frauen hier mehr daran gelegen, erst gar keine Kinder zu bekommen, statt sie mit ihrer Hilfe auf die Welt zu bringen. »Schon gut. Ich werde mich an sie wenden.«

Giovanni grinste schon wieder. »Sag ihr, dass sie auf meine Kochkünste verzichten muss, wenn sie euch nicht aufnimmt.«

»Ich glaube nicht, dass es nötig sein wird, ihr derartig wüst zu drohen.«

Sie lachten, und Magdalena fühlte sich auf einmal ganz leicht und frei. Es war doch erstaunlich, wie normal und unbeschwert sie miteinander umgehen konnten. Sie mussten nur eine Strategie finden, diese Momente zu bewahren und auszubauen.

Giovanni übergab ihr Pia mit einem letzten sehnsüchtigen Blick. »Ich habe noch bis sechs Uhr Dienst, dann komme ich, so schnell ich kann, zu euch. Ich bringe Doktor Nonnschläger mit, und wir feiern gemeinsam den letzten Abend des Jahres.«

»Martini, ja?« Die alte Frau zwinkerte mehrmals, musterte Magdalena von oben bis unten und beäugte Pia nicht weniger kritisch. »Und der Junge meint, ich könnte hier seine Bagage unterbringen. Was glaubt er, wie viel Platz in meinem Haus ist?«

Magdalena machte eine abwehrende Geste. »Ich möchte keine Umstände machen, es gibt sicherlich einen Gasthof …«

»Unsinn, kommt schon rein, ich habe es nicht so gemeint. Aber mehr als ein paar Strohsäcke und Decken vor dem Kamin kann ich dir wirklich nicht bieten. Und falls dein Mann bleiben möchte, muss er zusehen, wo er Platz findet.« Sie winkte Magdalena ins Haus.

Drinnen war es erstaunlich warm und geräumiger als erwartet. Ein munteres Feuer prasselte im offenen Kamin, auf einem Herd dampften zwei Töpfe. Auf dem Boden lagen dicke Schichten Teppiche. Über den Fenstern hingen ebenfalls aufgerollte Teppiche. Dennoch zog Signora Cacciatore ihr wollenes Schultertuch enger um den Kopf. »Entschuldigen Sie, es ist nicht sehr warm hier drin. Im Sommer halten die Wände die Wärme draußen, aber im Winter ist es schwierig. Es ist ein altes Haus. Sie haben mir schon eine Wohnung in einem modernen Gebäude am Stadtrand von Peschiera angeboten. Es wäre sogar besser, der Weg in den Ort wäre viel kürzer. Aber ich mag mich nicht recht trennen.« Sie lächelte ein fast zahnloses Lächeln. »Das Haus, der Garten und ich, das gehört zusammen. Wo sollte ich in so einer Wohnung meine Kräuter großziehen?«

»Mit Verlaub, Ihr gesamtes Anwesen ist fantastisch, Signora. Ich kann mir gut vorstellen, dass es im Sommer dem Garten Eden sehr nahe kommt. Sogar jetzt strahlen die Obstbäume und Beete etwas aus.« Magdalena gingen die Worte aus. »Als wäre das Ganze ein lebendiges Wesen.« Rasch setzte sie Pia auf die Bank vor dem großen Esstisch, um sich ihre Verlegenheit nicht anmerken zu lassen. Was redete sie denn da?

»Schon gut«, schmunzelte die Alte und hob Pias Kinn. Die Kleine schaute mit riesigen Kleinkinderaugen hinauf.

»Das ist also eure Tochter, ja? Deine und Giòs. Ist sie gesund? Macht sie Probleme?«

»Ganz im Gegenteil, wenn ich höre, wie es so mancher Mutter ergeht, kann ich mich glücklich schätzen. Sie ist ein braves Kind. Vor allem, wenn sie mit ihrer Cousine Lucia zusammen ist.«

»Darf ich sie untersuchen?«

Magdalena stutzte. »Wozu? Wie ich sagte, sie ist gesund und munter. Die Hebamme in unserem Dorf ist sehr fähig.«

Signora Cacciatore presste die Lippen zu zwei schmalen Schlitzen zusammen und schaute unter halb gesenkten Lidern auf.

Jetzt wurde Magdalena erst recht misstrauisch. »Was ist los? Hat mein Mann etwas erzählt, von dem ich wissen sollte?«

»Nein, ganz bestimmt nicht.« Signora Cacciatore richtete sich auf und zupfte ein paar unsichtbare Flusen von ihrer Strickjacke. »Es war nur ein Angebot. Manchmal sieht ein zweites Paar Augen, was dem routinierten Blick entgangen ist. Aber die Entscheidung liegt ganz bei dir.« Sie wandte sich zum Herd. »Für heute Abend gibt es geschmortes Kaninchen, genug für eine weitere Esserin. Ich habe für unsere kleine Feier ein wenig echtes Kaffeepulver aus Triest gekauft. Wie sieht es aus, möchtest du probieren?«

»Sehr gern.« Mit einem Nicken gab Magdalena außerdem zu verstehen, dass sie über das Angebot zur Untersuchung ihrer Tochter nicht nachdenken wollte.

Ihre Gastgeberin verlor kein weiteres Wort darüber. Stattdessen schlug sie vor, gemeinsam das Gemüse zu putzen.

Magdalena gab sich alle Mühe, doch ihr entging nicht, wie Signora Cacciatore einige Male die Augen gen Himmel verdrehte.

Es war ihr selbst peinlich, dass sie so unbeholfen mit dem Küchenmesser herumfuchtelte. Doch wie sollte sich das ändern, wenn im Hause Martini Giovannis Vater den lieben langen Tag den Kochlöffel schwang? Er ließ sich ungern in der Küche reinreden, und außer von Schwiegersohn Giancarlo oder noch seltener Sophia nahm er keine Hilfe an. Valentina hatte Magdalena irgendwann zu verstehen gegeben, dass es vergebene Liebesmüh wäre. Ihr Kochkünste, so gab sie zu, waren ebenfalls eine Katastrophe, dafür wäre ihr Mann mit der Buchhaltung aufgeschmissen und hier konnte auch Magdalena große Unterstützung leisten. So hatte jede und jeder im Gasthof einen Platz.

Es wurde dunkel, Signora Cacciatore klappte die Fensterläden zu und rollte die Teppiche vor die Fensterbuchten. Der Tisch war mit Tannenzweigen geschmückt, und die Stimmung war festlich. Magdalena überkam ein innerer Friede, wie sie ihn seit vielen Jahren nicht empfunden hatte. Vielleicht wurde ab jetzt doch alles gut.

Es klopfte, und Giovanni stand mit Doktor Nonnschläger vor der Tür. Mit einer fröhlichen Begrüßung drückte er Signora Cacciatore zwei Weinflaschen in die Hand und hauchte Magdalena einen scheuen Kuss auf die Wange. Seine Lippen waren winterkalt und spröde, und doch war die Geste voller Wärme. Sie lenkte Magdalena im ersten Moment vom Anblick Doktor Nonnschlägers ab. Kaum dass sie ihn sah, verbarg sie rasch ihr Entsetzen hinter ihrem Porzellangesicht.

Der Mann war seit ihrer letzten Begegnung vorletzten Sommer sichtlich gealtert, die Haare hingen ihm viel zu lang in grauen Strähnen in die Stirn, ein Wirbel stand sogar ab. Er schien zudem stark an Gewicht verloren zu haben, sein Gesicht war von tiefen Falten durchzogen. Seine Hände zitterten kaum merklich, als er seinen Mantel auszog, der falsch geknöpft gewesen war. Giovanni stützte seinen Mentor und führte ihn an den Tisch, jedoch so unauffällig, dass es Magdalena kaum aufgefallen wäre, hätte sie nicht diese anderen Kleinigkeiten bemerkt. Was stimmte mit dem Arzt nicht?

Seine Scharfzüngigkeit hatte Doktor Nonnschläger allerdings nicht eingebüßt, und so wurde es ein munteres Essen, nachdem Giovanni auf Signora Cacciatores Bitte hin die Kaninchen noch einmal mit ein paar Kräutern verfeinert hatte.

Es war Magdalena ein Rätsel, wie er das machte. Die dicke dunkle Soße war zuvor schon köstlich gewesen, doch er griff zielsicher in die Vorräte seiner Gastgeberin, wie er das offenbar schon häufiger getan hatte.

»Ingwer an das Karottengemüse und Kardamom für das Kaninchen«, erklärte Giovanni.

»Den Kardamom hatte mir der Händler eigentlich für den Mokka mitgegeben, sei's drum. Und mein kostbarer Ingwer? Hol mich der Teufel«, knurrte Signora Cacciatore böse, doch ihr anerkennender Seitenblick verriet sie.

»Solange es schmeckt, ist es wohl angemessen. *Salute!*« Doktor Nonnschläger hob seinen Weinbecher, prostete lächelnd in die Runde und setzte sich an seinen Platz.

Als Magdalena dann bei Tisch den ersten Bissen nahm, verstand sie, was die beiden meinten. Der Geschmack war unbeschreiblich, herb oder süß und scharf, alles zugleich. Unvermittelt schossen ihr Bilder und Erinnerungen durch den Kopf, längst vergessene Schlaglichter ihrer Vergangenheit, der Hafen von Venedig, die Überfahrt nach China, das exotische Essen, ihr Vater.

Sie hatte seit ihrer Flucht von zu Hause kein Bedürfnis gehabt, sich mit Salvatore di Lucca auszusöhnen, zu bitter war ihr Abschied voneinander gewesen. Sie hatte ihm – um Valentina nicht vollkommen anlügen zu müssen, die beständig drängte – mitgeteilt, dass sie nun verheiratet war – ohne Absender, damit er sie nicht ausfindig machen konnte, falls er es überhaupt wollte. Das hatte genügt. Bis jetzt. Zum ersten Mal überkam sie Wehmut, alles wiedergutzumachen, sich mit dem Mann auszusöhnen, der so viele Jahre der wichtigste Mensch in ihrem Leben gewesen war. Hätte sie hier und jetzt die Gelegenheit gehabt, hätte sie diese mit Freuden ergriffen, doch ihr war klar, dass sie den Weg nach Venedig niemals antreten würde, zu groß waren die gegenseitigen Vorwürfe, zu bitter der Streit, zu tief der Graben. Sicherlich würde ihr Vater sie achtkantig aus dem Haus werfen, fände sie eines Tages die Courage, zu ihm zu reisen.

»Mein Vater hatte einmal eine Gruppe Diplomaten aus Österreich zu Gast«, erzählte Giovanni. »Unter den Herren war auch ein Mann aus Britisch-Indien. Ich erinnere mich sehr gut an sein fremdes Aussehen, einen Turban und eine rot bestickte Weste. Er gab meinem Vater Kurkuma, Zimt und einen besonderen Pfeffer. Seitdem experimentiert er mit Gewürzen und Kräutern, alles, was er von den Händlern in die Finger bekommt. Im Grunde ist es nicht so schwer, wichtig ist nur, dass man kleine Prisen verwendet und ständig abschmeckt. Mit der Zeit ergibt es gute Kombinationen, und damit probiere ich weiter.«

»Und machst auch vor meinen Arzneivorräten nicht halt«, murrte Signora Cacciatore.

Giovanni lächelte reumütig. »Sie haben es mir nicht verboten und warum sollten Heilkräuter nicht auch Geschmack bringen?«

»Der Junge hat recht. Ich will nur hoffen, dass sie das in der Garnisonsküche niemals spitzkriegen. Ich möchte auf keinen meiner mühsam ausgebildeten Sanitäter verzichten. Er mag kochen können, aber Wissen ist diesem Holzkopf schwer einzuprügeln. Auf euer Wohl!« Doktor Nonnschläger hob noch einmal seinen Weinbecher, während Giovanni verlegen den Kopf senkte.

Nach dem Essen verschwand ihre Gastgeberin über die Außentreppe ins obere Stockwerk. Sie hörten sie herumpoltern, und zu Magdalenas Erstaunen kam sie mit einer Kinderkrippe zurück. Sie war alt, doch nachdem sie das Gestell von Spinnweben und Staub befreit und mit etwas Stroh und einer Decke ausgelegt hatten, perfekt für Pia, die schon längst friedlich in ihrem Tragetuch eingeschlafen war, nachdem Magdalena sie gefüttert hatte. Dabei hatte sie Signora Cacciatores missbilligenden Blick ignoriert, so gut es ging. Es war offensichtlich, dass sie es nicht gut fand, dass Magdalena nicht stillte. Vermutlich dachte ihre Gastgeberin, sie wäre sich zu fein dafür. Kurz überlegte Magdalena, ob sie sich erklären sollte, doch dann ließ sie es. Agata Veronese hatte schon ganz recht gehabt, es war ihr meistens gleichgültig, was die Leute von ihr dachten. Ihr Ehemann war natürlich eine Ausnahme, und sie war froh, dass das Misstrauen zwischen ihnen beiden beseitigt war.

Sofern er kein Bedürfnis verspürte, daheim in Malcesine die Sache mit der Vaterschaft von Donatellas Kind klarzustellen, würde sie das auch nicht tun. Sollten die Leute sich darüber das Maul zerreißen, die, auf die es ankam, kannten die Wahrheit. Giovannis Eltern und ihrer Schwägerin hatte sie es gesagt, wobei sie nicht den Eindruck gehabt hatte, dass Sophia sonderlich überrascht gewesen war. Sie mochte sich bereits ihren Teil gedacht haben.

»So, ich gehe jetzt nach Hause!« Doktor Nonnschläger schlug mit der flachen Hand auf den Tisch und erhob sich. Alle starrten ihn verwirrt an. Es war kurz nach elf Uhr am letzten Tag des Jahres.

»Wir wollten über Nacht bleiben, Signor.« Giovanni widersprach mit hörbarer Vorsicht in der Stimme. »Sie haben mir die ausdrückliche Erlaubnis verschafft, nicht zur Kaserne zurückkehren zu müssen.«

»Dann bleib. Ich gehe.« Beim Umdrehen schwankte er und murmelte weitere grantige Worte, die niemand verstand.

Signora Cacciatore sprang auf und wollte ihn stützen, doch er wehrte sie mit einer brüsken Geste ab.

Magdalenas Blick kreuzte Giovannis, und er hob die Schultern. So viel hatte Doktor Nonnschläger gar nicht getrunken, genau genommen waren erst eineinhalb Flaschen geleert worden.

Giovanni seufzte laut und stemmte sich hoch. »Also gut. Kehren wir in die Kaserne zurück. Immerhin ist es dort ruhig.«

»Du bleibst hier!« Doktor Nonnschläger taumelte auf die Ecke zu, in der sein Mantel lag.

Signora Cacciatore wandte sich mit einem flehentlichen Blick an Giovanni, doch das wäre gar nicht nötig gewesen.

»Mit Verlaub, Signor, die Straßen sind glatt und dunkel. Ich lasse Sie nicht allein gehen.«

»Hältst du mich für einen Trottel? Ich kann sehr gut auf mich allein aufpassen, du unverschämter Bengel!« Doktor Nonnschläger machte eine weitere abwehrende Handbewegung. Der Schwung ließ ihn gegen die Wand prallen.

Magdalena saß immer noch wie gebannt auf ihrem Platz. Was ging in dem sonst so kultivierten und besonnenen Arzt vor?

Die anderen beiden schienen ebenso überrascht von diesem plötzlichen Sinneswandel, zugleich schien ihnen eine solche Situation nicht vollkommen fremd.

Signora Cacciatore griff Giovanni am Arm, zog ihn zu sich und flüsterte ihm etwas ins Ohr. Er nickte, schnappte sich seinen Mantel und winkte Magdalena, es ihm gleichzutun und ihm nach draußen zu folgen.

Mondlicht erhellte die Umgebung mit fahlem Schimmer. Schnee knirschte unter ihren Sohlen. Die Kälte kribbelte auf der Haut, und dicke weiße Atemwolken stiegen vor ihren Mündern auf. Fröstelnd schlang Magdalena die Arme um den Oberkörper und folgte ihrem Mann bis zur Gartenmauer. Dahinter plätscherte der Mincio, Eisschollen trieben nahe der Uferböschung, wo sich eine schmale Eisschicht gebildet hatte.

»Es tut mir leid, aber ich muss ihn begleiten. Du hast seinen Zustand gesehen, es wäre verantwortungslos, ihn allein gehen zu lassen. Das verstehst du doch?« Giovanni hatte zum Fluss gesprochen, jetzt wandte er sich Magdalena zu.

Sie stellte sich vor ihn und ergriff seine Hände. Seine Haut war rau, doch trocken und warm. Magdalena lächelte zu ihm auf. »Ich hätte kein Verständnis dafür, wenn du bliebest. Das wäre nicht der Mann, den ich geheiratet habe.«

»Magdalena.« Er hob einen Finger, strich ihr sanft eine Locke von der Wange. Er schien noch etwas sagen zu wollen, doch dann ließ er die Hand auf ihre Schulter sinken, beugte sich zu ihr und küsste sie. Seine Zunge streifte hungrig über ihre Lippen.

Sehnsüchtig rückte Magdalena an ihn heran. Sie schloss die Augen und reckte sich ihm entgegen. Seine Nähe, seine Wärme umhüllten sie. Sie fühlte sich geborgen wie in einem Kokon. Nichts Schlimmes auf dieser Welt würde dieses neue Vertrauen zwischen ihnen jemals wieder zerstören.

»Giò!«

Sie fuhren auseinander wie Kinder, die man bei etwas Verbotenem erwischt hatte. Sein Kuss brannte immer noch auf ihren Lippen.

»Signora?«

»Bei Gott, ich konnte ihn nicht mehr aufhalten. Er ist einfach zur Tür raus. Er hat mich beschimpft.« Schnaufend vor Wut oder Anstrengung blieb Signora Cacciatore einige Meter vor ihnen stehen. Ihre Schultern sackten nach vorne. In dem bleichen Mondlicht wirkte ihre gesamte Gestalt alt und verbraucht.

Giovanni umschlang Magdalenas Hände mit seinen und küsste sie auf die Fingerspitzen. »Bis bald, meine stolze Frau«, flüsterte er. »Nur eines noch. Die Signora bat mich darum, dass sie Pia untersuchen möchte. Bitte erlaube es ihr, bevor du nach Hause fährst.«

»Das hat sie mit bereits angeboten«, erklärte Magdalena ebenso leise mit einem Seitenblick auf die alte Frau. »Aber warum?«

»Bitte. Sie hat sehr große Erfahrung und Wissen, das Agata nicht besitzt. Es kann auf keinen Fall schaden, wenn sie sich die Kleine ansieht.«

»Wenn dir so viel daran liegt …«

»Ich möchte, dass es euch gut geht. Komm heil nach Hause zurück und grüß meine Eltern und Sophia.« Er löste sich von ihr und war im nächsten Augenblick verschwunden. Magdalena wurde kalt.

Signora Cacciatore winkte ihr zu. »Gehen wir ins Warme. Es tut mir leid, so sollte es eigentlich nicht enden.«

»Was ist mit Doktor Nonnschläger? Ist er krank?«

»Hure hat er mich genannt. Dieser selbstgefällige Narr.« Die Alte spuckte wütend aus. »Krank? In gewissem Sinne. Ich bin zum Schweigen verpflichtet. Dein Giò liegt mir auch ständig in den Ohren, ich solle ihm sagen, was mit dem Österreicher los ist. Aber das muss er schon selbst tun. Und zwar bald, sonst ist es zu spät.« Sie trieb Magdalena vor sich her in die warme Stube. »Das ist eine Sache zwischen den beiden. Wir können da gar nichts tun, und besser, wir mischen uns nicht ein.«

19. Peschiera im Januar 1861

GIÒ GÄHNTE HINTER vorgehaltener Hand. Es konnte nicht mehr lang bis zum Morgenappell dauern, dann war seine Wache vorüber. Aber erst einmal galt es, diesen Schlamassel hier zu klären. Er hob die Petroleumlampe und leuchtete Nonnschläger mitten ins Gesicht.

Der Arzt brummte unwirsch und schirmte das Licht mit den Händen vor seinen Augen ab.

»Nun, Signor? Ist Ihnen eingefallen, was Sie hier auf der Station wollten?«

»Verzeih mir.« Nonnschläger ließ die Schultern hängen, sackte in sich zusammen. »Mein Verhalten ist nicht zu erklären.«

»Darf ich Sie ins Büro begleiten, Signor?«

»Ich bitte darum.« Der Arzt schwankte leicht. Giò packte ihn an einem Arm und schleifte ihn beinahe mit sich. Es war Zeit, dass er von der Bildfläche verschwand, bevor diese peinliche Angelegenheit noch jemand mitbekam. Wie gut, dass er Nachtwache auf der Station schob.

»Es ist so heiß«, lallte Nonnschläger und setzte einen Schwall deutsches Kauderwelsch hinterher, von dem Giò nur einzelne Worte verstand, die keinen Sinn ergaben.

»Kein Grund, mitten im Januar nur in Unterhosen herumzulaufen, mit Verlaub, Signor.« Immerhin lange Unterhosen, allerdings mit verdächtigen Kringeln, die auf getrocknete Flüssigkeit hindeuteten. Er wollte es gar nicht genauer wissen.

Ein schlafwandelnder Offizier in Unterhosen, das klang sogar lustig, würde es Giò nicht vor Augen führen, dass mit seinem Mentor etwas ganz und gar nicht stimmte.

Er öffnete die Bürotür, schob Nonnschläger mit mehr Schwung als nötig hindurch, sodass der Arzt mit der Hüfte gegen den Schreibtisch prallte. Er schrie leise auf und brabbelte wieder auf Deutsch herum. Dieses Mal waren es eindeutig Flüche.

Giò schloss die Tür mit einem Tritt, stellte die Lampe auf dem Schreibtisch ab und kreuzte die Arme. Er schwankte zwischen Wut und Verzweiflung, am liebsten hätte er den Arzt gepackt und einmal in den See getaucht oder so lange durchgeschüttelt, bis er wieder bei Sinnen war. Aber weder das eine noch das andere schien ihm Erfolg versprechend. Nur, so konnte es auch nicht weitergehen.

Nonnschläger rieb sich die schmerzende Stelle und fuhr mit der anderen Hand in die Tasche seines Uniformrocks, das einzige vernünftige Kleidungsstück, das er am Leib trug. Er zog einen Umschlag heraus und betrachtete ihn verwirrt. Dann schaute er auf und blinzelte.

»Martini, gut, dass du gekommen bist. Ich habe einen Brief für dich. Bewahre ihn an einem sicheren Ort auf. Nachdem du ihn gelesen hast, versteht sich.« Er senkte die Augenlider, sein Tonfall veränderte sich. »Das ist ein Befehl, Soldat!«

»Signor, sì!« Giò salutierte, er konnte gar nicht anders, so sehr war ihm dieses Verhalten in Fleisch und Blut übergegangen, da konnte Nonnschläger noch so derangiert aussehen.

Der Umschlag verriet nichts über seinen Inhalt und war auch nicht adressiert. Giò steckte ihn in seine Uniformjacke. Er war nicht einmal sicher, ob er wirklich für ihn bestimmt war, aber das konnte er nur herausfinden, wenn er ihn öffnete und las. Nonnschläger, so viel hatte er inzwischen über dessen merkwürdige Geistesverwirrungen gelernt, würde dazu nichts sagen können, das man für bare Münze nehmen konnte, und sobald er wieder zu sich gekommen war, konnte – oder wollte – er sich an diesen oder ähnliche Vorfälle üblicherweise nicht erinnern. Doch falls der Brief für ihn war, war es vielleicht doch kein so großer Zufall, dass Nonnschläger in der Nacht seines Wachdienstes auf die Krankenstation gekommen war. Wie auch immer, das musste warten. Giò blickte sich in dem halbdunklen Raum um und entdeckte eine zerknitterte Hose auf dem Boden, über der Stuhllehne hinter dem Schreibtisch ein Hemd. Er schüttelte den Kopf, sammelte beides ein und wollte dem Arzt helfen, sich anzuziehen.

Nonnschläger riss ihm die Hose aus den Händen. »Was wird das? Hältst du mich für senil?«

»Keineswegs. Ich wollte nur behilflich sein.«

»Behilflich. Dir werd ich helfen, Bursche!« Mit einer Geschwindigkeit, die Giò ihm nicht zugetraut hätte, zog er sich an und sah endlich wieder aus wie ein halbwegs normaler Mensch.

»Soll ich Sie in Ihr Schlafquartier begleiten, Signor?«

»Warum? Du hast doch noch Dienst, wenn ich mich nicht irre.«

»Das ist korrekt, Signor. Bis zum Morgenappell.«

»Dann sieh zu, dass du zurück auf deinen Posten kommst. Ich komm allein zurecht.« Nonnschläger nickte entschieden. Er wirkte ein wenig desorientiert, als fragte er sich, wie er in sein Büro gelangt war, doch er stand sicherer auf den Beinen, auch seine Aussprache war wieder verständlicher.

Giò überließ ihm seine Lampe und verließ das Büro. Er war zwar besorgt, doch er wusste, dass jeglicher Widerspruch zwecklos war.

Der Gang war nur spärlich erhellt, doch Giò hätte den Weg auch im Dunkeln zurückgefunden. Er lehnte sich mit dem Rücken an die kalte Wand und schloss die Augen. Was ging da in Nonnschlägers Kopf vor?

Giò hatte sich allmählich an das Verhalten des Arztes gewöhnt. Irgendwann kurz vor ihrem gemeinsamen Ausflug nach Turin hatte es angefangen, die zunehmende Vergesslichkeit, grundloses Aufbrausen und Grantigkeit. Doch so schlimm wie heute Nacht war es bisher nur an Silvester gewesen. Was, wenn sich solche Anfälle ab jetzt wiederholten? Irgendwann würde einer der anderen Soldaten etwas mitbekommen. Sollte er mit Doktor Figlmüller sprechen? Giò mochte ihn nicht besonders, aber das war schließlich unerheblich. Er war Arzt und vom gleichen Rang wie Nonnschläger. Falls eine Behandlung nötig wäre, würde er dafür sorgen, dass sie seinem Kollegen zukam.

Er stieß sich von der Wand ab und kehrte auf die Krankenstation zurück, machte einen Rundgang durch die Reihen der Betten, von denen nur vier belegt waren. Zwei Lungenentzündungen, ein schlecht verheilender Beinbruch, ein Mann mit Verdacht auf Cholera, den sie bis vor Kurzem in einem separaten Raum isoliert hatten, der inzwischen jedoch auf dem Wege der Besserung war.

Alle schliefen, es gab nichts zu tun. Unruhig lief Giò auf und ab, fühlte immer wieder nach dem Umschlag in der Tasche. Als die Glocke zum Morgenappell rief und seine Ablösung kam, stürzte er in den Schlafraum, schnappte sich seinen Mantel und verließ die Kaserne.

Der Wachtposten am Tor grüßte ihn flüchtig. »Schicht vorbei, Martini?«

»*Buongiorno*, Falcone. Ja, habe heute Abend die nächste Nachtwache.«

»Dann mach, dass du wegkommst.« Falcone lachte und beachtete ihn nicht weiter.

Giò sah sich mehrmals um, ob ihm jemand folgte, hatte die ganze Zeit das Gefühl, etwas Verbotenes zu tun, obwohl das nicht stimmte. Vielleicht, weil es noch stockfinster war. Die Sonne würde frühestens in zwei Stunden aufgehen.

Doch Peschiera war auf den Tagesablauf der Kasernen eingestellt, genau genommen gab es nichts, was sich nicht in irgendeiner Form um das Leben der Soldaten drehte, seien es Bäcker oder Wäschereien, die billigen Absteigen für seltene Besuche von Angehörigen oder die vielen Hurenhäuser. So fand Giò einen Bäcker, der seine Backstube bereits geöffnet hatte und aus der es verführerisch nach frischem Brot duftete.

Wärme umfing ihn, sobald er die Tür des Verkaufsraumes hinter sich geschlossen hatte. Er grüßte die Gesellen flüchtig, kaufte ein Panino, eine Schale Maisbrei sowie einen Becher heiße Milch und betrat durch einen Durchgang einen weiteren Raum, der mit Tischen und Stühlen vollgestopft war. Männer jeden Alters, hauptsächlich Lieferanten, dazu zwei Soldaten und ein paar Fischer, saßen um die Tische, rauchten und unterhielten sich leise.

Giò suchte sich einen Tisch ganz in der Ecke. Das war anonym genug, um den Brief in Ruhe zu lesen. Er war nervös, ahnte nichts Gutes.

Er zog einen einzelnen Bogen aus dem Umschlag. Auch hier keine Adresse, keine Anrede, dafür Nonnschlägers vertraute Handschrift, ganz unten sogar sein Siegel in Wachs.

Wenn Du das liest, ist es hoffentlich noch nicht zu spät. Erinnerst Du Dich, unter welchen Umständen wir uns kennenlernten? Ich war traurig und wütend, dass

Du Dich auf diese Weise gefährdest, so sorglos mit dem Leben umgehst, das Gott Dir gegeben hat. Dabei habe ich kein Recht gehabt, über Dich zu urteilen. Du wusstest es nicht besser, und für Einsicht mag es nun zu spät sein. Ich werde es vermutlich nicht mehr erfahren.

Ich habe Syphilis. Ungefähr seit dem Sommer 59, seit jenen Tagen in Castiglione, bemerke ich die Anzeichen des letzten Stadiums. Zunächst habe ich gedacht, es wären Zerstreutheit, Übermüdung, mangelnde Konzentration. Die Geschehnisse in jenem Sommer haben mich nicht unbeeindruckt gelassen, obwohl ich schon vieles gesehen habe. Ich hätte es besser wissen müssen, und inzwischen sind die Symptome eindeutig. Ich verliere den Verstand. Unheilbare Hirnerweichung. Die Irrenhäuser Österreichs sind voll von Männern mit dem gleichen Schicksal.

Und mit jedem Tag wird meine Angst größer, vor den Schöpfer zu treten. Ich habe mich nicht für einen gläubigen Menschen gehalten, doch in diesen Tagen belehre ich mich selbst eines Besseren. Ich betrachte meine Pistole. Es ist mir unmöglich, sie gegen mich selbst zu richten, wäre dies nicht Feigheit vor dem Feinde?

Daher bitte ich Dich, mein Freund: Erlöse mich, wenn Du kannst. Es ist kein Befehl. Es ist eine Todessehnsucht, die Du zu erfüllen vermagst, es ist eine untertänige Bitte an Dich als Einzigen, der vielleicht versteht, was ich durchmache. Die Kräuterhexe wird bezeugen, dass es mein Wunsch ist, nicht in einem Sanatorium verwahrt zu werden und dem eigenen Niedergang beizuwohnen. Im schlimmsten Fall sogar vor einem Kriegsgericht, sollten sie Dich fälschlicherweise bezichtigen, mich nieder-

trächtig gemeuchelt zu haben. Dieser Brief ist Dein Freibrief und mein Letzter Wille.

Töte mich.
Albert Joseph Hieronymus Nonnschläger

Giò ließ die Hand mit dem Brief auf den Tisch sinken. Er starrte auf den eng geschriebenen Text, las ihn ein weiteres Mal und verstand ihn immer noch nicht. Dabei war die Botschaft eindeutig, reduziert auf zwei Worte: *Töte mich.*

Nonnschläger war zweifelsohne wahnsinnig. Ihn töten? Ausgeschlossen! Wie sollte er das rechtfertigen? Tat er es als Freund, als Zivilist, war es Mord. Tat er es als Soldat – was war es dann? Etwa moralisches Handeln, das, worüber sie einst philosophiert hatten?

Vollkommen egal, es war verrückt, auch nur darüber nachzudenken. Er würde das nicht tun, er konnte nicht. Er hatte kein Recht dazu, und wenn der Arzt ihn hundertmal darum bat. Schon damals, als Nonnschläger zum ersten Mal davon gesprochen hatte, war er zu diesem Ergebnis gekommen. Und er war froh gewesen, dass er die endgültige Antwort nie hatte geben müssen, es irgendwann als Gedankenspiel abgetan hatte – bis er heute eines Besseren belehrt wurde. Sein Mentor hatte diese Frage ernst gemeint.

Giò stürzte den lauwarmen Becher mit Milch hinunter. Danach war ihm übel. Er zwang sich dennoch, den Maisbrei zu essen, und stopfte anschließend das trockene Panino hinterher.

Wie viele Männer hatte er bei den Scharmützeln zuvor und dann während dieses grausamen Tages im hügeligen Hinterland des Gardasees getötet? Wie viele hatte er auf dem Schlachtfeld und in den folgenden Tagen sterben sehen? Er hatte keine Ahnung. Er erinnerte sich nur an Milos Tod, stellvertretend für so viele. Und an die folgende Erkenntnis, dass er lieber Leben rettete, als sie zu beenden. Der hippokratische Eid, dem jeder Arzt verpflichtet war, galt für ihn nicht, aber insgeheim hatte er ihn sich zu eigen gemacht. Dies und die unerschütterlich humanistische Sicht Nonnschlägers. Und ausgerechnet dieser Mann verlangte von ihm, sein Leben zu beenden?

Zugleich dachte er an den verwirrten alten Mann, der vor nicht einmal einer Stunde vor ihm gestanden hatte. Der stark an Gewicht verloren hatte, dazu ständig blinzelte, als könnte er nicht mehr richtig sehen. Die zitternden Hände, der wirre Haarschopf. Die vollgepisste Unterhose.

Und das war erst der Anfang. Wäre es eine Gnade, ihn zu erlösen? Hätte Giò das Recht dazu, gar die Pflicht?

Damals, als Giò auf der Krankenstation gelegen hatte und wieder zu Sinnen gekommen war, hatte Nonnschläger ihm genüsslich aufgezählt, was einem Menschen mit Syphilis alles blühte. Dass es seine gottverdammte Pflicht war, dafür zu sorgen, dass er niemanden mehr ansteckte.

Giò bemerkte, dass seine Hand mit dem Briefbogen zitterte. Er schloss die Finger um sein Handgelenk und zwang sich zur Ruhe. Er spürte ein inneres Beben, den hektischen Pulsschlag. Er stemmte die Füße gegen den Boden, verschränkte die Finger ineinander, atmete tief ein und aus, bis es ihm ein klein wenig besser ging. Die Luft in der überfüllten Stube war unerträglich heiß. Er packte den Brief, zerknüllte ihn und verließ seinen Platz. In der Backstube bat er einen Gesellen, das Papier im Ofen zu verbrennen.

»Schlechte Nachrichten?« Der Bursche grinste verständnisvoll, öffnete die Klappe und überließ das Knäuel der Glut.

»Vielen Dank.« Giò verließ die Bäckerei. Die eisige Morgenluft traf ihn wie ein Faustschlag. Er klappte den Kragen hoch und lief ziellos durch die Stadt, bis er am Ufer des Gardasees stand. Das Wasser war dunkel und blau und ruhig. Doch der Friede, der ihn bei diesem Anblick üblicherweise überkam, blieb aus.

Er schluckte gegen die Trockenheit in seinem Mund an. Würde er in den nächsten Wochen und Monaten erleben, was ihm selbst eines Tages blühen mochte? Ihm und seiner Frau, vielleicht sogar seiner Tochter? Die Krankheit war von der Mutter auf das Kind übertragbar. Signora Cacciatore hatte ihm andererseits versichert, dass Pia gesund wäre.

Angenommen, es war gut gegangen, dieses eine Mal. Angenommen, er besorgte sich neue Kondome, wie Nonnschläger ihm geraten hatte. Wie sollte er das Magdalena erklären? Über kurz oder lang würde sie doch ein zweites Kind haben wollen – und er auch? Außerdem wollte er ihr nichts sagen, sie davor bewahren, ständig herumzugrübeln und in Angst zu leben. Es reichte, wenn er sich Sorgen machte. Vielleicht würde sie ihn sogar verlassen, wenn er ihr gestand, dass er sie angesteckt haben könnte. Wegen einer Nacht, einer besonderen zwar, einer, die erfüllt gewesen war von dem Rausch um Leben und Tod und die dennoch für sie schreckliche Konsequenzen haben konnte, weil er nicht nachgedacht, sondern sich hatte mitreißen lassen.

Giò spürte, dass sein Kiefer schmerzte, so fest hatte er unbewusst die Zähne aufeinandergebissen. Er öffnete den Mund, atmete tief ein und aus und stierte auf die Atemwolken, die sich vor dem dunklen Himmel abzeichneten.

Es war ihm schleierhaft, wie er das lösen sollte. Er würde Doktor Nonnschläger nicht töten, soviel war sicher. Aber seiner Frau war er über kurz oder lang eine Erklärung schuldig.

Er wandte sich ab, wollte endlich ein paar Stunden ins Bett kriechen, vermutlich ohne dabei trotz der Nachtwache Schlaf zu finden.

Mit raschen Schritten ging er Richtung Kaserne, lief beinahe und redete sich ein, der schnelle Puls, der harte Herzschlag kamen von der Bewegung. Irgendwann musste er keuchend stehen bleiben. Er lehnte sich kurz gegen eine Mauer, um zu verschnaufen. Dabei schlug er mit den Fäusten gegen die rauen Steine. Der Schmerz tat gut, doch am Ende bewirkte er nichts.

Giò kam um die einfache Wahrheit nicht mehr herum: An diesem Morgen war die Angst wieder da.

Zwei Tage nachdem Giò den Brief gelesen hatte, schöpfte er wieder etwas Hoffnung, dass alles doch nicht so schlimm war und es nicht zum Äußersten kommen würde. Er stand in Nonnschlägers Stube und beobachtete, wie der zweite Regimentsarzt seinem Kollegen mit einem Hörrohr die Brust abhörte.

»Schwere Lungenentzündung«, erklärte Doktor Figlmüller niemand Bestimmtem, während er Nonnschläger dabei half, sich wieder hinzulegen.

Giò nickte geistesabwesend. »Schon der vierzehnte Fall in diesem Winter.«

»Es ist immer dasselbe, wenn es einmal umgeht, ist dagegen kein Kraut gewachsen. Und mein Kollege scheint zunehmend anfällig zu werden.« Figlmüller wandte sich ab und verstaute das Hörrohr in seiner Tasche. »Du wirst dich um ihn kümmern, Martini. Du weißt, was du zu tun hast.«

»Signor, sì!« Giò salutierte. »Das ist selbstverständlich.«

Figlmüller lächelte unerwartet warm. »So ist's recht. Hol deine Sachen und schlag dort auf dem Sofa dein Lager auf.

Wenn sich sein Zustand verändert, lässt du mich rufen. Zu jeder Tages- und Nachtzeit.«

»Signor, sì!«

Figlmüller verabschiedete sich mit einem knappen Salut und verließ die Stube mit einem letzten kritischen Blick auf den Patienten. Giò kam aus dem Staunen nicht mehr heraus. Üblicherweise gab sich der zweite Regimentsarzt unnahbar und arrogant. Er war ein Mann Ende dreißig mit militärisch zackigen Bewegungen und der den adeligen Offizieren eigenen Herablassung gegenüber der italienischen Landbevölkerung. Doch die offenkundige Besorgnis um Doktor Nonnschläger schien stärker als sein Standesdünkel.

Giò wandte sich dem Bett zu. Zwischen der weiß gestärkten Bettwäsche wirkte Nonnschlägers Gesicht umso rötlicher. Er schwitzte stark und war kaum bei Bewusstsein. Giò nahm einen feuchten Lappen aus einer Waschschüssel und tupfte dem Kranken Wangen und Stirn ab.

Dann setzte er sich auf einen Stuhl und betrachtete den Mann, der in den letzten zwei Wochen um viele Jahre gealtert zu sein schien. Er hustete seit einigen Tagen, das war kaum zu bestreiten. Es wäre möglich, dass er vorgestern in einem ersten Delirium tatsächlich schlafgewandelt war.

Möglich ja, dennoch mehr als unwahrscheinlich. Und am Ende änderte es nichts an den Tatsachen. Kaum jemand würde es besser wissen als Nonnschläger, ein Arzt, der unzählige Untersuchungen gemacht, sämtliche Symptome mit eigenen Augen gesehen und dazu sicherlich jeden verfügbaren Fachartikel gelesen hatte. Falls ein erster Fieberschub aufgrund der Lungenentzündung ihn vor zwei Nächten umgetrieben hatte, blieben die ganzen kleinen Anzeichen im letzten Jahr. Für Giò gab es keinen Grund zu zweifeln, dass Nonnschlägers Verstand auf dem Weg in den Wahnsinn war.

Verstohlen tastete er nach der braunen Tüte, die er seit dem Morgen in seiner Hosentasche trug. Kondome, die er in der kleinen Apotheke in Peschiera erstanden hatte. Der Apotheker war mit seiner verschämten Anfrage erstaunlich gelassen umgegangen. Was er glaubte, wie viele man benötigte, hatte er gefragt, weil Giò um eines gebeten hatte. Auf sein ratloses Gesicht hin hatte der Apotheker lachend geantwortet: »Immer eines mehr, als man dabeihat.« Und ihm daraufhin eine Papiertüte mit drei Stück über die Theke geschoben. Giò war vor Verlegenheit feuerrot angelaufen und im Stillen dankbar, dass sie allein im Geschäft waren. Beim Bezahlen hatte der Apotheker sich für seine Worte entschuldigt und eindringlich nachgeschoben, Giò solle bei Bedarf jederzeit wiederkommen und Verschwiegenheit sei die Basis dieses Handels. Seine Miene schien eher anerkennend als verurteilend zu sein – vielleicht sah Giò aber auch nur, was er sehen wollte. Der Apotheker war ein Geschäftsmann, ihm war vorrangig daran gelegen, dass Kunden wiederkamen.

Giò hatte ohnehin immer noch keine Ahnung, wie er das Magdalena erklären sollte. Ob es ihm gelang, im Dunkeln eines dieser Dinger heimlich überzustreifen, wenn es so weit war? Würde sie den Unterschied bemerken? Er hatte bei seinen bescheidenen amourösen Abenteuern immer den Eindruck gehabt, dass die Frauen mochten, was er tat. Doch was wusste er schon darüber, wie es sich für sie anfühlte?

Ein Teil der Angst, die ihn nach der Lektüre von Nonnschlägers Schreiben überfallen hatte, war noch da, aber sie war einer latenten Unruhe gewichen und viel mehr noch der Entschlossenheit, es um Magdalenas willen nicht mehr auf Glück oder Gottes Gnade ankommen zu lassen. Er mochte krank sein, aber sie war es gewiss nicht. Er würde alles dafür tun, dass es so blieb. Er war sorglos gewesen, das durfte niemals wieder passieren.

Die Wochen und Monate zogen ins Land. Giò versank im militärischen Alltag, versah seinen Dienst auf der Krankenstation oder in den Feldlazaretten, sobald die Manöver im Frühjahr einsetzten, und dachte währenddessen voller Sehnsucht an das Wiedersehen mit Magdalena nach ihrer Versöhnung am Neujahrsabend.

Nonnschläger wurde wieder gesund. Sein Zustand besserte sich sogar so sehr, dass Giò sich manches Mal fragte, ob er sich die gesamte Angelegenheit mit dem Brief nur eingebildet hatte. Sein Mentor blieb körperlich schwach und gebrechlich, kämpfte zunehmend mit Inkontinenz, doch sein Verstand war klar, von gelegentlicher Vergesslichkeit abgesehen. Über sein neues Leiden verlor er verständlicherweise kein Wort, dafür bescherte es Giò noch regelmäßigere Besuche bei Signora Cacciatore, die ihm Pulver und Arzneitees zusammenmischte. Mehrmals geriet er dabei in Versuchung, sie darauf anzusprechen, ob sie von Nonnschlägers Todessehnsucht wusste, vielleicht sogar einen Rat hatte, wie er damit umgehen sollte. Doch er fand nicht den Mut dazu, und so ließ er die wenigen Gelegenheiten ungenutzt verstreichen.

Im März erhielt Giò die Nachricht, dass die neuen Zimmer des Gasthofes seiner Eltern feierlich eingeweiht worden waren. Magdalena schickte ihm eine Ausgabe der *Wiener Zeitung*, in der sie die deutschsprachige Annonce eingekringelt hatte: »*Ferien in Malcesine – Unternehmen Sie Ihre eigene Italienische Reise, und wandeln Sie auf Goethes Spuren mit allen modernen Annehmlichkeiten. Anerkannt vorzügliche Küche. Mäßige Preise. Familienhotel direkt an der*

Hauptstraße. Zimmer mit Seeblick, fließend Wasser«, lautete der Text. Die Übersetzung hatte Magdalena auf einem separaten Zettel beigefügt.

Giò lächelte stolz und war zugleich froh, dass ihm die Reise nach Hause verwehrt wurde. Denn zur selben Zeit, am 17. März wurde das Königreich Italien ausgerufen und der bisherige König von Sardinien-Piemont Vittorio Emanuele II. aus dem Haus Savoyen zum König der neuen Monarchie proklamiert. Naturgemäß reagierte der habsburgische Kaiser Franz Joseph im fernen Wien nervös, was wiederum seine österreichischen Truppen in Aufruhr versetzte, ganz besonders im Veneto und rund um das Festungsviereck an der Grenze zur Lombardei, zu dem auch die Garnison in Peschiera gehörte.

Giò und die anderen einheimischen Soldaten standen ohnehin unter ständiger Beobachtung und dem Generalverdacht, mit den Lombarden zu fraternisieren. Ein paar Tage war sogar die Rede davon, sie mindestens nach Riva zu versetzen oder noch weiter in den Norden, bis hinter die Alpen. Doch zum Glück folgten den Worten keine Taten, und nach ein paar Tagen beruhigte die Lage sich wieder. Das Veneto war und blieb ein Zankapfel zwischen Österreich und Italien, das war selbst den unaufmerksamsten Beobachtern der politischen Landschaft klar, allerspätestens seit Beginn der aktuellen Unabhängigkeitsbestrebungen der Italiener im Jahr 1848.

Giò war, wie die meisten, unsicher, was er von der gesamten Entwicklung halten sollte. Es gab nicht wenige Venetier, die den Anschluss an Italien befürworteten, doch die separatistischen Strömungen reichten nicht aus, um die Bevölkerung in die Revolte zu treiben, und im Gegensatz zu der Situation im Piemont und der Lombardei vor zwei Jahren fehlte eine Führungsfigur wie Giuseppe Garibaldi, die sich an die Spitze einer möglichen Bewegung stellte.

Hätten sich sie republikanischen Strömungen durchgesetzt, zu denen Garibaldi ursprünglich gehört hatte, hätte Giò sich vielleicht, wie Magdalena, mit der Idee dieses neuen italienischen Nationalstaates anfreunden können. Das Ziel der Republikaner war es gewesen, für mehr Gleichberechtigung zu sorgen, der Bevölkerung zu mehr Möglichkeiten zu verhelfen, über ihr Leben, ihre Belange zu entscheiden.

Doch Giò verspürte nicht die geringste Lust, die aktuellen Entwicklungen mit seiner Frau zu diskutieren. Denn was war von dieser Idee geblieben? Ein Volk ohne Rechte, regiert von einem König, der in Giò Augen nicht mehr war als eine Marionette seines mächtigeren Verbündeten Frankreich. Dessen Kaiser Napoleon wiederum ein großes Interesse daran hatte, seinem österreichischen Gegenspieler um die Macht in Europa mit Italien einen schlagkräftigen Feind in den südlichen Rücken zu setzen.

Vielleicht war es so. Vielleicht war aber auch alles ganz anders und Venetien würde bald auf diplomatischem und friedlichem Wege an Italien angegliedert werden. Für Giò würde alles beim Alten bleiben. Über das Leben seinesgleichen, das einfache Volk, würde dann statt von einem Kaiser aus Wien von einem König aus Turin entschieden. Den Schießbefehl würden andere Offiziere erteilen. Doch war das letzten Endes ein Unterschied?

Und selbst wenn er eine Antwort auf diese Frage hätte, fehlten ihm die passenden Worte, dies Magdalena begreiflich zu machen. Am Ende würden sie wieder streiten, wobei es Giò unmöglich war, zu erkennen, wie weit ihre Positionen auseinanderlagen, da er selbst nicht sagen konnte, wo er in dieser Sache stand. Er fühlte sich nicht als Österreicher, aber als Italiener empfand er sich auch nicht. Er war ein einfacher Gastwirtssohn aus Malcesine, ein Junge vom östlichen Gardasee, vom Fuße des Monte Baldo.

War das nicht genug, um jemand zu sein?

20. Malcesine im Mai 1861

Erst Ende Mai erhielt Giò die Erlaubnis, für drei Tage nach Hause zu fahren. Er traf am Mittag eines warmen Frühlingstages ein und erfuhr zu seinem Verdruss, dass Magdalena mit Sophia im Umland unterwegs war, um neue Lieferanten ausfindig zu machen. Die Gästezahl war explodiert, und sie benötigten mehr Gemüse, Fleisch, Butter und Milch. Einzig den Bedarf an Fisch konnte Giòs Onkel Danilo decken, er verkaufte dafür weniger an die Markthändler.

Giò bekam von seiner Mutter eine Führung durchs Haus und war von den neuen Badezimmern und der Suite wirklich beeindruckt. Ob es möglich war, seine Dachstube so weit umzubauen, dass er und Magdalena ebenfalls ein Bad für sich haben könnten? Er nahm sich vor, mit seinem Vater darüber zu reden. Im Herbst endete endlich sein dreijähriger Wehrdienst, und wenn er zurückkehrte, sollten sie eine Lösung dafür gefunden haben, wo und wie er und Magdalena leben würden.

Sie beendeten den Rundgang in der Empfangshalle, wo bereits ein ansehnlicher Stapel Post, sicherlich mit weiteren Buchungen, auf Valentina wartete. Giò wollte sich verabschieden, doch sie hielt ihn auf.

»Moment noch. Ich muss mit dir reden.« Sie winkte ihm, ihr in den winzigen Raum hinter dem Tresen zu folgen, in dem es normalerweise nichts als Akten und Geschäftsunterlagen gab. Verblüfft starrte Giò daher auf einen Stapel von vielleicht einem Dutzend Briefe, die Valentina ihm dort in die Hand drückte. Sie waren von Magdalenas Vater Salvatore di Lucca aus Venedig an Valentina Martini gerichtet, jedoch unter einer Adresse, die ihm zwar bekannt vorkam, auf die er sich aber auf Anhieb keinen Reim machen konnte.

»Magdalena hat ein Geheimnis, von dem du wissen musst.«

Giò starrte sie sprachlos an. Er konnte sich nicht im Geringsten vorstellen, was das sein könnte.

Valentina verschränkte die Arme. »Hast du dich nie gefragt, warum du ihren Vater noch nie kennengelernt hast?«

»Ich weiß nicht. Er ist viel unterwegs. Was ist mit ihm?«

»Mit ihm? Nichts! Aber Magdalena hat Unterlagen gefälscht.«

»Was? Welche? Warum sollte sie?«

»An dem Tag, als sie hier mit dickem Bauch und einer Reisetasche aufkreuzte, hatte sie alle erforderlichen Dokumente bei sich, um dich zu heiraten. Vergiss nicht, sie war erst siebzehn, noch nicht großjährig. Angeblich hatte ihr Vater vor seiner Abreise nach China ihr die Erlaubnis für die Hochzeit erteilt. Das war eine Lüge.«

»Mamma, ich verstehe nicht.« Giò fehlten die Worte. Er glotzte wieder wie blöd auf die Briefe.

»Salvatore wusste nichts von ihren Plänen. Sie haben sich in einem bitterbösen Streit getrennt, in dem er verlangt hat, sie solle zu einer Engelmacherin gehen.« Valentina seufzte. »Das hat er zutiefst bereut, es war nie sein Ernst, schon allein, weil er das Leben seiner einzigen Tochter niemals auf diese Weise aufs Spiel gesetzt hätte. Aber es war ihm ernst damit, dass sie das Kind nicht behalten sollte. Magdalena war dem Sohn eines Geschäftspartners versprochen.«

»Woher wissen Sie das alles?«

Valentina lächelte milde. »Es steht alles in diesen Briefen.

In dem, der im Januar gekommen ist, kannst du schwarz auf weiß nachlesen, dass du davon erfahren darfst. Nach eurer Hochzeit hat Magdalena ihrem Vater den bisher einzigen Brief geschrieben, in dem sie ihn vor vollendete Tatsachen gestellt hat. Sie würde hierbleiben und niemals nach Venedig zurückkehren. Sie hat ihm nicht einmal verraten, wo genau und bei welchen Leuten sie lebt.«

»Das ist ... Das sieht ihr gar nicht ähnlich.«

»Nein. Er muss sie mit seiner Forderung, das Ungeborene aufzugeben, bitterlich enttäuscht haben. Magdalena fühlte sich von ihm in der Stunde der Not verraten und im Stich gelassen. Diesen kapitalen Fehler sieht er inzwischen ein. Doch den Mut, sich mit seiner Tochter auszusöhnen, hat er bisher nicht gefunden.« Sie lächelte grimmig. »Ich habe ihm eines Tages geschrieben, eine ganz unverbindliche Grußkarte. Die Adresse auf den Heiratsdokumenten hatte sie immerhin nicht gefälscht, sodass mein Brief ankam. Salvatore und ich stehen seither in loser Korrespondenz, seine Antworten adressiert er an Agata Varese, die sie an mich weitergibt, damit sie nicht versehentlich Magdalena in die Hände fallen. Von mir weiß er, dass er eine goldige Enkelin und einen wundervollen Schwiegersohn hat, dass seine Tochter sich mit ihrem Wissen und Ideen hier unentbehrlich gemacht hat. Er ist froh darum. Er scheint ein freundlicher Herr zu sein, und er liebt seine Tochter über alles.«

»Ich weiß nicht, was ich sagen soll.« Giò schüttelte den Kopf, ließ sich gegen den Türrahmen sinken und las zum wiederholten Male die Adresse auf den Umschlägen in seinen Händen. Salvatore di Lucca hatte eine schön geschwungene, energische Schrift.

»Na, das ist doch nicht zu schwer.« Valentina schnalzte mit der Zunge. »Du wirst die beiden versöhnen.«

»Ist das auch Magdalenas Wunsch?«

»Ja.« Valentina nickte energisch. »Ich kann sie kaum danach fragen, aber ich bin ganz sicher. Sie bewahrt eine Fotografie von sich und ihm im Nachttisch auf. Ich habe sie zufällig einmal erwischt, wie sie traurig auf dem Bett saß, das Bild im Schoß. Sie hat Sehnsucht nach ihm, aber sie ist zu stolz, um den ersten Schritt zu tun.«

»Und ich soll sie dazu bewegen? Wie soll ich das anstellen?«

»Da wird dir schon etwas einfallen. Erst einmal sollst du über alles Bescheid wissen. Lies Salvatores Briefe, damit du ihn kennenlernst. Alles Weitere ergibt sich schon. Du hast doch einen klugen Kopf.« Sie nickte ihm aufmunternd zu und schob ihn sogleich aus der winzigen Kammer in den Empfangsraum. Giò kam es vor wie der Aufstieg aus einem Grab. Er blinzelte gegen das Licht, während er die Briefe in seine Hemdtasche steckte.

Wie stand es denn wohl um Magdalena? Wollte sie sich wirklich mit ihrem Vater versöhnen? Wie sollte er das herausfinden, wenn er offiziell nicht einmal davon wusste, dass sie im Streit lagen?

Er hatte ohnehin nichts zu tun, also holte er sich einen Krug Limonade aus der Küche und begab sich in den kleinen Garten hinter dem Haus. Ganz am Ende, gegenüber den Wäscheleinen, auf denen täglich Bettbezüge und Handtücher flatterten, stand eine kleine Bank. Dort setzte er sich und holte die Briefe wieder hervor. Bevor er den mit dem ältesten Stempel entfaltete, betrachtete er versonnen die Fassade des Hauses. Der Anbau war wirklich gelungen. Nur wenn man genau wusste, worauf man achten musste, konnte man den Neubau erkennen, der Putz war eine Spur dunkler und die Fenster ein wenig breiter. Zu einem gehobenen Angebot, hatte Magdalena damals erläutert, gehörten auch Licht und Luft.

Die neuen Zimmer waren ein durchschlagender Erfolg, beinahe schon das gesamte Jahr ausgebucht. Die Einnahmen lagen weit über den prognostizierten Summen, ließen den Betrieb prosperieren.

Ohne seine kluge und fähige Frau wäre das niemals möglich gewesen, da hatte Valentina vollkommen recht. Weder seine Eltern noch er oder seine Schwester hätten es gewagt, über solch eine Investition nachzudenken. Und falls doch, wäre niemand von ihnen in der Lage gewesen, mit der Bank zu verhandeln, die bürokratischen Hürden zu nehmen. Magdalenas Fähigkeiten und Mut waren wortwörtlich Gold wert.

Giò seufzte. Gerade ihre Überlegenheit in solchen Dingen machte es nicht einfacher für ihn. Da konnte sie sich noch so bescheiden geben, er wusste, wozu sie fähig war.

Mit welchen Worten könnte er sie überzeugen, sich ihrem Vater wieder anzunähern? Noch dazu, wo er sie in diesem Punkt verstehen konnte: Wäre sie seinem Wunsch gefolgt, gäbe es Pia nicht.

Allein der Gedanke schnürte ihm die Kehle zu.

Er verstand nicht, wie Salvatore di Lucca das von seiner Tochter hatte verlangen können, noch dazu, wo er sie so sehr liebte. Es von Donatella zu verlangen, einer Frau, die kaum genug besaß, um ihr Leben zu bestreiten, ohne Familie und Rückhalt, das hätte er noch verstanden. Aber die di Luccas hatten Geld, mehr Geld, als seine gesamte Familie in ihrem Leben verdienen würde, sie hatten Ansehen, sie hatten sicherlich Freunde und gute Beziehungen in Venedig. Natürlich war ein Kind ohne Vater stigmatisiert, aber mit den entsprechenden finanziellen Mitteln hätte es Lösungen gegeben. Magdalena hatte sogar einmal davon gesprochen, dass die

Familie Freunde in der Schweiz hatte. Sie hätte das Kind dort zur Welt bringen und mit einem Kindermädchen zurückkehren, Pia als deren Tochter ausgeben können. Sie hätten behaupten können, das Mädchen wäre das Kind einer verstorbenen Cousine.

Warum also hatte Salvatore di Lucca das Kind nicht haben wollen, wenn es Magdalenas Wunsch war? Weil der Vater nicht gut genug war? Ein einfacher Mann aus einem Dorf am Gardasee? Hatte di Lucca damals überhaupt etwas über ihn oder die Familie Martini gewusst?

Giò streckte sich in der warmen Sonne des späten Vormittags. Valentina lag mit ihren Forderungen vollkommen richtig. Es wurde dringend Zeit, das alles herauszufinden.

Roberto Martini stand mit einem breiten Lächeln vor dem Tisch in der Küche, um den der Rest der Familie versammelt war. Er faltete das Küchentuch über den Unterarm und machte eine weitschweifige Verbeugung. »Ich hoffe, es hat den Herrschaften gemundet. Feierabend!«

Magdalena hob spontan die Hände und applaudierte. Die anderen fielen ein, jubelten und lachten, bis Roberto verlegen abwinkte. »Das reicht! Wir haben noch Arbeit vor uns. Das ist erst der Anfang. Los, los!«

Magdalena und Sophia sprangen auf und sammelten in Windeseile das schmutzige Geschirr zusammen, während Sophias Mann Giancarlo die schwere Bratenform trug, auf deren Boden sich nur noch kümmerliche Soßenreste befanden. Roberto hatte drei Spanferkel für die Gäste zubereitet, und jetzt, da die deutschen und französischen Touristen satt und zufrieden in ihren Betten schlummerten, hatte sich die gesamte Familie einen Moment kostbare Zeit genommen und die Reste vertilgt.

»Bleib sitzen.« Valentina hielt Giò, der den anderen folgen wollte, am Unterarm zurück und hielt ihm stattdessen auffordernd die halb volle Flasche Rotwein vor die Nase.

»Danke, nicht noch mehr.« Er schüttelte energisch den Kopf. Valentina leerte die Flasche gleichmäßig in die Becher der anderen.

»Ich schaue mal, ob …« Giò wollte sich ein zweites Mal erheben.

»Ich habe gesagt, du sollst sitzen bleiben. Ist das so schwer? Du bist unser Gast, wir müssen das ganze Jahr ohne deine Hilfe auskommen. Du kennst die Abläufe doch gar nicht, du stehst deinem Vater nur im Weg.«

»Ich wusste nicht, dass ich so nutzlos bin.« Giò grinste hilflos. »Aber eigentlich wollte ich nach Pia sehen.«

»Die ist ebenfalls gut versorgt. Heilige Muttergottes, kannst du denn nicht einmal für ein paar Minuten die Füße stillhalten?« Valentina schnalzte missbilligend mit der Zunge. »Clara passt hervorragend auf ihre beiden kleinen Cousinen auf. Und ich sollte es wissen, sie ist meine Tochter und hat dieselbe Erziehung genossen wie du und deine Schwester.« Sie nahm einen tiefen Schluck und drohte Giò dramatisch mit dem Finger.

Er gab sich geschlagen und lehnte sich zurück. Mit Valentina zu diskutieren hatte erst recht keinen Sinn mehr, sobald sie etwas getrunken hatte. Dabei würde sie morgen früh wieder hinter dem Empfangstresen stehen, als wäre nichts gewesen. Wer saufen kann, muss auch arbeiten können, so ihre Devise.

Giò spielte mit seinem leeren Weinbecher herum, bis er aus den Augenwinkeln sah, dass Magdalena die Küche verließ. Er passte einen Moment ab, in dem Giancarlo und Sophia an den Tisch zurückkehrten und Valentina ablenkten, dann folgte er seiner Frau.

In den gesamten drei Tagen hatten sie keine Gelegenheit gehabt, miteinander allein zu sein, immer war irgendjemand aus der Familie um sie herumgeschwirrt. Zuerst war Giò darüber erleichtert gewesen, denn so kam er auch nicht in Versuchung, über Salvatore di Lucca zu sprechen. Doch morgen früh musste er bis zum Ende seines Wehrdienstes im Herbst zurück nach Peschiera. Er sehnte sich nach mehr als der flüchtigen Umarmung bei ihrer Begrüßung und dem verschämten Kuss am vergangenen Abend, bevor sie zu Bett gegangen waren – sie in ihre Kammer über der Küche und er in seiner Dachstube.

Die Gespräche und das Geklapper aus der Küche blieben hinter ihm zurück, als er beschwingt die Treppe hinauflief.

Die Tür zu Magdalenas Kammer war nur angelehnt. Ein warmer Lichtschein leuchtete durch den Spalt.

Giò schlüpfte hinein und schloss die Tür hinter sich.

Madgalena stand mit dem Rücken zu ihm über die kleine Kommode gebeugt, die neben dem Bett stand. Die Vorhänge am Fenster rechter Hand waren zugezogen.

»Magdalena«, rief er behutsam.

Sie fuhr erschrocken herum und lächelte dann erleichtert. »Ich habe dich gar nicht kommen hören.«

Er ging auf sie zu und blieb im Abstand von einer Armlänge vor ihr stehen, fühlte sich plötzlich von seiner eigenen Offensive beschämt. »Ich wollte die Gelegenheit nutzen, mit dir allein zu sein.«

»Das ist … verständlich.« Magdalenas Wangen röteten sich.

Er machte den letzten Schritt auf sie zu und zog sie in die Arme. Sie legte vertrauensvoll den Kopf an seine Brust. Giò sog das Aroma ein, das er von ihr kannte, ein hauchzarter unbestimmt blumiger Duft. Ihr weiches Haar kitzelte in seiner Nase. Er streichelte sanft ihre Schultern, spürte, wie sich ihre Brüste unter den Atemzügen hoben und senkten.

Er küsste ihren Scheitel.

Einen Moment glaubte er, dass Magdalena sich anspannte, als wollte sie davonspringen, doch es war nur ein flüchtiger Eindruck. Er hob einen Finger, legte ihn unter ihr Kinn und hob ihr Gesicht dem seinen entgegen. Ihre Augen waren auf ihn gerichtet, fragend, bittend.

»Was ist?«, flüsterte er.

Als sie schwieg, beugte er sich zu ihr, küsste sie erst sanft, dann fordernder. Zögernd öffnete sie ihre Lippen.

Giò blinzelte. Sie stand da wie eine Statue, hielt die Augenlider geschlossen. Sein Blick fiel auf die helle Haut ihres Ausschnitts. Ihr Kleid war hochgeschlossen, er konnte nicht einmal die Falte zwischen ihren Brüsten erkennen.

Ihr Kuss wurde forscher, weiche Lippen streiften die seinen.

Mit einer raschen Bewegung fuhr Giò mit der flachen Hand unter ihr Kleid. Beinahe hätte er vor Verlangen aufgestöhnt, als seine Finger eine harte Brustwarze ertasteten.

In dem Moment riss Magdalena sich los und stieß ihn von sich. »Lass das!«

»Was meinst du?«

Sie machte einen Schritt zurück und fiel aufs Bett, spreizte unwillkürlich die Beine.

Giò dachte überhaupt nicht nach, kniete sich mit einem Bein zwischen ihre Schenkel und wollte sie an sich ziehen.

Magdalena holte aus und scheuerte ihm eine.

Es war mehr ein Klaps, doch ihm war, als hätte sie ihm einen Amboss ins Gesicht geschleudert. Mit einem Satz sprang er auf und wich zurück, bis er die kalte Wand im Rücken spürte.

Magdalena stützte sich auf die Ellbogen und starrte ihn entsetzt an.

Giò rieb sich die Wange. »Was soll das?«

»Es tut mir leid, ich wollte nicht …«

In dem Moment erst begriff er. Er fragte sich, wie er so blind hatte sein können. Seine Erregung ließ auf einen Schlag nach. Stattdessen brodelte Wut in ihm hoch, Wut auf sich selbst, seine Dummheit, seine Unbeherrschtheit.

Im letzten Sommer während ihres unbeschwerten Ausflugs in die Hänge des Monte Baldo hatte sie ihn abgewiesen. Er hatte gedacht, es wäre noch eine späte Folge der schweren Geburt.

Jetzt erkannte er, dass es nicht immer Zufall gewesen war, dass er und Magdalena nie länger als ein paar Minuten allein waren. Sie wollte es so. Warum?

Er wandte sich von ihr ab, umrundete das Bett und trat ans Fenster. Mit zwei Fingern hob er den Vorhang und starrte hinaus in die Dunkelheit. »Du hast Angst vor mir.«

Die Hand wurde zur Faust, ballte sich um den Stoff. Unter Aufbietung aller inneren Kräfte hielt Giò sich davon ab, den Vorhang herunterzureißen.

Die Bettfedern knarzten. Magdalena stand auf. Ihr Kleid raschelte, als sie es glatt strich.

»Nein«, erklärte sie ruhig. »Das stimmt nicht. Ich …«

Er fuhr herum. »Gib es doch wenigstens zu!«

Ihre Augen weiteten sich erschrocken, und sie machte unbewusst einen Schritt zurück.

Er streckte ihr beide Handflächen entgegen, fühlte sich plötzlich vollkommen machtlos. »Ich werde dir nichts tun. Ich würde dich niemals zu etwas zwingen, verstehst du? Ich wusste nicht … Es war …« Er brach ab und biss die Zähne aufeinander, bis sein Kiefer anfing zu schmerzen. Am liebsten hätte er sich auf sie gestürzt und sie geschüttelt, bis sie ihm glaubte, aber er war trotz seiner Wut klar genug bei Verstand, um zu begreifen, dass er damit genau das Gegenteil erreichen würde.

Er fasste nach hinten, klammerte sich mit beiden Händen ans Fensterbrett, senkte den Kopf und atmete mehrmals tief ein, bis sein Herzschlag sich wieder beruhigte.

»Giò, gib mir etwas Zeit. Wir kennen einander kaum.«

Ein bitteres Lächeln stahl sich auf seine Züge. Jetzt, in dieser völlig falschen Situation, nannte sie ihn bei seinem richtigen Namen. Er schloss die Augen und kämpfte gegen ein neues Verlangen an. Er wollte sie umarmen und wiegen, so wie sie es beide bei Pia machten, wenn sie weinte. Sie vor diesen grausamen Gedanken behüten, *er,* ihr Mann, der sie liebte, sich im Stillen nach ihr verzehrte, könne ihr wehtun. Nicht einmal in einem schlechten Traum durfte sie so etwas denken!

»Ich liebe dich«, flüsterte er heiser, ohne Rücksicht darauf, ob sie ihn verstehen konnte. »Ich werde dich immer achten und dir niemals etwas antun, das du nicht willst.«

Als er endlich den Mut aufbrachte und den Kopf hob, war die Kammer leer. Lange stand er einfach da und starrte vor sich hin. Er brachte nicht genügend Kraft auf, sich von der Stelle zu bewegen.

Er fühlte, wie sich jene überirdische Präsenz näherte. Sie war nicht real, nur eine Ausgeburt seiner Fantasie, und doch würde es ihn kein bisschen wundern, wenn er ihn eines Tages leibhaftig vor sich sehen würde.

Er war bei ihm, der schwarze Engel, der ihm die Luft zum Atmen raubte. Er zog ihn in seine lähmende Umarmung, flüsterte ihm zu, wie einsam er war, gab ihm die Gewissheit, seit Milos Tod vollkommen allein durch dieses Universum zu schweben und nie wieder von einem Menschen geliebt zu werden.

Giò presste die Faust in den Mund, kniff die Augenlider zusammen, bis er Sterne sah. Nein, auf diesen Pfad mitten hinein in den Höllenschlund von Traurigkeit wollte er sich nicht begeben.

Er rief sich Pias Kleinkindgesicht ins Gedächtnis, dachte daran, wie sie den Mund zu einem spitzen O verzog, bevor sie lachte. Sie liebte ihn. Ihre Mutter vielleicht nicht, aber seine Tochter. Daran musste er sich festhalten.

21. Peschiera im Juni 1861

WARUM KONNTE ES eigentlich immer nur noch schlimmer kommen?

Giò stand vor der Tür von Signora Cacciatores Rustico. Er brachte nicht mehr die Kraft zum Anklopfen auf. Stattdessen ließ er sich mit einem dumpfen Laut gegen das Holz sinken. Er glotzte auf die Büschel Mohnblumen, die sich in einem Winkel der Natursteinmauer breitgemacht hatten. Rote Tränen, das Symbol der Gefallenen.

Er taumelte und wäre beinahe der Länge nach hingeschlagen, weil die Tür aufgemacht wurde. Geistesgegenwärtig fing Signora Cacciatore ihn auf und hielt ihn fest, weil er schwankte.

»Giò, bist du betrunken? Heilige Muttergottes, es ist später Vormittag!«

»Ich habe … Signora, er ist … Herrgott, hilf mir, ich wollte das nicht.« Er brach in Schluchzen aus.

Sie fragte nicht weiter, zog ihn ins Haus und knallte die Tür zu. Giò war von dem strahlenden Sonnenschein draußen geblendet, doch er schaffte es bis zur Sitzbank vor dem Esstisch und sank darauf zusammen. Er stützte sich schwer auf das Holz und schluchzte trocken. Er wollte erklären, ihr beichten, was er getan hatte, doch er brachte kein Wort hervor.

Signora Cacciatore fragte nicht weiter. Sie zog seinen Kopf an ihren warmen Körper und streichelte ihm sanft über den Rücken, bis er sich endlich ein wenig fing.

»Ich wollte das nicht«, flüsterte er heiser.

»Was ist los?«

»Doktor Nonnschläger ist tot.«

Sie bekreuzigte sich und murmelte ein paar Worte. Dann ließ sie ihn los und ging. Wie aus dem Nichts hielt sie Giò kurz darauf einen Becher dampfenden Tee vor die Nase.

»Melisse. Das beruhigt.« Sie nickte ihm energisch zu.

Gehorsam nippte er an dem glühend heißen Gebräu. Die Hitze breitete sich in seiner Brust und seinem Bauch aus, brachte ihn tatsächlich wieder ein wenig zu sich. Dankend nahm er auch das feuchte Leintuch, das Signora Cacciatore ihm reichte, und wischte sich übers Gesicht.

Sie nahm ihm den leeren Becher ab, setzte sich ihm gegenüber auf die Bank und nahm seine Hand. »Vielleicht ist es klüger, wenn du mir *nicht* erzählst, wie es passiert ist.«

»Vielleicht, das stimmt.«

»Aber ich sehe dir an, dass es in dir brennt. Also sag, was du loswerden musst.«

»Er hat mir im Januar den Brief gegeben. Den Sie bezeugt haben.«

»Er hat es also wahr gemacht.« Sie presste grimmig die Lippen aufeinander. »Der Feigling.«

»Verzeihung?«

»Was hast du mit dem Brief gemacht?«

»Verbrannt.«

»Sehr gut.« Sie seufzte tief und musterte Giò gründlich. Er hielt ihrem forschenden Blick stand, fühlte sich sogar auf eine merkwürdige Weise getröstet und verstanden. Sie hatte Nonnschläger gekannt, von seinem Geheimnis gewusst. Niemand sonst konnte auch nur ahnen, was er gerade durchlitt.

Sie seufzte abermals. »Ich hatte bis zuletzt gehofft, dass es nicht dazu kommt. Dass er entweder selbst den Mut findet oder einen anderen Weg sieht.« Sie stockte.

Giò senkte schuldbewusst den Kopf. »Heute Morgen hatten wir eine Schießübung direkt an der Grenze zur Lombardei angesetzt. Doktor Nonnschläger …« Er schluckte mehrmals, bevor er weitersprechen konnte. »Er schien völlig den Verstand verloren zu haben. Er rannte hin und her, halluzinierte von Feinden, gab den Bäumen Befehle. Ich habe versucht, ihn zur Ruhe zu bringen, ihm sogar ein paar Schläge verpasst, nichts half.« Wieder hielt er inne.

Signora Cacciatore tätschelte ihm mitfühlend die Hand.

»Zum Glück waren wir allein im Feldlazarett, es wäre eine ruhige Schicht gewesen. Niemand außer mir hat etwas mitbekommen.«

Giò schwieg, wartete darauf, dass er innerlich Mut sammeln konnte, mit der Wahrheit fortzufahren.

»Junge, hör mir zu«, flüsterte Signora Cacciatore nach einer Weile. »Erzähl mir, was *geschehen* ist.« Sie schwieg vielsagend.

Er verstand. Er sollte ihr nicht die Wahrheit sagen, sondern das, was er zur Wahrheit machen musste, für sich und das Andenken Doktor Nonnschlägers. »Es war eine unübersichtliche Situation. Ich habe keine Ahnung, was schiefgelaufen ist, ich nehme an, dass ein paar Burschen in die falsche Richtung gelaufen sind. Auf einmal kamen Schüsse aus allen Richtungen, wir befanden uns mitten im Kreuzfeuer. Ein Schuss traf Nonnschläger in den Rücken. Er war sofort tot. Querschläger.«

»Mein armer Junge.«

Giò ließ es zu, dass die alte Freundin seines Mentors ihn erneut in ihre Arme zog. Er schloss die Augen, vernahm ihren schwachen Duft nach Honig und Kräutern.

»So etwas geschieht immer wieder mal, oder nicht?«

»Giò, hör mir zu. Du bist Soldat. Alberto Nonnschläger starb in der Schlacht gegen einen Gegner, den er nicht besiegen konnte. Seine Qualen haben nun ein Ende.«

»Ich fühle mich so schuldig.«

»Es war nicht deine Schuld. Dennoch wünschte ich, es wäre anders gekommen.«

»Ich habe darauf gewartet, dass er selbst Hand an sich legt. Aber je wahnsinniger er wurde, umso gottesfürchtiger wurde er. Er glaubte, Geister zu sehen. Vor zwei Tagen habe ich ihn wimmernd in einer Ecke des Büros gefunden, den Brieföffner in der Hand. Doktor Figlmüller begann Verdacht zu schöpfen, dass etwas nicht stimmte. Zum Glück ließ er sich kaum je blicken. Aber es wäre nicht mehr lange so weitergegangen. Dann hätten sie …« Er konnte nicht weitersprechen.

Wieder sah er im Geiste Doktor Nonnschläger vor sich, der wie ein Derwisch unter den Bäumen hin und her rannte, immer wieder die Arme in die Luft warf, als wolle er jemanden verscheuchen. Wenn er außer Atem war, blieb er regungslos stehen, nur seine Schultern hoben und senkten sich von schweren Atemzügen.

Es war so einfach gewesen. Als um ihn herum die Schüsse immer näher gekommen waren, hatte Giò vollkommene Ruhe ergriffen. Er hatte sein Gewehr genommen, angelegt, gezielt und den Abzug betätigt. Ein einziger sauberer Schuss mitten in die Lunge. Er hatte nachgeladen, falls jemand auf die Idee kommen würde, die Waffe zu untersuchen. Die Sorge war völlig unbegründet. Niemand hatte seine Version infrage gestellt. Ein Leutnant, so hieß es später, hatte seine Truppe in die falsche Richtung geschickt und eine chaotische Situation ausgelöst. Es war in alle Richtungen geschossen worden. Das passierte. Es war der Sinn solcher Übungen, so etwas in einem echten Kampf zu vermeiden.

»Er starb, wie er sterben wollte«, murmelte Signora Cacciatore. »Anderenfalls hätten sie ihn geholt und ins Irrenhaus gebracht. Das war sein schlimmster Albtraum. Hast du gewusst, dass er verheiratet ist?«

»Ich kenne die Geschichte.«

»Von seiner treulosen Gattin? Er hat sie fortgeschickt, in die Arme eines anderen Mannes getrieben, um sie vor sich und der Syphilis zu schützen. Ich weiß nicht, ob sie jemals von seinen wahren Beweggründen erfahren hat. Aber er war sehr froh, dass sie einen anderen gefunden hat. Und er war es selbst, der nie in die Scheidung eingewilligt hat, damit sie seine Pensionen und Bezüge erbt.«

»Ist das wahr?«

»Ich habe sie nie kennengelernt, aber sie scheint eine liebevolle und aufrichtige Frau gewesen zu sein. Nach dem, was ich über sie weiß, haben die beiden einander gut ergänzt. Gott allein weiß, warum sie keine Kinder hatten. Du warst ihm der Sohn, den er nie hatte.«

Giò biss sich auf die Unterlippe, bis der erneute Drang zu weinen nachließ. Auch ihm war, als hätte man ihm einen Vater genommen. Er musste seinem Papà unbedingt sagen, wie viel er ihm bedeutete, ging es ihm durch den Kopf – und auch Valentina, die ihm nahestand wie eine leibliche Mutter.

Er konzentrierte sich auf diesen Gedanken, auf Pia, seine kleine Tochter, die nun schon über ein Jahr alt war.

Auch Magdalenas Antlitz, ihr lebhaftes Lächeln materialisierte sich vor seinem inneren Auge. Vergeblich versuchte er, die Sehnsucht nach ihr zu verdrängen, oder wenigstens die Erinnerung daran, wie sie beim letzten Wiedersehen auseinandergegangen waren, beide unfähig, die richtigen Worte zu finden.

Signora Cacciatore ließ ihn sitzen und kehrte kurz darauf mit einem Brett, auf dem Käse und ein Laib Brot lagen, sowie einer Flasche und zwei kleinen Holzbechern zurück. Sie legte das Brett auf dem Tisch ab und goss dunkelbraune, sirupartige Flüssigkeit in die Becher.

Argwöhnisch schnüffelte Giò, als sie ihm einen davon entgegenstreckte. Scharfer Alkoholgeruch und Kräuteraromen stiegen ihm in die Nase. »Schnaps oder Medizin?«

»Die Grenzen sind fließend, das weißt du doch. Auf unseren Freund. Möge seine Seele Frieden finden.« Sie hob den Becher.

Der Schnaps hinterließ eine Feuerspur in Mund und Kehle.

Signora Cacciatore schenkte sofort einen weiteren Schluck ein.

»Nicht«, protestierte Giò. »Sie haben mich für den Abend gehen lassen, weil er mein Freund war. Aber ich muss noch zur Kaserne zurück.«

»*Salute!* Möge deine Seele Frieden finden, Giovanni Martini. Du bist ein guter Junge.«

»Bin ich? Meine Frau sieht das anders.« Giò schwindelte. Der Alkohol stieg ihm sofort zu Kopf, dennoch nahm er zum dritten Mal den gefüllten Becher entgegen.

»Was ist mit dir und Magdalena?«

»Sie hasst mich. Sie hat Angst vor mir. Sie will mich nicht ranlassen.«

»Was sagst du da?« Signora Cacciatore zog die Augenbrauen hoch. »Ich hatte an Silvester einen ganz anderen Eindruck.«

»Das täuscht.« Giò schüttelte den Kopf, dass ihm schwindelig wurde. Er griff nach der Flasche. Seine Gastgeberin hinderte ihn nicht daran, den nächsten Becher zu füllen.

»Ich weiß nicht, was ich falsch gemacht habe, Signora. Wirklich. Aber sie hat Angst.« Er kippte den Schnaps hinunter und stützte die Ellbogen auf den Tisch. Die Stube drehte sich bereits um ihn. Das musste ein starkes Zeug sein, dazu hatte er seit dem Morgen nichts gegessen und den ganzen Tag in der Sonne verbracht, die schon stach wie im Hochsommer.

»Giò.« Ihre Stimme nahm den vertrauten strengen Ton an. »Du hast dich ihr doch nicht aufgezwungen?«

»Ist Ihnen Ihr Kräuterschnaps zu Kopf gestiegen? Wofür halten Sie mich?« Er brachte nicht einmal die Kraft auf, richtig wütend über eine solche Anschuldigung zu werden, die Verzweiflung wurde stärker.

»Ich müsste mich schon sehr in dir täuschen. Aber es geschieht so viel häufiger, als ich mir eingestehe.«

»Ich weiß. Es gibt Männer in der Garnison, die sich mit so etwas brüsten. Quer durch alle Ränge. Aber die meisten sind nicht so. Und ich ganz gewiss nicht.«

Signora Cacciatore sprach nachsichtiger. »Manche Männer achten nur nicht darauf, ob es den Mädchen gefällt. Sie schauen ihr nicht in die Augen. Dabei ist der Mensch eines der wenigen Säugetiere, das dies in jenem Moment tun kann. Verstehst du, was ich meine?«

»Ich bin sicher, dass es ihr gefallen hat. Jenes eine Mal. Das einzige Mal. Ich lass sie in Ruhe, das schwöre ich. Aber warum hat sie Angst vor mir?«

»Weiß sie von der Syphilis?«

»Nein. Ich hatte mir sogar diese Dinger besorgt. Sie wissen schon. Aber ich habe sie in den See geworfen. Ich brauche sie nicht. Dabei wollte ich doch … Pia soll doch nicht allein bleiben.« Er stützte den Kopf auf die Hände. Ihm wurde schlecht, mit dem heutigen Tag schien endgültig alles Elend über ihn hereinzubrechen.

Er spürte, wie Signora Cacciatore ihm einen Arm um die Schultern legte.

»Das wird vielleicht noch, eines Tages. Ich glaube übrigens nicht, dass du die Syphilis hast, mein Junge. Deine Symptome waren schwach und nicht sehr eindeutig.«

»Woher wollen Sie das wissen?«

»Ich habe viel gesehen. Ich habe dich untersucht, als du damals auf Nonnschlägers Station im Fieber gelegen hast.«

»Nonnschläger ist tot.« Diese Gewissheit brach wieder über ihn herein, stärker als beim Anblick seiner Leiche am Mittag. Er schlug die Hände vors Gesicht. Nur mit Mühe hielt er die Tränen zurück. Nicht einmal vor Signora Cacciatore wollte er sich so gehen lassen.

Doch es blieb bei diesem frommen Wunsch. Ein Schwall Saures schoss ihm in den Mund. Er stürzte zur Hintertür und übergab sich noch auf der Türschwelle.

»Gleich geht es dir besser. Geh und wasch dich vorne am Bach.« Signora Cacciatore gab ihm einen sanften Schubs. »Wird dir nichts anderes übrig bleiben, als deine Magdalena zu fragen. Bist ein harter Kerl, der auf Leute schießt, bringst es aber nicht über dich, deine Frau danach zu fragen, warum sie dir nicht beiliegen will. Es wird eine gute Erklärung geben.«

Signora Cacciatore wollte mit ihren Belehrungen fortfahren, doch Giò ließ sie einfach stehen und schwankte auf den Bachlauf zu. Er hatte die Taktik von Nonnschlägers alter Freundin durchschaut, vermutlich hatte sie es von dem Arzt gelernt: ablenken, weiter nach vorne schauen, sich nicht mit den Dingen aufhalten, die nicht zu ändern waren.

Es klang klug. Doch er fand es noch sinnvoller, sich auf den unmittelbaren Moment zu konzentrieren. Er musste unbedingt etwas trinken und sich diesen widerlichen Geschmack aus dem Mund spülen. Danach war immer noch Zeit, über den Rest nachzudenken.

22. Malcesine im Oktober 1861

GIÒ STAND AM Seeufer. Er blickte hinauf zur Skaligerburg und dann auf seinen geliebten Gardasee. Ein grauer Herbsttag lastete auf der Landschaft, versprach Nebel, Kälte und Trübsal. Bis gestern hatten die Bäume noch in der Herbstsonne geleuchtet, doch ein Nachtfrost hatte das goldene Laub an den Linden und Kastanien entlang der Hauptstraße mit einem Schlag von den Ästen gefegt. Auch die Lärchen am Hang des Monte Baldo streckten nun ihre Astgerippe in den düsteren Himmel.

Eine dünne Rauchfahne kräuselte sich vor den Bootsschuppen. Giò wandte sich vom Wasser ab. Der Kies knirschte unter seinen Stiefeln, der See gluckerte friedlich.

Alles war vertraut, und doch war nichts so geblieben, wie es vor etwas mehr als drei Jahren gewesen war, als er dem Stellungsbefehl gefolgt war, froh, dass sie ihn nur bis nach Peschiera schickten und nicht in die Karpaten oder ans Schwarze Meer. Zwölf Jahre konnten sie ihn noch jederzeit zu den Waffen rufen, wie es dem Kaiser beliebte. Zwölf lange Jahre war er Soldat des habsburgischen Heeres, eines von unzähligen Schlachtviechern, auf die vielleicht das Henkersbeil wartete.

Giò lächelte grimmig. Dennoch, trotz des dunklen Tages, trotz der Tatsache, dass er immer noch ein Leibeigener an der Waffe war, wollte er sich seine Gelassenheit bewahren. Erst einmal war er frei, zu tun und zu lassen, was er wollte.

Er lief auf die Bootsschuppen zu.

»*Buongiorno,* Onkel Danilo«, rief er von Weitem. Milos Vater saß auf der Bank vor dem Bretterverschlag und flickte Netze, so wie immer um diese Jahreszeit. Sobald der Winter erst richtig hereinbrach, saß er in der Stube an einem Webstuhl, um sich etwas dazuzuverdienen, wenn er nicht fischen konnte.

»Endlich zurück zu Hause?«, erwiderte sein Onkel, ohne dabei die Pfeife aus dem Mund zu nehmen. »Setz dich.«

Giò folgte der Aufforderung und rieb sich die Hände über der Feuerschale. Sein Onkel war zwar älter als sein Vater, aber er schien in den letzten Jahren stärker gealtert zu sein. Während Roberto Martinis Haare erst von wenigen silbernen Strähnen durchzogen waren, waren Danilos schlohweiße Haare noch dünner geworden. Auch sein Gesicht mit den tiefen Furchen wirkte wie die Rinde eines alten Baums.

Giò lehnte sich schweigend zurück. Er dachte an die Zeit, da er mit Milo hier herumgerannt war. Sie hatten Feuerholz, seltene Steine oder Pinienzapfen gesammelt, hatten mit Ästen gefochten, waren im See geschwommen. Bei Onkel Danilo waren die Freiheiten immer größer gewesen als daheim im Gasthof. Heute verstand er das, als Junge hatte er das schwer einsehen können und war viel lieber hier gewesen.

Die Erinnerung war da, sie tat nach mehr als zwei Jahren immer noch weh. Aber sie verzehrte seinen Verstand nicht mehr mit dieser alles umfassenden Dunkelheit.

So sollte es bleiben. Vielleicht folgte das Vergessen, wenn es gar nicht mehr schmerzte und quälte, und das wollte er nicht.

»Hast du nichts zu tun?«, brummte Danilo irgendwann.

»Nein. Ich darf heute Abend kochen, aber es sind nur zwei Gäste da und die Familie. Papà hat alles perfekt vorbereitet.«

»Und deine Pia?«

»Sie hängt Sophia am Rockzipfel, besser gesagt, sie muss immer in der Nähe von Lucia sein. Sobald man versucht, sie von ihrer Cousine zu trennen, gibt es ein Mordsgeschrei.«

»Liegt anscheinend in der Familie.«

»Ja.« Giò schwieg eine Weile, bevor er fortfuhr: »Sophia erwartet ein Kind.«

»Ich weiß.«

Giòs Stimmung sank. Magdalena und er dagegen hielten Abstand voneinander. Er traute sich kaum, sie zu umarmen, aus Sorge, sie könnte ihn missverstehen.

Sie fanden nicht einmal Worte, um miteinander zu sprechen. Er wollte nicht über seinen Wehrdienst reden, schon gar nicht darüber, wie er sich fühlte, seit er Nonnschläger wie einen räudigen Köter erschossen hatte. Er bereute seine Tat. Es hatte ihm nicht zugestanden, den Arzt zu richten, und wenn es hundertmal dessen ausdrücklicher Wunsch gewesen war.

Magdalena dagegen blockte sämtliche Gespräche ab, die ihr Leben in Venedig und ihren Vater betrafen.

Politik und das Weltgeschehen waren erst recht tabu. Hatte Giò früher nichts interessiert, was sich jenseits der Grenzen von Malcesine oder eventuell seiner Nachbarorte abspielte, so verfolgte er das Weltgeschehen seit seiner Reise mit Nonnschläger nach Turin. In Amerika war im Frühjahr ein Bürgerkrieg ausgebrochen, bei dem es unter anderem um die Sklaverei beziehungsweise deren Abschaffung ging. Magdalena und er waren sich einig, dass eine Gleichbehandlung aller Menschen bitter nötig wäre – sogar der Frauen, wie sie ungewohnt sarkastisch ergänzte –, doch über den Weg dorthin könnten ihre Ansichten nicht unterschiedlicher sein. Für sie war der Griff zu den Waffen nur logisch und ein notwendiges Mittel, um eine solche Sache durchzusetzen, Giò dagegen begriff nicht, warum man aufeinander schießen musste, nur weil man verschiedener Ansicht war. Es ging in Amerika nicht einmal um Gebietsansprüche, nur um das Durchsetzen der eigenen Meinung.

Magdalena dagegen sprach von strukturellen Problemen, Sorgen der Menschen um ihre Arbeit, Armut und Hunger. Der König von Italien wäre ein gutes Beispiel, behauptete sie, wäre doch sein Plan, den Ausbau von Manufakturen und Bildungssystemen voranzutreiben. Das wiederum konnte Giò aus den Beispielen, die sie anführte, weder erkennen, noch verstand er, was wofür einmal gut sein konnte. Er ahnte, dass ihm der Hintergrund fehlte, die Gesamtzusammenhänge zu verstehen, dafür waren Nonnschlägers Belehrungen nicht weit genug gegangen.

Am Ende gewann Magdalena solche Wortgefechte, weil er frustriert aufgab, ihr sein eingeschränktes Weltbild entgegenzuhalten, und er sich hoffnungslos unterlegen fühlte – was zwar nicht ihre Schuld war, ihn aber dennoch wütend auf sie machte.

So sprachen sie über die täglichen Pflichten, darüber, welche Aufgaben Giò im Haushalt zukünftig übernehmen würde, über ihre Tochter. Aber solche Themen waren irgendwann erschöpft.

»Magdalena und Papà bleiben bis morgen in Verona.«

»Diese Bankgeschichten?«

»Ja. Magdalena sagt, es läuft hervorragend, aber natürlich muss die Bank zu demselben Ergebnis kommen.«

»Das wird sie, sei unbesorgt.« Danilo stutzte und klopfte auf seine Pfeife. Dann nahm er einen Holzspan vom Rand des Metallbeckens und hielt ihn an den Pfeifenkopf, bis es wieder zu seiner Zufriedenheit paffte.

Giò lehnte sich gegen die raue Holzwand und stierte in die Flammen. »Onkel?«

»Hm?«

»Könnte ich ein paar Tage bei Ihnen wohnen? Sie haben doch Platz?«

»Du kannst gern Milos Zimmer haben. Warum?«

»In meiner alten Dachstube zieht es.«

»Verstehe. Mir ist's recht.« Danilos Tonfall verriet nichts darüber, was er dachte.

»Danke.« Giò war überzeugt davon, dass sein Onkel die wahren Beweggründe kannte, aber er war kein Mensch, der nach so etwas fragte.

Die gesamte Familie Martini hatte im Sommer beschlossen, dass das Dachgeschoss nach Giòs Rückkehr zu einer kleinen abgeschlossenen Wohnung ausgebaut würde. Es mussten ein paar Wände eingerissen werden, dann wäre Platz genug für ein Schlafzimmer, ein Zimmer für Pia und mögliche Geschwister sowie eine winzige Wohnküche.

Doch je näher das Ende von Giòs Wehrdienst rückte, desto häufiger sprach sein Vater davon, mehr Geld in die Tilgung des Kredits zu stecken, damit sie die Verpflichtungen an die Bank früher los waren. Das klang sehr vernünftig, und jeder wusste, wie unwohl Roberto Martini mit diesem Berg Schulden war.

Außerdem wünschte sich Magdalena ein Badezimmer, was Giò ihr ebenfalls nicht verdenken konnte, die Kosten für den Umbau jedoch in die Höhe trieb, selbst wenn alle mit anpackten. Daher hatten sie gemeinsam entschieden, den Umbau um ein Jahr aufzuschieben, auch Giò hatte dem zugestimmt.

Er wurde allerdings das Gefühl nicht los, dass es Magdalena mehr als recht war, auch weil sie ihren Schwiegervater bezüglich der Tilgung sehr bestärkte – sofern sie es ihm nicht sogar eingeredet hatte. Niemand sprach es aus, aber Magdalena Martini, geborene Kaufmannstochter di Lucca aus Venedig, war diejenige, die den Überblick über die Finanzen und das Risiko hatte. Sie hatte keinerlei Entscheidungsbefugnisse, war nicht geschäftsfähig, mit ihren neunzehn Jahren noch nicht einmal großjährig.

Obwohl sein Vater keinerlei Andeutungen machte, nicht einmal darüber sprach, hatte Giò daher ein sehr klares Bild davon, wie die Verhandlungen abliefen: Sie hörten sich in den Gesprächen mit den Bankkaufmännern alle Vorschläge an, und Magdalena ermunterte Roberto Martini unauffällig, höflich nachzufragen, bis sie sicher war, dass er alles begriffen hatte. Und der wiederum würde nur unterschreiben, wenn Magdalena ihm zuvor ihr Einverständnis gegeben hatte, ein verstohlenes Nicken, ein zustimmender Wink mit der Hand unter dem Tisch.

»Sie haben mich gefragt, ob ich sie nach Verona begleiten soll. Aber was soll ich dort herumsitzen? Außerdem erinnert mich Verona an den Krieg. Dort wurden unsere Kriegsgefangenen untergebracht. Die Straßen der Stadt erinnern mich stets an meine eigene Gefangenschaft.«

»Es waren nur ein paar Wochen.«

»Dieses Herumsitzen war schrecklich. Das waren die längsten Wochen meines Lebens.«

Danilo entgegnete nichts.

Giò wartete, aber als sein Onkel nichts sagte, räusperte er sich mehrmals. »Könnte ich mit Ihnen zum Fischen rausfahren?«

Danilo zog an seiner Pfeife und lächelte. »Ich habe mich schon gefragt, worauf du hinauswillst. Hast du nichts Besseres zu tun?«

»Im Gasthof ist alles perfekt eingespielt. Ich war drei Jahre fort, sie haben nichts zu tun für mich.«

»Dein Vater wird dich früher oder später schon in die Küche lassen. Wenn weiterhin so viele Gäste kommen, schaffen er und Giancarlo das nicht mehr allein, warte ab.«

»Und bis dahin?«

»Meinetwegen. Soll dir übrigens Grüße ausrichten.«

»Von wem?«

Danilo grinste und wies mit dem Pfeifenkopf auf das jenseitige Ufer. »Veränderungen sind nicht immer schlecht. Es gibt einträglichere Geschäfte als das Fischen, seit dieser König in Turin sein Königreich ausgerufen hat.«

»Lorenzo Scarponi.«

»Nicht er selbst, aber Freunde und Verwandte. Ist das nicht eine feine Ironie? Sie wollen eine Grenze ziehen zwischen uns, aber meine Bande nach da drüben sind enger geworden. Wer weiß, wofür es eines Tages nutzt.« Er nahm sein Netz und den Holzstift wieder auf, mit dem er die Maschen neu verwebte. »Hab Lorenzos Bruder kennengelernt, der lebt weiter nördlich. Die Familie ist aus Salò. Aus der Gegend sind viele mit diesem Garibaldi in den Süden gezogen.«

»Sagen Sie ihnen, dass ich Lorenzo in guter Erinnerung behalte, ganz gleich, was geschieht.«

»Mach ich.«

Wieder schwiegen sie.

»Mit Magdalena kann ich nicht einmal schweigen«, brach es unvermittelt aus Giò heraus.

Danilo schaute auf. »Wie bitte?«

»Es macht mich ganz nervös, wenn ich mit ihr zusammen bin. Ich möchte ihr so vieles erklären, aber wenn sich dann eine Gelegenheit ergibt, kommt mir kein vernünftiges Wort über die Lippen.« Er lächelte scheu. »Hier dagegen kann ich sitzen und die Stille genießen.«

Danilo schnaubte. »Keine Ahnung, wovon du sprichst, du schwatzt in einem fort. Ich sage dir mal was. Maria und ich, das war keine Liebesheirat. Sie brauchte einen Mann, und ich brauchte eine Frau, so war das. Aber ich habe sie geliebt, irgendwann kam das einfach. Und ich hoffe, dass sie es mit mir ganz gut ausgehalten hat.« Er beugte sich nach vorne und fachte das Feuer an.

»Heißt das, dass ich Geduld haben muss, bis Magdalena mich akzeptiert?«

»Unsinn. Die Frau hat den Weg hierhin gemacht, um dich zu heiraten. Du wirst ihr einen guten Grund gegeben haben. Heilige Madonna, glaubst du, dass sich in einer Stadt wie Venedig nicht ein oder zwei passende Kandidaten gefunden hätten? Und alles andere renkt sich ein.« Er zwinkerte vielsagend.

»Was meinen Sie?«

»Verkauf mich nicht für blöd. Vielleicht sehe ich ein paar Dinge, die anderen verborgen bleiben, weil ich nicht in eurem Haushalt lebe. Von mir aus ziehst du in Milos Kammer, schläfst allein in seinem Bett. Aber wenn dich deswegen die Schwermut packt, fliegst du raus.« Er erhob sich und schlug dem verblüfften Giò auf die Schultern. »Glaub nicht, ich weiß nicht, wie das ist. Schau deiner Tochter in die Augen, Mann, und dann sag dir, warum du lebst: Um sie zu begleiten, aufwachsen zu sehen. Den Rest regelt der Herrgott. Wirst sehen.«

Die gemeinsame Erinnerung an Solferino

23. Malcesine im April 1862

MIT EINEM LAUTEN Seufzen ließ Magdalena den Wäschestapel aufs Bett in ihrer Kammer fallen. Wo sollte sie die ganze Kleidung nur unterbringen? Es war faszinierend, wie viel sich im Laufe der Zeit immer wieder ansammelte. Dabei hatte sie nur eine große Reisetasche bei sich gehabt, als sie damals hergekommen war, mehr hatte sie nicht schleppen können. Der größte Teil ihrer Garderobe war noch in Venedig – sofern Salvatore di Lucca sie noch aufbewahrte und nicht Bedürftigen gegeben oder gar verbrannt hatte.

Die Erinnerung an ihren Vater versetzte ihr einen Stich. Sie setzte sich neben die Wäsche aufs Bett und strich gedankenverloren die Decke glatt.

Wie es ihm wohl erging? Dachte er noch manchmal an sie? Bereute er, dass er sie aus dem Haus gejagt hatte?

Wenn Magdalena ehrlich zu sich war, hatte ihr Vater sie nicht rausgeworfen – sie war gegangen, bevor es dazu kommen konnte. Aber an den Konsequenzen änderte das nichts. Das Tischtuch zwischen ihnen war zerschnitten.

Stimmen schallten durch die halb offene Zimmertür aus dem Empfangsraum zu ihr herauf. Und prompt folgte Valentinas Ruf nach Magdalena.

Sie sprang auf. »Einen Moment! Ich komme!«

Sie zog die unterste Schublade der Kommode neben dem Bett auf und stopfte die Wäsche hinein. Anschließend kniete sie sich hin und drückte vergeblich gegen die Lade. Sie ließ sich nicht mehr schließen.

Hinter ihr erklangen Schritte an der Tür. Lautlos fluchend stemmte sie sich noch einmal gegen das widerspenstige Möbel.

Jemand räusperte sich. Magdalena fuhr herum. Einfach in den Raum zu kommen, ohne etwas zu sagen oder – ob die Tür nun offen stand oder nicht – wenigstens anzuklopfen, wagte nur einer.

Giovanni hatte die Arme hinter dem Rücken verschränkt, als könnte er sich nur mit Mühe davon abhalten, ihr zu helfen. Er wusste ganz genau, dass es besser für ihn war, denn sie mochte es nicht, wenn er ständig hilfsbereit um sie herumwieselte. Es machte ihr ein schlechtes Gewissen. Stattdessen schaute er unbeholfen auf sie herab.

Magdalena wurde rot.

»Oben im Flur neben meiner Dachstube steht ein riesengroßer Wäscheschrank. Niemand nutzt ihn, weißt du«, erklärte er in diesem Tonfall, den sie so hasste.

»Und ich müsste jedes Mal nach oben laufen, wenn ich etwas brauche. Danke, aber nein.« Sie stopfte eine Wollsocke tiefer in den Spalt und ließ die Schublade halb offen, wie sie war.

Giovanni brummte unzufrieden, wich jedoch nur schweigend zwei Schritte zurück, damit sie aufstehen und um das Bett herumkommen konnte.

Im Grunde konnte Magdalena es ihm nicht verübeln. Vielleicht wäre es doch besser gewesen, dem Umbau im letzten Winter zugestimmt zu haben. Die beengten Verhältnisse führten zunehmend zu Spannungen zwischen ihnen. Pia war nun zwei Jahre alt. Ihr Bewegungsradius vergrößerte sich, sie brauchte Platz, wenigstens ein bisschen. Aber nun begann die neue Saison, und damit waren solche Gedanken müßig. Die Gäste sollten sich wohlfühlen und Empfehlungen an ihre Freunde und Verwandte daheim aussprechen, Baulärm und Dreck würden das Gegenteil bewirken. Jetzt mussten sie alle wohl oder übel mit der Situation zurechtkommen, bis sie im Herbst den Umbau in Angriff nehmen konnten.

»Was will Valentina von mir?« Magdalena glättete mit der flachen Hand ihr Kleid und tastete nach ihrem Haar, das sie zu einem strengen Knoten aufgesteckt hatte, damit widerspenstige Locken ihr nicht ständig im Gesicht herumhingen.

»Da ist ein Gast, der dich sehen möchte.«

»Mich? Wieso? Ich kenne keine Gäste näher.«

»Komm einfach mit.«

Er wollte ihr die Hand reichen und zuckte im letzten Augenblick zurück. Stattdessen ging er voraus aus dem Raum und die Treppe hinunter.

Magdalena versetzte es einen Stich. Nicht einmal solche alltäglichen Berührungen wagte er mehr. Das war alles ihre Schuld. Das konnte so nicht weitergehen, sie litten beide darunter. Nur, wie sollte sie das ändern?

Sie kam nicht dazu, weiter darüber nachzudenken. Ein Mann stand vor dem Empfangstresen und gab gerade Valentina einen Handkuss, der einer Fürstin zur Ehre gereicht hätte. Schweres Gepäck, ein staubiger Reisemantel, und die vom Frühlingswetter durchweichten Straßen bedeuteten, dass seine Reise beschwerlich gewesen sein musste, aber sein einnehmendes Lächeln strahlte die Strapazen der Reise einfach weg.

Magdalena konnte gar nicht anders, als ebenfalls fröhlich zu lachen. »Monsieur Dunant! Was führt Sie hierher?«

Henry Dunant blickte zu ihr auf, zog seinen Tropenhut ab und machte eine tiefe Verbeugung. »Mademoiselle di Lucca.

Was für eine herrliche Überraschung. Damit hätte ich wahrlich nicht gerechnet, Sie hier anzutreffen.«

»Nun, ich bin inzwischen Madame Martini.« Magdalena stellte sich neben Giovanni und gab ihrem Gast die Hand. »Das ist eine lange Geschichte. Bleiben Sie zum Essen?«

»Ich würde sogar gern eine oder zwei Nächte bleiben, sofern der Gasthof bereits die Saison eröffnet hat?« Er blickte fragend zu Valentina.

Die schnaubte empört. »Wo denken Sie hin? Wir haben das ganze Jahr über geöffnet, aber sogar wenn das nicht so wäre, würden wir keinem Reisenden unsere Gastfreundschaft versagen. Auch unser Heiland Jesus Christus kam in einer Herberge zur Welt.«

»Womit meine Mutter nicht sagen wollte, dass Sie im Stall schlafen müssen«, fügte Giovanni grinsend hinzu. »Wir werden Ihnen eines unserer besten Zimmer herrichten.« Er packte zwei Taschen und nickte auf Valentinas Zeichen hin, dass er verstanden hatte und Dunants Gepäck in die Suite bringen würde.

Magdalena machte eine einladende Geste in Richtung Speiseraum. »Darf ich Ihnen etwas zu essen oder trinken anbieten, Monsieur?«, fragte sie auf Französisch.

Dunant drehte seinen Hut in der Hand. »Sehr gern. Ich habe ganz vergessen, dass Sie Französisch und Deutsch sprechen, Madame di Lu… Martini.«

»Ich bemühe mich stets, in Übung zu bleiben, sobald sich die Gelegenheit ergibt. Die Gäste sind immer sehr dankbar, wenn sie ihre Muttersprache hören«, wiegelte Magdalena geschmeichelt ab. Sie empfand ihre Sprachkenntnisse wirklich als keine so große Sache. Sie war nicht einmal fürchterlich gut, gerade die deutschen Dialekte brachten sie nicht selten zur Verzweiflung, aber der Rest der Familie stand jedes Mal wie vom Donner gerührt daneben, wenn sie mit einem Gast etwas in seiner Muttersprache verhandelte.

Sie bat Dunant, sich an einen Tisch zu setzen, und lief rasch in die Küche, um Wasser, Brot und Käse zu holen. Für ein Mittagessen war es noch zu früh, aber Valentina würde ihrem Mann schon Bescheid geben, damit er rasch eine Mahlzeit zubereitete. Notfalls konnte Giovanni etwas anrichten.

»So haben Sie Giovanni Martini geheiratet?«, fragte Dunant, sobald sie sich zu ihm gesetzt hatte.

Magdalena nickte. »Unsere gemeinsame Zeit nach der Schlacht in Castiglione hat uns zusammengeführt. Wir haben eine Tochter, Pia.«

»Wie überaus wundervoll zu hören, dass dieses grausame Ereignis auch etwas Gutes nach sich zieht. Werden Sie glücklich, mein Kind. Ich wünsche Ihnen von Herzen, dass Sie der Mut, den Sie und alle anderen in diesen Tagen bewiesen haben, niemals verlässt.«

Magdalena schwieg erstaunt. Die Schlachten auf den Feldern von Solferino und San Martino lagen nun beinahe drei Jahre zurück, aber diesen Mann schienen die Ereignisse nicht losgelassen zu haben. Dabei war er nur ein Beobachter gewesen, genau wie sie. Wie musste es dann Giovanni ergehen? Sie hatten niemals mehr ein Wort darüber gesprochen. Aber war diese Erinnerung ein weiterer Grund für die Schwermut, die ihn immer wieder überkam? Es kam nicht sehr häufig vor – dazu hatte ihr Mann sich Strategien angeeignet, es gekonnt zu überspielen. Doch das letzte halbe Jahr hatten sie täglich Zeit miteinander verbracht, und Magdalena hatte gelernt, Giovannis Stimmungen zu erkennen. War es nicht nur der Gedanke an Milo, wenn er schweigsamer wurde und sein Blick so oft hinaus aus dem Fenster schweifte, als hoffte er wider besseres Wissen, seinen Cousin kommen zu sehen?

Oder wenn er so, wie gerade jetzt, unauffällig Henry Dunant musterte, während er eine dampfende Kanne Tee auf den Tisch stellte und sich zu ihnen setzte. Er war neugierig, doch Magdalena erkannte auch ein Zögern in seinen Gesten, den angespannten Zug an seiner Kieferpartie. Er bewegte sich wie ein Tier auf dem Sprung, bereit, jederzeit anzugreifen, falls sich die Situation als gefährlich herausstellte.

Dunant bemerkte nichts von alledem. Er dankte und säbelte sich eine Scheibe Brot vom Laib ab. »Zeichnen Sie sich demnach verantwortlich für die Annoncen in den französischen Zeitungen, Madame Martini?«

»Ja, das ist korrekt. Wir haben viele Gäste aus Frankreich und dem Deutschen Reich.«

»Das kann ich mir denken. Es ist ein schöner Flecken. Ich würde mir sehr gern nachher einmal die Skaligerburg aus der Nähe ansehen, wenn das möglich ist. Eine prachtvolle Zeugin vergangener Zeiten.« Er richtete sich ein wenig auf. »Nun, ich möchte offen zu Ihnen sein. Ich bin nicht ganz zufällig hier. Ich hatte den Namen Martini in den Reklamen gelesen und erinnerte mich daran, dass Sie, Giovanni, erwähnten, hier aus der Gegend zu sein. Daher hoffte ich, Sie hier zu finden, oder falls nicht, dass man mir sagen könnte, wo ich Sie und die beiden österreichischen Ärzte auftreibe.«

Dunant hatte erst die letzten Worte direkt an Giovanni gerichtet, der ihn nun verdutzt ansah.

Magdalena wurde heiß. »Nun, dann sind Sie hier richtig«, erwiderte sie auf Italienisch.

Dunant zog überrascht die Augenbrauen hoch.

»Giovanni haben Sie gefunden, aber was Doktor Nonnschläger anbelangt, so sind Sie leider zu spät.«

»Was ist passiert?«, fragte Dunant ebenfalls auf Italienisch.

Magdalena atmete auf. Er hatte verstanden. Sie hatten die

Sprache gewechselt, ohne Giovanni bloßzustellen. Dem würde das unangenehm genug sein, das wusste sie genau.

Giovanni straffte die Schultern. »Doktor Nonnschläger verstarb in Ausübung seiner Pflichten. Ein Querschläger traf ihn während einer Waffenübung.«

»Ich verstehe. Wie bedauerlich. Mein Beileid.« Dunant tätschelte Giovanni scheu die Hand. »Das muss ein großer persönlicher Verlust für Sie gewesen sein.«

»Ja, das war es.« Seine Stimme verlor sich.

Magdalena war hin- und hergerissen. Sie freute sich aufrichtig, Dunant wiederzusehen, sie mochte diesen energischen Mann. Doch er riss alte Wunden auf, brachte Giovanni dazu, über die Vergangenheit nachzudenken, die Dämonen wieder zu rufen, die ihn gequält hatten.

»Und über den anderen? Diesen Tiroler Jäger? Wissen Sie etwas über den?«

»Nicht genau. Enrico Varese war sein Name, ein Stabsarzt aus der Garnison in Riva. Das ist hier ganz im Norden. Ich habe nie wieder etwas von ihm gehört, nachdem sich unsere Wege getrennt hatten.«

»Ah, immerhin eine Spur, sehr gut. Ich beabsichtige, den See hinaufzufahren und dann über Trient und Bozen nach Innsbruck zu reisen. Vielleicht habe ich ein zweites Mal Glück und finde ihn.«

»Ich könnte Sie begleiten. Sofern das Wetter mitspielt, kann mein Onkel uns mit dem Boot den See hinaufbringen. Das ist nicht weniger komfortabel als mit der Postkutsche.«

Dunant lächelte warm. »Das Angebot nehme ich sehr gern und im vollen Umfang an.« Er trank einige Schlucke Tee und seufzte tief. »Ich beabsichtige, meine Erinnerungen an die Schlacht und an das, was folgte, aufzuschreiben und zu veröffentlichen. Dazu möchte ich mit den Zeitzeugen sprechen, um ein möglichst unverfälschtes Bild wiederzugeben. Würden Sie mir erzählen, wie Sie die Tage auf dem Schlachtfeld von Solferino und danach erlebt haben?«

Giovanni starrte ihn überrascht an. Er schwieg, während sich seine Mundwinkel verkrampften.

Für Magdalena wäre es vollkommen unnötig gewesen, dass er über seine schmerzhaften Erinnerungen sprach, sie konnte jeden einzelnen Gedanken aus seinem Antlitz herauslesen. Sie unterdrückte den Impuls, sich umzudrehen, um zu sehen, ob Milo im Raum stand, so intensiv glaubte sie, seine Präsenz zu fühlen.

»Warum?«, brachte Giovanni schließlich hervor. Es klang unhöflich, aber Dunant schien zu verstehen, was ihn bewegte.

»Die Zustände für die Verwundeten nach der Schlacht waren katastrophal. Es fehlte an allem, an helfenden Händen, aber auch an Material und an Menschen, die wussten, was zu tun war, und die das Ganze koordinierten.« Er senkte den Kopf, schien beschämt. »Wie viele Männer hätten wir retten können, wenn wir etwas planvoller vorgegangen wären?«

Unerwartet fuhr Giovanni auf. »Davon will ich nichts hören, Signor! Gerade *Sie* haben Dutzende Menschenleben vor dem sicheren Tode bewahrt. Andere haben nur dort gestanden und gegafft, Sie haben dagegen angepackt. Sie haben unsere Ärzte dazu geholt. Sie sind der Letzte, der sich Vorwürfe machen sollte. Sogar der italienische König hat Sie dafür ausgezeichnet, zu Recht, wie ich meine.« Er ließ sich gegen die Stuhllehne fallen und blickte Dunant finster an.

Der hob beschwichtigend die Hände. »Bitte verzeihen Sie, Sie haben vollkommen recht, ich wollte niemanden brüskieren. Es ist nur so, dass niemand auf eine solche Katastrophe vorbereitet war. Und es wird wieder passieren, denken Sie nicht? Soldaten liegen nach einer Schlacht auf dem Feld, verwundet und durstig, nicht in der Lage, nach Hilfe zu suchen. Wenn nun die Ärzte und Sanitäter die Erlaubnis hätten, sie zu versorgen, ohne gleich über den Haufen geschossen zu werden?«

»Sie reden, als ob das ein Spiel wäre. Erst schießen wir aufeinander, anschließend räumen wir die Toten weg und versorgen die Verwundeten. Und am nächsten Tag wieder von vorne.«

Dunants Miene wurde störrisch. »Auch ein Krieg folgt Regeln, das wissen Sie besser als ich. Warum nicht auch Regeln für das aufstellen, was *nach* einem Gefecht passiert, um die Opfer zu versorgen?«

Giovanni schob das Kinn nach vorne und beugte sich über den Tisch. Dann schien ihm bewusst zu werden, wie aggressiv seine gesamte Körperhaltung war, und er lehnte sich wieder zurück. »Warum dann überhaupt noch Krieg führen?«

Dunant zuckte nicht einmal mit der Wimper, schien auf dieses Argument gewartet zu haben. »Ich stimme Ihnen unbedingt zu, dass mehr dafür getan werden müsste, Kriege gar nicht erst zu erklären. Aber die Chancen, dass es zu unseren Lebzeiten dazu kommt, halte ich für gering. Überhaupt wäre es eine verwegene Utopie, dass es einmal keine Kriege mehr geben wird. Eher werden eines Tages Menschen zum Mond fliegen! Vielleicht kommt die Menschheit in ferner Zukunft zur Vernunft und erkennt, dass wir alle Brüder und Geschöpfe desselben Gottes sind, mit den gleichen Rechten und Pflichten. Aber vermutlich werden sogar um diese Idee erst Kriege geführt werden müssen, so wie es in Amerika gerade geschieht, wo sich Gegner und Befürworter der Sklaverei im Felde gegenüberstehen.«

»*Tutti Fratelli*«, murmelte Magdalena.

Dunant nickte.

»Wir sind alle Brüder, ja? Vielleicht erkennen sogar die Herren dieser Welt, dass auch uns Frauen ein Platz auf Augenhöhe gebührt«, fügte sie hinzu, mehr zu sich selbst, aber nicht so leise, dass die anderen beiden es überhören könnten.

Jetzt senkte Dunant den Kopf, um ihrem Blick auszuweichen, als habe er diesen Aspekt nicht weiter in Betracht gezogen.

Giovannis Mundwinkel zuckte dagegen, als müsste er ein Lächeln unterdrücken. Ihn überraschte Magdalena mit solchen Äußerungen nicht mehr, das wusste sie.

Mit einem Mal wurde ihr bewusst, dass er diesen Anspruch ihrerseits noch nie infrage gestellt hatte. Es war ja nicht so, dass sie ständig so etwas von sich gab. Doch bei den seltenen Gelegenheiten schwieg er zumeist nachdenklich. Er bestärkte sie nicht, aber er widersprach auch nie. Wie dachte er darüber?

»Jedenfalls«, brachte Dunant nun ihre Gedanken aufs Thema zurück, »lässt mich die ganze Angelegenheit nicht los. Ich wäre erfreut, wenn Sie Ihre Erinnerungen mit mir teilen und mir die Erlaubnis erteilen, sie wiederzugeben, zum Wohle zukünftiger Generationen.«

»Also gut, was kann es schaden? Wir treffen uns in einer Stunde vor dem Tor, und ich gebe Ihnen eine Führung zur Burg und durchs Dorf. Dabei können Sie alle Ihre Fragen stellen, und ich werde sie nach bestem Wissen beantworten.« Giovanni nickte grüßend und verließ den Raum.

Magdalena sah noch, dass er die Hände zu Fäusten geballt hatte. Ihm war klar, dass er sich seinen Dämonen stellen musste.

Ihr wurde ganz flau im Magen, am liebsten hätte sie Dunant gebeten, von dieser Idee abzulassen. Aber es stand ihr nicht zu, sich einzumischen. Gott allein wusste, ob es wirklich niemandem schadete.

»Er ist faszinierend, dieser Franzose«, murmelte Giovanni. Er beschattete die Augen mit der Hand und blickte auf den See, der in der Sonne gleißte.

»Er ist Schweizer«, sagte Magdalena.

»Wie auch immer. Faszinierend. Er weiß sehr genau, was er will, und er wird es erreichen.«

»Ein liebenswürdiger Sturkopf.« Sie versuchte vergeblich, ihre Haarsträhnen zu bändigen, aber der Wind war zu stark. Die Ora blies pünktlich zur Mittagsstunde kräftig von Süden her. Es war Magdalena immer noch unbegreiflich, wie ein Wind jeden Tag so regelmäßig einsetzen konnte. Onkel Danilo konnte ihn sogar je nach Wetterlage beinahe auf die Minute genau vorhersagen.

»Ich habe den Eindruck, dass eure Gespräche gut waren«, fügte sie hinzu. »Immerhin ist er nun entgegen seinen Absichten drei Tage geblieben.« Heute Nachmittag würde Onkel Danilo Giovanni und Dunant nach Riva segeln, dort warten, bis die Ora nach Sonnenuntergang abflaute, um dann zurückzurudern, was bei der heutigen Wetterlage einfacher sei, als ständig zu kreuzen. Es klang in Magdalenas Ohren fürchterlich beschwerlich, doch Danilo hatte nur gelacht und ihr erklärt, er wäre das gewöhnt, außerdem habe seinem Neffen das Militär nicht geschadet, wenn es darum ging, sich in die Riemen zu legen.

Giovanni schwieg und betrachtete weiter das Wellenspiel. Er wirkte in sich gekehrt, zugleich entspannter, als Magdalena ihn seit seiner Rückkehr jemals erlebt hatte. Es schien ihm gutgetan zu haben, sich seine Erlebnisse von der Seele zu reden.

Er atmete tief ein und warf plötzlich den Kopf zurück und lachte unbeschwert.

Magdalena schaute zu ihm auf. Sonne kitzelte auf ihrer Haut. Sie stand ungefähr eine Armlänge von Giovanni entfernt. Der Drang, seine Nähe zu suchen, wurde beinahe übermächtig. Aber das wäre nicht fair ihm gegenüber. Eins führte zum anderen. Berührungen weckten Begehrlichkeiten, die sie nicht befriedigen konnte.

Ein sehnsüchtiges Ziehen in ihrer Brust blieb.

Es war ja nicht so, dass sie es nicht gewollt hätte, ganz im Gegenteil. Sie war nicht aus Stein, und hier stand der Mann, für den sie ihre gesamte Vergangenheit aufgegeben hatte. Das bereute sie nicht. Er war ihr ein guter Ehemann, ein wundervoller Vater. Er respektierte sie und hielt Abstand, den sie sich nicht wünschte, der jedoch notwendig war.

Magdalena biss sich auf die Unterlippe. Es kostete sie Mühe, sich zurückzuhalten. Sie wollte die Hand ausstrecken, ihn einfach nur berühren. Sie wusste kaum noch, wie sich die Haut seiner Wangen mit den Bartstoppeln anfühlte. Es war seltsam, das letzte halbe Jahr hatte den Zusammenhalt zwischen ihnen gestärkt, sie hatten einander kennengelernt. Zugleich war die Kluft zwischen ihnen größer denn je. Das musste sich ändern, nur wie?

»Es hat gutgetan, über diese Dinge zu reden, das stimmt schon.« Er zögerte, ein versonnenes Lächeln auf den Lippen. »Aber Dunant ist kein Mann, der sich mit der Vergangenheit beschäftigt, wenn er nicht die Zukunft im Sinn hätte. Ich bin gespannt, welche seiner Pläne er verwirklichen kann.«

»Die Verbesserung der Versorgung verwundeter Soldaten?«

»Ja, richtig. Er steht in Kontakt zu Louis Appia. Das ist

der Arzt, der mit ihm in Turin im Januar 60 ausgezeichnet wurde.«

»Du hast mir von ihm erzählt, du meintest, dass er dich sehr an Doktor Nonnschläger erinnert hat.«

»Ja. Sie waren Brüder im Geiste. Er hat dafür gesorgt, dass Nonnschläger und ich an der Zeremonie teilnehmen konnten, obwohl wir als Bürger Österreichs dort nichts zu suchen hatten. Für Appia gilt, was für Nonnschläger gegolten hat: Ein verwundeter Soldat ist zunächst ein Mann, der Hilfe benötigt. Erst an zweiter Stelle ist er Franzose, Italiener oder Deutscher.« Giovanni schwieg beeindruckt.

Magdalena wartete geduldig. Sie hatte gelernt, dass er manchmal diese Art von Stille suchte, Momente ohne Worte.

»Magdalena, was hältst du davon, wenn wir deinen Vater besuchen?«

»Meinen … was?«

»Wir packen Pia ein und machen einen Familienausflug nach Venedig. Hast du denn gar keine Sehnsucht nach deiner Heimatstadt?«

»Das … ja, aber …« Magdalena wurde trotz der frühlingshaften Temperaturen eiskalt. Das hatte ja eines Tages so kommen müssen.

Giovanni lächelte sie arglos an, voller Freude wie ein kleiner Junge. Noch nie hatte sie ihn so unbeschwert gesehen. Er hatte ja keine Ahnung, dass Salvatore di Lucca seine Tochter nicht gerade herzlich willkommen heißen würde.

Magdalena rang sich ihrerseits ein bedauerndes Lächeln ab. »Das geht doch nicht.«

»Wieso nicht? Es wird Zeit, dass ich deinen Vater einmal kennenlerne. Und er seine Enkelin.«

»Die Saison beginnt. Wir können deine Eltern nicht im Stich lassen.«

»Die Anzahl der Gäste wird erst ab Mai steigen, bis dahin ist es ruhig.« Er wurde ernst. »Außerdem schaffen das hier alle wunderbar ohne mich. Ich langweile mich.«

»Das mag sein, aber Valentina braucht mich.«

»Ich bin sicher, dass Mamma nichts dagegen hat, wenn wir fahren. Sie kommt für ein paar Tage auch ohne dich zurecht.«

»Das wird sich ändern, wenn Sophia das Kind zur Welt bringt. Dann müssen wir sie entlasten.«

»Es ist noch nicht so weit. Bis dahin sind wir längst zurück.«

Magdalena fiel nichts mehr ein, was sie noch hätte sagen können. Sie wandte sich ab und trottete in Richtung der Bootsschuppen, wo Sophia mit den beiden kleinen Mädchen auf sie wartete.

»Magdalena, warte!« Mit ein paar langen Schritten war Giovanni heran und riss sie herum. Zu ihrer Bestürzung war seine gute Laune verflogen, stattdessen sprühten seine Augen wütende Funken. »Warum willst du nicht fahren? Ist es wegen mir?«

»Deinetwegen? Aber wieso denn?« Sie musste eine Antwort auf seine erste Frage um jeden Preis vermeiden. Sie wollte ihn nicht anlügen, aber die Wahrheit sagen, wie es um sie und ihren Vater stand, konnte sie auch nicht. Dafür würde er kaum Verständnis haben.

»Weil ich nicht gut genug für dich bin.« Sein Griff um ihren Oberarm war nicht grob, aber bestimmt.

Magdalena überlief eine Gänsehaut. »Was redest du da?«

»Ein Mädchen aus gutem Hause, aus dem venezianischen Geldadel, heiratet einen einfachen Gastwirtssohn. Das kann ihm nicht recht gewesen sein, sicherlich hat er nur zähneknirschend eingewilligt.«

»Ich versichere dir, damit hat es nichts zu tun.«

»Du parlierst mit Dunant auf Französisch und ich? Ich kann gerade mal einigermaßen lesen.« Er schüttelte sie sanft. Er hatte sich etwas beruhigt, es wirkte eher hilflos als aggressiv.

»Bitte, Giovanni! So ist mein Vater nicht. Du bist gescheit, hast Manieren. Er wird dich mögen.« Woher wollte sie das wissen? Wenn sie nicht einmal den Mut aufbrachte, es herauszufinden?

»Na ja. Benehmen kann ich mich, aber für geistreiche Gespräche wird es nicht reichen.« Er blickte immer noch finster drein.

Magdalena lachte wider Willen auf. »Darum musst du dir wirklich keine Sorgen machen. Vater wird es lieben, wenn du ihm vom Gasthof hier am See erzählst, von deinen Kochkünsten und deinem Wissen über Gewürze. Er liebt indisches Essen. Bereite ihm ein Curry zu, und er schließt dich in sein Herz.« Sie wurde ernst. »Für gottgefällige oder angeblich so kluge Gespräche soll er sich mit Don Alfredo zusammentun.« Magdalena wusste bis heute nicht, welchen Anteil der Priester am Disput mit ihrem Vater hatte. Er war in der Palazzina di Lucca ein und aus gegangen und hatte maßgeblichen Einfluss auf Magdalenas Verurteilung wegen ihrer Unzucht durch den Hausherrn gehabt. Und das brachte sie wieder auf den Grund zurück, warum sie unter keinen Umständen nach Venedig reisen durften.

Sie schluckte. »Papà ist immer sehr beschäftigt. Es könnte sein, dass wir ungelegen kommen. Vielleicht ist er nicht einmal in der Stadt.«

Giovanni ließ sie los, dieser Einwand schien endlich zu ihm durchzudringen.

»Na und?« Er steckte beide Hände in die Hosentaschen.

»Dann buchen wir eben ein Hotel. Ich möchte Venedig sehen. Du erzählst kaum etwas, dabei soll es eine so schöne Stadt sein.« Er ging voraus, wofür Magdalena ihm dankbar war, denn so musste sie ihm wenigstens nicht mehr ins Gesicht blicken, während sie nach Ausreden suchte.

»Das wird eine beschwerliche Reise«, versuchte sie es noch einmal anders. »Das können wir Pia nicht zumuten.«

»Dann lad deinen Vater ein, er soll herkommen.«

»Das wird er nicht tun. Er ist so oft unterwegs, da wird er die Geschäfte für eine private Reise nicht länger als nötig allein lassen.«

»Ein Grund mehr, ihm die Reise abzunehmen und ihn zu besuchen. Wir fahren mit der Postkutsche bis Peschiera, und von dort aus geht es im Zug bis an die Küste. Ich habe übrigens mit Dunant auch darüber gesprochen: Im Moment ist kein Krieg in Sicht, der das Reisen gefährlich machen könnte.«

»Woher will er das wissen?«

»Tu nicht so arglos. Du liest selbst täglich Zeitung. Kriegserklärungen erfolgen nicht aus heiterem Himmel. Früher oder später werden sich der italienische König und der österreichische Kaiser ums Veneto einigen müssen, aber im Moment agitiert keine der beiden Seiten.«

Das stimmte, musste sie zugeben. Giovanni bewies gerade mal wieder, dass er zwar ungebildet sein mochte, aber eins und eins zusammenzählen konnte. Von seiner sonst üblichen Zurückhaltung, sobald sich zwischen ihnen ein Wortgefecht abzeichnete, auch keine Spur. Offenbar war ihm das eine wichtige Angelegenheit.

»Du hast mir immer noch keinen guten Grund geliefert, warum wir nicht fahren sollten«, sagte Giovanni, nichts ahnend von ihren Gedanken und Befürchtungen.

»Soll dein Vater seine Enkelin denn nie zu Gesicht bekommen?«

»Doch, das sollte er«, stimmte Magdalena widerstrebend zu. Dabei graute ihr von der Vorstellung, Salvatore di Lucca würde sie samt Ehemann und Tochter lautstark von der Türschwelle jagen. Immerhin könnte ihr Vater sie nicht gegen ihren Willen festhalten. Mit der Heirat hatte ihr Ehemann die Entscheidungshoheit über sie. Die hartnäckige innere Stimme, die fragte, ob die Heirat mit gefälschten Papieren rechtsgültig war, ignorierte sie tapfer.

Sie waren am Bootsschuppen angekommen. Sophia, schon kugelrund, aber nicht weniger energiegeladen, war gerade dabei, einen Korb zu packen – Proviant für die Bootsfahrt, so vermutete Magdalena. Lucia und Pia hopsten, in ein Kleinkindspiel vertieft, zu ihren Füßen herum.

»Da seid ihr ja«, rief Sophia. »Passt ihr auf die Mädchen auf? Ich bringe den Korb zum Boot. Danilo will aufbrechen, sobald Dunant kommt.«

Giovanni winkte ihr hinterher. »Ist gut. Danke, Sophia.«

Er hockte sich hin und breitete die Arme aus. »Pia. Komm zu Papà.«

Seine Tochter blickte auf und musterte ihn aus großen Augen. Dann lächelte sie und tappte auf krummen Beinchen auf ihn zu, die Arme ebenfalls ausgestreckt.

Magdalena lächelte unwillkürlich, wobei sie sich über diese seltene Liebesbekundung ihrer Tochter wunderte. Würde sie selbst dort hocken, konnte sie von Glück sagen, wenn Pia sich ihr überhaupt zuwandte.

Dann bemerkte Lucia, dass ihre Spielkameradin auf Abwegen war. Sie kreischte empört auf.

Pia erstarrte mitten in der Vorwärtsbewegung.

»Pia, komm her«, lockte Giovanni lächelnd.

Seine Tochter wandte sich ihrer Cousine zu. Die kreischte noch einmal und warf ein Stöckchen auf den Boden.

Pia machte auf dem Absatz kehrt, trappelte zu Lucia und ließ sich vor ihr auf den Boden fallen. Beide glucksten und lachten laut.

Giovanni erhob sich und schüttelte kaum merklich den Kopf. Hilfe suchend wandte er sich Magdalena zu.

Sie lachte bitter auf. »Mach dir nichts draus. Falls jemand auf die Idee kommt, dieses Kind danach zu fragen, ob es seine Mamma oder seinen Papà lieber mag, wird die Antwort *Lucia* lauten. Manchmal denke ich sogar, dass Sophia höher in ihrer Gunst steht. Weil sie Lucias Mamma ist, aus keinem anderen Grund.«

Giovanni zog nachdenklich die Augenbrauen zusammen und beobachtete die beiden kleinen Mädchen, die die Welt um sich herum vergessen hatten. Er sagte nichts, stand mit hängenden Armen da, ein gequälter Ausdruck auf dem Gesicht.

Ob es nur die Zurückweisung seiner Tochter war oder die Erinnerung, Magdalena wusste es nicht. Doch tief in ihrem Inneren war es ihr, als krampfe sich ihr Herz zusammen und als bekäme seine Schutzmauer Risse. Bevor sie sich recht besann, schloss sie die Lücke zwischen sich und Giovanni, legte den Arm um seine Hüfte.

Sein Körper strahlte Wärme aus, seine Haut roch nach Frühlingssonne. Er starrte sie an, zu verblüfft, um etwas zu sagen. Dann lächelte er hintergründig. »Wir fahren nach Venedig. Übermorgen. Keine Widerrede.« Er hob den Arm, doch anstatt ihn wie erhofft um ihre Schultern zu legen und sie an sich zu ziehen, schob er sie sanft, aber bestimmt von sich. Dann drehte er sich um und verschwand im Bootsschuppen.

Magdalena fühlte sich auf einmal unendlich einsam. Sie hob die Hand zum Hals, umschloss das Medaillon, als könnte sie so eine Brücke zu ihrem Mann bauen. Noch viel lieber wäre sie ihm gefolgt, aber wozu? Sie hatte ihm deutlich gemacht, dass sie Abstand wollte, und das hatte sie nun davon. Vielleicht war es doch an der Zeit, ihm den Grund zu erklären, das Damoklesschwert zu zeigen, das über ihr hing, seit Pia das Licht der Welt erblickt hatte. Dann könnten sie gemeinsam einen Weg finden, sich wieder anzunähern, vorsichtig, Schritt für Schritt.

Im Moment hatte sie allerdings dringendere Sorgen. Eine Reise nach Venedig? Es wäre wirklich schön, ihrer Heimatstadt mal wieder einen Besuch abzustatten. Giovanni hatte ganz recht: Sobald sie im Zug saßen, war die Fahrt dorthin ein Kinderspiel. Nur ihr Vater war hoffentlich auf Reisen, irgendwo ganz weit weg.

Magdalena ließ sich auf die Bank vor dem Schuppen fallen. Danilo hatte ein paar Werkzeuge liegen lassen, deren Funktion sie nicht einmal erraten konnte. In der Feuerschale lag ein Häufchen Asche. Ab und zu wirbelte der Wind ein paar Flocken auf, die in der Schale kreiselten und wieder zur Ruhe kamen.

Ihre Gefühle kamen dagegen nicht zur Ruhe. Sie wollte ihrem Mann nahe sein, auf jede denkbare Art, doch sie brachte sich damit in Lebensgefahr, nicht mehr und nicht weniger. Außerdem sehnte sie sich danach, ihren Vater wiederzusehen, so ungern sie sich das eingestand. Aber wie sollten sie all die harschen Worte, die zwischen ihnen gefallen waren, ungeschehen machen? Was, wenn ihr Vater sich erneut hart zeigte, vielleicht sogar Pia ablehnte, den lebenden Beweis ihrer Schande der außerehelichen Unzucht? Das könnte sie kein zweites Mal ertragen. Ihrer kleinen Tochter mochte nicht allzu viel an ihren Eltern liegen, doch Magdalena liebte dieses kleine Wesen.

Sie musste mit Valentina sprechen. Vielleicht fand sich etwas in der Buchhaltung, das keinen Aufschub duldete. Ihr würde schon etwas einfallen.

24. Venedig im April 1862

Pia stand auf dem Sitz und drückte die Nase gegen die Fensterscheibe des Zugabteils. Neugierig verfolgte sie das Treiben auf dem Bahnsteig, Bahnwärter in Uniformen und mit Trillerpfeifen, Reisende mit großen Koffern oder kleinen Taschen, Männer in eleganten Anzügen und mit Zylindern, Frauen in farbenfrohen Frühlingskleidern, dazwischen Bauernjungen, die Obst verkauften.

»Da!« Sie schlug mit der flachen Hand gegen das Glas und verlor dabei beinahe das Gleichgewicht. Giovanni packte sie rechtzeitig und setzte sie auf seinen Schoß.

»Ja, die anderen Kinder fahren auch alle mit dem Zug. Du bist nicht die einzig weit gereiste Signorina.«

Pia öffnete den Mund und schloss ihn wieder.

Giovanni strubbelte liebevoll durch ihre kurzen blonden Locken. Dabei blickte er fragend zu Magdalena.

»Das ist Padua, die letzte größere Stadt vor Venedig. Der Zug hält allerdings noch einige Male, bevor er in Santa Lucia eintrifft.« Sie zwang sich, ruhig zu sprechen. Mit jedem Bahnhof wuchs der Knoten in ihrer Brust und machte ihr das Atmen schwer. Sie verschränkte die Finger ineinander und tat, als folge ihr Blick dem ihrer kleinen Tochter aus dem Abteil auf den Bahnsteig.

»Lua?«

»Nein, Liebes, Lucia musste zu Hause bei ihrer Mamma bleiben. Der Bahnhof heißt Santa Lucia.« Giovanni balancierte die Kleine, die sich wieder zum Fenster gewandt hatte, sicher auf den Knien. »Vielleicht hätten wir doch den Schnellzug nehmen sollen.«

»So bekommt Pia viel mehr zu sehen.« Magdalena hatte die Zugfahrt viel länger in Erinnerung. Venedig näherte sich in geradezu rasendem Tempo. Noch am frühen Nachmittag würden sie eintreffen. Früh genug, um herauszufinden, ob Salvatore di Lucca in der Stadt weilte, und sich einen Gasthof zu suchen, sollte das nicht der Fall sein.

»Magdalena? Was ist denn los? Was bedrückt dich?«

»Mich? Gar nichts. Wie kommst du darauf?«

Giovanni lehnte sich in den Sitz zurück, während der Zug kreischend wieder anfuhr.

Pia klatschte glücklich in die Hände und rief ein lang gezogenes »Uih!«. Wenigstens sie genoss die Reise.

»Ich sehe es dir an. Diesen Gesichtsausdruck hast du nur, wenn dir etwas im Kopf herumgeht. Was ist es?«

Magdalena erschrak insgeheim. Sie war davon überzeugt gewesen, dass sie seit ihrem Aufbruch ihr starres Puppengesicht aufgesetzt hatte. Wie konnte er ihr das anmerken? Energisch schüttelte sie den Kopf. »Was redest du da? Es ist nichts, wirklich.«

»Doch. Es ist diese Miene, ein freundlicher Blick, das unverbindliche Lächeln.« Er grinste triumphierend. »Immer wenn du so guckst, willst du den Eindruck erwecken, es wäre nichts. Niemand soll dir etwas anmerken. Genau dann ist etwas. Also, was ist los?«

Magdalena schoss das Blut in die Wangen. Sie senkte den Kopf und täuschte ein Husten vor. Dieser Halunke! Seit wann hatte er sie durchschaut?

»Ich bin nervös«, gab sie schließlich zu, nachdem er ihr wortlos ein Taschentuch gereicht hatte. »Schließlich habe ich meinen Vater seit zweieinhalb Jahren nicht mehr gesehen.« So viel Wahrheit konnte sie sich leisten.

»Aber du hast ihm doch geschrieben?«

»Ja, selbstredend.«

»Dann ist es ja gut. Nicht, dass dein Vater spontan umgezogen ist und wir am Ende vor der falschen Palazzina stehen.«

»Ach was, Unsinn!« Magdalena lachte, aber es klang sogar in ihren Ohren zu schrill. »Die Palazzina ist seit Generationen in unserem Besitz. Sie wurde 1578 von unseren Vorfahren erbaut. So etwas gibt man nicht her, solange es nicht die Not gebietet.« Sie wollte sich nicht vorstellen, dass etwas *so* Schlimmes passiert wäre, dass seine Geschäfte derart beeinträchtigt werden könnten. Vor ihrer Trennung waren die Bilanzen ausgezeichnet gewesen, er hatte expandieren wollen.

»Es wird alles gut, du wirst sehen.« Wieder dieses von sich und der Welt überzeugte Grinsen. Giovanni hatte sich seit dem Abschied von Dunant von einer vollkommen unbekannten Seite gezeigt. Normalerweise gab er um des lieben Friedens willen nach, wenn sie unterschiedlicher Meinung waren, doch all ihrem Zögern und Zieren zum Trotz hatte er sich hinsichtlich seiner Reisepläne nach Venedig unnachgiebig gezeigt.

»Selbstverständlich, warum auch nicht?« Magdalena versuchte sich vergeblich an einer zuversichtlichen Miene und ließ schließlich die Schultern hängen. Ihre Unterlippe zitterte. Jetzt, da Giovanni wusste, was ihr Puppengesicht bedeutete, gab es keinen Grund mehr, sich ihm gegenüber zu verstellen.

»Ich bin nur wirklich unsicher, Papà ist sehr viel unterwegs. Vielleicht sollten wir nach einer Unterkunft suchen, bevor wir sehen, ob er da ist? Nur zur Sicherheit.«

»Es ist gerade Mittag. Du hast gesagt, dass es viele Hotels und Herbergen in der Stadt gibt. Warum Zeit verlieren?«

Ganz im Gegenteil, Magdalena wollte Zeit gewinnen. Allmählich musste sie sich wohl oder übel damit abfinden, in wenigen Stunden ihrem Vater gegenüberzustehen.

Sie stiegen am Bahnhof Santa Lucia aus und mieteten eine Gondel, die sie den Canale Grande entlang bis zum Arsenale bringen würde. Von dort waren es nur noch wenige Schritte bis zur Palazzina di Lucca.

Magdalena blickte zurück, bis der Bahnhof außer Sicht war. »Gerade wird mir bewusst, wie schnell der Fortschritt durch das Land zieht. Als ich im Herbst 59 aufgebrochen bin, musste ich noch ans Festland zum Bahnhof Mestre. Und jetzt führen die Schienen schon bis direkt in die Stadt.«

»Das Gebäude macht einen eher provisorischen Eindruck.«

»Dort, wo die Geleise liegen, stand eine Kirche. Es gab eine intensive Diskussion in der Stadt, ob sie dem Bahnhof weichen sollte oder nicht. Das Ergebnis siehst du selbst.«

Giovanni seufzte leise. »Nonnschläger sprach stets von diesen zwei Mächten, der Wissenschaft und Forschung auf der einen und dem Göttlichen auf der anderen Seite. Er hat versucht, mir zu erklären, dass es eine Zeit gab, in der beides Hand in Hand ging. Doch heutzutage scheint es unvereinbar zu sein, den Fortschritt willkommen zu heißen und sich zugleich auf Gott zu besinnen. Gerade im letzten halben Jahr schien Nonnschläger zunehmend Halt im Glauben zu suchen, doch vergeblich.« Giovanni stockte und verstummte.

Magdalena merkte auf. Es war nicht das erste Mal, dass ihr Mann so merkwürdig abbrach, wenn er über seinen geschätzten Mentor sprach. Sie fragte sich, ob hinter dem Tod Nonnschlägers mehr steckte. Ihr Mann verschwieg ihr etwas, da war sie sicher. Obwohl sie neugierig war, fragte sie nicht nach. Sie hoffe, dass sie es eines Tages wert war, ins Vertrauen gezogen zu werden.

Der Gondoliere ließ sie am Anleger aussteigen. Giovanni wies auf ein paar junge Männer, die mit seltsam geformten Handkarren herumstanden und sie auffordernd ansahen. »Sind die zu mieten?«

»Das sind *facchini*«, erklärte Magdalena und schüttelte verneinend den Kopf, als einer von ihnen seinen Karren greifen und zu ihnen kommen wollte. »Das sind exklusiv von der Stadt autorisierte Träger, die Waren von den Kanälen auf die Märkte bringen. Aber wir wohnen gleich um die übernächste Ecke, einfach dort die Gasse hinein und ein paar Meter nach rechts auf die etwas breitere Straße.«

»Also dann.« Giovanni setzte sich Pia auf die Schultern und nahm die beiden großen Reisetaschen. Magdalena trug eine weitere Reisetasche und einen Korb, in dem Valentina Gastgeschenke eingepackt hatte: eine Flasche guten Rotwein und Lavendelseife aus Donatellas Werkstatt.

Giovanni stöhnte unter der Last, während Pia ihm begeistert über die gute Aussicht auf den Scheitel patschte.

Magdalena schaute sich unablässig um. Es hatte sich kaum etwas geändert. Die Mauern der umliegenden Häuser waren alt und trugen die Erinnerungen der vergangenen Jahrhunderte in sich. Der beständige, leicht modrige Geruch nach feuchtem Stein, die Flecken, die Hochwasser oder Moose und Flechten hinterlassen hatten, all das war so vollkommen vertraut. Die Stadt kam ihr vor wie ein Lebewesen. Unauffällig ließ Magdalena ihre Fingerspitzen über den rauen Putz gleiten. Sie war gerührt. Ihr Vater mochte sie verjagen, doch *La Serenissima* hieß sie willkommen.

Und dann standen sie vor dem prächtigen Portal der Palazzina. Eine mit reichen Schnitzereien verzierte zweiflügelige Tür, die in den Innenhof führte. Giovanni stellte die beiden Taschen ab und ließ Pia zu Boden gleiten. Die Kleine schien zu merken, dass etwas Besonderes bevorstand, und packte die große Hand ihres Vaters.

Magdalena setzte ihr Gepäck ebenfalls ab. Sie atmete mehrmals tief durch.

»Magdalena?«

Sie schrak zusammen. »Ja?«

»Du solltest klopfen. Sonst wird niemand merken, dass hier Besuch steht.«

»Ach ja.« Ihr Herz hatte immer schneller gepocht, seit sie an Land gegangen waren, jetzt trommelte es wie eine Herde Wildpferde.

Sie wies nach oben. »Ich fürchte, es ist niemand zu Hause. Die Läden im ersten Geschoss sind geschlossen, obwohl es weder heute noch in den letzten Tagen sehr warm war.«

»Nun mach schon. Irgendwer muss da sein. Hast du nicht davon erzählt, dass ihr einen Hausdiener habt, der das Haus hütet, wenn dein Vater auf Geschäftsreisen ist?«

»Umberto. Ja, sicher, er wohnt sogar hier. Er wird da sein.« Magdalena biss die Zähne zusammen und klopfte. Längere Zeit rührte sich nichts. Sie wagte zu hoffen, hämmerte jedoch Giovanni zuliebe ein zweites Mal energischer, als ihr zumute war, gegen das Holz. Prompt näherten sich Schritte.

Ergeben schloss Magdalena die Augen und beugte sich ihrem Schicksal.

Mit einem heftigen Ruck wurde die Tür aufgerissen.

»Da seid ihr endlich!«, dröhnte es ihnen entgegen. »Ich hatte schon gedacht, ihr kommt heute gar nicht mehr.«

Bevor Magdalena wusste, wie ihr geschah, hatte Salvatore

di Lucca sie an seine Brust gezogen. »Mein dummes Kind.« Seine Stimme brach verdächtig.

Da wären sie *endlich?* Ihr Vater *umarmte* sie? Das musste ein verrückter Traum sein.

»Pia, das ist dein *nonno.*«

Hinter sich hörte sie die kleinen Füße ihrer Tochter herumtrappeln. Behutsam löste sie sich aus den Armen ihres Vaters und betrachtete das vertraute Gesicht, das sie so lange nicht mehr gesehen hatte. Salvatore di Lucca war älter geworden, als es die verstrichene Zeit hätte fordern dürfen. Tiefe Falten hatten sich um seine Mundwinkel eingegraben, der Bart schlohweiß, und auch sein Haupthaar war von silbernen Strähnen durchzogen.

»Geht es Ihnen gut?« Magdalena brachte die Worte mit kaum mehr als einem Flüstern hervor.

Ihr Vater schwieg, doch die Antwort war ihm ins Gesicht geschrieben. Wir gut konnte es einem Mann gehen, der seine einzige Tochter verloren geglaubt hatte, und das durch eigenes Verschulden?

»Du bist zurückgekommen. Das allein zählt.« Er wandte sich an Giovanni. »Ich danke Ihnen sehr.«

Magdalena fuhr herum.

Giovanni versuchte sich an einer unschuldigen Miene, doch das misslang ihm gründlich. Er hielt die Hand vor den Mund und täuschte ein Husten vor, doch er lachte. Mit der anderen Hand schob er die immer noch zögernde Pia in die Richtung ihres Großvaters.

»Na, dann komm mal her, Signorina Martini.« Di Lucca hockte sich schwerfällig hin und reckte die Arme. Pia tappte auf ihn zu und gab ihm zögernd die Hand. »Du bist ja schon ein großes Mädchen. Ich habe Marzipan für dich gekauft. Magst du etwas Süßes?«

Sie legte einen Finger an die Lippen und nickte.

Magdalena verschränkte die Arme, schaute von ihrem unterdrückt lachenden Mann zu ihrem Vater und versuchte immer noch zu verstehen, was da vor sich ging.

»Das war geplant«, entfuhr es ihr unvermittelt. »Sie wussten, dass wir kommen, Papà. Sie sind überhaupt nicht überrascht.«

Salvatore di Lucca erhob sich und nahm Pia auf seinen Arm. »Doch, ein wenig. Ich hatte erst morgen mit euch gerechnet. Es ist kein Abendessen vorbereitet, aber der Tag ist noch jung, und Umberto wird das schon hinbekommen.«

»Du …«

Giovanni wedelte zu seiner Verteidigung energisch mit den Händen. »Nein, das war nicht meine Idee. Valentina hat das alles ausgeheckt.«

»Valentina? Woher weiß sie …?«

»Sie und dein Vater sind enge Brieffreunde.« Giovanni grinste breit. »Ich kenne nur die Briefe deines Vaters, nicht Valentinas, doch sie hat ihm eine Menge über dich und Pia verraten. Seit deinem Weggang hast du vermutlich weniger Geheimnisse vor ihm als zu der Zeit, in der du hier gelebt hast.«

»Papà, Sie haben Briefe an Valentina geschrieben? Und du hast sie gelesen?« Was hatten die beiden alles über sie geschrieben? Hieß das, sie wussten, dass die Papiere gefälscht waren? Magdalena wurde ganz schwindelig. Sie biss sich auf die Unterlippe, um sich vor unbedachten Äußerungen zu bewahren. Was sollte sie von dieser ganzen Verschwörung halten?

»Ich kenne dich, mein Liebes.« Di Lucca legte den freien Arm um sie und führte sie durch das Eingangstor. Erst jetzt wurde Magdalena bewusst, dass sie immer noch vor dem Gebäude auf der Straße standen. Folgsam ließ sie sich in den Innenhof führen.

»Ich kenne dich«, wiederholte di Lucca. »Genau deshalb vermute ich, dass du es deinem Mann nicht einfach gemacht hast. Er sollte die Briefe lesen. Es erschien mir nur gerecht, dass er erfährt, was für ein wundervoller Mensch du bist.« Er beugte sich ein wenig vor und ließ Pia zu Boden hinab.

Hinter ihnen schleppte Giovanni das Gepäck herein und stapelte es vor der Innenmauer.

»Unterschätzen Sie meinen Mann nicht, Papà«, murmelte sie leise. Diese Bemerkung war nur für seine Ohren bestimmt. Und kein einziges Mal seit ihrer ersten Begegnung in Castiglione di Stiviere hatte Giovanni Martini ihr deutlicher vor Augen geführt, wie sehr sie diesen Ratschlag selbst beherzigen sollte. Eine Reise nach Venedig, weil er die Stadt kennenlernen wollte? Das hätte sie von Beginn an misstrauisch machen müssen!

Salvatore di Lucca verschwand nach seinem Hausdiener rufend im Haus – nicht ohne sich mehrfach zu seiner Tochter umzublicken, als wollte er sicher sein, dass sie wahrhaftig im Innenhof stand und keine Anstalten machte, erneut wegzulaufen.

Giovanni trat an sie heran. »Ich bitte dich um Verzeihung für diese Scharade. Aber Valentina und ich waren uns sicher, dass du dich weigern würdest, mitzukommen, wenn ich dir den wahren Grund für die Reise verrate.«

»Mich hat deine Drohung überzeugt, dass du mit Pia allein fahren würdest, falls ich dich nicht begleite. Die Vorstellung, dass du mit dem Kind meinem Vater gegenüberstehen würdest, war grauenhaft.« Sie schüttelte sich. »Bedeutet das, dass du … dass er weiß …?« Sie blickte auf.

Giovanni wurde ganz ernst. »Ob wir wissen, dass du die Unterschrift deines Vaters auf den Heiratsdokumenten gefälscht hast? Ja, das wissen wir. Ich habe allerdings nicht den Eindruck, dass dein Vater daran rühren wird.« Er schien noch mehr sagen zu wollen, blickte sie an, lange und durchdringend.

Magdalena senkte beschämt den Kopf. Genau wie wenige Tage zuvor am Seestrand wünschte sie sich nichts mehr, als dass er schweigen, sie an seine Brust ziehen und ihr dabei sagen würde, dass alles gut werden konnte.

Er liebte sie. Er brauchte diese Worte nicht auszusprechen, sie konnte es ihm von den Augen ablesen, und er litt wie ein geprügelter Hund unter ihrer Zurückweisung. Nichts würde ihn dazu bringen, ihr Ehebündnis zu verraten. Ein Bündnis, gewoben aus verzweifelter Täuschung, um das Leben ihres gemeinsamen Kindes zu retten. Natürlich war das nicht richtig gewesen, die Unterschrift zu fälschen, aber er erkannte ihre Motive an.

Nicht nur das. Statt sie zu verurteilen, versöhnte er sie mit ihrem Vater. Das war unfassbar wundervoll.

»Ich danke dir.« Sie flüsterte, fürchtete, beim nächsten Wort in Tränen auszubrechen, doch sie beherrschte sich. »Offenbar freut mein Vater sich. Du hast ihm einen großen Gefallen getan. Uns beiden.«

»Er freut sich, seit er weiß, dass wir kommen. Eigentlich wäre er auf dem Weg nach Marokko, aber er hätte sich um keinen Preis der Welt aus der Palazzina fortgerührt, seit er wusste, dass wir kommen. Er scheint ein guter Kerl zu sein.«

»Das ist er, ach, Giovanni, es tut mir so leid. Ich habe euch alle getäuscht.« Sie ballte die Hände zu Fäusten. Sie wollte verdammt sein, wenn sie hier herumheulte wie ein unreifes Gör!

Er berührte sie zaghaft an der Schulter, legte ihr die Hand auf, kurz nur, und gab ihr dann einen sanften Schubs. Dann wandte er sich hastig ab, als wäre ihm etwas Dringendes eingefallen, das er zu erledigen hatte. Er nahm die beiden Reisetaschen und folgte di Lucca ins Haus.

Pia stand immer noch in der Mitte des Hofes und blickte zu ihrer Mutter auf, die als Einzige noch bei ihr war. »*Nonno?*«

»Ja, meine Kleine. Das ist dein *nonno,* mein lieber …« *Papà* kam ihr nicht mehr über die Lippen, da schossen ihr die Tränen in die Augen. Hastig nahm sie das Kind auf und drückte es an ihre Brust. Ausnahmsweise wehrte sich Pia nicht gegen diese Behandlung.

Lautlos weinte Magdalena in das Haar des Kindes, wobei es Freudentränen waren und die der Rührung. Pia schmiegte ihr Köpfchen gegen ihre Halsbeuge und hielt ganz still.

Magdalena hob ihr Weinglas und stieß mit Giovanni und ihrem Vater an. Ihr schwirrte der Kopf, dabei hatte sie kaum etwas getrunken. Giovanni, war ihr aufgefallen, hatte sich ebenso zurückgehalten, nippte seit Beginn des Abends an seinem zweiten Glas.

Di Luccas Wangen dagegen brannten unter glänzenden Augen. Er hatte dem Wein deutlich zugesprochen. »Mein Mädchen ist zurück«, sagte er mit einem glückseligen Lächeln. Es war ein entspannter Abend mit einem einfachen, aber köstlichen Risotto und Seezunge gewesen. Danach hatte sich die Köchin mit Begeisterung der Fürsorge Pias gewidmet, die nun selig in deren Zimmer schlief, damit Magdalena und Giovanni ungestört mit dem Hausherrn beisammensitzen konnten. Und es blieb, von einer kurzen Missstimmung abgesehen, als di Lucca ein neues Handelsdekret des Kaisers erwähnte, friedlich. Danach hatten sie gemeinsam entschieden, dass sie politische Themen besser außen vor ließen, wobei Magdalena vermutete, dass die Front im Falle eines Disputs zwischen ihr auf der einen und den beiden auf der anderen Seite verlaufen würde. Es war faszinierend, wie gut ihr Vater und ihr Mann sich verstanden.

Giovanni hüstelte höflich. »Nun, Signor di Lucca, die Reise war lang, und es wäre an der Zeit, ins Bett zu gehen.«

»Wie wahr. Magdalena, ich habe das Zimmer im ersten Stock neben dem roten Salon herrichten lassen. Ich bin sicher, du findest den Weg.«

»Eins der Gästezimmer? Aber wieso?«

»Weil es das schönste Zimmer ist, das wir haben. Welches hätte ich sonst nehmen sollen?«

»Das stimmt.« Sie verstummte. Hatte sie erwartet, dass Giovanni ein Gästezimmer bekam und sie allein in ihrem Mädchenzimmer schlafen könnte? Dort stand nur ein Bett, das gerade groß genug für eine Person war.

Sie spürte den forschenden Blick ihres Mannes. Sie nahm allen Mut zusammen und lächelte ihre aufkommende Panik einfach weg. »Dann lass uns nach oben gehen.«

Er nickte und folgte ihr, nachdem sie sich von di Lucca verabschiedet hatten.

Schweigend gingen sie die breite Treppe hinauf, folgten einem geraden Flur bis in das Gästezimmer, das di Lucca bezeichnet hatte. Eine Petroleumlampe brannte auf kleiner Flamme auf einer Konsole. Magdalena durchquerte den Raum und stellte sich ans Fenster, das einen Spaltbreit geöffnet war. Es ging zu einem Kanal hinaus, genau wie ihr Mädchenzimmer. Sie öffnete den Fensterflügel und lauschte auf das vertraute Schwappen, atmete das Aroma von feuchtem Stein ein.

Sie hörte, wie sich hinter ihr die Tür schloss.

»Magdalena.«

»Ja?«

»Weißt du, ich kann auf dem Boden schlafen. Das ist ein dicker Teppich.«

Sie drehte sich um. Ihr Mann stand vor dem riesigen Himmelbett und schien nicht recht zu wissen, was er tun sollte.

»Mach dich nicht lächerlich«, zischte Magdalena ungnädig.

Er zuckte nur gleichmütig mit den Schultern. »Wenn wir auf dem Marsch waren, konnten wir von Glück sagen, wenn wir eine trockene Mulde fanden. Es wäre also nicht das Schlimmste, was ich je erlebt habe.« Ganz unvermittelt kroch ein wehmütiges Lächeln in seinen linken Mundwinkel, und Magdalena fühlte sich mit einem Schlag um drei Jahre zurückversetzt.

»Weißt du noch?«, fragte er.

»Unsere zweite gemeinsame Nacht nach der Schlacht?«

»Der Innenhof mit der Kastanie. In Castiglione.«

»Ich weiß es noch, als wäre es gestern gewesen.«

»Ja.« Er rieb sich über das unrasierte Kinn und ließ dann die Arme hängen.

Magdalena gab sich einen Ruck. »Lass es uns versuchen.«

»Vertraust du mir?«

Sie lachte, und es klang ein wenig bitter. »Welches Recht hätte ich, dir mein Vertrauen vorzuenthalten? Ich war es, die dich getäuscht hat.«

Er senkte schuldbewusst den Kopf. »Ich habe auch Geheimnisse vor dir. Es ist mir nicht angenehm, aber es dient deinem Schutz. Ich erwarte nicht, dass du das verstehst.«

»Doch. Ich verstehe das, und ich vertraue dir.«

Er nickte dankbar und verließ den Raum. Magdalena nutzte die Gelegenheit, sich auszuziehen und unter die Decke zu schlüpfen.

Giovanni kehrte zurück, legte Hemd und Hose ab, löschte das Licht und legte sich neben sie.

Magdalena drehte ihm den Rücken zu, obwohl das kaum nötig gewesen wäre. Er hielt den größtmöglichen Abstand, dass sie sich beinahe wunderte, warum er nicht aus dem Bett fiel. Sie fröstelte. Der Frühling hatte sich über das Land ausgebreitet, und die Tage waren warm gewesen, aber zwischen den alten Mauern der Lagunenstadt hielt sich noch die Feuchtigkeit des Winters.

»Geht es dir gut? Du zitterst.« Er stockte. »Ich werde mich nicht rühren.«

»Giovanni, ich habe keine Angst vor dir.«

Seine Antwort war Schweigen.

»Das ist die Wahrheit. Ich dachte nur, es sei besser so, dass du … wenn wir gar nicht erst …«

»Was nur, Magdalena? Sprich es doch endlich aus. Bitte.« In seiner Stimme lag weder Groll noch Forderung, nur unendliche Hilflosigkeit.

Ihre gesamte Selbstbeherrschung zerbrach wie eine Porzellanvase. Zitternd rollte sie sich zu einem Ball zusammen. Sie presste die Faust vor den Mund und unterdrückte ein Schluchzen.

Auf einmal lag Giovanni hinter ihr, hatte den Arm um sie geschlungen und sie wortlos an seine Brust gezogen.

Bis zu diesem Moment war Magdalena nicht vollständig bewusst gewesen, was ihr gefehlt hatte. Zwischen ihnen hatte es seit einem Jahr, seit seinem letzten Annäherungsversuch nur kurze Berührungen gegeben, notwendig und eingerahmt von Alltäglichkeit.

Er fehlte ihr. Seine Nähe, die Wärme seines Körpers fehlte ihr. Sie umklammerte seine Hand, zog seinen Arm enger um sich und stürzte sich verzweifelt in diese Geborgenheit. Sie hatte keine Macht mehr über ihre Tränen.

Er schwieg weiter. Er war einfach da.

Nach einer Weile beruhigte Magdalena sich wieder, und ein erleichtertes Lächeln stahl sich auf ihre Lippen. Da bemerkte sie, dass Giovanni ganz verkrampft lag. Sein Atem kitzelte in ihrem Nacken.

Er nahm den Arm weg und rückte ab. »Das tut mir leid. Das ... legt sich gleich wieder.« Er machte ein Geräusch, das irgendwo zwischen einem Husten und einem erstickten Lachen lag.

»Deshalb«, stieß Magdalena hastig hervor, »wollte ich deine Nähe nicht, verstehst du? Es wäre dir gegenüber nicht gerecht. Ich will nicht, dass du dir Hoffnungen machst. So wie bei unserem Ausflug auf den Monte Baldo. Es ist nun einmal die Natur des Mannes.« Als sie einmal begonnen hatte, sprudelten die Worte aus ihr hervor. Offenbar war das der Tag der Geständnisse.

»Die Natur des Mannes? Ist es so? Was ist mit dir? Du hast es doch damals auch gewollt. Oder nicht?«

»Ich möchte es so sehr. Das ist es ja.«

»Bei allen Heiligen, was mache ich dann falsch?«

»Gar nichts! Es liegt an mir.«

Giovanni schnaubte ungehalten. Er glaubte ihr nicht.

Magdalena drehte sich um. Deutlich konnte sie seine Silhouette gegen das Licht erkennen, das durch das Fenster fiel.

Er setzte sich auf und umschlang seine Knie.

Sie streckte die Hand aus. Zu ihrer Erleichterung ergriff er sie und umschlang ihre Finger. Doch er wandte sich ihr nicht zu, vermutlich stierte er geradeaus in die Dunkelheit.

»Es ist das, was daraus erwachsen könnte«, flüsterte Magdalena heiser.

»Ein Kind? Soll Pia keine Geschwister haben?«

»Ach, ich könnte mir nichts Schöneres vorstellen.«

Giovanni drückte ihre Hand, doch es gab ihr nicht genug Mut weiterzusprechen.

Schließlich seufzte er laut. »Magdalena, du bist meine Frau. Ich habe geschworen, dich zu lieben und zu ehren. Jetzt bitte ich dich von ganzem Herzen, sprich es aus. Ich werde nie wieder fragen, ich werde dich nicht bedrängen, aber ich weiß nicht, was ich tun soll.« Er senkte den Kopf. »Denn ich liebe dich. Für mich hätte unser Kennenlernen niemals anders geschehen dürfen. Du warst mein Licht, als alles dunkel war. Nach unserer Trennung damals war kein Tag vergangen, an dem ich nicht an dich gedacht hatte. Als mein Vater zu mir kam und sagte, dass du zu meinem Elternhaus gekommen warst, konnte ich ein so großes Glück kaum fassen.«

»Aber warum warst du bei der Hochzeit so abweisend?«

»Weil ich gespürt habe, dass ich dir niemals auf Augenhöhe begegnen kann. Was kann ich dir schon bieten?«

Magdalena richtete sich auf. »Wie meinst du das?«

Er knurrte unwirsch. »Sieh dich doch um. Und dann denk an zu Hause. Selbst wenn wir jeden Zentimeter Platz aus dem Dachstock herausholen, wird unsere Wohnung gerade einmal so groß sein wie der Salon deines Vaters.«

»Jetzt reicht es, Giovanni Martini!« Sie ließ seine Hand los und rückte ein wenig ab. »Deine Eltern und Sophia sind liebevolle und fleißige Menschen. Hältst du mich für so oberflächlich, dass ich darüber klage, weil nicht viel Platz in meiner Küche ist? Sieh *du dich* um. Das alles, sogar meinen Vater habe ich aufgegeben, um zu dir zu kommen. Ich hätte Enrico

Castelli heiraten können, und niemals mehr wäre ein Wort darüber gefallen, dass meine Tochter nicht sein Blut ist. Ich bin nach Malcesine gekommen, weil du der Mann in meinem Herzen bist und noch dazu der Vater meines Kindes.«

»Dann sag mir, was dich quält. Ich verstehe es immer weniger.«

»Eine weitere Geburt wäre mein Tod.«

»Was meinst du damit?«

»Ich meine es wörtlich. Pia war sehr groß. Mein Becken ist zu schmal, und es hat alles viel länger gedauert, als gut für uns beide war. Es waren nicht nur der Husten und das Fieber. Ich hatte viel Blut verloren. Agata hat mir deutlich gesagt, dass eine weitere Geburt meinen sicheren Tod bedeutet. So etwas wird sie mir nicht leichtfertig prophezeien. Sie weiß, wovon sie spricht. Sie hat es zu oft erlebt.«

Erneutes Schweigen breitete sich in der Dunkelheit aus. Giovanni saß reglos da. Magdalena konnte nicht erkennen, was ihm jetzt durch den Kopf ging. War er wütend wegen ihrer Angst? Fand er, dass sie sich zu sehr in ihre Befürchtungen hineinsteigerte? Immerhin bestand eine kleine Chance, dass sie überlebte. Beim zweiten Kind, so hieß es, wäre vieles leichter, und wenn sie nicht krank wurde, wer konnte schon sagen, wie es ausging? Dafür auf all die gemeinsamen Nächte verzichten? Pia allein aufwachsen lassen?

Die Wahrheit war doch, dass der Tod an jeder Ecke lauerte. Jede Krankheit, eine Zahnentzündung, eine Blutvergiftung nach einer harmlosen Schnittwunde konnte das Ende bedeuten. Im letzten Monat erst war ein Fischer bei seiner Arbeit ertrunken, das hatte Onkel Danilo schwer zugesetzt. Und dazu gab es Feuer, Stürme oder Schlammlawinen von den Berghängen, von Schlachten und Kriegen gar nicht erst zu reden.

Plötzlich lachte Giovanni bitter auf. »Was kann ich dem noch hinzufügen? Meine Mutter starb bei Sophias Geburt. Mir fallen auf Anhieb drei weitere Familien im Dorf ein, bei denen Frauen oder die Säuglinge bei der Niederkunft starben. Auch Donatellas Leben stand auf Messers Schneide. Dabei ist Agata eine höchst umsichtige Hebamme. Sie versteht ihr Handwerk und achtet auf Hygiene. Aber sie ist nicht Gott, sie hat das Leben nicht in der Hand.« Er wandte sich ihr zu. Sie konnte sein Gesicht nicht erkennen, doch er umfasste ihr Kinn und hauchte ihr einen Kuss auf die Lippen. »Vielleicht verstehst du jetzt, warum ich nicht in der Armee sein möchte. In keiner Armee. Ich will mein Leben nicht einfach wegwerfen, für keinen Kaiser, für keinen König. Ich würde mich sehenden Auges in den Tod stürzen, wenn ich deines damit retten könnte. Aber der Militärdienst, das ist ein Glücksspiel mit dem Leben eines Mannes.«

»Und die Geburt eines mit dem der Frauen?«

»Vielleicht?«

»Das gefällt mir nicht. Haben wir denn keine andere Wahl?«

»Magdalena, schwöre mir eins: Ist es wirklich der Grund? Dass du kein zweites Kind möchtest?«

»Das ist es nicht. Ich würde gern …«

»Ich meinte: Ist der Grund wirklich, dass du im Falle einer weiteren Geburt Angst um dein Leben hast?«

»Ja, das ist der einzige Grund. Ich schwöre es dir auf das Grab meiner Mutter, bei allem, was mir heilig ist.«

»Dein Wort reicht mir.« Er rutschte unter die Decke und legte sich auf die Seite. »Wir haben ein paar Dinge selbst in der Hand. Nicht alles im Leben ist ein Glücksspiel.«

Etwas hatte sich verändert. Seine Stimme klang, als würde er lächeln, war plötzlich voller Zuversicht.

»Was meinst du? Verrat es mir.« Sie legte sich neben ihn.

»Du wirst schon sehen. Ich muss morgen eine Besorgung machen.« Er beugte sich über sie. Sein Atem streifte ihre Wange, bevor sein Mund ihre Lippen fand. Sein Kuss war stürmisch, voller unterdrückter Leidenschaft. Magdalena empfing ihn zaghaft, unsicher, was das nun zu bedeuten hatte.

Seine Nähe, die Hitze seines Körpers weckte dieses mühsam unterdrückte, urtümliche Verlangen. Sie schauderte, bekam Gänsehaut.

»Giovanni, hör auf«, brachte sie mühsam hervor.

»Das werde ich. Nur unter einer einzigen Bedingung.«

»Die wäre?«

Lachend ließ er von ihr ab und ließ sich auf sein Kissen zurückfallen. »Du nennst mich niemals wieder Giovanni. Ich habe ständig das Gefühl, dass ich etwas ausgefressen habe.«

»Dann lass uns heute Nacht noch einmal von vorne anfangen, Giò.«

»Wie bitte? Ich soll jetzt um diese Zeit noch raus und bei deinem Vater um deine Hand anhalten?«

»Tu das nicht, jetzt bist du völlig verrückt geworden!« Magdalena lachte.

»Ganz wie du möchtest, du musst dich nur entscheiden.« Sie hörte das Grinsen in seiner Stimme.

»Du Halunke.«

»Alles, was du willst, Magdalena.«

Sie hielt inne, doch dann entschied sie, dass da zum letzten Mal ein Zögern gewesen war. Sie legte sich neben ihn und genoss seine Körperwärme. Durch das offene Fenster zog ein frischer Wind herein.

Er tastete nach ihrer Hand und hielt sie fest.

So schlief sie ein.

25. Venedig im April 1862

Leise pfeifend wandte Giò sich mal nach links, mal nach rechts und schlenderte durch schmale Gassen und über unzählige Brücken. Er hatte sich hoffnungslos verlaufen, doch das machte nichts. Früher oder später, hatte er festgestellt, kam er immer wieder zum Canale Grande zurück, und dann wusste er wieder, in welche Richtung er sich halten musste. Ärgerlicher waren da eher die Sackgassen, die am Wasser endeten, sodass er den ganzen Weg wieder zurücklaufen musste.

Aber er hatte Zeit. Man erwartete ihn nicht vor dem Nachmittag zurück. Magdalena war im Moment dabei, ihre alte Kleidung zu sichten, um zu entscheiden, was davon nach Malcesine transportiert werden sollte. Zuvor hatten sie gemeinsam mit Pia die Piazza San Marco besucht, Tauben gefüttert und im Café Florian einen Mokka getrunken. Magdalena hatte sich fürchterlich über die Preise aufgeregt, hätten diese sich doch seit ihrem Weggang fast verdoppelt, aber Giò störte das nicht. Seit ihm vor zweieinhalb Jahren sein Vater in der Kaserne gegenübergesessen und enthüllt hatte, Magdalena di Lucca wäre gekommen, um ihn zu heiraten, war er nicht mehr so unbeschwert gewesen.

Er hatte seine Besorgung erledigt. Fünf Kondome in einer Schachtel, die er in einer der zahlreichen Apotheken erstanden hatte. Der Kauf war sogar noch viel einfacher gewesen, als er zu hoffen gewagt hatte, daran hatte er deutlich gemerkt, dass Venedig eine Großstadt war. In die erste Apotheke hatte er sich nicht reingetraut, weil sie voller Kunden gewesen war. Doch in der zweiten, in einer ruhigeren Seitengasse gelegen, waren außer ihm nur eine alte Frau und ein kleines Mädchen im Verkaufsraum gewesen. Der Apotheker hatte ihn rasch und unkompliziert bedient, ohne dumme Fragen zu stellen. Er bedachte ihn nicht einmal mit einem besonders aufmerksamen oder gar missbilligenden Blick. Giò war anonym geblieben, ein Kunde unter vielen. Hinterher hatte er sich gefragt, wie die Nachfrage sein mochte. Dieser Handel schien für den Apotheker beinahe alltäglich zu sein.

Kurz hatte er sogar überlegt, nach einer Versandmöglichkeit an den Gardasee zu fragen, denn wo er in Malcesine oder Umgebung Nachschub besorgen sollte, falls Magdalena mit der Verwendung einverstanden war, war ihm ein Rätsel.

Aber eins nach dem anderen. Erst einmal musste er sie davon überzeugen, dass sie auf diese Weise keine Kinder bekommen konnte. Hoffentlich vertraute sie ihm überhaupt. Hoffentlich hatte Nonnschläger sich in dieser Angelegenheit nicht geirrt. Er hatte es erwähnt, aber das war nicht der eigentliche Grund für seinen Rat gewesen, zukünftig Kondome zu nutzen.

Giò blickte sich um. Er stand zum wiederholten Mal vor einem Kanal, der ihm das Weiterkommen unmöglich machte, wenn er nicht schwimmen wollte.

Er drehte um und ging zurück. Dabei lachte er leise vor sich hin. Wenn er bedachte, wie viel gemeinsame Zeit er und Magdalena verloren hatten, nur weil sie einander nicht vertraut hatten. Vermutlich wäre es sogar besser, wenn er ihr erklärte, woher er von den Kondomen wusste und weshalb er sie schon hatte verwenden wollen, bevor er von Magdalenas Sorge um die Empfängnis erfuhr.

Spätestens seit der vergangenen Nacht empfand Giò es als falsch, ihr seine Krankheit zu verschweigen. Aber er wollte nicht, dass sie sich unnötige Sorgen machte, denn es würde nie wieder eine Gelegenheit geben, bei der er sie anstecken könnte. Es reichte, wenn er in den dunkleren Stunden über die Aussicht auf einen frühen Tod nachgrübelte.

Pia würde ihr einziges Kind bleiben. Der Gedanke war ihm nicht neu, aber er hatte mit Magdalenas Entscheidung eine neue Endgültigkeit erhalten, und das stimmte ihn ebenfalls traurig. Andererseits war sie ein gesundes und munteres Mädchen, das hatte Signora Cacciatore ihm versichert, und sie hatte Lucia, bald vielleicht eine weitere Cousine oder einen Cousin. Wenn das der Preis dafür war, dass Magdalena an seiner Seite alt wurde, war es das wert.

Endlich spannte sich vor ihm die Rialto-Brücke über den Canale Grande. Während er die Brücke überquerte und sich von den Auslagen der Händler ablenken ließ, schlugen ringsherum die zahlreichen Kirchen zwei Uhr.

Giò behielt die Richtung bei. Nach einem gemütlichen Fußmarsch gelangte er nach einer guten halben Stunde an die Palazzina di Luca. Wieder leise pfeifend, sein Jackett über der Schulter, stieß er die Tür zum Innenhof auf und betrat das Anwesen.

Sein Schwiegervater stand mit einem Mann mittleren Alters in schwarzem Priestergewand vor dem Eingang. Kaum dass di Lucca Giò erspäht hatte, winkte er ihn freudestrahlend zu sich.

»Darf ich Ihnen Don Alfredo vorstellen, ein gern gesehener Gast und Freund der Familie. Don Alfredo, das ist Magdalenas Ehegatte, Giò Martini.«

Der Priester nickte zum Gruß. »Es freut mich, Sie kennenzulernen, Signor Martini.«

»Ganz meinerseits, Don Alfredo.«

Giò lächelte breit und schüttelte ihm die Hand. Dabei nahm er das Jackett von der Schulter. Die Apothekerschachtel klapperte zu Boden.

Noch bevor Giò reagieren konnte, hatte Don Alfredo sich bereits gebückt und die Schachtel aufgehoben. Gerade als er sie zurückgeben wollte, fiel sein Blick auf die Aufschrift. Er runzelte die Stirn.

Giò spürte das Blut in seine Wangen steigen. Er dachte zwar, dass ein Priester sich kaum mit solchen Angelegenheiten auskennen dürfte, doch er wurde rasch eines Besseren belehrt.

Don Alfredo rührte sich nicht und glotzte immer noch auf die Schachtel in seiner Hand.

Giò streckte die offene Hand aus. »Darf ich bitten? Signor?«

Di Luccas verwirrter Blick wanderte von einem zum anderen. »Don Alfredo?«

Endlich blickte der Priester auf. »Woher haben Sie das?«

Giòs erster Impuls war, ihm zu sagen, dass ihn das kaum etwas anginge. Aber er wollte nicht noch mehr des Aufhebens darum machen. »Aus der Apotheke an San Paolo.« Er wackelte auffordernd mit den Fingerspitzen.

Der Priester machte einen Schritt zurück. Er senkte drohend die Augenbrauen, sein Blick sprühte Funken. »Teufelswerk!«

»Wie bitte?«

Di Lucca hob beschwichtigend die Hände. »Ich bin sicher, da liegt ein Missverständnis vor.«

»O nein, ganz und gar nicht!« Don Alfredos Miene verzog sich zu einer angewiderten Fratze. »Ich weiß ja nicht, auf welche verderbten Pfade dieser Bursche unsere Magdalena geführt hat, aber ich werde keine Laster in diesem Hause dulden.«

Giò klappte den Mund auf und wieder zu. Was redete der Priester?

»Laster?«, brachte jetzt auch di Lucca hervor.

»Wollust, Salvatore!« Don Alfredo stach mit dem Zeigefinger in die Luft. »Wollust ist eine der sieben Todsünden!«

Giò verschränkte die Arme und verkniff sich ein ungläubiges Grinsen. Dieser Mann war ja vollkommen verwirrt, das konnte er doch nicht ernst meinen. »Wir sind verheiratet«, sagte er, so ruhig er es vermochte. »Das, worauf Sie anspielen, Signor, hat für Eheleute den Segen der Kirche.«

»Nein! Das ist eine infame Lüge!« Don Alfredo sprühte Speicheltröpfchen.

Di Lucca wollte ihn am Arm packen, doch der Priester machte einen weiteren Schritt zurück und schüttelte abwehrend die Hand mit der Schachtel. »So nicht!«, schrie er. »Nicht auf diese Weise!«

Di Lucca ließ die ausgestreckte Hand sinken und schaute seinen Schwiegersohn Hilfe suchend an. Offenbar verstand er überhaupt nicht, was vor sich ging.

Giò machte eine ratlose Miene, dabei dämmerte ihm allmählich, was das Problem war. Während der Militärzeit hatte er ausreichend viele Standpauken zu Unzucht und ausschweifendem Lebenswandel gehört, eines der bevorzugten Themen der Feldpriester, um die Soldaten zur Moral und Zucht zu predigen – nicht, dass es viel gebracht hätte. Der Beischlaf war aus Sicht der Kirche ausschließlich Eheleuten mit dem Ziel erlaubt, Nachkommen zu zeugen. Vergnügen oder gar Lust kamen dabei nicht vor.

»Was ist das für ein Geschrei?« Magdalenas Gestalt erschien im Türrahmen. »Oh, Don Alfredo. *Buongiorno.*«

Noch nie hatte Giò einen derartig frostigen Tonfall bei seiner Frau vernommen, nicht während ihres schlimmsten Streits, nicht gegenüber einer anderen Person.

Er streckte die Schultern durch und hielt die Hand auf. »Das reicht jetzt, geben Sie mir meine Schachtel.«

»Niemals!« Der Priester verbarg die Schachtel wie ein bockiges Kind hinter dem Rücken. »Du kommst mit mir, Giovanni Martini, ich werde dich büßen lassen für deine Sünden!«

Normalerweise hätte Giò gehorcht. Sich einem Gottesmann zu widersetzen, konnte ernsthafte Konsequenzen haben, da war es immer besser, mit reumütiger Miene eine Zeit lang auf den Knien zu rutschen, ein paar Vaterunser herunterzuleiern und dann wieder seinen Frieden zu haben. Doch seit gestern Nacht hatte er wieder Hoffnung auf ein glückliches Leben mit Magdalena, in Treue und Fürsorge und ... ja, und mit der Lust, die sie als Mann und Frau einander bereiten konnten. Das sollte Sünde sein?

»Den Teufel werde ich! Geben Sie mir die Schachtel.«

»Nein!«

»Her mit der Schachtel!«

»Don Alfredo, geben Sie sein Eigentum heraus«, versuchte es di Lucca noch einmal.

Der Priester bedachte ihn mit einem so bitterbösen Blick, dass Giò einen Wimpernschlag lang befürchtete, sein Schwiegervater würde zur Salzsäule erstarren.

»Worum geht es?« Magdalena war herangekommen, jedoch hinter ihrem Vater stehen geblieben, in sicherem Abstand vor Don Alfredo.

»Um deine Lebensversicherung.« Giò dachte ernsthaft darüber nach, ob er es wagen konnte, Don Alfredo die Schachtel mit Gewalt zu entreißen. Er ballte die Fäuste. Nur die Anwesenheit di Luccas hielt ihn zurück.

»Was meinst du?« Magdalena schaute immer noch von einem zum anderen.

Giò blickte sie durchdringend an, nickte kaum merklich. Endlich verstand sie. »Oh.«

»Verderbtes Luder!«, spie Don Alfredo hervor. »Salvatore, wirf diesen Lüstling hinaus, er hat kein Recht, in diesem ehrenwerten Haus zu bleiben. Und Magdalena hilft nur noch ein Kloster, beten und arbeiten. Aufrichtige Reue!« Er schlug mit der freien Hand ein Kreuz, die andere hielt er immer noch hinter dem Rücken verborgen.

Salvatore di Lucca atmete erst einmal, dann ein zweites Mal tief durch. Eine Ader pochte auf seiner Schläfe.

Giò wurde mulmig zumute. Der Priester war eine Sache, doch dem Urteil von Magdalenas Vater würde er sich beugen.

»Die Schlange im Paradies«, begann di Lucca und betonte sorgfältig jedes einzelne Wort, »sind doch wohl Sie, Don Alfredo. Haben Sie meine kleine Enkelin gesehen? Das Kind, das gemäß Ihren Worten nicht gottgefällig ist? Diese kleine, reine Seele wäre jetzt ein Engel. Und ich habe meine einzige geliebte Tochter über zwei Jahre nicht zu Gesicht bekommen. Nein. Diese beiden jungen Menschen haben ihr Ehegelübde vor Gott abgelegt, sind vor dem Gesetz und Gott Mann und Frau.« – Bei diesem Satz zuckte Magdalena zusammen, was aber außer Giò niemand sehen konnte. – »Was immer Giò da in Ihren Augen falsch gemacht hat, es hat *meine* Zustimmung, wenn es in Magdalenas Sinne ist.« Er hielt inne und blickte seine Tochter an, die energisch nickte und sich neben Giò stellte.

Dankbar zog er sie an sich und legte den Arm um ihre Schultern.

Salvatore di Lucca ging auf den Priester zu, der ihm trotzig entgegenstarrte. Der Hausherr zeigte mit ausgestrecktem

Arm auf das Eingangstor. »Ich werde ganz sicher kein zweites Mal denselben Fehler machen. Magdalena ist meine einzige Tochter, und ich liebe sie. Sie allein darf über ihr Leben entscheiden. Und jetzt raus.«

»Wie bitte? Sie weisen mir, dem Abgesandten Gottes, die Tür? Weil ich meine Pflicht erfülle? Das ist doch wohl die Höhe!«

»Raus!«

Don Alfredo schüttelte wütend die Faust und wandte sich zum Gehen. Die Schachtel verschwand in den Falten seines Gewandes. »Das wird Konsequenzen haben, das schwöre ich.«

»Wenn es so sein soll.« Di Lucca nickte energisch. »Dann wird sich das auch auf die Großzügigkeit meiner Spenden an die Kirche auswirken. *Quid pro quo,* Don Alfredo. *Arrivederci!*«

Die Scharniere ächzten, als der Torflügel zukrachte.

Giò drückte Magdalena kurz an sich und entließ sie aus seiner Umarmung. Er kratzte sich am Kopf. »Nun, das ist nicht sehr gut gelaufen.«

Di Lucca verzog grimmig den Mund. »Don Alfredo hat sich in letzter Zeit nicht gerade von seiner besten Seite gezeigt. Es gibt solche und solche, er gehörte seit jeher zu den konservativeren Geistern. Aber ich hätte nicht auf ihn hören sollen, als er euch für das verurteilt hat, was ihr getan habt. Wenn ich mir vorstelle, dass meine kleine Pia …« Er brach ab.

Magdalena legte ihm beschwichtigend die Hand auf den Unterarm. »Was geschehen ist, ist geschehen. Papà, ich danke Ihnen so sehr, dass Sie mir verzeihen.«

Er tätschelte ihr die Hand. »Schon gut, mein Liebes.« Sichtlich aufgewühlt wandte er sich an Giò. »Ich muss zugeben, dass ich immer noch nicht ganz verstanden habe, worum es geht. Aber bitte sagen Sie mir, was es ist, und ich werde es umgehend ersetzen.«

»Das wird nicht nötig sein.« Giò hustete verlegen. »Ich gehe selbst.«

»Würde mir endlich jemand erklären, was los ist?« Magdalena stemmte die Hände in die Hüften und reckte herausfordernd das Kinn.

Giò wurde rot, als sich ihm beide Gesichter neugierig zuwandten. Er entschied sich für ein bisschen Wahrheit. Magdalena würde es ohnehin erfahren, aber ihrem Vater gegenüber wollte er keine Einzelheiten preisgeben. »Ein Verfahren, von dem mir Doktor Nonnschläger vor einigen Jahren erzählt hat. Ich habe mich daran erinnert, als wir gestern Abend über Pia gesprochen haben.« Er blickte Magdalena vielsagend an.

»Ich verstehe«, sagte sie zu seiner Erleichterung.

»Es schützt Magdalenas Gesundheit bei … in bestimmten Situationen.« Noch weiter wollte er seinem Schwiegervater gegenüber nicht ins Detail gehen. Diese Angelegenheit war peinlich genug.

Di Lucca brummte einigermaßen besänftigt. »Wenn es so ist. Ein Medikament, ja? Und es ist ganz bestimmt nicht gefährlich? Man hört ja immer wieder von so manchen Wundermitteln und Quacksalbereien.«

»Ja, da bin ich ganz sicher. Vollkommen ungefährlich. Andernfalls hätte Doktor Nonnschläger nicht dazu geraten.« Ein Medikament war es schließlich nicht, da gestattete er sich diese kleine Notlüge. Die exakte Anwendung kannte er selbst noch nicht, daher würde er sich in Wahrheit nicht darauf festlegen, ob diese Dinger wirklich so harmlos waren, wie Nonnschläger damals behauptet hatte.

»Nun gut. Giò, dann gestatten Sie mir, Ihnen das Geld auszulegen. Don Alfredo ist mein Freund, und dieser Vorfall ist in meinem Haus geschehen. Ich fühle mich dafür verantwortlich, den entstandenen Schaden zu regulieren.«

»Das nehme ich an, Signor di Lucca. Vielen Dank.«

»Was sage ich, er ist die längste Zeit mein Freund gewesen.« Di Lucca schnaubte wütend und ging ins Haus.

Erst als er außer Sichtweite war, gestattete Giò sich, ganz tief durchzuatmen.

»Mir kommst du nicht so leicht davon, *Giovanni* Martini. Ja, jetzt hast du etwas ausgefressen, oder etwa nicht? Zumindest, wenn man diesem Moralapostel glaubt.«

»Du magst ihn nicht.«

»Kannst du mir das verdenken? Du hast es vorhin selbst gehört. Mein Vater und ich, wir wären uns vielleicht einig geworden, was aus Pia werden sollte. Don Alfredo war es, der ihm eingeredet hat, das Ungeborene zu töten.« Sie fauchte wütend. »Weißt du, es ist nicht so, dass ich nicht immer wieder darüber nachgedacht hätte, wie ich mich mit meinem Vater versöhnen könnte. Ich war mir allerdings nie sicher, ob es nicht doch seinen eigenen Überzeugungen entsprang.«

Lächelnd zog Giò sie in seine Arme. »Dann sei ihm dankbar. Wenn du Pias Leben nicht hättest retten müssen, hättest du Venedig vielleicht nie verlassen.«

Magdalena brummte wenig überzeugt, widersprach jedoch nicht.

»Jetzt rück schon raus mit der Sprache, was ist es?«

»Es verhindert, dass du ein Kind empfängst.«

»Wie soll das gehen?«

»Also … ich würde es dir lieber zeigen, es ist … Ich kann dir nicht ganz genau sagen, wie es vonstattengeht. Aber Doktor Nonnschläger war sehr sicher, dass es funktioniert. Du hast ihn ebenfalls kennengelernt, er war sehr gelehrt.«

Magdalena schaute zu ihm auf. »Dann lauf und besorg eine neue Portion, was immer es ist. Ich kann es mir zwar nicht vorstellen, aber wenn du darauf vertraust, werde ich das auch tun.«

Giò drückte ihr einen scheuen Kuss auf die Stirn, verabschiedete sich und verließ den Innenhof. Er war kurz davor gewesen, ihr zu erzählen, auf welche Weise Doktor Nonnschläger in Wahrheit sein Ende gefunden hatte. Er musste es ihr eines Tages beichten, das war ein Geheimnis, das er zu gern mit ihr teilen wollte. Aber nicht hier und jetzt, es würde ein besserer Zeitpunkt kommen.

26. *Malcesine im Mai 1862*

FAST ZWEI WOCHEN waren sie in Venedig geblieben. Magdalena hatte ein gehörig schlechtes Gewissen, denn seit Anfang des Monats war der Gasthof ausgebucht und die gesamte Familie sicherlich rund um die Uhr auf den Beinen. Doch Giò hatte sie damit beruhigt, dass Valentina der Kopf der gesamten Verschwörung gewesen war und Verständnis dafür hätte, sogar nachdrücklich darauf bestanden hatte, dass sie sich die Zeit nahmen.

Doch der Tag von Sophias Niederkunft rückte unaufhaltsam näher, so waren sie schweren Herzens aufgebrochen, nicht jedoch, ohne Salvatore di Lucca zu versprechen, häufig zu schreiben und im Herbst wiederzukommen. Er wollte seinerseits Abstecher nach Malcesine einplanen, so es seine geschäftlichen Reisen erlaubten.

Daher hatten sie im Morgengrauen den ersten Zug genommen, würden gegen Mittag in Verona eintreffen und von dort aus ein Fuhrwerk mieten. Sie hatten Glück, dass der Zug so gut wie leer war und sie ein Abteil für sich allein hatten. Überall lagen Päckchen und mehrere in Sackleinen eingewickelte Bündel. Ihr Gepäck schien sich verdoppelt zu haben, weil di Lucca sie mit Gastgeschenken überhäuft hatte und es dazu Giò unmöglich gewesen war, dem ausufernden Angebot an Kräutern und Gewürzen auf den Märkten zu widerstehen.

Pia schlief zusammengerollt auf zwei Sitzen. Magdalena

hielt vorsorglich einen Arm um das kleine Mädchen geschlungen, falls der Zug eine plötzliche Bremsung machte. Dabei beobachtete sie Giò aus den Augenwinkeln. Sie war erleichtert, dass seine zuversichtliche Stimmung anhielt, sogar jetzt, da er aus dem Fenster auf die vorbeiziehende Landschaft starrte, gedankenverloren, aber nicht trübsinnig. Ob es nun die Gespräche mit Dunant gewesen waren, die herzliche Gastfreundschaft seines Schwiegervaters, ihre gegenseitigen Beichten – einerlei, er war mit sich im Reinen. Vermutlich war es ein bisschen von allem und dazu ihre neue Nähe. Magdalena wurde innerlich ganz verlegen, wenn sie daran dachte. Ganz unrecht hatte Don Alfredo mit seinen Anschuldigungen nicht gehabt. Nachdem sie ihre gegenseitige Scheu abgelegt hatten und mit der Anwendung dieser Kondome vertraut geworden waren, hatte es für sie kein Halten mehr gegeben. Als hätte sich ihre Begierde in den vergangenen zwei Jahren aufgestaut. Aber das ging außer ihr und Giò niemanden etwas an, schon gar keinen Kirchenmann. Wenn die Konsequenz die ewige Verdammnis war, war sie bereit, sie in Kauf zu nehmen. Ihr Glück war für den Moment vollkommen, das war jeden Preis wert.

Plötzlich schreckte Giò aus seiner Versunkenheit auf und wandte sich ihr zu. »Ich habe nachgedacht.«

»Das war dir anzusehen.«

»Haben wir genug Geld für eine größere Anschaffung?«

Magdalena runzelte die Stirn. »Das kommt darauf an, wie groß.«

»Eine leichte, moderne Kutsche und zwei Pferde. Ich dachte daran, dass wir Reisenden anbieten sollten, sie vom Bahnhof in Peschiera abzuholen. Mit einem eigenen Fuhrwerk sind wir unabhängig von der Postkutsche oder Mietdroschken.«

»Gar keine so dumme Idee. Aber wo sollen wir beides unterbringen? Wir haben weder Scheune oder Stall noch den Platz, beides zu bauen.«

Giò nickte. »Ein Stück die Hauptstraße hinab gibt es eine Weide. Dort, wo der Weg zu dem kleinen Bauernhof von Signor Concorso den Berg hinaufführt, erinnerst du dich? Seit dem letzten Sommer weidet da kein Vieh mehr. Vielleicht können wir sie kaufen oder pachten – wenn wir das Geld dazu haben.«

»Dazu muss ich sorgfältig rechnen. Dein Vater hat im letzten Herbst eine stattliche Summe für die Tilgung eingesetzt, und wir sparen auf den Umbau.« Ihr Mund verzog sich ganz von selbst zu einem Lächeln. Mit ihrer Familie in ein eigenes Nest zu ziehen, hatte seinen Schrecken verloren. Sie brannte darauf, hätte am liebsten die Handwerker sofort einbestellt.

»Ich weiß. Aber unsere Gäste könnten uns noch komfortabler erreichen. Es wäre eine weitere Investition in die Zukunft.« Er beugte sich vor, ergriff ihre Hände. »Erinnerst du dich an diesen Pacher, den Tiroler Jäger? Er hat von genügsamen Kaltblütern erzählt, sie werden in der Gegend von Meran gezüchtet. Ich könnte hinfahren und ein Gespann erwerben. Ich kann den Stall bauen, mich um die Tiere kümmern und die Fahrten übernehmen.« Seine Augen leuchteten.

Jetzt erst verstand Magdalena, worum es ihm noch ging: Er hätte dann endlich wieder eine Aufgabe.

»Hast du schon mit deinem Vater gesprochen? Er hat in jedem Fall das letzte Wort.«

»Das ist mir bewusst. Nein, es kam mir erst durch unsere Reise in den Sinn. Aber wenn du ihm sagst, dass unsere Finanzen ausreichen und sich das Angebot lohnen könnte, wird er zustimmen.« Er grinste verschwörerisch, sodass Magdalena laut auflachen musste.

»Jetzt sagst du am Ende noch, dass ich für alle Entscheidungen verantwortlich bin.«

»Valentina hat sicherlich auch ein wenig zu sagen.« Giò grinste unschuldig.

»Ernsthaft, wenn wir uns zwischen dem Umbau und dem Fuhrwerk entscheiden müssen, was dann?«

»Wie würdest du entscheiden?«

Magdalena überlegte lange. Sich unabhängig von den bestehenden Reisemöglichkeiten zu machen, wäre eine äußerst kluge Investition. Die Zahl der Touristen nahm zwar zu, aber auch das Angebot an Fremdenzimmern wuchs mit jedem Jahr. Damit wären sie anderen Gastwirten in Sachen Komfort eine Nasenlänge voraus.

Auf der anderen Seite hatte ihre Reise nach Venedig alles verändert. Sie wollte Giò nahe sein, Tag und Nacht. Sie fühlte sich beinahe getrieben von dem Wunsch, die Distanz der letzten Jahre vergessen zu machen und das Versäumte aufzuholen.

Irgendwann lächelte Giò warm und drückte ihre Hände fester. »Ich könnte auf dem Heuboden des Pferdestalles ein Liebesnest bauen.«

Magdalena lachte. »Du bist verrückt.«

»Nein, ich meine das ernst. Zuerst ein Gespann anzuschaffen, wäre zweifellos vernünftiger. Aber du bestehst nicht sofort darauf, sondern denkst auch an unsere gemeinsame Zukunft. Allein das macht mich glücklich.«

»Vielleicht geht wirklich beides. Je nachdem, wie die kommende Saison läuft, könnten wir eine endgültige Entscheidung im Spätsommer treffen.«

»Prüfe du die Finanzen, und dann erst sprechen wir mit Papà. Am Ende reicht das Geld nicht. Oder er ist dagegen, dann müssen wir nicht weiter darüber nachdenken.«

»Ach, ich dachte, ich entscheide?« Magdalena hob mit gespielter Entrüstung einen Zeigefinger in die Höhe. »Und Valentina hat ein Mitspracherecht?«

Giò hob spöttisch die Augenbrauen. »Ich kann Papà gern danach fragen, wessen Wort das größte Gewicht hat.«

»Das wagst du nicht.«

Er schüttelte nur lachend den Kopf.

»Also gut, einverstanden.«

Sie hatten kaum den Empfangsraum des Gasthofes betreten, da stürzte Valentina auf sie zu. »Da seid ihr endlich!«

Giòs Miene erstarrte. »Was ist passiert? Wo ist Sophia?«

»Ach, mach dir um deine Schwester keine Sorgen. Aber ihr sollt beide zu Don Paolo. Sobald ihr eingetroffen seid.«

»Was will er denn?« Giò ließ die Leinenbündel neben dem Empfangstresen zu Boden gleiten.

»Ich weiß es wirklich nicht«, sagte Valentina. »Aber geht lieber, der arme Mann tat, als ginge es um Leben und Tod. Er war vollkommen aufgeregt. Pia, komm, meine Kleine, wir essen erst einmal etwas.« Sie streckte eine Hand aus, und das kleine Mädchen folgte ihr bereitwillig.

Giò zuckte mit den Schultern. »Dann lass uns gehen. Je eher wir herausfinden, was los ist, desto besser.«

Gemeinsam eilten sie zu Santo Stefano und trafen den Pfarrer in der Sakristei an, wo er über einen Tisch gebeugt stand und den Kragen eines Messgewandes ausbesserte.

Giò klopfte gegen die offen stehende Türe. »*Buongiorno*, Don Paolo.«

»Giò, Magdalena, *buongiorno!* Tretet ein, bitte.«

Valentina hatte nicht übertrieben, das Entsetzen stand Don Paolo auch jetzt noch ins Gesicht geschrieben, die Wangen hohl und der Blick eingesunken, als hätte er seit Tagen nichts gegessen.

Magdalena machte sich keine Mühe, ihre Besorgnis zu verbergen. »Sie sehen gar nicht gut aus.«

»Ich bin ein wenig erkältet, macht euch keine Sorgen. Agata hat mir schon ihre Tinkturen eingeflößt, ich bin auf dem Wege der Besserung.«

Er ging zu einem Sekretär, der aufgeklappt an einer Längswand neben ein paar ausrangierten Kerzenleuchtern stand, und wühlte in den herumliegenden Papierstapeln. Kurz darauf kam er mit einem Brief in der Hand zurück.

»Ich habe ein Telegramm erhalten. Das muss man sich einmal vorstellen, so etwas habe ich noch nie erlebt! Es wurde von Venedig zum Postamt nach Rovereto gesendet und von dort aus per berittenem Eilboten an mich persönlich zugestellt. Das muss ein halbes Vermögen gekostet haben.«

»Venedig, sagen Sie?« Giò verschränkte die Arme und neigte misstrauisch den Kopf.

»Vom Bischof persönlich, im Namen eines Priesters namens Don Alfredo aus der Gemeinde der *chiesa di Sant'Antonino martire.*«

»Ich ahne, um was es geht.« Giò seufzte. »Dieser kleinmütige Pfaffe. Was für eine Geldverschwendung.«

Magdalena lächelte säuerlich. »Dann ist es umso besser, wenn Papà nichts mehr an die Kirche spendet.«

»Ihr beiden werdet exkommuniziert. Ich soll das Verfahren begleiten.« Don Paolo bekreuzigte sich. »Ich weiß gar nicht, was ich da beachten muss, und …«

»Exkommuniziert?« Giò war ganz blass geworden. Er ließ sich auf einen Stuhl fallen.

Magdalena dagegen glaubte, ihren Ohren nicht zu trauen. »Sind Sie sicher? Ist das nicht ein wenig übertrieben?« Sie schaute zu Giò, der ratlos die Hände hob und wieder in seinen Schoß sinken ließ.

Don Paolo legte die Stirn in strenge Falten. »Lasst mich bitte ausreden. Wenn ich sage, ich soll das Verfahren begleiten, heißt das noch lange nicht, dass ich das auch tun werde. Ich möchte erst hören, um was es geht. Und dann sehen wir weiter.«

Magdalena nickte erleichtert. »Was genau wird uns denn vorgeworfen?«

»Ketzerei und ausschweifende Wollust.«

Giò lachte auf. »Ketzerei? Don Paolo, ich bitte Sie. Das ist doch lächerlich!«

Don Paolo wollte antworten, wurde jedoch von einem Hustenanfall geschüttelt.

Magdalena ging zu einer Kommode, goss ein Glas Wasser ein und reichte es dem Pfarrer. »Trinken Sie.«

»Danke, mein Kind.« Er stürzte das Wasser in einem Zug hinunter.

Magdalena ging um den Tisch, ließ sich neben Giò nieder. »Erklär du es ihm.«

»Nun, Don Paolo, Sie wissen, dass meine Frau vor zwei Jahren eine sehr schwere Geburt hatte. Signora Varese glaubt, dass sie eine zweite Niederkunft nicht überlebt.«

Don Paolo nickte. Er schob das Messgewand vorsichtig an den Rand des Tisches und setzte sich ihnen gegenüber.

»Nun hat Giò eine Methode gefunden«, erklärte Magdalena weiter, »die Empfängnis eines weiteren Kindes zu verhüten. Über einen dummen Zufall erfuhr Don Alfredo davon, der im Haus meines Vaters bis dato ein gern gesehener Gast gewesen ist. Er warf uns Wollust vor.«

»Nun, die einzige Methode, eine Empfängnis zu verhüten, die von der Kirche gebilligt wird, ist Keuschheit.«

»Wir waren über zwei Jahre enthaltsam, Don Paolo«, ergriff wieder Giò das Wort. »Es ist ja nicht so, dass wir keine Kinder wollen. Aber wir können die Gefahr für Magdalena doch nicht einfach ignorieren.«

Don Paolo strich sich über das kantige Kinn. Er räusperte sich mehrmals, konnte dieses Mal den Hustenreiz unterdrücken. »Gut«, sagte er. »Magdalena, würdest du bitte die heruntergebrannten Kerzen im Altarraum ersetzen? Ich möchte mich mit Giò allein unterhalten.«

»Selbstverständlich.« Magdalena sprang auf, nahm ein paar neue Kerzen aus der Schublade einer Kommode und betrat über eine Seitentür die Kirche. Sie ersetzte wie angewiesen die heruntergebrannten Stummel, zupfte ein paar verwelkte Blätter aus einem Blumengesteck vor dem Altar in einer Seitenkapelle und brachte den Müll hinaus, nachdem sie nichts mehr entdeckt hatte, was sie noch tun könnte.

Auf dem Kirchenvorplatz lehnte sie sich gegen die Mauer und blickte hinunter auf den See. Das Panorama war schöner als jedes Gemälde, das Wasser tiefblau, ringsum am Ufer die Bäume in blendendem Frühlingsgrün, die Berge in wildes Grau gekleidet. Darüber spannte sich der wolkenlose blaue Himmel.

Magdalena atmete tief durch, versuchte sich zu Gelassenheit zu zwingen, vergeblich. Nicht einmal dieser Anblick der wuchtigen Natur konnte sie beruhigen. Wie hatte sie nur glauben können, nach ihrer Reise nach Venedig mit all ihren Enthüllungen und Beichten könne sie nichts mehr erschüttern?

Vor allem war sie wütend auf Don Alfredo. Sie hatte gewusst, dass dieser Mann zu vielem fähig war, aber das ging zu weit! Hoffentlich ließ er ihren Vater wenigstens in Ruhe.

Sie blickte auf ihre Hände, die, ohne dass sie es gemerkt

hatte, ganz von selbst an der schartigen Mauer herumkratzten. Energisch schlang sie die Finger ineinander und konzentrierte sich weiter darauf, ruhig zu atmen.

Dann endlich kamen die beiden Männer aus der Sakristei. Sie wirkten beide entschlossen.

»Verkauf mich nicht für dumm, Giò«, sagte Don Paolo gerade. »Ich bin auch weder taub noch blind. Ich weiß sehr genau, dass du damals meine Kaninchen aus dem Garten hast entwischen lassen.«

»Nein, das war Milo.«

Don Paolo lachte zufrieden. »Auch gut, dann kenne ich jetzt den wahren Übeltäter. Siehst du? Letzten Endes bringt es die Sonne an den Tag.«

Giò blickte ihn verdutzt an und fiel dann in sein Lachen ein. »Sie sind ganz gewiss nicht dumm, Don Paolo. Also gut, was sollen wir nun tun?« Er gesellte sich zu Magdalena und drückte beruhigend ihre Hand.

Don Paolo nickte ihr freundlich zu. »Erst einmal gar nichts. Ich nehme euch kommenden Sonntag nach der Messe die Beichte ab. Mal sehen, ob mir bis dahin eine angemessene Strafe für eure Sünden einfällt. Dazu werde ich einen Brief an den Bischof schreiben. Ich werde mich zum Sachverhalt äußern und erläutern, warum ich eine Exkommunikation für unangemessen halte.« Er schnaubte erbost. »Zwei Exkommunikationen. In meiner Gemeinde.«

Giò reichte ihm die Hand. »Ich danke Ihnen sehr, Don Paolo. Bis spätestens kommenden Sonntag zur Messe.«

Sie verabschiedeten sich voneinander. Magdalena schlenderte neben Giò zum Gasthof zurück, wobei ihre ruhigen Schritte ihren inneren Zustand Lügen straften. Sie war immer noch aufgewühlt. Wehe Don Alfredo, falls sie ihn eines Tages in die Finger bekam!

»Was habt ihr besprochen?«, fragte sie, als sie sicher war, dass sie ihre Stimme weit genug unter Kontrolle halten konnte.

»Ich habe ihm einen Handel vorgeschlagen. Aber das war nicht alles, er war neugierig, hatte einige Fragen zu der … Methode.«

»Was für einen Handel?«

»Don Paolo ist von einem anderen Schlag als sein Kollege in Venedig. Natürlich ist er gläubig und nimmt seine Aufgabe ernst, doch er hat seinen Beruf nicht freiwillig gewählt. Als er jung war, gab es einen Vorfall, der ihn dazu zwang. Genaues weiß ich nicht, ich war ja noch nicht einmal geboren.«

»Du erwähntest einen Handel.«

»Jedenfalls gab es vor einigen Jahren einiges Gerede, bei dem man ihm ein Techtelmechtel mit Agata Varese unterstellte. Vielleicht hat er selbst … Bedarf. Ich würde es ihm nicht verübeln. Er ist ein guter Kerl, nicht so fanatisch, mit gutem Auge für die Bedürfnisse der Gemeinde.«

»Giò! Diese alten Skandale interessieren mich nicht!«

»Magdalena, hör zu.« Er blieb stehen und ergriff ihre beiden Hände. »Er wird alles daransetzen, die Vorwürfe zu entkräften. Wenn er das schafft, ist es nicht weiter wichtig, was wir vereinbart haben. Falls Don Paolos Einspruch erfolglos bleibt, wirst du es erfahren. Bitte gedulde dich bis dahin und vertrau mir.«

Sie brummte unzufrieden. »Wir wollten keine Geheimnisse mehr voreinander haben.«

Er sah sie unglücklich an. »Ich habe Geheimnisse vor dir, und das weißt du. Es ist zu deinem Besten. Wäre es anders, würde ich dir umgehend alle beichten. Und so ist es auch jetzt. Bitte.«

»Schon gut.« Sie drückte seine Hände und ließ dann los.

»Es gefällt mir auch nicht, Magdalena. Lass uns abwarten, was Don Paolo bewirken kann. Wenn die ganze Sache ein hoffentlich glückliches Ende genommen hat, sprechen wir darüber.«

»So machen wir es. *Nous voyons de quel côté vient le vent.*«

»Wie bitte?«

»Das heißt so viel wie: Mal sehen, wie der Hase läuft.«

»Deine Sprachkenntnisse sind faszinierend. Wenn ich daran denke, wie du mit diesem marokkanischen Gewürzhändler geschachert hast.« Er lachte.

Mit einem lautlosen Seufzer akzeptierte Magdalena dieses Mal seinen Versuch, das Thema zu beenden. Und da kam ihr plötzlich eine Idee. »Weißt du was? Ich werde dir ein paar Stunden Sprachunterricht geben. Wenn ich nicht die Einzige im Haus bin, die sich mit den Gästen in ihrer Landessprache unterhalten kann, kannst du dich sicherlich noch ein wenig nützlicher machen.«

»Na gut.«

»Na gut? Ist das alles? Ich kümmere mich um deine Weiterbildung. Du solltest mir dankbar sein.« Sie stemmte mit gespielter Empörung die Fäuste in die Seiten.

Er zog sie ungestüm in seine Arme und küsste sie auf die Nasenspitze. »Das bin ich, Magdalena. Jeden einzelnen Tag.«

27. Malcesine im Februar 1863

»MAMMA!« PIAS HELLE Mädchenstimme schallte über den Bahnsteig, und im nächsten Moment flog ein Bündel aus Wintermantel, Mütze und Schal Magdalena entgegen. Sie ließ die Tasche fallen und breitete die Arme aus.

»Komm her, meine Kleine. Du hast ja ganz rote Bäckchen.« Sie drückte ihre kleine Tochter glücklich an sich.

»Willkommen zurück. Wart ihr erfolgreich?« Giò griff nach der Reisetasche und reichte seinem Vater die Hand, der nach Magdalena aus dem Zug ausgestiegen war. Roberto Martini lächelte erschöpft, aber glücklich. »Das will ich meinen! Wenn diese Bankmänner jetzt nicht das Gefühl haben, dass wir mit ihrem Geld Sinnvolles tun, dann weiß ich auch nicht weiter.« Er senkte die Stimme. »Es ist mir ein Rätsel, wie wir die Herberge ohne deine Frau führen konnten, ohne bankrottzugehen. Ich habe mir immer eingebildet, ich hätte Geschäftssinn, doch sie ist eine Magierin, was Finanzen anbelangt.«

Magdalena war sicher, dass dies nicht für ihre Ohren bestimmt gewesen war, dennoch hatte sie jedes Wort verstanden. Mit einem fröhlichen Ausruf hob sie Pia schwungvoll auf den Arm und verbarg ihr verlegenes Lächeln in deren Winterkleidung. Wie erwartet zappelte das kleine Mädchen empört und strampelte sich rasch wieder frei. Das genügte zur Ablenkung, sodass sie Giòs Antwort nicht mitbekam.

»So, kommt!«, rief er nun laut und winkte ihnen, ihm zu folgen. Pia flitzte voraus auf den Bahnhofsvorplatz. Zielstrebig und ohne auf andere Passagiere oder Fuhrwerke zu achten, rannte sie zu der wartenden Kutsche, einem geschlossenen Gefährt mit vier lederbezogenen Sitzen, vor dem zwei blonde Kaltblüter mit weißen Mähnen eingespannt waren. Magdalena blieb beinahe das Herz stehen, als Pia gefährlich nahe an den riesigen Tieren vorbeisauste und den Jungen, der die beiden Pferde hielt, beinahe umrannte. Der Bursche lachte und bekam das Mädchen an einem Mantelzipfel zu fassen, was ihre wilde Jagd endlich beendete. Magdalena lief hinzu, nahm ihre Tochter an die Hand und stellte sich bereits auf das unvermeidliche Protestgeheul ein.

»Alles in Ordnung, Signor Martini?«, rief der Junge lachend.

Giò winkte ihm zu. Rasch lud er Magdalenas Tasche ins Innere und kletterte auf den Kutschbock. »Vielen Dank, Pepe. Bis zum nächsten Mal!«

»Ich will zu Stella!«, rief Pia und zeigte auf die Stute.

»Wir fahren nach Hause, mein Sternchen. Wenn du lieb bist, darfst du Papà sicher beim Füttern helfen.« Magdalena schob ihre Tochter Richtung Kutsche. Wenn das so weiterging, stand ihnen eine anstrengende Heimfahrt bevor.

»Pia, ich habe dir etwas mitgebracht.« Roberto Martini hatte seine Taschen inzwischen verladen und hielt seiner Enkelin ein flaches Paket vor die Nase.

»Was ist das?«

»Das verrate ich nicht. Wenn du dich brav zu mir in den Wagen setzt, darfst du es auspacken.« Martini wedelte auffordernd mit dem Päckchen und zog es aus Pias Reichweite, als sie danach greifen wollte.

Schneller als ein Eichhörnchen war Pia ins Abteil geklettert. »Kommen Sie, *nonno!*«

Roberto Martini zwinkerte Magdalena schmunzelnd zu, deutete dann auf den Kutschbock und folgte seiner Enkelin ins Innere.

Magdalena blickte hoch zu Giò, der geduldig darauf wartete, dass sie losfahren konnten.

»Kann ich mich zu dir setzen?«

»Wie du willst. Aber es wird auf Dauer ganz schön frisch hier oben.«

»Dann kann ich mich immer noch reinsetzen.«

Giò grinste breit. »Ich werde nicht anhalten. Irgendwann sollten wir heute doch noch nach Hause kommen, meinst du nicht?«

Magdalena erklomm den Kutschbock und setzte sich neben ihn. »Wie ich Pia kenne«, widersprach sie, »möchte sie mindestens zweimal anhalten, weil sie muss, Hunger hat oder einen interessant gefleckten Hund am Straßenrand entdeckt hat.«

»Hat mein Vater nicht noch ein paar weitere Geschenke für sie, mit denen er sie bei Laune halten kann?« Giò lenkte das Gespann auf die Straße.

»Zwei Zuckerstangen, die wir aufwendig in eine Tageszeitung verpackt haben. Das große Geschenk, mit der er sie vorhin gelockt hat, ist ein Kinderbuch mit vielen Bildern und Tierfabeln. Wir waren in Verona in der Buchhandlung, und ich hatte die Idee, dass es ihr vielleicht gefällt, wenn man ihr vorliest und mit ihr die Bilder betrachtet.«

»Sind es Bilder von Pferden oder interessant gefleckten Hunden?«

»Es gibt einen niedlichen Fuchs. Vielleicht hat der eine Chance.«

»Ja, vielleicht. Für ein paar Minuten.«

»Gestehen wir es uns ein, Giovanni Martini. Wir haben eine Tyrannin erzogen.«

»Daran hatte auch Sophia ihren Anteil, findest du nicht? Ich überlege wirklich, das nächste Mal Lucia mitzunehmen, das könnte besser funktionieren.«

»Zwei wilde Hexen im Haus? Die arme Signora Cacciatore. Die wird es sich gut überlegen, dir ihre Gastfreundschaft danach noch einmal anzubieten.«

»Ach was.« Giò hatte das Gespann endlich aus dem Gewühl vor dem Bahnhof von Peschiera herausgelenkt. Mit einem Schnalzen ermunterte er die beiden Pferde zu einem stetigen Trab. »Ich lasse die beiden Mädchen einfach auf dem Heuboden des Mietsstalles. Pepe wird schon auf sie aufpassen. Pia ist ganz vernarrt in ihn. Sie will ihn heiraten.«

»Einen Pferdeburschen. Das sieht ihr ähnlich.« Magdalena lehnte sich zurück und zog ein Büchlein aus ihrer Manteltasche. »Es gibt Neuigkeiten, die dich interessieren könnten. Von deinem Freund Dunant. Er hat Ernst gemacht und ein Buch veröffentlicht. Der Buchhändler erzählte, dass es sehr nachgefragt und teilweise schon vergriffen wäre.«

»Ein Buch?«

»*Un souvenir de Solferino.* Es ist letztes Jahr im November erschienen. Er beschreibt vor allem die Ereignisse nach der Schlacht, wie er versucht hat, Hilfe zu organisieren. Erinnerst du dich an diese Touristen, die am Mittag in der Kirche aufgetaucht sind und nur herumgegafft haben, ohne einen Finger krumm zu machen?«

»Und ob ich mich erinnere. Dunant hat sich furchtbar aufgeregt. Nonnschläger hat es später abgetan und meinte, dass man es den Leuten nicht ausprügeln könnte. Schmerzen, Qualen, das Leid anderer, das würde einen bestimmen Schlag Menschen immer faszinieren, so sagte er. Im alten Rom hätte es mit den Arenakämpfen einen riesigen Wirtschaftszweig gegeben, der nichts anderes als Sensationsgier, Blutdurst und die morbide Faszination am Sterben zum Ziel hatte. Mich widert es an, aber wie in so vielem hatte Nonnschläger vermutlich recht.«

»In diesem Buch urteilt Dunant nicht darüber, er beschreibt nur, dass wir diese Touristen mit Gewalt vom Eindringen in die Kirche abhalten mussten. An anderen Stellen ist der Text ergreifend.« Sie konnte nicht weitersprechen. Wie beim ersten Mal, als sie das kleine Büchlein gelesen hatte, holte die Erinnerung sie ein und ergriff sie beinahe mehr als in den Tagen, als sie wahrhaftig vor Ort gewesen war und geholfen hatte. »Lies es«, brachte sie noch hervor. Sie biss sich hart auf die Unterlippe und wandte sich ab, tat, als betrachtete sie die vorbeiziehende Landschaft.

»Es ist auf Französisch geschrieben, oder?«

Sie hörte die Skepsis in seiner Stimme. Das holte sie wieder aus ihren bedrückenden Gedanken. »Eine gute Übung, um zu sehen, ob ich dir etwas beibringen konnte. Aber es gibt noch etwas.«

»Ja?«

»Dunant hat diese *Erinnerung an Solferino* mit einem bestimmten Ziel geschrieben. Er will eine Hilfsorganisation gründen, die länder- und staatenübergreifend handeln soll, um im Kriegsfall die Verwundeten zu versorgen. Dazu hat er am 9. Februar in Genf ein *Internationales Komitee für die Versorgung der Verwundeten in Kriegszeiten* gegründet. Dieser Louis Appia, der Arzt aus dem Piemont, von dem du erzählt hast, ist auch dabei.«

Giò gab keine Antwort, sondern starrte stur geradeaus.

»Sie wollen im Herbst einen Wohltätigkeitskongress abhalten«, fuhr Magdalena fort. »Sie wollen die europäischen Herrscher und Könige davon überzeugen, in guten Zeiten Geld zu geben und Leute auszubilden, damit in der Not geholfen werden kann und nie wieder so ein Desaster geschieht, wie es rund um die Schlachtfelder von San Martino und Solferino der Fall war.«

Giò schwieg noch immer.

Magdalena spürte, dass Giò Dunants Ideen nicht gefielen, doch sie konnte nicht erkennen, warum.

»Giò, was ist denn?«

Er wandte sich zu ihr, seine Miene düster und die Augen zu wütenden Schlitzen verengt. »Siehst du nicht, dass Dunant damit diesen Kriegstreibern nur in die Hände spielt?«

»Was? Wieso? Wem denn?«

Giò spuckte zur Seite aus und knallte die Zügel, um das Gespann ein wenig anzutreiben. »Dunant meint es gut, ganz sicher. Er hat die Soldaten im Sinn, er will helfen.«

»Was ist dann Schlechtes an seiner Idee?«

»Es enthebt die hohen Herren ihrer Verantwortung, das ist schlecht! Wie leicht kann man eine Schlacht beginnen, wenn man sich hinterher nicht um die Verwundeten sorgen muss, sondern es einem anderen überlässt.«

Magdalena wollte abwiegeln, doch Giò redete sich in Rage. »Krieg, Magdalena, kostet Geld. Viel Geld! Ein Kaiser oder König presst es dem kleinen Mann über Steuern ab. Aber weißt du, welche Kosten sie rechnen? Kanonen, Uniformen, Fahrzeuge, das Essen für die Offiziere. Ein Menschenleben ist dagegen nichts wert! Weißt du, wie Nonnschläger uns einfache Soldaten genannt hat? Schlachtvieh. Irgendwie notwendig, aber im Überfluss vorhanden.« Er holte Luft.

»Aber das …«

»Dunant«, unterbrach Giò sie nur wenig ruhiger, »mag es wirklich um die Menschenleben gehen, die man mit dieser Versorgung retten kann, das will ich überhaupt nicht bestreiten. Aber ein überlebender Soldat spart Geld. Und das heißt, dass ein Landesführer viel unbesorgter in den Krieg ziehen wird. Was soll er sich um das Wohlergehen seiner Männer scheren? Wenn ein Dunant und seine Organisation es ihm abnehmen?«

»Das ist ja völliger Blödsinn!« Magdalena schaffte es endlich, seinen Redefluss zu unterbrechen. »Auf der einen Seite sagst du, dass es weniger kostet, wenn ein Soldat überlebt, aber auf der anderen behauptest du, dass es den Herrschern egal wäre. Ich glaube kaum, dass deren Minister und Räte das nicht längst selbst ausgerechnet haben. Wenn es weniger Geld kostet, warum versorgen sie ihre Männer dann nicht?«

»Weil sie das anders rechnen. Außerdem gibt es in der Regel erst dann Probleme, wenn ein Krieg eine gewisse Zeit dauert. Die Folgen sind zum Teil erst viel später abzusehen, wenn das Land ausgeblutet ist. Ernteausfälle, weil Arbeitskräfte fehlen, Zusammenbruch der Versorgung, solche Dinge. Solange sie die Reihen der Toten auffüllen können, sehen sie nicht, was sie anrichten.«

»Dennoch, es hilft den Soldaten, würden sie nach einem Gefecht besser medizinisch versorgt.«

»Ja! Aber das ist die verdammte Aufgabe eines Herrschers, nicht eines dahergelaufenen Schweizers!«

»Gio, beruhige dich doch.«

»Es treibt die Landesherren unbesorgt in den Krieg, siehst du das nicht?« Er fuchtelte mit den Armen, tat, als würde er mit einem Gewehr zielen und schießen. »Hier, knallt euch ab, lauft, dummes Kanonenfutter! Wenn ihr Glück habt, kommt der Dunant mit seinen tapferen Weibern und flickt euch wieder zusammen!«

»Giò, hör auf! Du machst die Pferde ganz unruhig.«

»Schon gut.« Er ließ die Schultern kreisen und packte die Zügel wieder fester.

Verstohlen löste Magdalena ihre Hand vom Haltegriff seitlich des Kutschbocks.

Sie räusperte sich. Das Thema hatten sie seit ihrem letzten Streit nie wieder angesprochen, waren ihm ausgewichen, wie zwei Katzen, die Regenpfützen umtanzten. Doch sie konnte seine verworrene Argumentation einfach nicht so stehen lassen. »Bei den meisten Kriegen geht es doch nicht um wirtschaftliche Erwägungen. Es geht um den Kampf um Freiheit. Sieh dir den Krieg in Amerika an, sie wollen die Sklaverei abschaffen, das ist doch etwas Gutes!«

»O ja, ich vergaß.« Giòs Tonfall wurde höhnisch. Er riss dramatisch die Augen auf und bleckte die Zähne. »Wie dein geliebter Garibaldi, nicht wahr? Er hat uns Italienern die Freiheit gebracht, der Lombardei, dem Piemont, im Süden Sizilien und Neapel. Ist es nicht so? Waren sie doch allesamt, genau wie wir, zuvor geknechtet, unterdrückt und verhärmt. Ha!«

»Jetzt hör aber auf! Du selbst sagst doch, dass du es nicht richtig findest, für den österreichischen Kaiser in den Krieg ziehen zu müssen. Weil es deine Sache nicht ist.«

»Garibaldis Sache ist auch nicht die meine! Es geht nicht um die angebliche Freiheit. Es geht um die Machtgier dieser Männer, um ihre Position in der Weltordnung, um nicht mehr und nicht weniger.«

»Kriege werden geführt, damit es den Menschen hinterher besser geht. Sie haben einen Sinn.«

Schweigend presste Giò die Lippen aufeinander und starrte geradeaus auf die sich wiegenden Pferderücken.

Er glaubte es nicht. Magdalena musste zugeben, dass er nicht unrecht damit hatte, dass sich in der Lombardei und dem Piemont vermutlich wenig geändert hatte, seit diese Regionen zu Italien gerechnet wurden statt zu Österreich.

Aber ging es nicht auch um das Gefühl der Zugehörigkeit? Einen Platz zu finden, den man sein Zuhause nennen konnte, an dem man Familie und Freunde hatte?

Magdalena dachte an das vergangene Jahr. Es war besser gelaufen, als irgendeiner der Martinis zu hoffen gewagt hatte. Sie hatten das Pferdegespann und die Kutsche erworben, der Umbau des Dachgeschosses war beinahe abgeschlossen. Salvatore di Lucca hatte sie seither zweimal besucht und machte Werbung unter seinen Freunden und Geschäftspartnern in Venedig, verschaffte ihnen so manchen finanzkräftigen Gast.

Vor allem aber herrschte in Malcesine enger Zusammenhalt, nicht nur in der Familie, sondern auch darüber hinaus.

Würde das alles anders sein, wenn das Veneto einer anderen Nation als der österreichischen angehörte?

Vermutlich nicht. Vielleicht hatte Giò sogar recht und es ging in einem Krieg häufiger darum, sich einen Vorteil zu verschaffen, als den Menschen ein besseres Leben zu ermöglichen.

Aber sie wollte verdammt sein, bevor sie das zugab.

»Lies Dunants Buch«, sagte sie, so ruhig sie es vermochte. »Ich kann nicht abschätzen, wie weit seine Ideen reichen, ob sie von der Obrigkeit gebilligt und umgesetzt werden. Aber ich bin zutiefst davon überzeugt, dass er den Menschen im Blick hat, nichts sonst. Und wenn es für die Soldaten im Felde eine Verbesserung bewirkt, will ich ihn gern unterstützen.«

Giò brummte eine Antwort, die zwar keine Zustimmung zu sein schien, aber ihren Streit nicht weiter anheizte. Als Magdalena zaghaft die Hand ausstreckte und auf die seine legte, packte er ihre Finger und drückte sie zärtlich.

Und vielleicht hatte er noch in anderer Hinsicht recht: Was konnten sie beide schon großartig tun, um den Lauf der

Dinge in der Welt zu ändern? Vielleicht sollte sie lernen, dies alles einfach auf sich zukommen zu lassen.

Die Bauarbeiter waren gerade gegangen, und endlich breitete sich wohltuende Ruhe im Gasthof aus. Magdalena hatte einige Akten auf dem Tresen im Empfangsraum ausgebreitet und sortierte die neuen Unterlagen ein, die sie und ihr Schwiegervater aus Verona mitgebracht hatten.

Da klopfte jemand am Tor.

Stirnrunzelnd schaute Magdalena auf. »Herein, es ist offen!« Sie konnte sich nicht erinnern, dass an diese Tür geklopft wurde. Gäste wie Besucher der Familie traten einfach ein, und des Nachts, wenn das Tor verriegelt war, konnte ein Glockenzug betätigt werden.

Don Paolo betrat den Raum mit schüchternen Schritten. Er nahm seinen Hut ab und deutete eine Verbeugung an.

»Magdalena, gut, dass ich dich direkt antreffe. Wo ist Giò?«

»Bei den Pferden. Er müsste jeden Moment zurückkommen.«

»Sehr gut. Es betrifft euch beide.«

»Worum geht es?«

»Ich habe einen Brief aus Rom erhalten. Es ist nun endlich entschieden.«

Magdalena ließ das Dokument, das sie bis dahin in den Händen gehalten hatte, auf den Tresen sinken. Sie konnte dem Pfarrer am Gesicht ablesen, dass er keine guten Neuigkeiten brachte.

»Nach fast einem Jahr?« Magdalena konnte ihren Spott nicht zurückhalten. »Das ging aber schnell, nicht wahr?«

»Nun, selbst mit den modernen Möglichkeiten des Postwesens braucht es seine Zeit.«

Magdalena schnaubte verächtlich. »Kein Wunder, dass sich die Kirche mit neuen Möglichkeiten schwertut.«

Don Paolo senkte betreten den Kopf und ließ den Hut von einer Hand in die andere wandern.

Mit schnellen Schritten trat Magdalena auf ihn zu und legte ihm beschwichtigend eine Hand auf den Unterarm. »Schon gut, bitte verzeihen Sie, Don Paolo. Ich weiß, dass Sie und der Herrgott auf unserer Seite sind. Aber dieser Kleingeist der Bischöfe macht mich krank.«

Statt einer Antwort tätschelte Don Paolo ihr die Hand.

Die Tür flog auf, und Giò kam mit einer kalten Windbö in den Raum gefegt. Seine Augen blitzten übermütig über den von der Kälte geröteten Wangen, doch er wurde schlagartig ernst, als er die beiden so stehen sah.

»Was ist los?«, fragte er misstrauisch.

Don Paolo seufzte laut und straffte die Schultern. »Ich habe eine endgültige Rückmeldung vom Vatikan.« Er zog einen Brief aus der Innentasche seines Mantels und wollte ihn Giò reichen. Statt das Papier entgegenzunehmen, legte er Magdalena den Arm um die Schultern und zog sie beschützend an sich. Dazu machte er eine wegwerfende Handbewegung. »Sagen Sie es freiheraus, und lassen Sie es damit gut sein. Es ist mir inzwischen gleichgültig. Ich brauche den Segen der Kirche nicht, um an den Herrn zu glauben und zu wissen, wer mich und meine Familie behütet.«

»Nun.« Unsicher hielt Don Paolo Magdalena den Brief entgegen, die ihn annahm, um den armen Mann aus seiner Verlegenheit zu helfen. »Immerhin hat dein Einspruch geholfen, Giò. Du bist nun offiziell exkommuniziert. Magdalena erhält eine weitere Buße und darf in der Kirchengemeinde verbleiben.«

»Wie bitte?«

Giò drückte sie an sich. »Das war der Vorschlag, den ich Don Paolo damals unterbreitet habe. Wir haben gemeinsam ein Schreiben verfasst, in dem ich die volle Verantwortung übernehme und darum bitte, die Strafe für dich abzumildern.«

»Mein Argument fand ebenfalls Gehör«, fügte Don Paolo hinzu. »Ich gab zu bedenken, dass es nicht im Sinne der Kirche sein könne, wenn Pia ohne christliche Führung und die Obhut ihrer Gemeinde aufwüchse. Du, Magdalena, bist nun dafür verantwortlich, dass das Mädchen katholisch erzogen wird. Ich habe das zu überprüfen und sicherzustellen.« Ein verschwörerisches Lächeln huschte über seine Miene. »Ich denke nicht, dass ich da allzu viel kontrollieren muss, oder?«

»Nein.« Magdalena befreite sich aus Giòs Umarmung und trat einen Schritt zurück. »Jetzt aber mal langsam. Nur damit ich das richtig verstehe: Der damalige Freund meines Vaters, Don Alfonso, hat bei seinen Oberen den Antrag gestellt, uns beide zu exkommunizieren. Weil wir wie Ehemann und Ehefrau leben wollen, jedoch Maßnahmen ergreifen, die eine Empfängnis verhindern.«

Don Paolo nickte und sank wieder unsicher in sich zusammen.

»Und ihr beiden habt damals ohne mein Zutun entschieden, dass Giovanni Martini diese Strafe auf sich nimmt? Damit bin ich ganz und gar nicht einverstanden!«

Giò zog die Augenbrauen hoch. »Wieso nicht?«

»Weil wir diese Entscheidung gemeinsam getroffen haben. Also sollten wir auch gemeinsam die Konsequenzen tragen.« Magdalena reckte herausfordernd das Kinn.

»Aber wie ich schon sagte, Magdalena, jemand muss doch Pia im rechten Glauben erziehen?« Don Paolo schien noch etwas sagen zu wollen, brach jedoch ab, offenbar, weil er erkannte, wie wütend sie wurde.

»Darauf verzichte ich«, fauchte sie.

»Das kannst du unserer Tochter nicht antun«, hielt Giò ihr entgegen. Leiser fügte er hinzu: »Und meinen Eltern auch nicht.«

»Aber mir könnt ihr das antun? Einfach über meinen Kopf hinweg bestimmen?«

»Wir wollten den Schaden in Grenzen halten, einzig darum ging es«, erklärte Giò. Er schien schuldbewusst, aber nicht minder entschlossen.

Magdalena schwankte. Auf der rationalen Ebene begriff sie, das Giò und Don Paolo einen klugen Kompromiss gefunden hatten, doch sie konnte nicht akzeptieren, dass diese Entscheidung ohne sie getroffen worden war.

»Sie hätten mich fragen können, ob ich mit dieser Regelung einverstanden bin, Don Paolo.«

»Du hättest *Nein* gesagt«, antwortete Giò an seiner Stelle. »Weil du nicht erlaubt hättest, dass ich die Verantwortung allein trage.«

»Was auch nicht der Wahrheit entspricht, oder?«, knurrte Magdalena.

»Es ist aber auch nicht gelogen«, warf Don Paolo ein. »Soweit ich das verstanden habe, war es Giòs Idee, oder nicht? Und er hat als dein Ehemann die Aufgabe und das Recht, über dich und deine Belange zu entscheiden.«

Giò schwieg und schaute sie an, in seinen Augen las sie die Bitte, es dabei zu belassen. Er wusste genau, dass der Pfarrer die falschen Worte gewählt hatte und dass es nicht ihrem Naturell entsprach.

Magdalena schnaubte empört. »Weil Frauen keine selbstständig denkenden Wesen sind? Weil sie gar keine Lust empfinden bei dem, was Mann und Frau tun? Oder es zumindest egal ist? Weil sie degradiert werden zu Gefäßen, aus denen ein neues Mitglied für die Gemeinde geboren werden soll?«

Giò sagte weiterhin nichts, doch er wurde rot. Beinahe unmerklich schüttelte er den Kopf.

Don Paolo hustete verlegen und senkte den Blick auf seine Schuhspitzen.

Magdalena wusste, dass sie ungerecht war. Giò hätte das niemals getan, wenn er eine andere Lösung gesehen hätte. Und er hatte sie ganz und gar richtig eingeschätzt, sie hätte dem Vorgehen niemals zugestimmt.

Giòs durchdringender Blick wurde unangenehm. Seine Lippen formten zwei lautlose Worte. »Für Pia.«

Magdalena schluckte, versuchte sich vorzustellen, dass ihr Stolz wie eine kleine bittere Pille ihre Kehle hinabglitt und verschwand. Einen Augenblick lang glaubte sie tatsächlich, einen galligen Geschmack im Mund zu haben.

»Also gut, belassen wir es dabei.« Sie nickte und wandte sich ab, das Thema war erledigt. Sie würde ihrem Vater schreiben, dass Don Alfonso seinen Willen bekommen hatte. Sollte dieser verbohrte falsche Priester zusehen, wie er damit glücklich wurde.

Indiscretis militum reliquis
Date serta
Pia dicite verba
Hostes in acie
Fratres in pace sepulcri
Una quiescunt

Alle commiste reliquie dei prodi
Porgete fiori
Innalzate preci
Nemici in battaglia
Nel silenzio del sepolcro
Affratellati riposano

Den vereinigten Resten
Toter Krieger
Weihet Kränze
Und fromme Gebete
Feinde im Kampfe
Ruhen sie im Frieden des Grabes
Beisammen als Brüder

Aux restes confondus des combattants
Offrez des couronnes
Portez des paroles pieuses
Ennemis dans la battaille
Frères dans la paix de la tombe
Ensemble ils reposent

Inschriften der vier Gedenktafeln im Ossario di Solferino

28. Berlin, 12. bis 15. September 1863

UNRUHIG WANDERTE GIÒS Blick durch die Menge im Foyer und bemühte sich, das Champagnerglas nicht allzu fest zu umklammern. Er fühlte sich vollkommen fehl am Platz. Nicht, dass er etwas anderes erwartet hätte. Sein Besuch mit Doktor Nonnschläger in Turin vor über drei Jahren war aufregend gewesen, doch gegen Berlin war die Hauptstadt des aufstrebenden Königreiches Italien ein verschlafenes Nest.

»Giò!«

Er schreckte aus seinen Gedanken und wandte sich dem Rufenden zu. Abraham Rosenzweig winkte und zeigte auf eine Gruppe Männer im hinteren Teil des Saales.

Giò ging zu ihm.

Abraham legte ihm eine Hand auf die Schulter und schob ihn noch ein paar Schritte weiter. »Dort drüben, der mit dem Backenbart, ist er das nicht?«

Angestrengt spähte Giò in die angegebene Richtung. »Du hast recht. Das ist Henry Dunant.«

»Dann los, stell mich ihm vor.«

»Er spricht doch gerade mit anderen Leuten, da will ich nicht stören.«

»Giò, nicht so schüchtern.« Abrahams Lachen war tief und normalerweise mitreißend, doch im Moment war Giò viel zu nervös. Das war doch alles eine völlig absurde Idee, nach Berlin zu diesem Kongress zu reisen. Ein Statistikerkongress – Giò hatte nicht einmal genau verstanden, warum sich gerade Ärzte so sehr für solch Zahlenwerk interessierten. Aber die letzten Tage waren so voller Wunder und neuer Erkenntnisse gewesen, dass er aufgehört hatte, solche Fragen zu stellen, und entschieden hatte, alles auf sich zukommen zu lassen.

»Lass uns warten, bis er sich von seinen Gesprächspartnern verabschiedet, ja? Dann fangen wir ihn ab.«

»Schon gut.« Abraham spähte bereits in eine andere Richtung, um sein leeres Champagnerglas gegen ein volles zu tauschen.

»Darfst du das überhaupt trinken?« Giò deutete auf das Glas.

Prompt grinste Abraham schuldbewusst und verweigerte eine Antwort. Er verließ sich – zu Recht – darauf, dass sein Freund weder seinem Vater Simon Rosenzweig noch dem Rabbi etwas verriet.

Die jüdische Familie Rosenzweig aus Genf waren alte Freunde der di Luccas. Im vergangenen Sommer hatte sich für Magdalena und Giò eine kurzfristige Gelegenheit für eine Reise nach Genf ergeben. Giò hatte sich vom ersten Augenblick an mit dem zwei Jahre jüngeren Abraham verstanden, dem, wie Magdalena ihm später gestand, in jüngeren Jahren ihre erste heimliche Schwärmerei gegolten hatte. Doch abgesehen davon, dass die Familie nach orthodoxen Traditionen lebte und ihr als Christin die Heirat niemals erlaubt worden wäre, wandelte sich ihr Verhältnis im Laufe der Zeit zu herzlicher Zuneigung.

»*Salute!*« Abraham hob sein Glas und trank es in einem Zug aus.

Giò verkniff sich ein Lächeln. So viel zu den orthodoxen Traditionen, selbst wenn Abraham vorschriftsmäßig Bart, Schläfenlocken und einen breitkrempigen Hut trug. Besser, man fragte gar nicht erst nach, ob Champagner denn koscher war. Spannender würde es heute Abend werden, wenn sie ins Gästehaus der jüdischen Gemeinde in der Oranienburger Straße zurückkehrten. Vielleicht sollten sie irgendwo ein Essen mit viel Knoblauch finden, um Abrahams Alkoholfahne zu überdecken. Nicht, dass dieses Ansinnen viel Aussicht auf Erfolg hätte. Die deutsche Küche war ein Graus, Gewürze offenbar unbekannt. Giò konnte sich damit genauso wenig anfreunden wie mit der Sprache. Er sprach inzwischen recht passabel Französisch, dank Magdalenas beharrlichem Training und der vielen französischsprachigen Gäste, doch Deutsch blieb, von den wenigen Floskeln abgesehen, die er während des Wehrdienstes aufgeschnappt hatte, ein Buch mit sieben Siegeln.

»Komm, Dunant verabschiedet sich.« Abraham zupfte ihn am Ärmel seines Jacketts und setzte sich in Bewegung.

Sie waren erst ein paar Schritte weit gekommen, als Henry Dunant auf sie aufmerksam wurde und sofort auf sie zukam. »Giovanni Martini, welch eine Freude, Sie zu sehen! Sie hätte ich am allerwenigsten hier erwartet.« Herzlich schüttelte er Giò die Hand und begrüßte danach Abraham.

»Ich habe hier im Grunde nichts zu suchen«, erklärte Giò. »Ich begleite meinen Freund Abraham Rosenzweig, der die Einladung zum Kongress anstelle seines Vaters angenommen hat. Er ist ein angesehener Arzt der Frauenheilkunde in Genf.«

»Professor Simon Rosenzweig, selbstverständlich habe ich von ihm gehört, sein ausgezeichneter Ruf eilt ihm voraus«, versicherte Dunant. »Er ist mit Louis Appia bekannt, wussten Sie das? Die beiden haben eine Zeit lang in Heidelberg gemeinsam studiert. Was machen Sie?«, fragte er an Abraham gewandt.

»Ich habe mein Medizinstudium gerade erst begonnen und noch nicht entschieden, in welche Richtung ich mich spezialisieren werde.«

Abraham erzählte weiter, während Dunant ihm mit der ihm eigenen Aufmerksamkeit zuhörte. Giò war froh, dass er um eine Antwort auf die erste Frage herumgekommen war. Natürlich wusste er von der Bekanntschaft zwischen Rosenzweig und Appia. Über diesen Weg hatte er erst von Dunants Umsetzung seiner Pläne erfahren.

»Eine großartige Idee, finden Sie nicht?«

»Wie bitte?« Giò hatte gar nicht mehr zugehört.

»Die Neutralität der Helfer. Ich finde, das ist eine wichtige Ergänzung unserer Pläne.« Dunant schaute sich suchend um, während Giò sich vergeblich bemühte, sich einen Reim auf diese Aussage zu machen.

»Ah, da ist er. Doktor Basting, hierher!« Dunant winkte einem Mann um die fünfzig mit hoher Stirn und Schnauzbart zu. Sogar ohne Gardeuniform hätte Giò ihn sofort als Armeearzt erkannt. Es war diese militärische Haltung, das selbstbewusste Auftreten, der diagnostische Blick, all die Merkmale, die diese Männer auszeichneten.

Er kam heran und begrüßte sie nicht weniger enthusiastisch als Dunant zuvor.

»Monsieur Martini, das ist Christiaan Basting, er gehört dem Armeekorps Seiner niederländischen Majestät an. Er hat nur wenige Monate nach dem Erscheinen *Un souvenir de Solferino* in seine Muttersprache übersetzt und es in seinem Land verbreitet. Doktor Basting, mit Giovanni Martini haben Sie die einmalige Gelegenheit, mit einem Zeitzeugen zu sprechen, dessen Anmerkungen in mein Werk eingeflossen sind. Er war Soldat auf österreichischer Seite und hat das Grauen mit eigenen Augen gesehen.«

Giòs Lächeln gefror auf seinen Lippen. Es fiel ihm auch nach all den Jahren nicht leicht, über die Geschehnisse zu sprechen, und dass Dunant sie in aller Öffentlichkeit vor Wildfremden auszubreiten gedachte, machte es noch schlimmer.

»Martini gehörte zu denen, die nicht die Flucht ergriffen, sondern voller Tatendrang und zunächst gegen den Widerstand der französischen Offiziere half, in Castiglione die Verwundeten zu versorgen. Er hat bereits getan, wovon wir im Moment noch theoretisieren.«

Basting lächelte warmherzig. »Es sind große Ideen, die Dunant da verbreitet, nicht wahr? Ein Zeichen der Humanität in schwierigen Zeiten.«

Giò nickte zögerlich. Das waren sie. Menschlich gedacht, doch die Umsetzung würde einen Rattenschwanz nach sich ziehen. Im letzten halben Jahr war er zu der tiefen Überzeugung gelangt, dass es zu mehr Kriegen, zu mehr sinnlosen Gefechten führen würde, wenn den Landesherren die Sorge um die Soldaten abgenommen würde. Deshalb war er mit Abraham nach Berlin gereist. Er gab sich nicht der Illusion hin, Henry Dunant von seinen hochfliegenden Plänen abzubringen, aber er wollte ihm wenigstens seine Bedenken mitteilen.

Abraham schien seine Unsicherheit zu bemerken, immerhin hatten sie bereits einige Nächte darüber debattiert. Er sah die Pläne seines Schweizer Eidgenossen entspannter, machte sich eher Gedanken über die Umsetzbarkeit. »Sie sprachen gerade von der Neutralität, Monsieur Dunant.«

»Ja. Das ist Doktor Bastings Idee gewesen, und sie ist nicht nur weise, sondern fügt sich in unsere bisherigen Überlegungen ein.« Mit leuchtenden Augen begann Dunant, an den Fingern abzuzählen. »Wir gründen Hilfsgesellschaften, die in Friedenszeiten Vorräte anlegen und für die Ausbildung ziviler Helfer sorgen. Im Bedarfsfall, also nach einer Schlacht, sind diese Helfer der Armee unterstellt und tragen deutlich sichtbare Armbinden, an denen sie erkennbar sind: ein rotes Kreuz auf weißem Grund. Als Ergänzung schlug Doktor Basting vor, dass sie sich neutral verhalten und als neutral angesehen sein müssten. Sie dürfen weder ins Kampfgeschehen eingreifen noch angegriffen werden. Das dient ihrem Schutz und erweitert ihren Handlungsspielraum.«

»Es wird gewiss ein wenig dauern, bis sich die Idee durchsetzt«, führte Basting Dunants Erklärungen fort. »Mir ist es wichtig, dass die Angehörigen der Hilfsgesellschaften nicht über die Gründe einer kriegerischen Handlung urteilen. Für sie gibt es keine Angreifer oder Angegriffene, keine Sieger oder Besiegten, sondern nur Verwundete, denen Hilfe zuteilwerden soll, unabhängig von ihrer Nationalität, ihres gesellschaftlichen Status oder ihres Armeerangs.«

Abraham strich sich nachdenklich mit der Hand über das bärtige Kinn. »Das sind in der Tat kluge Gedanken. Aber halten Sie das für umsetzbar?«

Dunant seufzte vernehmlich. »Es *muss* umsetzbar sein, zum Wohle unserer Soldaten. Ich sagte Ihnen, Monsieur Martini, bereits, dass ich es nicht für realistisch halte, dass wir eine Welt ohne Kriege erleben werden. Es liegt in der Natur des Mannes, zu kämpfen, nicht wahr?« Er zeigte ein bedauerndes Lächeln. »Ich hege Bewunderung für Strategen wie Kaiser Napoleon, das will ich nicht verhehlen. Dennoch maße ich mir nicht länger an, darüber zu urteilen, wie sinnvoll und notwendig seine Feldzüge sind. Auch *er* hat Leid über so manches Land gebracht, auch *seine* Soldaten sind schlecht versorgt. Solange es Kriege gibt, werden die Hilfsgesellschaften gebraucht. Nichts würde mich mehr erfreuen als der Moment, wenn sich unser Komitee wieder auflöst, weil es nicht mehr benötigt wird. Aber ich hege nicht die Hoffnung, dass wir das noch erleben werden.«

Giò wusste nichts zu sagen. Wider Willen war er beeindruckt, das war zweifellos, bei aller Realitätsferne, eine Stärke von Dunant. Wenn jemand die Menschen überzeugen konnte, dann er. Und vielleicht war letzten Endes an der gesamten Idee doch mehr Gutes als Schlechtes. Dann sollte er derjenige sein, der umdachte, und nicht Dunant.

Zwei Tage später wurde der Kongress mit einer weiteren Gala beendet. Giò war froh, dass alles vorbei war und er bald wieder nach Hause zurückkehren konnte. Solche großen Städte, das merkte er nur allzu deutlich, waren nichts für ihn. Abraham hatte weniger Schwierigkeiten, sich anzupassen, was daran liegen mochte, dass er in städtischer Umgebung aufgewachsen war. Doch ihm gefiel auch die Anonymität der Großstadt, die vielfältigen Möglichkeiten, das kulturelle Angebot, während Giò genau das überforderte. Er verließ die Abschlussveranstaltung vorzeitig und genoss den milden Frühherbstabend in einem nahe gelegenen Café, als er Dunant mit einem Stapel Papier unter dem Arm über die Straße laufen sah. Hastig zahlte er und lief dem Schweizer hinterher, um ihm – wenn auch höchst widerwillig – alles Gute für den Wohltätigkeitskongress im Oktober zu wünschen. Was immer diese Idee der Hilfsorganisationen bringen mochte, sie war gut gedacht.

»Monsieur Dunant! Ich wollte mich von Ihnen verabschieden. Ich hörte, Sie haben noch große Reisepläne.«

Dunant lächelte herzlich. »Das ist richtig. Unsere Idee stößt auf große Resonanz, aber immer noch gilt es, persönlich Überzeugungsarbeit zu leisten. Sie, mein lieber Freund, sind ja nicht der Einzige, der Bedenken hat. Die gilt es zu zerstreuen.«

»Sie kennen meine Meinung, Monsieur. Ich bin immer noch davon überzeugt, dass die Landesherren leichtfertiger in den Krieg ziehen werden. Aber natürlich haben Sie recht, wenn Sie dem entgegenhalten, dass eine Welt ohne Kriege und Gefechte ein unerfüllbarer Wunschtraum ist.«

»Und sagen Sie mir bitte eines, Monsieur Martini: Falls wir umgekehrt die Hilfsorganisationen nicht gründen, glauben Sie, dass damit Kriege verhindert werden können?«

»Das wäre …« Gio blinzelte verwirrt. Aus dieser Perspektive hatte er das noch gar nicht betrachtet. Zögernd schüttelte er den Kopf. »Gründe, um Krieg zu führen, finden sich immer, oder nicht? Nein, das anzunehmen, wäre vermessen.«

»Sehen Sie, genau das denke ich auch.« Dunant hob ihm den Stapel Papier entgegen. »Wir werden diesen Weg nun weitergehen. Ich habe gerade einen Zusatz zur Einladung nach Genf für Oktober verfasst, in dem ich vorschlage, den Punkt der Neutralität auf die Tagesordnung zu setzen. Er ist zu wichtig, um nicht berücksichtigt zu werden, ich bin Basting wirklich dankbar.«

»Dürfen Sie das denn allein entscheiden? Bedürfen solche Änderungen nicht der Zustimmung des gesamten Komitees?«

Dunant wich seinem Blick aus. »Es ist nun einmal so, dass ich allein nach Berlin gereist bin, und die Zeit ist knapp. Wir hatten den Kongress im Februar für Oktober in Berlin geplant, und dann mussten wir ihn im August kurzfristig nach Genf verlegen. Ich kann nicht länger auf die Rückmeldungen der anderen Mitglieder warten.«

Giò musterte ihn scharf. »Sie entscheiden das im Alleingang.«

Dunant hob den Kopf und runzelte wütend die Stirn. »Besondere Umstände erfordern entschlossenes Handeln und Entscheidung. Wenn wir alle uns damals in Castiglione ständig den Kopf darüber zerbrochen hätten, ob wir gegen Regeln verstoßen oder Genehmigungen hätten einholen müssen, wären wir niemals handlungsfähig gewesen.«

Giò fand es klüger, nicht weiter zu widersprechen. Schließlich kannte er die anderen Komitee-Mitglieder nicht. In Genf machte allerdings außer Appia und Dunant vor allem ein umtriebiger Anwalt namens Gustave Moynier von sich reden. Und Anwälte neigten sehr wohl dazu, sich an Regeln zu halten.

Aber letzten Endes ging ihn das nichts an, oder? Er hatte seine Bedenken geäußert, mehr konnte er nicht tun.

Entschlossen streckte Giò die Schultern, bis er ein Knacken spürte. »Monsieur Dunant, ich wünsche Ihnen wirklich alles erdenklich Gute. Aber bitte denken Sie daran, dass Sie nicht alle Probleme der Welt allein lösen können. Sie brauchen Verbündete. Stoßen Sie die nicht allzu sehr vor den Kopf.«

Dunant blinzelte und nickte dann nachdenklich. »Ihnen ebenfalls alles Gute, sollten wir uns nicht wiedersehen.«

»Ich bin während der Konferenz in Genf, Abrahams Vater hat mich und Magdalena eingeladen. Aber Sie werden andere Dinge im Kopf haben.«

Giò schüttelte ihm zum Abschied kräftig die Hand. Dunant verabschiedete sich. Giò blickte ihm nach, bis er seinen Blick entschwunden war.

Dunant war ein liebenswürdiger Sturkopf.

»Giò, endlich finde ich dich. Hast du mir einen Kaffee übrig gelassen?« Abraham rannte ihn beinahe um, als er heranstürmte und ihm übermütig auf die Schulter schlug.

»Frag diesen unfreundlichen Kellner dort drüben, ob er dir noch einen Kaffee serviert. Ich rate dir allerdings davon ab, es ist gefärbte Brühe, und das zu einem horrenden Preis.«

»Du bist zu kritisch!« Abraham lachte und zog Giò mit sich zurück an den Tisch, an dem er gesessen hatte, als er Dunant erblickt hatte.

»Es tut mir leid, Abraham, ich bin ein wenig grantig, weil diese Reise sich überhaupt nicht gelohnt hat.«

»Wie bitte? Das nehme ich persönlich. Meine Gesellschaft sollte das Beste sein, das dir auf einer solchen Tour widerfahren kann.« Abraham zog eine beleidigte Fratze, bis Giò laut auflachte.

»Bist du nicht ein wenig zu sehr von dir selbst überzeugt?«

»Na gut. Magdalenas Gesellschaft könnte noch ein wenig unterhaltsamer sein. Das meintest du doch, oder nicht?« Abraham grinste verschwörerisch.

»Du bist unmöglich, mein Freund. Solltest du eines Tages praktizieren, wird kein Patient während der Untersuchung stillhalten, weil du sie ständig zum Lachen bringst.«

Abraham brummte etwas Unverständliches und zog eine Porzellanpfeife aus der Tasche. Gemächlich stopfte er sie, während der Kellner mit mürrischer Miene ihre Bestellung aufnahm.

»Du hattest recht, wirklich ein angenehmer Zeitgenosse.« Abraham wies mit dem Pfeifenkopf in Richtung des Kellners und setzte dann den Tabak mit einem Zündholz in Brand. Zufrieden paffte er einige Male, ehe er sich mit einem tiefen Seufzer zurücklehnte. »Meine Patienten sollen lachen, so viel sie wollen«, erklärte er mit für ihn untypischem Ernst. »Wenn sie krank sind, Sorgen haben und ich ihnen mindestens ein Lächeln entlocken kann, dann wäre ich sehr froh. Das Leben ist ernst genug. Schau dich an. Du hast schreckliche Dinge getan und gesehen. Die, von denen du mir erzählt hast, und die, die du vielleicht niemandem beichten kannst. Dennoch, ist das Leben nicht immer noch ein Lachen wert?«

»Das sind ungewöhnlich philosophische Worte für einen Abraham Rosenzweig. Hast du zu viel Champagner getrunken? Vielleicht landest du dafür ja doch im Fegefeuer oder was immer euer jüdischer Glaube als ewige Verdammnis für Sünder vorsieht.«

Abraham beäugte ihn verdutzt und schlug dann mit der Hand auf den Tisch. »Spotte nur, Ungläubiger!«, rief er. »Für diesen Frevel werde ich dir höchstpersönlich Strafe angedeihen lassen. Warte, ich könnte …«

»Gnade, Abraham!« Giò hob abwehrend die Hände. »Allein deine Monologe über jüdische Mystik sind Strafe genug!«

»Ich wusste es!« Mit einer komischen Geste warf Abraham die Hände in die Luft, reckte den Kopf und lachte aus vollem Hals, sorglos und glücklich. Giò konnte gar nicht anders, als einzufallen.

Der Kellner beäugte sie misstrauisch, als er den Kaffee brachte, und machte sich rasch wieder davon.

Nach einer langen Weile bekam Giò endlich wieder genug Luft, um durchzuatmen. Verstohlen wischte er sich einige Tränen aus den Augenwinkeln und prostete seinem Freund mit der Kaffeetasse zu.

Dann blickte er in den Himmel, nachdenklich schweigend, aber glücklich.

Da war endgültig kein schwarzer Engel mehr, der darauf lauerte, ihn in seine dunkle Umarmung zu ziehen. Im letzten Sommer, direkt in den ersten Sekunden ihrer Begegnung, hatte Abraham ihm, ohne es zu wissen, den Kampf angesagt und ihn im Laufe der wenigen Monate, die ihre Freundschaft nun währte, besiegt. Natürlich hatten sie beide nichts davon geahnt, aber jetzt wurde es Giò bewusst.

Magdalena und Pia hatten viel erreicht, aber sie waren seine Frau und seine Tochter. Die beiden waren ihm die wichtigsten Menschen auf der Welt, doch es gab eine unsichtbare Grenze, die Magdalena, sosehr sie auch Freundin und Vertraute war, dennoch nicht hatte einreißen können.

Und dann war Abraham in sein Leben getreten, hatte die Lücke gefüllt. Er war weder Milo, noch glich sein Charakter dem Doktor Nonnschlägers. Er hatte seine ganz eigene Persönlichkeit, die in Kombination mit seiner jüdischen Tradition eine völlig neue Mischung ergab.

Seit diesem Sommer fühlte Giò sich wieder vollständig, hatte einen Ankerplatz mehr auf seiner Reise durch die stürmische See, die man Leben nannte.

Abraham rauchte und beobachtete ihn, mit ruhiger Gelassenheit und der verhaltenen Neugier, die zeigte, dass er einmal ein guter Arzt werden würde.

Giò musste ihm nichts erklären. Sein Freund wusste all das und begriff noch viel mehr, für das es keine Worte gab, außer einem einzigen, großen: Freundschaft.

29. Genf, 26. bis 29. Oktober 1863

Giò nahm den Hut ab. »Ich hätte nicht gedacht, dass wir so schnell wieder hier sein werden.«

Daphne, das Hausmädchen der Rosenzweigs, hatte sie in den Salon des Palais geführt, das sie in den nächsten Tagen beherbergen würde.

Bevor Magdalena etwas erwidern konnte, hörten sie eine Stimme aus dem Flur.

»Da seid ihr, herzlich willkommen!« Mit energischen Schritten betrat Ester Rosenzweig den Salon.

Im Handumdrehen hatte Pia sich aus Magdalenas festem Griff an ihrer Schulter herausgewunden und rannte auf die Gastgeberin zu.

»Darf ich Schokolade haben, Signora Ester? Bitte, ja?«

»Pia!« Magdalena wurde rot.

»Ach, lass die Kleine doch, Magdalena. In dem Alter darf man vorwitzig sein, nicht wahr?« Ester ging in die Knie und breitete die Arme aus. Pia warf sich mit Schwung hinein und hätte die grauhaarige schlanke Frau beinahe umgeworfen.

»Na gut«, brummte Magdalena unzufrieden. »Pia, *en français, s'il vous plait!*«

Pias Köpfchen schoss herum, eine empörte Kleinkindfratze. Und von einer Sekunde auf die nächste wandte sie sich lächelnd Ester zu: »Madame Ester, *je voudrais du chocolat s'il vous plait – merci!*«

»Siehst du, das machst du ganz wunderbar.« Ester lachte und erhob sich mit dem Kind auf dem Arm. Zu Giòs Verblüffung ertrug Pia sogar einen feuchten Schmatzer auf ihrer Wange, ohne ihr erwartungsvolles Lächeln zu unterbrechen.

»Ungeheuerlich«, brummte Magdalena leise, »was Fremde mit der Aussicht auf Schokolade so alles erreichen. Dieses Kind ist charmant und hat es faustdick hinter den Ohren, wenn es etwas erreichen möchte.«

Giò grinste verstohlen. »Von mir hat deine Tochter das nicht.«

»Auf gar keinen Fall. Wenn man den Erzählungen deiner Mutter oder deines Onkels glaubt, waren du und Milo die Unschuld in Person.«

»Davon darfst du nichts glauben, mein Herz. Alles völlig übertrieben.« Er schmunzelte. »Ich finde es viel erstaunlicher, dass dieses Kind dasselbe ist, das sich gestern Abend noch vor Wut heulend auf dem Boden gewälzt hat, weil sie Stella und ihr Fohlen nicht allein lassen wollte, um uns nach Genf zu begleiten.«

»Kinder vergessen schnell.«

»Überlasst dieses kleine Monster meiner Mutter und setzen wir uns auf einen Tee in die Bibliothek«, vernahm Giò eine Stimme hinter sich.

Er fuhr herum. »Abraham, hast du mich erschreckt!«

»Ich war auf dem Balkon, entschuldige. Schön, dass ihr kommen konntet.« Er umarmte Magdalena fröhlich und gab ihr je einen scheuen Kuss auf jede Wange. Danach begrüßte er Giò nicht weniger herzlich.

»Danke für deine Einladung«, sagte Giò. »Wobei ich immer noch nicht ganz verstehe, warum wir unbedingt nach Genf kommen sollten. Wir sind Zaungäste. Dunants Kongress ist für geladene Gäste und hohe Tiere der Regierungen.« Er stockte, weil er bemerkte, wie unhöflich es klang. »Wie dem auch sei, ein Aufenthalt in eurem Palais ist immer eine Freude.« Er legte den Arm in den Nacken und lächelte unbeholfen.

Abraham blinzelte zufrieden und zwinkerte ihm verschwörerisch zu. Den Grund dafür erkannte Giò allerdings nicht.

Da Pia ihre Eltern überhaupt nicht weiter beachtete, sondern ganz auf die Porzellandose in Esters Händen fixiert war, begaben sich die drei in die Bibliothek von Professor Rosenzweig.

»Dieser Ort ist seit meinem ersten Besuch hier ein Wunder«, flüsterte Magdalena Giò zu. Er konnte ihren leuchtenden Augen ansehen, dass der Raum für sie auch als Erwachsene kein bisschen von seinem Zauber verloren hatte. Das konnte er gut verstehen.

An drei Wänden erstreckten sich vom Parkett bis zur Decke dunkle Eichenregale, die bis auf den letzten Millimeter mit Büchern vollgestopft waren. Die vierte Wand war ein verglaster Erker, vor dem ein wuchtiger Schreibtisch stand, der seinerseits von Magazinen und Ordnern überquoll. Vor den Regalen befand sich eine Sitzecke aus zwei Ohrensesseln um einen runden Tisch, auf dem bereits Teetassen, Kandiszucker, Teegewürze und Gebäck angerichtet waren. Auf einem weiteren Beistelltischchen schmauchte ein Samowar.

Magdalena ließ sich in einen der beiden Sessel plumpsen und schloss die Augen.

Giò atmete tief ein. Es roch nach Papier und Staub, nach Professor Rosenzweigs Tabak, nach Geschichten und Weisheit. Die meisten Bücher waren medizinische Abhandlungen, zum Teil Hunderte von Jahren alt, doch Magdalena hatte Giò erzählt, dass die Familie auch ein Faible für jüdische

Mystik und orientalische Märchen hatte. Als sie ein Kind war, hatte Ester ihr und Abraham manchmal vorgelesen und sie in magische Welten entführt. In diesem Augenblick beneidete Giò sie darum. Bücher und Geschichten hatten im Haus seiner Eltern keine Rolle gespielt. Nein, das stimmte nicht ganz. Er und Milo hatten Abenteuer erlebt, jahrein, jahraus in den Straßen und auf den Dächern seines Heimatdorfes. Vielleicht war das nicht schlechter.

»Setz dich.« Abraham nickte in Richtung des zweiten Sessels, und Giò folgte der Aufforderung. Ihr Gastgeber zog für sich einen Schemel heran. Er goss ihnen heißes Wasser ein, würzte den Tee, ohne nach den Vorlieben seiner Gäste zu fragen, und setzte sich ihnen schließlich gegenüber.

Das Aroma des Tees breitete sich im Raum aus. Giò erkannte Schwarztee mit einem Hauch Orange und Kardamom.

Abraham räusperte sich. »Wir mögen Zaungäste sein, aber hier wird in diesen Tagen Geschichte geschrieben. Und ob ihr es glaubt oder nicht, Vater hat Louis Appia überreden können, übermorgen Abend vorbeizukommen und aus erster Hand zu berichten.«

»Wirklich?« Giò beugte sich nach vorne und hätte beinahe seinen Tee verschüttet.

Magdalena senkte den Kopf, doch Giò sah ihr verstohlenes Lächeln. Sie hatte ja recht, obwohl er das niemals offen zugeben würde. Stets behauptete er, Dunants Idee interessiere ihn nicht, aber bei jeder sich bietenden Gelegenheit gab er am Ende seiner Neugier nach.

»Dann werde ich ihn endlich kennenlernen«, sagte sie.

»Das solltest du«, meinte Giò. »Er ist für diese Sache nicht weniger bedeutend. Alles redet immer von Henry Dunant. Ohne Zweifel hat er den Stein ins Rollen gebracht, indem er *Un souvenir de Solferino* veröffentlichte. Doch ohne Appias

Sachverstand und seine Erfahrung auf den Schlachtfeldern hätte er das niemals umsetzen können. Das Symbol des roten Kreuzes auf weißem Grund, die Umkehrung der Schweizer Nationalflagge war übrigens ursprünglich seine Idee.«

»Es heißt«, erklärte Abraham, »es habe einen Eklat im Komitee gegeben. Weil Dunant das Berliner Rundschreiben mit dem Vorschlag zur Neutralität der Helfer eigenmächtig versendet hatte. Vor allem Moynier schäumt vor Wut.«

Magdalena sah ihn an. »Das ist der Anwalt, nicht wahr? Ich dachte, er sei ein guter Freund von Dunant.«

»Freund oder nicht: Er mag es nicht, wenn jemand sich nicht an die Regeln hält. Als Vorstand des Komitees hätte Dunant mindestens ihn fragen müssen. Der Punkt wird nicht auf der Tagesordnung stehen.«

Giò brummte ungehalten. Hatte er diesen Sturkopf Dunant nicht genau davor gewarnt? »Ich kann mich mit Dunants Plänen immer noch nicht anfreunden, wobei ich zutiefst hoffe, dass sie Gutes bewirken werden.« Er trank einen Schluck Tee. »Aber die Idee der Neutralität ist nur konsequent und klug dazu. Ich kann mich gut erinnern, welche Schwierigkeiten wir hatten, nach der Schlacht helfen zu dürfen. Weil wir Feinde waren. Wie viel einfacher wäre es gewesen, wenn es solche Regeln gegeben hätte.«

»In ein paar Tagen sind wir klüger. Jetzt lasst uns nicht über das Weltgeschehen philosophieren, wir können den Lauf der Dinge nicht ändern.« Abraham lächelte warm. »Was gibt es bei euch Neues?«

»Nicht viel. Dank Magdalena ist die Saison herausragend gelaufen.« Giò machte eine weit ausladende Geste. »Während wir in Berlin waren, hat sie einen Journalisten der *Wiener Zeitung* beherbergt. Papà war zunächst alles andere als begeistert.«

»Ich habe darauf bestanden, dass er in der Suite nächtigt«, ergänzte Magdalena. »Aber es hat sich gelohnt.«

»Das kann man wohl sagen«, übernahm Giò wieder. »Er schrieb einen ganzseitigen Artikel über seinen Aufenthalt, über das Essen, unseren Gasthof, aber auch über die Schönheit Malcesines und – wie er schrieb – *der harmonischen Berührung von Berg und Wasser.*«

Magdalena lachte. »Wenn ich ehrlich bin, fand ich den Text unglaublich kitschig. Er quoll nur so über von Metaphern und verklärten Beschreibungen. Aber in der Woche nach der Veröffentlichung trafen allein sechs Buchungen aus Wien ein, vier davon für die Suite, und weitere acht folgten. Wenn das so weitergeht, werden Giò und ich unsere Wohnung räumen müssen, damit wir ein zweites Luxusapartment bauen können.«

Abraham hatte beeindruckt zugehört. »Gibt es keine schönen Grundstücke für ein Häuschen für euch beide? Wenn ihr mehr Platz hättet, könntet ihr euch die Sache mit dem Nachwuchs doch noch einmal überlegen.«

Verwirrt hielt Magdalena inne. »Wie meinst du das?«

Auch Giò verstand nicht, worauf Abraham hinauswollte. Er hatte sich mit seinem Freund vertraulich ausgetauscht, warum sie keine weiteren Kinder bekommen würden. Über beide Gründe, die latente Ansteckungsgefahr und Magdalenas schlechte Voraussetzungen.

»Ich habe Anfang Oktober begonnen, auf der Station meines Vaters zu arbeiten.« Abraham lächelte geheimnisvoll. »Wie ihr wisst, ist er eine Koryphäe auf dem Gebiet der Frauenheilkunde. Und … nun, ich habe schon in den wenigen Wochen einiges über die modernen Methoden gehört, die heutzutage möglich sind. Ich glaube nicht länger, dass du dein Leben damit aufs Spiel setzt, Magdalena.«

»Wie meinst du das? Das verstehe ich nicht.«

»Ich meine damit, dass ihr den Gedanken nicht länger aufgeben solltet. Ich habe große Hochachtung vor den Kompetenzen eurer Hebamme, aber ein Krankenhaus hat doch ganz andere Möglichkeiten. Ihr könntet kurz vor der Niederkunft hierher reisen, und Magdalena begibt sich in die Obhut der Ärzte dieser Station. Sollte es zu Komplikationen kommen, könnten wir beispielsweise eine Schnittentbindung in Betracht ziehen. Die Überlebenschancen sind recht gut, da wir nach den neuesten Kenntnissen der Asepsis arbeiten, was das Risiko von Entzündungen und Fiebern reduziert.«

»Das gibt es?« Magdalena war sprachlos.

Giò neigte dagegen interessiert den Kopf. »Du hast mir letztens einen Artikel geschickt. Es geht um Versuche der Sterilisation der Gerätschaften.«

»Die gesamte Forschung steckt noch in den Kinderschuhen. Aber ja, darum geht es unter anderem.«

Magdalena zögerte, was Giò nur zu gut verstand. Sie hatten nie wieder darüber gesprochen, doch er ahnte, dass die Zeit keine Wunden geheilt hatte – oder in ihrem Fall Befürchtungen, so unangemessen sie sein mochten. Allein der Gedanke an eine Geburt, ihren Zustand damals, die Hilflosigkeit und der Schmerz, das musste sich in ihrem Geiste zu einem unfassbaren Grauen ausgewachsen haben. Und jetzt sollte sie das alles einfach vergessen und darauf vertrauen, dass die Genfer Ärzte ihr Leben und das eines Kindes retten konnten?

Wortlos ergriff Giò ihre rechte Hand und drückte sie. Sie bedachte ihn mit einem dankbaren Blick.

Abraham schien ebenfalls zu verstehen, das war eine seiner herausragenden Qualitäten. »Es muss ja nicht sofort sein und auch nicht im nächsten Jahr. Ihr seid beide jung, Magdalena wurde dieses Jahr gerade einmal großjährig. Ihr könnt warten, bis ich meine Approbation in der Tasche habe und höchstpersönlich alles tun werde, damit Mutter und Kind hinterher wohlauf sind.«

Magdalena presste die Lippen aufeinander und sah Giò an. Er nickte. Das würden sie gemeinsam entscheiden. Er selbst würde nie ein Arzt werden, aber er besaß Gespür und hatte bei Doktor Nonnschläger viel darüber gelernt, sich in die Bedürfnisse eines Patienten einzufühlen. Wenn es jemanden gab, auf den sie beide vertrauen würden, dann wäre es Abraham.

Kurz darauf kam Ester mit Pia und lud Magdalena zu einem Spaziergang zum Krankenhaus ein, um Abrahams Vater von der Arbeit abzuholen.

»Was ist mit der Ansteckung? Was ist mit meiner Syphilis?«, platzte es aus Giò heraus, sobald sie allein waren.

Abraham war der einzige Mensch, dem gegenüber er es über sich brachte, den Schrecken beim Namen zu nennen.

Abraham stellte seine Teetasse ab und nahm ein Magazin vom Schreibtisch, das er offenbar zuvor bereitgelegt hatte. »Auch dazu gibt es interessante neue Erkenntnisse, über die ich mich in den letzten Wochen weiterbilden konnte. Es gibt einen eigenen Forschungszweig, die Syphilidologie. Ein Venerologe namens Philippe Ricord forscht dazu am renommierten *Hôpital de la Salpêtrière* in Paris.«

»Das sagt mir nichts. Und wieso ein eigener Forschungszweig? Ist das wirklich so wichtig?« Für ihn persönlich war es wichtig, aber dass sich so viele Mediziner damit beschäftigen, hätte Giò nicht erwartet.

Abraham setzte eine Miene auf, die Giò inzwischen recht gut kannte. Sein Freund war über die Maßen wissbegierig, er sog jede wissenschaftliche Abhandlung, deren er habhaft werden konnte, geradezu in sich hinein. Und kaum etwas bereitete ihm mehr Freude, als seine neuen Erkenntnisse im Anschluss zu teilen.

»Die Erforschung von Geschlechtskrankheiten ist ein viel größerer Zweig, als du dir vorstellen kannst, Giò. Und von der Notwendigkeit mag ich gar nicht erst sprechen. Es gibt Statistiken, nach denen jeder vierte Mann sich beim Koitus mit irgendetwas ansteckt. Unter den leichten Mädchen gibt es kaum eine gesunde. Mein Vater hat eine kleine Abteilung, in der er solche Frauen kostenlos behandelt, er sieht es als Gebot der Nächstenliebe. Am schlimmsten ist es mit der Franzosenkrankheit. Wenn eine erkrankte Frau ein Kind auf die Welt bringt, ist es direkt mit der Krankheit infiziert.«

»Abraham, das weiß ich. Du kannst dir nicht vorstellen, was ich wegen Pia für Ängste ausgestanden habe.«

»Natürlich.« Abraham senkte beschämt den Kopf. »Bitte entschuldige. Es ist ein Unterschied, ob du mir davon berichtest, was hätte sein können, aber zum Glück nicht eingetreten ist, und es mit eigenen Augen zu sehen.«

Giò lächelte wider Willen. »Ich achte deinen Forschungsdrang, Abraham. Männer wie du treiben die Suche nach Linderung oder gar Heilung voran.«

Sein Freund blinzelte ihn erfreut an und wedelte mit dem Magazin. »Es ist eine wundervolle Zeit, in der wir leben, Giò, weißt du das? Ich habe das Gefühl, dass es beinahe täglich bahnbrechende Erkenntnisse gibt. Und davon wollte ich dir berichten. Es gibt Hinweise darauf, dass man das Blut mikroskopieren und erkennen kann, ob jemand erkrankt ist. Ich könnte dein Blut untersuchen. Nachsehen, verstehst du? Ich werde dir keine Garantie geben können, aber vielleicht wirst du in wenigen Jahren Gewissheit haben, dass du nicht krank bist.«

»Dass ich nicht krank bin? Wie meinst du das?«

»Nach dem, was du mir alles erzählt hast, könnte Nonnschläger eine Fehldiagnose gemacht haben. Was ihn keineswegs zu einem weniger guten Arzt macht, bitte versteh mich nicht falsch. Aber dieser Venerologe Ricord verfolgt eine Theorie, dass es sich bei einigen Diagnosen nicht um Syphilis, sondern um Gonorrhoe handelt.«

»Gono… was?«

»Tripper.«

»Das ist doch dasselbe wie Syphilis.«

»Eben nicht. Zumindest, wenn die Ergebnisse von Ricord belegt werden.«

Giò schwieg verwirrt.

Abraham schlug das Magazin auf und drückte es ihm in die Hand. »Lies es selbst. Tripper heilt aus und ist danach nicht mehr ansteckend. Was erklären könnte, warum Magdalena und Pia gesund sind.«

Giò starrte auf den Text und gab nach wenigen Zeilen auf. »Das überfordert meine Französischkenntnisse.«

»Nun gut, das macht nichts. Ich werde dir die wichtigsten Passagen übersetzen.«

»Das musst du nicht, ich glaube dir auch so.« Giò ließ sich das Gesagte durch den Kopf gehen. Es war unglaublich. »Du kannst sofort eine Blutprobe haben, wenn du willst. Jederzeit.«

»Nicht so hastig.« Abraham lachte auf. »Das machen wir im Krankenhaus. Aber es freut mich, wenn ich dir helfen kann. Vielleicht findet dieses schreckliche Kapitel für dich doch noch ein gutes Ende.«

Am Abend des 28. Oktober war es bereits spät, als das Hausmädchen Daphne Besuch ankündigte. Die Familie saß mit den Gästen im Salon, als Lous Appia eintrat, das Haar zerzaust und die Wangen von der kalten Nachtluft gerötet.

Abraham und sein Vater sprangen gleichzeitig auf. Giò spürte, wie Magdalena seine Hand drückte. Er löste sich sanft aus ihrem Griff und stellte sich neben Abraham. Eine merkwürdige Unruhe erfasste ihn beim Anblick des Arztes, die Erinnerung an Nonnschläger überwältigte ihn beinahe. Er schluckte gegen das beklemmende Gefühl an, das ihm den Hals zuschnürte. Allerspätestens jetzt bemerkte er, wie sehr ihn Henry Dunants Vorhaben über all die Zeit begleitet hatte.

»Er ist vollbracht«, rief Appia und grinste wie ein Schuljunge. »Unglaublich. Zwischenzeitlich habe ich gedacht, es fehlte nicht viel und die Versammelten würden sich gegenseitig an die Kehle springen. Die Gemüter waren zeitweise sehr erhitzt. Doch das hätte das gesamte Unternehmen ad absurdum geführt, nicht wahr? Das gemeinsame Ziel einte sie. Und nun werden Beschlüsse ausgegeben und unterzeichnet. Die Länder werden Hilfsorganisationen gründen und in Friedenszeiten für den Ernstfall vorsorgen. Ein Meilenstein der Humanität!«

»Es wird entscheidend zur Völkerverständigung beitragen. Meinen Glückwunsch, lieber Freund!« Professor Rosenzweig trat an ihn heran und klopfte ihm auf die Schulter.

Giò wurde ganz schwindelig, er wusste gar nicht, was er denken sollte. Alle standen im Raum, beglückwünschten sich gegenseitig und schnatterten aufgeregt durcheinander.

Unauffällig machte er einen Schritt zur Seite und lehnte sich gegen eine Wand.

Abraham erblickte ihn, kam auf ihn zu und drückte ihm ein Glas mit irgendeiner scharf riechenden durchsichtigen

Flüssigkeit in die Hand. »Das beruhigt die Nerven. Ist alles in Ordnung? Du bist ganz blass.«

»Ja, schon gut.« Giò stürzte das Gebräu hinunter. Der Alkohol brannte sich seine Kehle hinab und löste die Beklemmung ein wenig. »Es kommt mir ganz unwirklich vor.«

Plötzlich stand Appia vor ihm, seine Miene voll des Mitgefühls. »Das kann ich gut nachvollziehen, Monsieur Martini. Und dabei bin ich sogar dort gewesen.« Jetzt aus der Nähe konnte Giò erkennen, dass der Arzt auch schon nicht mehr nüchtern war. Er hob sein Glas, und sie stießen an.

»Auf das Gute in der Welt.«

»Auf die Menschlichkeit.«

Etwas leiser fügte Giò hinzu: »Ich hoffe dennoch, dass ich nicht am eigenen Leibe erleben werde, ob Ihre Ideen Wirklichkeit werden.«

Appia musterte ihn. »Aber der Kaiser kann noch über Sie verfügen, oder nicht?«

Giò nickte. »Wenn er befiehlt, muss ich in den Krieg ziehen.«

Appia hob ein weiteres Mal sein Glas. »Ich wünsche Ihnen, dass es nicht dazu kommt. Aber um es mit Dunants Worten zu sagen: *Es wird immer Krieg geben.* Ihre Chancen stehen schlecht.«

»Dessen bin ich mir bewusst. Umso besser, dass ich nun sicher sein kann, dass sich jemand um mich kümmert, falls ich verwundet werde.«

Sollte Appia den feinen sarkastischen Unterton bemerkt haben, so ließ er sich nichts anmerken.

30. Malcesine im Juni 1866

So viel Zeit war vergangen. So viele wundervolle Dinge geschehen. Wunden waren geheilt, Schreckliches schien vergessen. Und dann kam dieser eine grausame Moment, der alles wieder zunichtemachte.

Giò lehnte sich gegen den Tresen und starrte auf die Eingangstür des Gasthofes. Die ehemalige Poststation an der Hauptstraße oberhalb von Malcesine. Die erste Unterkunft mit einer Luxussuite mit eigener Toilette, mit Gästen aus aller Herren Länder. Mit einem eigenen Gespann für eine komfortable Anreise. Mit Französisch und Deutsch sprechenden Gastwirten, einem hervorragenden Koch. Das *albergo della posta vecchia* der Familie Martini war das erste Haus am Platze, auf die nächsten zwei Saisonen schon fast ausgebucht.

Giò zerknüllte den Brief in seiner Hand. Ihm war, als hinterließe das kaiserliche Wappen Brandmale auf seiner Handfläche, aber natürlich war das Einbildung.

»Giò! Ich rede mit dir!«

Er schrak zusammen, bemerkte erst jetzt, dass Valentina im Durchgang zum Speiseraum stand. Ihre Miene spiegelte seine eigene Besorgnis wider.

»Es ist nichts.« Er rang sich ein Lächeln ab.

»Nachrichten aus Genf? Geht es Magdalena gut?«

»Das will ich doch annehmen.« Giò überlief ein sehnsüchtiger Schauder. Wie sehr er Magdalenas Beistand jetzt gebrauchen könnte. Sie würde ihm Mut machen, ihm vorhalten, dass es seine Pflicht war, vielleicht würden sie streiten. Egal, Hauptsache, sie wäre bei ihm.

»Es ist mein Stellungsbefehl. In drei Tagen soll ich in Peschiera antreten. Der Kaiser macht gegen Preußen und Italien mobil.«

Valentina bekreuzigte sich. »Also gibt es wieder Krieg.«

Giò nickte wortlos. Das war abzusehen gewesen. Das gesamte vorangegangene Jahr war voller diplomatischer Unruhen, neuen friedlichen Abkommen, Allianzen und Brüchen derselben gewesen. Henry Dunants Hilfsgesellschaften des Roten Kreuzes hatten seit einer Feuertaufe 1864, bei der Louis Appia als Beobachter zugegen gewesen war, mehr zu tun, als ihnen vermutlich lieb war.

Giò hatte längst den Überblick verloren, wer warum gegen wen agitierte. Seine Befürchtung, die Landesherren könnten sorgloser in den Krieg ziehen, hatten sich – soweit er das beurteilen konnte – nicht bewahrheitet. Offensichtlich gab es immer mehr als genug Gründe für eine Nation, gegenüber einer anderen aggressiv zu werden, und mochten sie noch so fadenscheinig sein.

Vor einigen Jahren hatte Giò prognostiziert, die junge Republik Italien würde sich nicht damit zufriedengeben, das Veneto in österreichischen Händen zu belassen. Jetzt war es so weit. König Vittorio Emanuele hatte die Gunst der Stunde genutzt und sich mit den Preußen verbündet, die irgendwo im hohen Norden mit Österreich im Clinch lagen.

»Deine Frau würde es begrüßen«, murmelte Valentina ungnädig.

»Da bin ich mir gar nicht so sicher. Natürlich will sie den Anschluss an Italien, aber sie will keinen Krieg. Der ist, würde sie nämlich erklären, sehr schlecht fürs Geschäft. Hier.«

Er hielt zwei weitere Briefumschläge hoch. »Die sind aus Frankfurt und Salzburg. Ich würde wetten, es sind Stornierungen.«

»Wo soll das nur enden? Wenigstens ist Magdalena in Sicherheit, noch dazu in ihrem Zustand.«

Giò zog es vor, zu schweigen. Natürlich machte er sich Sorgen, ob mit der Schwangerschaft und vor allem der Geburt alles wie geplant verlief. Aber es war schon erstaunlich, dass Valentina so tat, als wäre Magdalena ein zerbrechliches Püppchen, während sie sich um Sophia auch beim dritten Kind kaum Gedanken gemacht hatte.

Aber das alles durfte ihn jetzt nicht beschäftigen. Magdalena war bei dem frisch approbierten Abraham oder seinem Vater in bestmöglichen Händen.

Er drückte sich vom Tresen ab und warf den Brief hinter eine Bodenvase mit frischen Hortensien. »Ich gehe die Uniform entmotten und packen.«

»Giò, komm her.«

Er blieb stehen.

Valentina schloss ihn wortlos in die Arme. Es tat gut. Die aufkommende Panik, die wie ein kleines lebendiges Wesen auf seiner Brust hockte und ihm die Luft abdrückte, konnte sie nicht vertreiben.

Giò lag mit offenen Augen unter einem dünnen Laken und starrte in die Dunkelheit dieser Frühsommernacht. Dort, wo einst seine Kammer unter dem Dach gewesen war, hatten sie vor zwei Jahren ein gemütliches Schlafzimmer gebaut. Eine Wohnstube und zwei weitere winzige Kammern, das war ihr Reich, und es genügte ihnen, um glücklich zu sein. Doch heute Nacht fühlte sich das Bett riesig und leer an, ohne Magdalena. Sie war seit einer Woche fort, eine Vorsichtsmaßnahme, zu der sie sich beide entschieden hatten, weil sie die Mobilmachung nach dem, was die Zeitungen schrieben oder die Gäste aus dem Deutschen Reich und Österreich erzählten, vorausgeahnt hatten. Ende Juni würde sie niederkommen.

Im letzten Jahr hatten sie sich dazu entschlossen, es zu wagen. Abrahams unerschütterlicher Optimismus, dass es gut gehen würde und Giò gesund wäre, hatten nach all den Jahren Früchte getragen. Zu groß war die Sehnsucht nach einem zweiten Kind geworden.

Und jetzt sollte er in den Krieg ziehen. Dieses Kind vielleicht niemals erblicken, falls er auf dem Schlachtfeld fiel.

Plötzlich ertönte vor dem Fenster ein dumpfes Poltern. Im nächsten Moment erschien ein Gesicht vor der Scheibe.

Giòs Eingeweide verkrampften sich, sein Verstand setzte aus.

»Milo.«

Er wagte es nicht, sich zu rühren. Er konnte das Gesicht nicht genau erkennen, aber das war sein Cousin. Ein Irrtum war ausgeschlossen. Das war unmöglich. Milo war tot. Träumte er?

»Jetzt mach das verdammte Fenster auf!«

Giò wollte aufstehen, verhedderte sich im Laken und fiel über seine eigenen Füße. Mit einem Satz war er am Fenster. Sein Besucher polterte ins Zimmer.

»Na endlich. Ich bin nicht sicher, ob das in meinem Alter eine gute Idee war, aber ich wollte auf keinen Fall, dass mein Bruder etwas mitbekommt.«

»Onkel Danilo, Sie haben mich zu Tode erschreckt! Was wird das?«

»Hast du deine Sachen gepackt?«

»Warum fragen Sie? Ja.« Giò wies auf den Tornister in einer Zimmerecke, wobei er bezweifelte, dass sein Onkel das im dämmrigen Licht erkennen konnte. Der Schreck, weil er ihn für seinen Sohn Milo gehalten hatte, saß ihm immer noch in den Gliedern.

»Dann komm. Nimm alles mit, was du brauchst. Ich habe etwas Geld dabei, das gebe ich dir gleich, wenn wir am Strand sind.«

»Soll ich zum Fischen mit rauskommen?«

»Kannst du dir wirklich nicht denken, wohin deine Reise gehen soll?«

Verwirrt kratzte Giò sich am Kinn.

Danilo schnaubte ungeduldig. »Zieh dir was an und beeil dich. Ich bringe dich über den See.«

»Wohin?«

»In die Lombardei. Freunde von mir erwarten dich dort und bringen dich nach Salò. Von dort aus musst du sehen, wie du weiter nach Genf kommst, ohne dass sie dich an der Grenze einsammeln und zurückschicken.«

»Einen Moment mal.« Giò ließ sich auf die Bettkante fallen. »Wollen Sie mir sagen, ich soll desertieren? Sind Sie verrückt geworden?«

»Ganz und gar nicht. Du wirst woanders als auf dem Schlachtfeld Seiner Majestät gebraucht. Möge Gott ihm Filzläuse bescheren!«

»Das kann ich nicht machen. Wenn die mich kriegen, werde ich standrechtlich erschossen.«

»Ja, das ist ein Risiko. Lass dich nicht erwischen, verstanden? Ich tue mein Bestes, dich heil über den See zu bringen. Sollte bei dem guten Wetter kein Problem sein.«

Giò war immer noch nicht sicher, ob er seinen Onkel richtig verstanden hatte. Sich wie ein Feigling davonmachen?

»Es geht trotzdem nicht«, versuchte er zu erklären. »Ich gehöre dem Sanitätskorps an. Die brauchen mich. Ich kann doch meine Kameraden nicht im Stich lassen. Die haben sich das genauso wenig ausgesucht wie ich.«

Onkel Danilo verschränkte die Arme und lehnte sich neben dem Fenster an die Wand. Giò erschauderte. Noch nie zuvor war ihm die Ähnlichkeit zwischen Milo und seinem Vater so ins Auge gesprungen. Die Haltung, der Haarschopf, die gesamten Umrisse waren identisch, das Zwielicht verhüllte die Jahre, die zwischen den Zeiten lag, da sein Cousin hier so gestanden hatte.

»Giò, hör mir zu. Dieser Kaiser, der ist uns gleichgültig, oder nicht? Er spricht nicht einmal unsere Sprache. Warum sollst du seinem Ruf folgen? Dein Leben für ihn opfern? Willst du allen Ernstes eher deine Familie im Stich lassen als ein paar Landsleute, deren Namen du nicht einmal kennst? Wir brauchen dich. Deine Frau braucht dich, deine Tochter.«

Giò schüttelte heftig den Kopf und tastete nach seiner Kleidung. »Darum geht es nicht. Ich muss diesem Befehl Folge leisten und …«

»Nichts musst du!«, fuhr Danilo ihn an. »Ich nehme dich mit, und ich dulde keine Widerrede! Von mir aus ist das auch ein Befehl!«

»Onkel, Sie haben kein Recht …«

»Aber der Kaiser hat ein Recht? Mehr als ich, dein Onkel, dein Blut?« Danilos Arm schoss nach vorne.

Giò riss abwehrend die Hände hoch und wich zurück.

Sein Onkel fuhr herum und öffnete das Fenster. »Ich lasse dir keine Wahl. Der Kaiser hat meinen Sohn bekommen. Wenn Milo dir etwas bedeutet hat, wenn du einen Funken Verstand in deinem Leib hast, kommst du jetzt mit. Es liegt keine Ehre im Tod auf dem Schlachtfeld für einen Herrscher, der zu dumm ist, die diplomatischen Strippen zu ziehen, und keinen anderen Weg weiß, als Männer in den Tod zu schicken.«

Giò knöpfte sich das Hemd zu. Er war baff. »Das ist Ihre Meinung? So sehen Sie das?«

Sein Gegenüber schwieg. Giò war angezogen, stand mitten im Raum, unschlüssig, was er tun oder sagen sollte. Er wollte kein Feigling sein. Doch der Gedanke an Magdalena brannte sich förmlich durch sein Herz.

Das Schweigen breitete sich in der Dunkelheit aus, der gemeinsame Verlust wie ein unsichtbares Band zwischen ihnen. »Dein Vater«, flüsterte Danilo irgendwann, »weiß nicht, wie es ist, einen Sohn zu verlieren. Und wenn es etwas gibt, das ich tun kann, damit er es niemals erfährt, werde ich das tun. Wenn das heißt, dich jetzt gefesselt und geknebelt hier raus und über den See zu bringen, werde ich auch das tun. Giovanni. Giò! Für das Andenken an meinen Sohn. Für Milo.«

Für Milo.

Diese Worte zerbrachen alles, was an Banden von Loyalität und Pflichtgefühl gegenüber dem Kaiser noch vorhanden gewesen war.

Mit einem gequälten Lächeln nahm Giò seinen Tornister und warf ihn sich über die Schulter. Die Uniform, die an einem Wandhaken darüber auf einem Bügel hing, schaukelte.

»Sie meinen also, ich sollte besser ein lebender Feigling sein als ein toter Held?«

»Ja, das meine ich.«

»Ich kann niemals mehr zurückkehren. Die werden mich bis an mein Lebensende auf ihrer Liste haben.«

»Und auch das ist mir lieber: dass ich weiß, dass du und Magdalena an einem sicheren Ort leben.« Onkel Danilo trat auf ihn zu und packte ihn an beiden Schultern. »Vielleicht sehen wir uns heute zum letzten Mal. Dann behalte mich in Erinnerung als den, der dir heute das Leben geschenkt hat.« Mit diesen Worten wandte er sich um und kletterte schwerfällig aus dem Fenster.

Giò folgte ihm. Laue Nachtluft empfing ihn. Die Dachziegel klickten unter seinen Füßen, ein lang vergessenes und urtümlich vertrautes Geräusch.

Giò hielt noch einmal inne und schaute zurück zu der dunklen Fensteröffnung. Vielleicht war es sogar das, was Nonnschläger damals als moralisches Handeln bezeichnet hatte: sich zu weigern, in einen Krieg zu ziehen, der keinen Sinn hatte, und Leute zu erschießen, die nichts getan hatten, außer denselben sinnlosen Befehlen auf der Gegenseite zu folgen.

Letzten Endes war es einerlei, denn in diesem Augenblick wurde er sich sehr bewusst, was er wollte: leben.

31. Genf im Juni 1866

MAGDALENA KÄMPFTE GEGEN den Schlaf an, doch sie wusste, dass sie dieses Mal nicht standhaft bleiben würde. Im Grunde sprach auch nichts dagegen, wenn sie kurz wegnickte. Sie lag behaglich auf der Couch, die kleine Emilia schlummerte bereits satt und zufrieden in der Wiege, die in einer schattigen Ecke stand. Pia war mit Ester Rosenzweig im Zoo.

Die Balkontür war weit geöffnet und ließ die warme Sommerluft in den Salon. Vögel zwitscherten, aus der Ferne klang Straßenlärm herein. Es war ein fauler, zufriedener Nachmittag.

»Verzeihen Sie bitte, Madame.« Daphne hustete verlegen.

Magdalena zwang die Augen auf und unterdrückte ein Gähnen. Schwerfällig richtete sie sich in eine halb sitzende Position auf. »Was denn?«

»Da ist ein Besucher.«

»Sag ihm, er soll heute Nachmittag ab vier Uhr wiederkommen. Die Herrschaften sind außer Haus.«

»Es ist Ihr Gatte, Madame. Monsieur Martini.«

»Giò? So schnell?« Magdalena wollte aufstehen, aber ein stechender Schmerz im Unterleib ließ sie zurück auf die Couch plumpsen.

»Magdalena! Ist alles in Ordnung?« Giòs panische Stimme drang in ihr Bewusstsein.

Sie lachte hilflos. »Aber ja, mehr als das! Schon gut!« Sie setzte sich auf, so gut sie es vermochte, ohne dass die Schmerzen allzu schlimm wurden.

Giò stand eine Armeslänge entfernt und krampfte die Hände unsicher um eine Baskenmütze. Sein Blick wanderte ziellos im Raum umher.

Magdalena schnüffelte argwöhnisch. Giò stank. Jetzt bemerkte sie auch, dass seine Kleidung schmutzig und verwahrlost wirkte, als hätte er seit Tagen im Freien geschlafen. Und wo hatte er eigentlich eine Baskenmütze her?

»Wieso bist du schon hier? Wir haben nicht vor dem Wochenende mit dir gerechnet. Abraham hat den Eilbrief doch gestern Abend erst aufgegeben.«

»Eilbrief?«

Magdalena nickte mit dem Kinn zur Wiege. »Deine Tochter Emilia. Sie wollte nicht mehr warten. Sie kam vorgestern Abend auf die Welt.«

Giò klappte den Mund auf und wieder zu. Mit einem Schritt war er an der Wiege, starrte ungläubig hinein. Er reckte eine Hand, doch erst nach einer ganzen Weile wagte er es, das kleine Mädchen zu berühren. Erst das Lächeln, das sich auf seine Züge malte, zeigte Magdalena, wie angespannt er war. Seine Miene wirkte erleichtert, doch seine Schultern hielt er nach wie vor verkrampft, er schien sich vor einer unsichtbaren Gefahr zu ducken.

»Giò, was ist los?«

»Warum bist du nicht im Krankenhaus?« Er richtete sich auf, blieb jedoch einige Schritte von ihr entfernt stehen.

»Weil ich nicht muss. Alles war entgegen sämtlichen Befürchtungen ganz einfach gewesen, die Geburt reibungslos und ohne Komplikationen. Es hat nur ein paar Stunden gedauert, es war geradezu lächerlich.«

»Es geht dir gut?«

»Wirklich.« Magdalena lächelte. »Professor Rosenzweig hat nicht einmal Bedenken, falls wir uns weitere Kinder wünschen. Ich möchte allerdings erst einmal genießen, dass jetzt alles gut ausgegangen ist.«

Giò nickte und schwieg verlegen.

»Aber was ist mit dir? Du siehst aus, als hättest du die letzten Tage unter einer Brücke geschlafen.« Sie wäre gern zu ihm gegangen, doch sie traute ihren Beinen noch nicht. Daher streckte sie eine Hand aus und sah ihn auffordernd an.

Er zögerte, knetete wieder diese merkwürdige Baskenmütze in seinen Händen.

Nach einer langen Weile setzte er sich auf einen Sessel außerhalb ihrer Reichweite. Er rückte bis ganz an den Rand, schien bereit, jederzeit aufzuspringen und davonzulaufen.

»Keine Brücke«, sagte er endlich. »Aber mehrere Heuschober, einmal ein Viehstall. Ich bin über das Piemont nach Frankreich und von dort aus in die Schweiz eingereist.«

»Du machst Witze.«

»Ich will dich nicht anlügen.« Er zögerte. »Du wirst mich verachten.«

»Aber warum nur?«

»Ich hatte vor gut einer Woche den Stellungsbefehl erhalten. Eigentlich sollte ich nicht hier sein, sondern … wo auch immer. Die Truppen sind auf dem Marsch, das ist ja kein Geheimnis.«

Magdalena war jetzt endgültig hellwach. »Du bist desertiert.«

»Ja.« Er hauchte das Wort so leise, dass sie es beinahe nicht gehört hätte.

»Warum?«

Er ließ das Kinn auf die Brust sinken.

Magdalena wartete. Giò mochte sich nie mit den Pflichten des Militärdienstes angefreundet haben, doch das sah ihm nicht ähnlich. Er war kein Feigling.

»Giò. Warum?«

Er zog die Schultern hoch. »Es war Onkel Danilos Idee. Ich würde gern behaupten, dass er mir keine Wahl gelassen hat. Aber ich fürchte, das ist zu einfach. Es war meine eigene Entscheidung.«

»Bereust du es?«

Sein Blick streifte die Wiege mit dem schlafenden Kind und wanderte zurück zu ihr, flehend.

Magdalena erkannte, wie schuldig er sich fühlte. Spontan fand sie sein Verhalten falsch, verwerflich. Aber das wusste er alles selbst, und es schien, als haderte er seit Tagen mit dieser Entscheidung.

»Ich bin froh, dass du bei uns bist.«

Seine Skepsis war ihm ins Gesicht geschrieben, doch Magdalena lauschte ihren eigenen Worten nach und wusste, dass sie wahr waren.

»Ich meine das ernst, Giò. Kein Krieg wäre es wert, dich zu verlieren.«

Er lächelte dünn. »Sagst du das nur, weil die Österreicher damit einen Mann weniger im Feld haben? Was, wenn ich mich für die italienische Seite entschieden hätte?«

»Der Habsburger befehligt über vierzigtausend Soldaten. Was macht da einer? Du bist ungerecht.«

»Entschuldige. Ich weiß nicht, was ich sage … Es ist nur … Es fällt mir schwer zu glauben, dass du es ernst meinst.«

Magdalena seufzte vernehmlich. »Ich habe das Recht, meine Meinung zu ändern, oder nicht? Vielleicht denke ich eines Tages wieder anders darüber. Egal, für welche Seite du kämpfst, am Ende bestünde die Gefahr, dass du nicht heimkehrst. Aber da vorne schläft deine Tochter.« Der Gedanke, sie würde ohne einen Vater aufwachsen, war schier unerträglich.

Giò kam zu ihr und kniete vor der Couch nieder. Sanft küsste er ihre Hand. »Bitte verzeih mir. Das ist, was ich seit Jahren sage.«

»Ich habe es verstanden. Wirklich. Es ist gut, dass du gekommen bist.«

Heimlich lugte Magdalena über den Rand der Zeitung und beobachtete Giò, der ihr gegenüber am Frühstückstisch saß. Sie wusste, dass er sich nicht gern dabei zusehen ließ, wie zärtlich er mit dem Neugeborenen umging.

Die Zeit war wie im Flug vergangen, Emilia gesund und munter, schon zwölf Tage alt.

Giò ging es nicht gut. Wenn er das winzige Menschenkind im Arm hielt, wurde sein Antlitz weich, vergaß er seine Sorgen.

Es half nichts, wenn Magdalena ihm immer wieder versicherte, dass sie über seine Entscheidung froh war, ihn nicht dafür verachtete, desertiert zu sein. Er war es selbst, der sich verachtete.

Hinzu kam die drängender werdende Frage, wie es mit ihnen weitergehen sollte.

Sie wussten beide keinen Rat. Ginge es nach Ester Rosenzweig, konnte die ganze Familie eher heute als morgen ins Genfer Palais einziehen. Das Haus war riesig, die fünf Kinder des Ehepaares waren – bis auf Abraham – aus dem Haus und lebten ein eigenes Leben. Aber mit jedem Tag, der verging, wurde es Giò und Magdalena immer bewusster, ohne dass sie darüber sprechen mussten: Sie waren zu Gast, das Palais nicht ihr Zuhause.

Ein Zuhause hatten sie nicht mehr.

Dazu quälten Giò Schuldgefühle. Die Angst, ihn könne jemand den Behörden ausliefern, war sein ständiger Begleiter. Magdalena und Abraham hielten das für unwahrscheinlich, dass die Schweizer sich für die Fahnenflucht eines Österreichers interessierten, aber sicherheitshalber sprachen sie nicht davon. Nicht einmal Abrahams Eltern wussten Näheres. Sie glaubten, Giò wäre einfach bei nächster Gelegenheit angereist, um bei seiner Frau zu sein.

Diese Heimlichtuerei zehrte zusätzlich an den Nerven.

Emilia begann zu wimmern.

Magdalena kicherte, weil Giò einen Moment lang in ratloser Panik um sich blickte, bevor er sie Hilfe suchend ansah.

»Sie möchte einfach ihr Frühstück. Gib sie mir, da kannst du ihr nichts bieten.« Sie legte die Zeitung zur Seite und breitete die Arme aus. Giò stand auf und übergab ihr das kleine Bündel.

»Guten Morgen! Ein herrlicher Tag, nicht wahr?« Abraham war bereits in seinem schwarzen Anzug ausgehfertig angekleidet, den breitkrempigen Hut in der Hand. Seine Schläfenlocken wippten bei jedem Schritt, und bei seinem mitreißenden Lachen konnte nicht einmal Giò einem zaghaften Lächeln widerstehen.

Magdalena nahm ein Tuch und zog sich in die Kaminecke des Salons zurück, um Emilia zu stillen.

»Giò. Warum so trübsinnig?« Abraham setzte sich zu ihm an den Tisch. Die durch die Fenster des Erkers einfallenden Sonnenstrahlen brachen sich in der Silberkanne, als er sich eine Tasse Tee einschenkte.

»Schon gut. Abraham, bitte verzeih mir. Es fällt mir nicht leicht, gute Laune zu bewahren.«

»Nicht einmal an so einem strahlenden Sommertag?«

Giò schüttelte traurig den Kopf. »Ich fühle mit nutzlos. Heimatlos.«

Abraham nahm sich ein süßes Gipfli aus dem bereitstehenden Korb und begann zu essen.

»Holt eure Sachen. Zieht hier ein. Wir finden schon Arbeit für dich. Genf ist die Stadt der Nächstenliebe, es gibt genug zu tun.«

»Nein.«

»Wirklich, Abraham«, rief Magdalena zu ihnen herüber. »Die Gastfreundschaft deiner Eltern ehrt uns, aber ihr könnt nicht ewig für uns sorgen.«

»Magdalena!« Abraham runzelte tadelnd die Stirn. »Ich habe meine Mutter seit Jahren nicht mehr so unbeschwert erlebt. Sie genießt die Zeit, die sie mit Pia verbringen kann, und ihr seid doch für jeden Moment froh, den ihr Pia los seid.«

»Jetzt übertreibst du aber.«

»Sie tyrannisiert euch.«

»Und deine Mutter ist Wachs in ihren Händen«, stellte Magdalena belustigt fest. »Wenn es danach ginge, sollten wir besser heute als morgen ausziehen, bevor Ester sie noch ganz und gar verzieht.«

»Zu spät, scheint mir.« Abraham biss vergnügt in sein Gipfli und wischte sich Marmelade aus dem Bart.

Giò räusperte sich. »Ganz im Ernst, Abraham, wir möchten uns wieder ein eigenes Leben aufbauen. Wo auch immer, wie auch immer.« Er blickte um Unterstützung heischend zu Magdalena. Sie nickte geistesabwesend und konzentrierte sich auf Emilia, die allmählich satt zu sein schien.

»Es war nicht richtig, davonzulaufen«, murmelte Giò.

Magdalena hatte aufgegeben, ihm zu widersprechen. Dazu hatte sie inzwischen eine lebhafte Vorstellung davon, wie überzeugend Danilo Martini gewesen sein musste.

Abraham legte das Gipfli auf seinen Teller und wischte sich ein paar Krümel vom Revers. »Jetzt einmal Scherz beiseite. Ihr könnt hier in diesem Haus so lange bleiben, wie ihr möchtet und wie ihr müsst. Ich spreche im Namen meiner Eltern. Ich verstehe, dass es euch beiden, die ihr Unabhängigkeit gewöhnt seid, schwerfällt, dies anzunehmen. Aber dazu sind Freunde da: in der Not einander beizustehen, nicht nach Gründen zu fragen, sondern zu tun, was getan werden muss. Giò, wenn dir die Untätigkeit auf der Seele liegt, frage ich gern im Krankenhaus nach. Es gibt immer Bedarf für eine helfende Hand, für ein Ohr, das zuhört, für ein freundliches Wort, das Schmerz lindert.«

»Na gut. Das kann ich.« Giò rang sich ein zuversichtliches Lächeln ab.

Magdalena tätschelte Emilia den Rücken. Die Augen des kleinen Mädchens waren fast zugefallen, in wenigen Sekunden würde es schlafen. Was für ein Unterschied zu Pia. Das würde interessant werden, wenn Emilia älter wurde.

Sie legte den Säugling in eine Wiege und setzte sich zu den beiden Männern.

Abraham schwatzte vor sich hin, und Giò bemühte sich, zuzuhören. Magdalena nahm erneut die Zeitung auf, konnte sich jedoch nicht konzentrieren und beobachtete stattdessen Giò. Was konnte sie sagen, damit er mit sich ins Reine kam? Sie war mehr als froh darum, dass er desertiert war. Es stimmte schon, aus ihrer Sicht hätte Giò auf der falschen Seite gestanden. Magdalena war zutiefst davon überzeugt, dass das Veneto zur königlichen Republik gehörte und nicht zum habsburgischen Kaiserreich. Insofern war es gut, dass Giò nicht angetreten war.

»Magdalena? Warum dieses Seufzen?« Abraham grinste sie an, hatte für diesen Morgen offenbar die Mission ausgerufen, jegliche giftigen Gedanken aus den Köpfen der Martinis zu jagen.

Sie riss sich zusammen. »Vielleicht gibt es hier in der

Schweiz eine Möglichkeit, Fuß zu fassen. Oder in Frankreich oder Belgien. Wir sprechen die Sprache. Vielleicht finden wir einen kleinen Gasthof, den wir aufbauen können. Ich kümmere mich um die Buchhaltung und die Zimmer, und Giò kann endlich die Küche erobern. Wir fangen von vorne an.« Sie lächelte aufmunternd.

»Das klingt wirklich gut. Warum nicht? Wir sind jung und schaffen einen Neuanfang.« Giòs Ton strafte seine optimistischen Worte Lügen.

Abraham tat, als bemerkte er das nicht. Er nahm sein Messer, klopfte an die Teekanne, als wolle er eine Tischrede halten, und sprang auf. »Macht das. Schmiedet Pläne. Verwerft sie, schmiedet neue. Die Welt ist nicht schwarz und weiß, sie ist bunt und schön! Ich muss euch leider verlassen, die Arbeit ruft. Bis heute Abend.« Er machte eine schwungvolle Verbeugung und setzte seinen Hut auf. In der Tür zum Flur prallte er mit Daphne zusammen, die einen erschrockenen Satz nach hinten machte. Lachend gab Abraham ihr einen Kuss auf die Wange und war davon.

Das Hausmädchen war knallrot angelaufen. Die Hände ineinander verknotet betrat sie den Salon und knickste. »Da ist Besuch für Sie beide, ein Monsieur di Lucca aus Venedig.«

»Papà?« Magdalena sprang nicht weniger hastig auf als Abraham zuvor und hätte beinahe ihren Teller heruntergerissen.

Giò erhob sich ebenfalls und strich sich das Hemd glatt. Nur wenige Augenblicke später betrat Salvatore di Lucca den Salon.

»Magdalena, wie geht es dir? Ich bin gekommen, so schnell ich konnte. Es sind unruhige Zeiten. Seid ihr bereits im Bilde?« Salvatore schnaufte erschöpft.

Magdalena umarmte ihn herzlich. »Papà, kommen Sie zu Atem. Die Politik kann warten.«

»Wir wissen bereits, dass die Österreicher bei Custozza gewonnen haben«, erklärte Giò und ignorierte damit ihren Einwurf. »Am 24. Juni, auf den Tag genau sieben Jahre nach der Niederlage von San Martino und Solferino. Das Veneto verbleibt bei Österreich.«

»Irrtum!« Di Lucca setzte sich.

Magdalena goss ihm den restlichen Tee ein. Wortlos nahm Giò die leere Kanne und wollte gehen, um sie nachfüllen zu lassen. Er kam nicht weit, denn sein Schwiegervater sprach bereits weiter.

»Die Nachricht erreichte mich in Brescia: Am 3. Juli schlugen die Preußen Österreich bei Königsgrätz vernichtend. Und als Folge, so pfeifen es die Spatzen nun von den Dächern, wird das Veneto an Italien übergeben. Sie haben bereits mit den Friedensverhandlungen begonnen.« Er schwieg.

Magdalena versuchte vergeblich, seinen Gesichtsausdruck zu deuten.

»Das Veneto fällt an Italien?«, wiederholte Giò endlich.

»Der italienische König hat sich mit den Preußen verbündet. Preußen hat da oben in Böhmen gewonnen. Der Sieg der Österreicher bei Custozza ist nichts wert.«

»Was bedeutet das?«, fragte Magdalena.

»Nun, der Kaiser wird …«

»Ich meinte es nicht auf die Politik bezogen. Papà, was ist los? Sie sind in merkwürdiger Stimmung.«

Di Lucca verzog spöttisch den Mund. »Vielleicht erinnerst du dich, dass ich im Gegensatz zu dir den Verbleib des Veneto bei Österreich befürwortete.«

»Nun, Sie befürworteten, dass es keine Veränderungen geben sollte«, widersprach Magdalena. »Und dass ich mich mit den Gegebenheiten abzufinden hätte.«

»Das stimmt.« Di Lucca faltete die Hände über seinen Bauch. »Das sollte ich ebenfalls tun.«

»Was ist denn?« In dem Moment, als Magdalena diese Frage stellte, begriff sie. Es war nicht nur, dass ihr Vater sich mit den Herrschaftsverhältnissen arrangiert hatte. Er mochte die Österreicher, war der Politik aus Wien immer wohlgesonnen gewesen. Warum hatte sie das nie begriffen?

Ihr Vater holte tief Luft. »Ich habe meinen Status als Hoflieferant von Wien verloren. Es ist nur eine Frage der Zeit, bis meine Kunden sich allesamt abwenden werden. Verkäufe nach Österreich werden mit Zöllen belegt. Ich bezweifle, dass die Nachfrage seitens des italienischen Bürgertums ausreichend sein wird. Magdalena, Giò: Ich bin ruiniert.«

Magdalena starrte ihn entsetzt an. »Das meinen Sie nicht ernst?«

»Sind Sie sicher, dass es so schlimm steht?«, fügte Giò nicht weniger besorgt hinzu.

Salvatore di Lucca erwiderte nichts, doch seine Miene sprach Bände. Ob es stimmte oder nicht, er war davon überzeugt. Und Magdalena kannte sich zu wenig in den Geschäftsbeziehungen ihres Vaters aus, um es realistisch einschätzen zu können.

»Ich werde die Palazzina verkaufen«, erklärte er mit leiser Stimme.

»Warten Sie doch erst einmal ab, Papà!«, rief Magdalena aus. Sie konnte sich nicht länger beherrschen, sie erkannte ihren Vater nicht mehr wieder. »Vielleicht wendet sich noch alles zum Guten, der Kaiser von Österreich wird weiterhin Bedarf an Glas und Porzellan haben. Es wird Geschäfte geben, auch wenn es umständlicher wird, sie abzuwickeln und der Gewinn sich durch Zölle verringert. Sie können doch nicht einfach aufgeben!«

Wieder schwieg di Lucca. Wollte er wirklich alles, was er sich aufgebaut hatte, zum Teufel jagen? Das sah ihm nicht ähnlich.

»Natürlich ginge alles irgendwie, Magdalena«, sagte er nach einer Weile. »Aber ich muss ganz von vorne beginnen. Und dazu habe ich nicht die Energie. Ich hoffe, dass der Erlös beim Verkauf des Warenbestandes und des Anwesens reicht, um die Schulden zu tilgen und mich zur Ruhe zu setzen. Ich bin zu alt, um mir einen Platz in diesem Zirkus zu erkämpfen.«

Magdalena fühlte sich wie vor den Kopf geschlagen. In ihrem Kopf herrschte ein Chaos aus Gedanken und Gefühlen. Das Veneto wurde italienisch, das war richtig, sie wollte sich freuen. Doch wenn es auf Kosten der Menschen ging, was war so eine Veränderung wert? Wie viele dachten wie ihr Vater? Wer profitierte, wem schadete es? Was dachten die Menschen da draußen wirklich, was wollten sie?

Sie bekam kaum mit, dass Giò sich an ihren Vater gewandt hatte. Die beiden Männer waren an Emilias Wiege getreten, und der stolze Vater zeigte dem nicht minder gerührten Großvater den Nachwuchs.

Magdalena beobachtete sie stumm. In diesem Augenblick begriff sie endgültig, was Giò so aufgebracht hatte, wenn es um den Wehrdienst, die Kaiser und Könige ging. Er war stets der Meinung gewesen, dass die Menschen das Recht hätten, selbst über ihr Schicksal zu entscheiden. Das humanistische Gedankengut Doktor Nonnschlägers sprach aus diesen Überzeugungen. Alle Menschen, Frauen wie Männer, gleich welcher Herkunft, welcher Religion oder welches gesellschaftlichen Status, waren gleich. Henry Dunant hatte seine Hilfsgesellschaft unter diesem Motto gegründet.

Die Entscheidung der Herrscher, welcher Landstrich zu welcher Nation gehören sollte, Krieg darum zu führen und die Männer unter Umständen in den sicheren Tod zu schicken, war genau das Gegenteil, sofern die Männer nicht aus Überzeugung in den Krieg zogen, sondern zur Waffe gezwungen wurden. Es widersprach der individuellen Freiheit, dem Willen des Volkes. Was wollten die Menschen im Veneto? Wollten sie zu Italien gehören? Magdalena wollte es, ihr Vater wollte es nicht. Was war mit Giòs Eltern, Onkel Danilo? Den Nachbarn in Malcesine, dem Bankbeamten in Verona, Signora Cacciatore in Peschiera? Sie hatte nicht die geringste Ahnung, wie es anderen erging. Aber wussten es die Herrscher Österreich, Preußens und Italiens? Das war zweifelhaft, viel wahrscheinlicher war es ihnen gleichgültig.

Mehr denn je wuchs ihre Überzeugung, dass Giò das Richtige getan hatte, sich dem Stellungsbefehl zu widersetzen und nach Genf zu fliehen. Selbst wenn das bedeutete …

Magdalena schrak mit einem Ruck aus ihren Gedanken. »Giò!«

Er wandte sich ihr zu.

»Wir können nach Hause zurück!« Sie schrie vor lauter Aufregung und senkte rasch ihre Stimme. »Wir nehmen Sie mit nach Malcesine, Papà! Sie werden sehen, es wird für alle reichen. Wir suchen ein hübsches Grundstück für uns alle und bauen ein kleines Haus mit Garten.«

»Magdalena, was redest du da?«

»Denk nach! Giò, für die Italiener bist du kein Fahnenflüchtiger, im Gegenteil. Der österreichische Kaiser kann dir nichts mehr anhaben. Wir werden Italiener, und deren Dienst hast du nicht verweigert.«

Di Luccas verständnisloser Blick wanderte zwischen ihnen hin und her.

Giò dagegen runzelte ungläubig die Stirn, vorsichtige Hoffnung schlich sich in seinen Blick.

Magdalena trat zu ihnen, ein liebevoller Blick auf die schlafende Emilia. »Papà, Sie werden Muranoglas und andere venezianische Kostbarkeiten nach Malcesine bringen und an die Touristen verkaufen. Ein kleiner Laden mit Andenken für die Franzosen, Deutschen und Engländer. Sie werden wiederkommen, der Gardasee wird sie nicht loslassen. Ihr werdet sehen. Am Ende wird es gut.«

Erleichtert bemerkte sie, dass sie es geschafft hatte. Giò nickte, immer noch zögerlich, doch mit einem zuversichtlichen Lächeln auf den Lippen. Und auch ihr Vater blickte viel weniger trübsinnig drein. Da wusste Magdalena, dass er sich durchbeißen würde. Er war kein Mensch, der schnell aufgab.

Giò legte den Arm um ihre Schultern und zog sie an sich. »Meine tapfere und kluge Frau. Mit dir an meiner Seite bin ich zu allem bereit.«

Epilog:
Peschiera im Frühjahr 1868

MIT EIN PAAR letzten mahnenden Worten, nichts anzustellen, ließ Giò Pias Hand los. Das kleine Mädchen sprang davon und war bald im Garten von Signora Cacciatores Rustico verschwunden.

Glücklich blickte Giò sich um. Alles um ihn herum war verwilderter, als er es in Erinnerung hatte, wirkte sogar ein wenig vernachlässigt, aber Flavia Cacciatore hatte deutliche Spuren hinterlassen, dass sie immer noch ihrem Ruf als Kräuterhexe gerecht wurde und ihr kleines Eden beackerte. Ein Obstbaum hatte sich in eine morsche Baumruine verwandelt, die ihm seine kahlen Äste entgegenreckte, doch die verbliebenen beiden Bäume waren fachmännisch geschnitten und trugen reich an Äpfeln und Mirabellen.

Giò klopfte energisch an die Tür.

Nach einer Weile vernahm er Signora Cacciatores Schritte. Die Tür ging auf, und die alte Frau blinzelte ihm unter einem Kopftuch entgegen. Ihre Augen schienen schwächer geworden zu sein, die Pupillen waren mit einem weißlichen Glanz überzogen. Dennoch dauerte es nur wenige Sekunden, bis sie über das ganze Gesicht strahlte.

»Wenn das nicht Giovanni Martini ist, der verlorene Sohn!«

»Zu Diensten, werte Signora Cacciatore. Darf ich eintreten?«

»Ich bestehe darauf, wie geht es dir? Wie lange ist es her, dass du das letzte Mal bei mir warst?« Sie merkte auf. »Wo ist deine Frau?«

»Es geht ihr hervorragend, sie lässt Sie schön grüßen.« Er ließ sich auf der vertrauten Bank nieder und blickte sich um. Es kam ihm vor wie eine Reise in eine längst vergangene Zeit, nichts hatte sich hier verändert.

»Gute drei Jahre mag es her sein, Signora.« Er räusperte sich. »Signora, ich muss Ihnen etwas zeigen. Ich möchte Sie um Ihre Meinung bitten.«

»Nun mal langsam, fall nicht gleich mit der Tür ins Haus. Möchtest du einen guten Tee? Etwas zu essen?«

»Nichts davon, ich danke Ihnen für das Angebot.«

»Na gut.« Grummelnd setzte sich die alte Frau ihm gegenüber.

Giò zog eine Zeitschrift aus seinem Hemd und schlug sie auf.

»Was ist das?«

»Ein wissenschaftliches Journal. Es wurde mir von einem Freund geschickt – Abraham Rosenzweig, ein Arzt aus Genf. Hier habe ich dazu die Übersetzung, die er so frei war anzufertigen. Ich spreche inzwischen recht passabel Französisch, für so einen Fachartikel reicht es jedoch nicht. Bitte, lesen Sie!« Er schob ihr das Papier über den Tisch zu.

Statt es anzurühren, seufzte sie nur tief und schüttelte den Kopf. »Ach, Giò, ich bin nicht blind, aber mein Augenlicht verlässt mich. Das kann ich nicht lesen. Was steht drin?«

»Soll ich vorlesen?«

»Erzähl es mir. Heilige Madonna, es muss ungeheuer wichtig sein.«

»Also denn. Abraham kennt mein Interesse an solchen Veröffentlichungen.« Giò räusperte sich nervös. »Er kennt sogar den Grund dafür. Ich habe mich ihm anvertraut. Es ist ein Artikel aus dem Bereich der Syphilidologie. Hier wird erläutert, wie der Nachweis gelungen ist, dass es sich bei bestimmten Symptomen der Syphilis um eine davon zu unterscheidende abgrenzbare Krankheit handelt.« Er stockte und holte tief Luft. »Signora Cacciatore, ich habe mich untersuchen lassen. Vermutlich hatte ich Gonorrhoe. Ganz sicher werde ich das nie herausfinden, aber ich bin gesund.«

»So nennen die Studierten den Tripper, ja?«

»Richtig. Es war nur Tripper.«

Signora Cacciatore nickte bedächtig. »Nur? Was sagst du da, es hätte dich beinahe das Leben gekostet.«

»Das war die begleitende Entzündung, das haben Sie damals schon gesagt.«

»Ja, schon recht. Und deshalb kommst du den ganzen Weg hierher und erzählst mir das?«

»Ich dachte, es freut Sie vielleicht, dass Sie recht gehabt haben.«

»Ich? Wieso?«

»Sie haben mir damals nach Nonnschlägers Tod gesagt, dass Sie Zweifel an seiner Diagnose hatten. Weil meine Symptome untypisch und vergleichsweise harmlos gewesen seien.«

»Das habe ich gesagt? Nun, das mag sein.« Sie lächelte listig.

»Signora Cacciatore, glauben Sie, ich kann der Untersuchung vertrauen? Glauben Sie, dass ich gesund bin?«

Sie schaute ihn einen Moment lang verdutzt an, dann fing sie schallend an zu lachen.

Giò wartete, ein unbehagliches Lächeln auf den Lippen.

»Mein lieber Junge«, sagte die alte Frau endlich und wischte sich eine Träne aus den Augenwinkeln. »Du fragst mich, eine sterbende Kräuterhexe, ob die Signori alles richtig gemacht haben? Ob du der Diagnose studierter Männer vertrauen kannst? Du schmeichelst mir!«

»Nun, der Doktor hat eine Probe genommen und unter ein Mikroskop gelegt. Sie dagegen haben die Symptome gesehen.«

»Ja, das stimmt.« Sie wurde endgültig ernst. »Tripper also? Eine Nebenform der Syphilis, glaubte Nonnschläger und mit ihm viele seiner Kollegen. Ich war davon nie überzeugt. Und jetzt ist es bewiesen?«

»Das ist es.«

»Schau an.« Sie lehnte sich auf den Tisch und starrte mit ihren milchigen Augen ins Leere. »Dann vertrau auf die moderne Medizin. Wenn du das nicht kannst, vertrau einem alten Kräuterweib. Ich bin sicher, dass du gesund bist.«

Giò erwiderte dankbar ihr warmes Lächeln. Er fühlte sich befreit, hatte endlich den Mut, an die Diagnose zu glauben. Ein wütender Schrei von draußen zerstörte den Moment, und sie sprangen beide auf. Giò war im Handumdrehen durch die Tür.

Vor ihm stand Pia, ein paar grüne Stängel mit wenigen verbliebenen jämmerlichen Blüten in der Faust. Sie starrte zutiefst empört auf ein weiteres rotes Blatt, das wie ein blutiger Tropfen zu Boden fiel.

Mohnblumen.

Giò streckte die Hand aus und lehnte sich gegen den Türrahmen. Seine Knie drohten, unter ihm nachzugeben. Er erinnerte sich daran, wie am Tag der Schlacht ein rotes Büschel durch die Luft gespritzt war wie Blutstropfen. Und am Tag von Nonnschlägers Tod hatten sich die roten Mohnblumen an die warme Mauer des Rustico geschmiegt.

War das ein böses Omen?

»Sie fallen alle ab!« Pia hielt ihm anklagend die Stängel entgegen. Weitere Blüten segelten zu Boden.

Signora Cacciatore drängte sich an Giò vorbei und beugte sich mit einem leichten Ächzen zu dem Mädchen.

»Mohnblumen kannst du nicht pflücken. Du kannst dich nur an ihrem Anblick erfreuen. Sie sind ein Symbol der Vergänglichkeit.«

»Aber ich wollte Mamma einen Strauß mitbringen.«

Giò zwang seine Beine zu einem Schritt und einem weiteren. Nein, nicht nur der Vergänglichkeit, auch des Neuanfangs. Vieles im Leben hatte mehr als eine Seite.

Denn Mohnblumen hatten auch in jener Nacht im Hof mit dem Brunnen geblüht, wo er und Magdalena sich zum ersten Mal nähergekommen waren. Da hatte er den Verlust von Milo noch gar nicht begriffen.

Erst jetzt spürte er, dass er mit sich und der Erinnerung längst seinen Frieden gemacht hatte. So hätte Milo es gewollt.

Er hockte sich vor seine Tochter und entwand ihr die Stängel. »Wir beide gehen gleich zum Mincio. Dort wachsen Kornblumen und Schafgarbe. Daraus machen wir einen schönen Strauß und bringen ihn Mamma mit.«

Pia zog einen Schmollmund und nickte dann widerstrebend. Mit einem letzten Blick auf die Stängel in der Hand ihres Vaters drehte sie sich um und flitzte durch den Garten.

Signora Cacciatore legte eine Hand auf die seine. »Manche Dinge lassen sich sehr leicht lösen. Manche Dinge hinterlassen Narben auf unserer Seele. Durch sie lernen wir und werden stärker.«

Er nickte, starrte auf die Stängel. Ein letztes Blatt segelte zu Boden, unschuldig und rot. Es war nur eine Wiesenblume.

»Jetzt sieh dich an, Giò«, murmelte Signora Cacciatore irgendwann. »Du hast Schlimmes erlebt, aber es wuchs ein großes Glück daraus. Du hast zwei Kinder, eine Frau …«

»Woher wissen Sie von meiner zweiten Tochter?«

»Ach, du kennst mich. Also, eine Frau, die dich liebt, und eine gute Zukunft. Ich bin sicher, dass dir das Schicksal gewogen bleibt, solange du ein solches Glück niemals als selbstverständlich nimmst.«

»Das werde ich nicht.« Er schüttelte nachdrücklich den Kopf und meinte es auch so. Don Paolo mochte ihm das Abendmahl versagen müssen, doch das hieß nicht, dass er sich von Gott abgewandt hatte. Er war dankbar.

Manchmal, dachte er an die Worte seines Vaters, musste man eben Glück haben.

Nachwort und Danksagung

Es war nicht so, wie ich es beschrieben habe. Aber es könnte genauso passiert sein.

Die Schlacht von Solferino, das mörderische Wetter, die militärischen Manöver, die Beteiligten, die Folgen, das Engagement insbesondere der Einwohnerinnen von Castiglione di Stiviere und allem voran Henry Dunants Wirken sind gut belegt. Doch schon sein Büchlein *Eine Erinnerung an Solferino* ist ein stark subjektiver Blick auf das Geschehen, selbst Fiktion, die aus einer einzigen – aus meiner Sicht sehr ehrenvollen – Motivation heraus verfasst ist: das Mitgefühl der damaligen Staatenlenker zu wecken und die Geldbeutel zu öffnen. Dunant selbst musste klar gewesen sein, dass die Könige und Herrscher nicht aus rein moralischen Erwägungen gehandelt haben, sondern auch den wirtschaftlichen Vorteil suchten, »Menschenmaterial« zu sparen – das entsprach dem damaligen Zeitgeist. Ob diese Sichtweise richtig und angemessen war, war ein wichtiger Punkt auf der Agenda der Humanisten und mündete letztendlich in der Frage nach Selbstbestimmung der Völker oder des Einzelnen, also all den Fragen, die Doktor Nonnschläger aufwirft, ohne Antworten geben zu können.

Dunant hat es äußerst geschickt geschafft, die moralische mit der finanziellen Fragestellung zu verknüpfen. Er selbst wurde erst in späteren Jahren zum Kriegsgegner, was seiner (leider zweifellos) realistischen Einschätzung, es würde immer Kriege geben, nicht widerspricht.

Ich kann selbst nur schwer beurteilen, wie gut oder schlecht mein Bild von Henry Dunant getroffen ist. In den mir zur Verfügung gestellten Quellen präsentierte sich mir ein Mann, der seine Überzeugungen zuweilen über Freundschaft (wie die zum Anwalt und Komitee-Mitglied Gustave Moynier) stellte oder auf Kosten anderer vertrat. Es macht ihn nicht in jeder Hinsicht sympathisch, zugleich hat er mich in seiner Konsequenz tief beeindruckt.

Ich danke an dieser Stelle dem deutschen und dem österreichischen Roten Kreuz für die umfangreichen Informationen auf deren Webseiten, dazu Claudia Bourcevet vom Archiv des Generalsekretariats des Deutschen Roten Kreuzes in Berlin, die mir zwei Biografien zur Verfügung gestellt hat: *Henry Dunant. Der Gründer des Roten Kreuzes* von Franco Giampiccoli (aussaat Verlag, 2009) sowie *Henry Dunant* von Roger Durand (humanitäres Genf, 2011).

Für meine Nacherzählung der Geschehnisse in Castiglione habe ich mich ausschließlich auf *Eine Erinnerung an Solferino* gestützt und mir einige Begebenheiten herausgepickt. Abweichungen von der von Dunant berichteten Chronologie bitte ich, mir nachzusehen.

In einigen Internetquellen wird statt Doktor Louis Appia das Komitee-Mitglied General Guillaume-Henri Dufour als der Ideengeber des *roten Kreuzes auf weißem Grund* genannt. Franco Giampiccoli benennt in *Henry Dunant. Der Gründer des Roten Kreuzes* ausschließlich Appia (S. 88), dem bin ich gefolgt.

Die Mohnblume als Symbol für die im Krieg Gefallenen gab es 1859 noch nicht. Sie wurde erst nach dem Ersten bzw. Zweiten Weltkrieg im Britischen Empire etabliert und beruht auf dem Gedicht des Kanadiers Lieutenant Colonel

John Alexander McCrae *In Flanders Fields* aus dem Ersten Weltkrieg. Da die Landschaft des Gardasees im Juni voller roter Tupfen ist und (zumindest bei meinem letzten Besuch 2015) auch auf der Piazza Castello in Solferino ein Mohnblumen-Graffito »erblüht«, kam ich an der Macht dieses Symbols nicht vorbei. Ich habe mich sehr gefreut, dass es am Ende sogar im Titel untergekommen ist (den ich ebenfalls als eine Anspielung auf *In Flanders Fields* betrachte).

Das Projekt »Solferino« war ein langer Weg. Ich danke Sabine Ley vom Verlag Droemer Knaur sowie Leonie Schöbel und Niclas Schmoll von meiner Agentur Meller für die Begleitung.

Last, but not least ein »Küss die Hand!« an die Wahlwienerin Ingrid Pointecker, die bereits meinen ersten historischen Roman »Ein Tal in Licht und Schatten« mit »Wiener Schmäh« ausgestattet hat. So lässt sie es sich auch nicht nehmen, auf die besondere Wiener Art einzugehen, als Giò beginnt, sich über Nonnschlägers Verhalten Sorgen zu machen:

Irgendwann kurz vor ihrem gemeinsamen Ausflug nach Turin hatte es angefangen, die zunehmende Vergesslichkeit, grundloses Aufbrausen und Grantigkeit.

Ingrids Kommentar:

Was jetzt bei einem Wiener kein besonderer Grund zur Besorgnis ist.

Nicht nur, aber gerade in solchen Momenten macht es wahnsinnigen Spaß, Autorin zu sein!

Diana Menschig im August 2018

Große Unterhaltung und ein anrührendes Stück Zeitgeschichte

Silke Schütze

Wir nannten es Freiheit

Roman

Berlin 1916: Lene kommt frisch vom Lehrerinnen-Seminar und stürzt sich begeistert in die Arbeit. Als sie sich mit dem sanften Paul verlobt, scheint ihr Glück vollkommen. Dass Paul wegen einer Kriegsverletzung nicht arbeiten kann, ist für Lene kein Hindernis: Sie liebt ihren Beruf als »Fräulein« und bringt genug Geld nach Hause. Doch einer Hochzeit steht der sogenannte Lehrerinnen-Zölibat im Wege, der verheiratete Frauen vom Schuldienst ausschließt. Entweder ihr geliebter Paul oder die Freiheit, ihrer Berufung zu folgen? Lene steht vor der schwierigsten Entscheidung ihres Lebens …

KNAUR